# 文学的深意

*The Deeper Meaning of Literature*

谢有顺 著

人民文学出版社

图书在版编目（CIP）数据

文学的深意 / 谢有顺著. -- 北京：人民文学出版社，2024(2025.1重印). -- ISBN 978-7-02-019007-2

Ⅰ. I206.7-53

中国国家版本馆CIP数据核字第20246DS011号

责任编辑　付如初
装帧设计　刘　远
责任印制　张　娜

出版发行　人民文学出版社
社　　址　北京市朝内大街166号
邮政编码　100705

印　　刷　侨友印刷(河北)有限公司
经　　销　全国新华书店等

字　　数　385千字
开　　本　890毫米×1290毫米　1/32
印　　张　13　插页1
版　　次　2024年11月北京第1版
印　　次　2025年1月第2次印刷

书　　号　978-7-02-019007-2
定　　价　69.00元

如有印装质量问题，请与本社图书销售中心调换。电话：010-65233595

# 目 录

## 一 文学的召唤

文体也是作家思想的呈现　　003
存在一种令人愉悦的"文学性"吗？　　022
召唤一种新的现代小说　　038
肯定中国当代文学也需勇气　　047
文学写作中的南与北　　055
谈谈"新南方文学"的文化地理　　063

## 二 个体的凝视

思想着的自我　　081
　　——论韩少功的写作观
感觉的象征世界　　106
　　——《檀香刑》之后的莫言小说
"写一切"的雄心及其实现方式　　128
　　——论于坚散文
阿来的写作及其超越性跋涉　　145

灵光消逝年代的文学讲述　　　　　　154
　　——论张者小说
对自我与世界的双重确证　　　　　　165
　　——论徐则臣的写作观

## 三　小说的目光

思想与生活的离合　　　　　　　　　187
　　——论《应物兄》
从苦难中眺望　　　　　　　　　　　197
　　——论《惊蛰》
日常生活令人惊骇的一面　　　　　　208
　　——论《回响》
受难者的精神启悟　　　　　　　　　218
　　——论《镜中》
从声音出发的写作　　　　　　　　　228
　　——论《金墟》
终归是无处安身　　　　　　　　　　242
　　——论《河山传》

## 四　批评的伦理

孙绍振的思想核仁　　　　　　　　　257
成为一个创造者　　　　　　　　　　284
　　——我所理解的陈思和
现代学术视野里的陈晓明　　　　　　296

对人心和智慧的警觉 　　　　　　　　　330
　　——论李静的文学批评

批评如何立心 　　　　　　　　　　　354
　　——论胡传吉的文学批评

他关注沉默的大多数 　　　　　　　　370
　　——论柳冬妩的文学批评

如何批评，怎样说话？ 　　　　　　　382


人格仍然是最重要的写作力量（代后记） 　　398

# 一 文学的召唤

## 文体也是作家思想的呈现

　　文学的自觉其实就是文体的自觉，核心是要有一种尊重艺术本体的精神。鲁迅说，用近代的文学眼光看，曹丕的时代可说是"文学的自觉时代"①。这一观点是相对两汉时期的功利艺术而言的，它的目的在于纠正文章是"小道"的偏见；比之于曹植，鲁迅似乎更认同曹丕的看法，文章不仅是载道的工具，本身也可以留名于千载。"文"有其不依附于任何事物的独立意义。在鲁迅对艺术的理解中，肯定游戏的作用，他作文、作小说有别人所没有的语言自觉。即便写的是小说，叙事中也常流露出"文章"的风格，这些都共同构成了他的文体意识。随着"五四"以后对小说、诗歌、散文、戏剧这些文体边界的确立，文体意识越来越成为作家风格的重要标识。只是，现代作家的文体自觉和思想觉醒几乎是同时发生的。鲁迅说文艺可以改变国民的精神；胡适在《尝试集》里倡导"诗体大解放"，要把一切束缚自由的枷锁镣铐打破；郁达夫论散文时说"五四"运动最大的成功是"个人"的发现，都可见出新文体的创立往往伴随着对新思想的认同和传播。作家的思想不仅显现在文学观念和人物形象中，也显现在语言和文体中，而文体是为思想赋形的，它甚至能照见作家思想的全貌。由于思想一直在变化，文体也随之而变。以小说为例，"五四"时期的小说

---

① 鲁迅：《魏晋风度及文章与药及酒之关系》，《鲁迅全集》（第三卷），人民文学出版社 1998 年版，第 504 页。

承载的是那一时期作家对艺术、对人生的认识;到了二十世纪八十年代,先锋文学兴起,很多作家对语言、文体的认识发生了巨变,有些作家还把写作改写成了语言的自我绵延和自我指涉,声称"怎么说"远比"说什么"更重要。文体的变革代表了一种探索精神,也意味着作家试图重构自我与世界、内心与语言之间的关系。因此,以文体为视角,考察二十世纪以来小说观念的流变及其写作实践,有可能是对小说何以为小说的一次重新确证。

一

中国小说的文体自觉是从短篇小说开始的。尽管中国古代早有笔记体、话本体小说,但在深受西方文学观念影响的"五四"一代作家眼中,这些都算不上是真正的短篇小说。胡适就持这种看法,他理想中的短篇小说是都德的《最后一课》《柏林之围》和莫泊桑的《羊脂球》这种。这个观念包含着两方面的意思:一是中国的旧小说在形式上是有固定格式的,如同旧体诗,文体并不自由;一是旧小说在思想上也是旧的,装不下新思想。为此,当时有人论到中国古代小说时说,"至于短篇的作品,则非香艳体的小品文字,即聊斋式的纪事文章,不是言怪,就是述怪,千篇一律,互相模仿,仿佛一个工厂里制成同样的出品"[1]。钱玄同甚至说,"从青年良好读物上面着想,实在可以说,中国小说没有一部好的,没有一部应该读的"[2]。这话钱玄同

---

[1] 静观:《读〈晨报小说〉第一集》,《文学旬刊》(第二期),1921年5月20日。转引自《二十世纪中国小说理论资料》(第二卷),严家炎编,北京大学出版社1997年版,第177页。

[2] 胡适、钱玄同:《通信:论小说及白话韵文(节录)》,《新青年》第4卷第1号,1918年1月。转引自《二十世纪中国小说理论资料》(第二卷),严家炎编,北京大学出版社1997年版,第34页。

写在给陈独秀的信里,后来又抄给胡适看。"五四"作家对传统普遍抱以轻蔑的态度,出现类似的极端言辞并不为奇。但他们却对具有新形式、新思想的短篇小说寄予厚望。当时流行的关于短篇小说的定义、短篇小说的写法之类的文章,都借鉴自西方,有些还是照搬西方的文学教科书。在他们眼中,短篇小说的使命关乎中国文学的发展,中国文学能否从传统向现代转换,极重要的就是看能否确立小说这一文体的"正宗"地位——而当时说的"小说",主要是指短篇小说,至少在现代文学的草创期,作家们写作的几乎都是短篇小说。其时,郁达夫还曾提出"中国小说的世界化"[①]这一话题,"世界化"即"现代化",它参照的标准也是欧美文学。当时风行的短篇小说要用"艺术上的经济手段"来写生活"横截面"之类的说法,同样袭自欧美。只是,光有小说的作法之类的文章,是写不出好小说的,所以,除了鲁迅,现代文学的第一个十年,并没有出现多少像样的短篇小说。

鲁迅恰恰是不迷信"小说的作法"之类的文章的,他自己也不专门作此类文章,但他和周作人很早就开始翻译外国的短篇小说,这对他获得关于短篇小说的文体意识至关重要。茅盾撰文称赞鲁迅的小说每一篇都有新形式,是真正影响了后来的青年作者的"先锋",但鲁迅小说的文体自觉却不是简单来自外国小说的影响。在鲁迅看来,学习西方和借鉴传统具有同等意义,至少在语言态度上,鲁迅不盲目推崇西方小说那种铺陈恣肆,而是从传统小说中习得了简省和凝练。有意思的是,二十世纪二十年代出现的大量乡土小说,大多都是模仿鲁迅而写,但得鲁迅之神髓者,几乎没有。我们经常说,新文学运动初期,小说的成就明显高于新诗,并非指白话小说这一文体比白话诗更具优势,而是鲁迅的文学才华远超胡适而已。现代白话小说的创立

---

① 郁达夫:《小说论》,上海光华书局1926年1月初版。转引自《二十世纪中国小说理论资料》(第二卷),严家炎编,北京大学出版社1997年版,第418页。

者是鲁迅，现代白话诗的创立者是胡适，鲁迅从一开始就对短篇小说的文体有深入的了解和实践，他的小说观念不仅与世界同步，而且比之同时代的外国作家，还不乏创新之处，但胡适作为出色的学者，其实并无多少诗才，他作新诗，更多是一种语言策略，是为了改变一种文学制度以用来传播新思想。这也是鲁迅对小说的影响至今深远，胡适的新诗观却早已被超越的缘故。

在中国文学现代化过程之中，短篇小说具有崇高的艺术地位，正是得力于鲁迅的写作。他的短篇小说并无定法，形态各异，他经常把主要人物当作背景来写，通过旁观者的眼光来讲述故事，也借用日记、传记、随笔、戏剧等文体优长来扩大短篇小说的写作边界，有的写一个横截面，有的写一个纵剖面，有的写几个场景，有的叙事又像是带着感伤色彩的文章的写法。鲁迅对短篇小说天才式的理解，使现代白话小说一出生就达到了顶峰。他的《狂人日记》和胡适那篇著名的，也是最早论述短篇小说文体特征的《论短篇小说》一文是登在一九一八年同一期的《新青年》杂志上的，可见，鲁迅的写作实践走在了理论的前面——胡适对短篇小说的定义（"用最经济的文学手段，描写事实中最精彩的一段"）还略嫌简单，但鲁迅此时写出的短篇小说却已相当成熟，以致后来的写作者，都跟着鲁迅写短篇小说，而少有人写中篇或长篇。像茅盾这样的作家，明知短篇小说容不下太多复杂的内容，仍然用可以写中篇、长篇的题材来作短篇。有研究者认为，茅盾是以写长篇小说的方式来写短篇的，他的短篇，不仅篇幅长，而且形式上也像是长篇小说中的一个章节，茅盾自己也说，"我的短篇小说绝大部分都不是严格意义的短篇小说，而是压缩了的中篇"①。这让我想起老舍，他也曾说："事实逼得我不能不把长篇的材料写作短篇了，这是事实，因为索稿子的日多，而材料不那么方便了，

---

① 茅盾：《茅盾论创作》，上海文艺出版社1980年版，第96页。

于是把心中留着的长篇材料拿出来救急。不用说，这么由批发而改为零卖是有点难过。可是及至把十万字的材料写成五千字的一个短篇——像《断魂枪》——难过反倒变成了觉悟。经验真是可宝贵的东西！觉悟是这个：用长材料写短篇并不吃亏，因为要从够写十几万字的事实中提出一段来，当然是提出那最好的一段。这就是宁吃仙桃一口，不吃烂杏一筐了。再说呢，长篇虽也有个中心思想，但因事实的复杂与人物的繁多，究竟在描写与穿插上是多方面的。假如由这许多方面之中挑选出一方面来写，当然显着紧凑精到。长篇的各方面中的任何一方面都能成个很好的短篇，而这各方面散布在长篇中就不易显出任何一方面的精彩。长篇要匀调，短篇要集中。"① 如果按今天的眼光看，用长篇的材料来写一个短篇，多少有点不可思议，但由此也可看出，短篇要写得出彩，同样要有大的容量，没有生活的丰盈积累，再好的横断面，也是很难切割好的。"短篇小说是很难写好的，它虽是一些片段，但仍然要表达出广大的人生，而且要有一气呵成的感觉。读者对长篇的毛病是容易原谅的，篇幅长了，漏洞难免会有，但只要故事精彩，就能让人记住。对短篇，要求就要严格得多。字数有限，语言若不精练，人生的断面切割得不好，整篇小说就没有可取之处了。"②

"五四"以来的这一百年，每一个时期都有对短篇小说文体有独特探索并取得不凡成就的作家，和短篇小说拥有鲁迅这样一个极高的起点不无关系。

鲁迅之后，沈从文、汪曾祺，以及林斤澜、铁凝、苏童、刘庆邦、迟子建等人，都堪称短篇小说名家，他们的写作，也极大地丰富了短

---

① 老舍：《我怎样写短篇小说》，《老舍全集》（第十六卷），人民文学出版社2008年版，第194—195页。
② 谢有顺：《当代小说的叙事前景》，《文学评论》2009年第1期。

篇小说的文体风格。比如，汪曾祺对短篇小说就有自己独特的文体观。他打了个比方，如果说长篇小说如同乘火车旅行的话，短篇小说就如同与一个熟悉的朋友叙家常，为此他试着对短篇小说给出了自己的定义，短篇小说"应该就是跟一个可以谈得来的朋友很亲切地谈一点你所知道的生活"①。这和长篇小说讲逻辑、因果、持续性、完整性有着根本不同，"长篇小说的本质，也是它的守护神，是因果"②。在汪曾祺看来，长篇小说的这种写作哲学是不自然的，因为它把人生看成是一个预定的、遵循因果律的完整过程，短篇小说就是要反抗这种不自然，要像叙家常，不求逻辑严密，而求写出一种生活的自然状态。这种文体观，比之"短篇小说的宗旨在截取一段人生来描写，而人生的全体因之以见"③这样的看法，可谓往前了一大步。还有，苏童对短篇小说节奏的看法，也深化了我们对短篇小说文体的认识："构造短篇的血肉，最重要的恰恰是控制"，"在区区几千字的篇幅里，一个作家对叙述和想象力的控制犹如圆桌面上的舞蹈，任何动作，不管多么优美，也不可泛滥，任何铺陈，不管多么准确，也必须节约笔墨"④。而更早以前，即便颇具现代观念的施蛰存，也不过认为小说就是讲故事，"无论把小说的效能说得如何天花乱坠，读者对于一篇小说的要求始终只是一个故事"⑤，至于故事要如何讲，节奏要如何控制，

---

① 汪曾祺：《作为抒情诗的散文化小说》，《汪曾祺全集》（第八卷），北京师范大学出版社1998年版，第77页。
② 汪曾祺：《短篇小说的本质》，《汪曾祺全集》（第三卷），北京师范大学出版社1998年版，第22页。
③ 沈雁冰：《自然主义与中国现代小说》，《小说月报》第13卷第7期，1922年7月10日。转引自《二十世纪中国小说理论资料》（第二卷），严家炎编，北京大学出版社1997年版，第230页。
④ 苏童：《纸上的美女——苏童随笔选》，人民日报出版社1998年版，第163页。
⑤ 施蛰存：《小说中的对话》，《宇宙风》第39期，1937年4月16日。转引自《二十世纪中国小说理论资料》（第三卷），吴福辉编，北京大学出版社1997年版，第471页。

笔墨要如何留白，这些还远没有被看作是小说文体的要旨。

二

汪曾祺、苏童等人的文体观念，背后有现代小说哲学的支撑，这种哲学，自二十世纪八十年代开始，极大地改造了中国小说的艺术面貌。八十年代的小说革命，尤其是先锋小说的兴起，引发的正是关于小说叙事和小说文体的全面变革。重要的不是说了什么，而是怎么说，话语的讲述本身才是小说艺术的重心。卡夫卡、福克纳、博尔赫斯、马尔克斯等人的小说遗产，给予了中国作家新的叙事智慧，很多年轻作家都认为，小说不能再以旧有的方式写下去了，他们对故事、人物、时间、空间这样一些小说的基本要素都开始持怀疑态度。比如，先锋作家早期的作品都不太注重讲故事，也普遍不太相信故事，因为故事必须遵循时间的逻辑，而时间是一种线性逻辑，它的中断、反复都是有迹可循的。故事的舞台被严格约定在一个空间结构里，人物的出现，情节的发展，均受空间的约束，这里有一个未经证实的前提：是谁赋予时间、空间最初的基本法则？作家又何以让读者相信他所展示的时间、空间是真实的？看到这一点之后，意识流作家开始重新理解时间，罗伯-格里耶、克洛德·西蒙这些作家开始着力描绘他们笔下那个新的空间，并让一个事件在不同时间、不同空间中反复出现，从不同角度对它进行重复叙述，力求让这些人物与事件在作家眼中变得立体起来，以突破传统小说中那种单维度的平面真实。有一段时间，许多具有现代意识的中国作家都以这种新的时空观来重新结构小说，代表性的作品有莫言的《红高粱》、余华的《在细雨中呼喊》、格非的《褐色鸟群》、北村的《陈守存冗长的一天》等。又比如，很多中国作家都受了博尔赫斯的影响，于是，空缺、重复、循环、迷宫就成了他们普遍应用的叙事策略。博尔赫斯在《曲径分岔的花园》中说："一本书用什么方式才能是无限的？我猜想，除去是圆形，循环的书卷外，不会有别的方法。书的最后一页与第一页完全相同，才可能继续不断地阅读下去。"①这话启发了很多作家，时间的循环孕育了叙事的循环，而循环背后有轮回、宿命、不确定等哲学思考。受此影响最大的作家是马原和格非，他们笔下的叙事迷宫，有一种曲折回环的圆形结构，人生也在相似的重复中陷入了一种无法逃脱的劫难。格非的《褐色鸟群》，包括他后来的《人面桃花》，叙事上就有这样一个自相缠绕的圆圈，喻示着命运的循环。苏童的《妻妾成群》也写了这种循环，每一个女性的命运轨迹都是相似的，小说的最后，当五姨太文竹出现，意味着新一轮的循环又开始了，在一个相同的空间里，苦难者的悲歌不断重复上演。余华的《活着》里，福贵的亲人一个接一个地死去，《许三观卖血记》里，许三观一次接一次地卖血，都是相似的叙事策略，都是通过重复来强化生存苦难的周而复始。

由此可以说，二十世纪八十年代以来的小说文体变革，是在西方现代主义文学的直接影响下发生的。

有必要理清这一变革的艺术线索和内在缘由。如果我们承认，文学不是一成不变的，那就意味着，文学与时代之关系的核心其实就是面对时代应如何说话的问题。说话即文体。当固有的说话方式无法再穷尽作家的内心图景时，他就必须找寻新的方式来重新处理这些内心经验。艺术革命的发生由此而来。以卡夫卡为例，他小说中对人和时代的想象，和之前的作家是完全不同的。这种不同首先不是体现在艺术方式上（人变成甲虫的寓言方式的应用）的不同，而是他体验到了全新、骇人的精神真实，即人在各种制度和关系奴役下的脆弱、异

---

① 〔阿根廷〕豪·路·博尔赫斯：《博尔赫斯文集·小说卷》，王永年、陈众议等译，海南国际新闻出版中心1996年版，第136页。

化、孤独、荒谬，有了这种现代主义的体验，才有现代主义小说的写法。他关于人的想象已被时代所粉碎（"一切障碍都在粉碎我"），他只能以低于人的方式（人被异化为小动物的这一视角）来说出世界的真相。除了卡夫卡，法国作家普鲁斯特也影响了很多中国作家的写作。他的七卷本《追忆似水年华》，话语方式是全新的，和之前巴尔扎克的小说不同，它不再是以事件和人为中心构造故事，而是重在对事件与人的回忆。普鲁斯特是花粉过敏症患者，他长期待在书房所产生的文学想象，更多的是记忆的回声，也是记忆对美好事物的诗意寻找。他把小说建造成一个巨大的宫殿，一切记忆的回声都可以在这个宫殿的内部找到自己的位置。普鲁斯特的想象方式对二十世纪叙事艺术的发展有着举足轻重的作用。

绘画领域的艺术变革也是如此。自然主义绘画的写实原则，被莫奈、雷诺阿、毕沙罗等几位印象派画家所打破，背后的原因是关于"真实"的理解有了巨大的差异。眼见的真实是可靠的吗？世界真是被看见的这个模样吗？如果不是，那一笔一画去还原眼见的世界到底有什么意义？他们内心不再相信看见的真实，因为他们没有信心认定这些是唯一的真实，原有的无可辩驳的"真实"观正在逐渐趋于梦想。"真实"成了幻象之后，印象派画家普遍没有信心在画布上再画出清晰的人或景物，他们的画布模糊之前，内心所体验到的真实先模糊了。英格玛·伯格曼的电影也是如此，他因为无法区分真实与幻觉之间的界限，所以观众永远无法判断他镜头下的场景哪些是现实，哪些是回忆和幻想。这同样贯穿着一种"真实即幻象"的艺术哲学。

现代意义上的文学、绘画和电影似乎都共同证实了以下事实，那就是并不存在一种纯粹的艺术革命，真正的革命都是先从艺术家的内心发生的，先有内心形式，才有文体观念。一旦把艺术革命简单地理解为单一的形式革命，那可能就偏离了艺术本身。中国二十世纪八十年代风起云涌的艺术革命浪潮，把西方近一个世纪的艺术历程都模仿了一遍，它对于艺术回归本体有着重要的意义，但同时也滋生了不少艺术的投机主义者和哗众取宠的伪先锋。原因很简单，博尔赫斯或罗伯－格里耶的叙事策略是容易模仿的，但他们的精神体验却难以复制。如果没有与众不同的内心体验作为艺术革命的基础，很可能我们也无从区别什么是真正的艺术革命，什么是语言的恶作剧或形式上刻意的标新立异。要警惕一种盲目追"新"，艺术革命不能满足于在形式上玩点小花样，它真正需要重视的是作家的内心体验到底挺进到了什么程度。

有内心经验为底的艺术形式，才是"有意味的形式"，才能实现理念与形式的统一。

相比于二十世纪八十年代，九十年代之后的先锋作家都有极大的转型，故事线条开始明晰，叙事方式也不再那么复杂、乖张了。这种转型，并非像一些人所认为的那样，是先锋文学向市场和读者妥协，而是作家对八十年代叙事革命中的玄学气质的自我纠偏——叙事革命不能只是一些不着边际的字词迷津，叙事和文体的变革，也应内化为一种心灵形式。包括先锋作家重新思考讲故事的意义，也是表明完成一种故事精神和完成一种艺术变革是可以同构在一起的。这并不意味着艺术革命、文体探索的停顿，因为经过了现代艺术训练的作家，即便是回到讲故事的路子上来，也会赋予故事新的形式感。只是，作家对文体的追求可能更内在、更退隐了。《许三观卖血记》中的单纯与重复，《欲望的旗帜》中欲望的诗学转换，《檀香刑》的叙事腔调，《人面桃花》的抒情风格，《黄雀记》里欲望与救赎主题的自我辩驳，等等，都是中国作家在艺术探索上真正走向成熟的标志。时至今日，这个探索过程并没有完成，因此，真正的先锋精神是不会过时的，艺术永远不能被固化，它需要反叛、变革和创新，只有不断地自我否定和自我革命,艺术才能不断拥有新的生命力。

在一个视反叛、前卫、另类为时髦的时代,"先锋"和"媚俗"之间往往只有一墙之隔。先锋并不是简单的砸烂一切、标新立异,而是要不断地创造,并有能力把所颠覆的一切通过新的方式进行再造。菲利浦·拉夫在二十世纪中叶就对拙劣模仿卡夫卡而产生的假现代主义提出批评:"光知道如何把人们熟知的世界拆开是不够的,实际上,这仅仅是一种自我放纵和不顾一切代价地标新立异的方法。而这种标新立异只不过是先锋派的职业癖性。真正的革新者总是力图使我们切身体验到他的创作矛盾。因此,他使用较为巧妙和复杂的手段:恰在他将世界拆开时,他又将它重新组合起来。"[1] 但凡艺术革命者,都会有自己的矛盾和不安,他的目标不是解构,而是建构,唯有建构的力量才能平息这种矛盾和不安。那些"不顾一切代价地标新立异"的作家很可能是伪先锋。真正的先锋代表一种变化的方向,它既可以是前进的,也可以是后退的;它追求精神的自由,并试图突破一切边界的限制——真正的先锋一直在探索的途中,它不会停止,它一次又一次地重新出发,却永远也无处抵达;它可能是前卫、前瞻的,也可能是回过头来面向传统的。

这或许就是这个时代小说的新使命,在内心与形式之间,写实与抽象之间,经验与超验之间,小事情和大历史之间,通过传统与现代的综合,来重塑小说的艺术面貌。有创造性的小说写作过程,其实也是一个重新发现小说的过程,它不仅有对既有小说经验的承传、改造,也有对旧的艺术方式的反抗与摈弃;如果说文体是一个"壳",艺术探索就是要不断地涨破这个"壳",为小说寻找新的文体形式。这种有新的文体形式的作品尽管还是被称为"小说",但它和之前的

---

[1] 〔美〕菲利浦·拉夫:《略论自然主义的衰落》。转引自〔美〕莫里斯·迪克斯坦:《伊甸园之门》,方晓光译,上海外语教育出版社1985年版,第234—235页。

小说比起来，不仅拓展了小说艺术的边界，也使小说这一文体获得了新的形式意味。马尔克斯第一次读到卡夫卡的小说时，惊叹小说原来还可以这样写，莫言第一次读到马尔克斯的小说时也有同样的惊叹，可见，当一种新的语言经验、叙事方式出现的时候，首先带来的就是小说体式上的变化，这种文体变迁，才是小说本体革命的先声。

## 三

王蒙说："文学观念的变迁表现为文体的变迁。文学创作的探索表现为文体的革新。文学构思的怪异表现为文体的怪诞。文学思路的僵化表现为文体的千篇一律。文学个性的成熟表现为文体的成熟。文体是文学的最为直观的表现。"① 其实，文体不仅是文学观念的显现，它还能照见作家的个性，别林斯基就曾说过，在文体里表现着整个的人。上述说的二十世纪九十年代先锋作家的写作转型，既是文学观念的转型，也是人的感受方式和想象方式的转型——当一个作家经过了许多年的"怎么写"的训练之后，要倒回来开始考虑"写什么"这个问题了。八十年代的时候，先锋文学为一种新的话语方式所着迷，叙事在许多时候并不为了指涉什么，而只是在于怎么写，怎么讲述，那时挂在作家嘴边的话是，写什么并不重要，重要的是怎么写。这就是文体意识。当时的中国文学过多沉迷于题材和思想之中，只有在文体上来一次彻底的解放，文学才会意识到艺术有一个本体问题，进而知道，在叙事中，语言和形式是可以自足的。当"怎么写"越来越成为一种常识，重新关注"写什么"，并非简单的后退，而是在文体和形式之外重申对人的价值、人的命运的关注。帕斯说博尔赫斯是文体

---

① 王蒙：《〈文体学丛书〉序言》，《文体与文体的创造》，童庆炳著，云南人民出版社1999年版。

家,"他的散文读起来好像小说;他的小说是诗;他的诗歌又往往使人觉得像散文。沟通三者的桥梁是他的思想"①。可见在文体之上,还有一个"思想",而"思想"就是作家本人,是作家对人和世界的看法。

文体也是作家思想的呈现。

过度强调文体探索,很可能会走向语言游戏或修辞崇拜。有时,文学的贫乏,不是因为缺少文体探索,而是因为对文体的迷信和滥用。博尔赫斯说:"我们文学的贫乏状况缺乏吸引力,这就产生了一种对风格的迷信,一种仅注意局部的不认真阅读的方式。"②在博尔赫斯看来,对作品本身的信念和激情无动于衷是无法容忍的,他甚至认为这是一种障碍,这种障碍使得纯粹意义上的读者没有了,都成了潜在的评论家了。确实,在很长一段时间里,文学界有一个错觉,以为艺术的经典来自精雕细琢。博尔赫斯在同一篇文章中,讽刺那些迷信文体者,想通过精雕细琢使自己的诗成为一首没有"虚言废话"的诗,事实上却可能通篇都是废话。所谓的"尽善尽美"的作品具有某种细微的价值,但也最容易失去其价值。许多作家把艺术价值理解成一些细微、局部的感觉或经验,并且有一种若是修改了就会损害其价值的看法,殊不知,过于精致的艺术常常是靠不住的。博尔赫斯眼中那些具有不朽禀赋的作品,都是经得起印刷错误的考验,经得起近似的译本的考验,也经得起漫不经心地阅读的考验,它不会因此失去其本来的精神光彩,"不朽作品的灵魂经得起烈焰的考验","对真正的文学而言,一个句子粗糙和优美同样是无关紧要的"③。作为文体家的博尔

---

① 〔墨〕奥·帕斯:《弓手、箭和靶子:记博尔赫斯》,《二十世纪外国重要诗人如是说》,刘习良译,王家新、沈睿编选,河南人民出版社1992年版,第367页。
② 〔阿根廷〕豪尔赫·路易斯·博尔赫斯:《讨论集》,《读者的迷信伦理观》,徐鹤林、王永年译,上海译文出版社2017年版,第52页。
③ 〔阿根廷〕豪尔赫·路易斯·博尔赫斯:《讨论集》,《读者的迷信伦理观》,徐鹤林、王永年译,上海译文出版社2017年版,第56—57页。

赫斯,却厌倦了精雕细琢式的对文体的迷信,这是很有意思的,他或许是为了恢复文体本身的意义:文体不是一种美学修辞,更不是叙事上的技术崇拜,它反对猎奇、赶时髦、哗众取宠。任何的文体革命,真正要奔赴的都是作家的内心,并使作家观察世界的方式更为有力。

从这种文体观出发,就会发现,中国当代小说的文体创新背后,不仅有写法上的变化,更有作家与时代、作家与自我关系的变化。尤其是长篇小说,这些变化喻示着作家对小说作出了全新的理解,真正让我们看到了小说所具有的巨大的综合力量。举几部最近的长篇小说为例,就能看出当代作家在这方面作出的努力和取得的成就。

李洱的《应物兄》①,真正的主角其实是"思想",一个时代的"思想"所面临的挑战和所发生的变化。这就决定了李洱的小说叙事不同于过去的以"事"为中心的结构方式,他想创造一种以"言"为中心的叙事,并试图把小说改造为一种杂语,把叙与论、事情与认知融汇在一起。"《应物兄》里许多地方是反叙事的,叙事会不断停顿下来,插入很多知识讲述、思想分析、学术探讨。很多人为这种小说写法感到惊异,我倒觉得,这种杂语小说,更像是对日常说话的模仿。日常说话中,没有谁是专门叙事,也没有人是专门议论或抒情的,他的语体往往是混杂的——说一些事情,发一些感慨,同时夹杂着一些抒情,几种语体交替出现,说话才显得自然、驳杂、丰富。很多早期的典籍,都还原了这种日常说话的特征,比如《论语》《圣经》,是由门徒记录的孔子、耶稣的言与行,多是真实的日常说话;讲一件事情,说一个道理,记述一次出行,交织在一起的,这种杂语体,是文体分隔之前作文的基本方式。文体严格区分之后,才有清晰的小说、诗歌、散文、评论等文体的边界,但这边界是否合理、是否不能逾越?许多文体探索的实践已经回答了这个问题。《应物兄》发表之后,不少人认为

---

① 参见李洱:《应物兄》,人民文学出版社2018年版。

这是一部向《红楼梦》致敬的作品,而我以为,就文本话语方式而言,《应物兄》更像是向一种古老的说话体典籍致敬的大书。"① 这部小说所引发的关注,更多的也是话语方式上的关注。李洱的写作繁复、博识,既记事也记言,既幽默又哀戚,《应物兄》正是通过文体杂糅的话语方式,创造了一种传统与现代、庄严与讽喻相混杂的叙事景观。当代人的生活和观念如何通过知识的讲述所建构,又如何通过互相驳难而陷入困境,这个文化隐喻里,饱含着李洱深切的现实感、批判性、家国情怀和精神忧思,而这些思想驳难,更多是通过他所创造的精细、丰盛、庞杂、移步换景的叙事方式来完成的。

王跃文的《家山》②,也是对另一种说话方式的探索。这部从根性上对中国乡村生活、中国文化性格进行重写和探讨的小说,是从细密、绵实的平常日子、烟火人生入手,写沙湾陈家五代人,写人称"乡约老爷"的女性刘桃香,写仁义的农民陈有喜,写各色人等生命之间的传承、联结和延续。那些沉潜于乡风民俗之中的坚韧品格、蓬勃意志,既是一个乡村族群的生命德性,也是一个乡土中国的精神底色。时代的风云际会不再是粗线条的描述,而是被化解于具体的日常生活,以及乡民们的柴米油盐、喜怒哀乐之中。无论历史如何动荡,苦难如何重压,在那些平凡人的生活秩序里,仍有静水流深、恒常不变的伦理支撑,这是民心、民情,也是文化的根性、传统的绵延。《家山》写了社会变迁下人性的嬗变、矛盾和争斗,更重要的是,它还写了像大地一样坚定存在的世道人心,那些灵光乍现的山水风物,呼应着纯朴敦厚的人情温暖,那些雅俗相融的叙事腔调,也昭示着生生不息的乡土伦理。精微而宽阔、悲伤而温暖是《家山》给我留下的深刻

---

① 谢有顺:《思想与生活的离合——读〈应物兄〉所想到的》,《当代文坛》2019年第4期。
② 参见王跃文:《家山》,人民文学出版社2022年版。

印象,它不同于王跃文之前的写作,不是以人物、故事为中心来结构小说,而是通过生活细节和语言细节的绵密书写来呈现一种日常和伦常。这种写法,令我想起贾平凹的《秦腔》①,这部小说也人物众多,叙事细密,但它不像作家之前的小说《废都》《高老庄》那样,有一条明晰的故事线索,《秦腔》"写的是一堆鸡零狗碎的泼烦日子"②。文体上这也是一种大胆的探索,四十几万字的篇幅,几乎没有故事主线,而是用琐碎的细节、对话和场面来结构整部小说,用汤汤水水的生活流来仿写一种日常生活的本真状态,这对读者来说是一种考验,对作家而言也是一种艺术冒险。那些一味追求故事是否好看的读者,估计是难以接受这种写法的,但这种写法自有一种深入到了生活末梢的真实感。

魏微的《烟霞里》③,文体上是以编年体的形式,把一个女人的成长和同时期的当代中国的发展结合、同构在一起,在小事与大时代的缝隙中,写了几代人的记忆和沧桑。这种文体,能有效克服作者过去偏重于个人化叙事的趣味,而让个人跨出本位,连接上时代的变迁。在国与家的双重叙事里,主人公田庄从李庄一路走到广东,她的身后,有乡村、城镇和城市交织的、繁复的时代背景,也有一群小人物的爱恨情仇,个体的存在既脆弱又坚韧,它在时代的巨浪面前如一叶扁舟似的时刻处于风雨飘摇之中,但魏微想强调的是,这些个体的沉浮,才是时代中最真实的部分,他们默默见证时间的流逝、生活的变迁。魏微以她独有的冷静与深情,讲述了大时代里个人的悲喜,也坦诚地直面了自我与现实之间的冲突和裂变。当故乡、亲人、时代、国家这些宏大的母题穿越一个渺小的生命之后,最重要的也许不在于它

---

① 贾平凹:《秦腔》,作家出版社2005年版。
② 贾平凹:《秦腔·后记》,《秦腔》,作家出版社2005年版,第565页。
③ 参见魏微:《烟霞里》,人民文学出版社2022年版。

们留下了什么,而在于个体经历了什么。魏微写出了一个经历者的遭遇,也发出了一个经历者的慨叹,她通过对一个时代的体认,使自己也成了这个时代不可忽视的部分。时代不是一个空洞的词,而是你、我、他,是每一个人生死相依的时刻的叠加,是时间在每一个人内心所留下的印痕和创伤,也是每一个人的梦想里那束永不熄灭的光。《烟霞里》既写出了时间永恒的力量,也写出了个体强悍的意志。魏微沉寂多年,终于找到了一种恰当的、编年体的说话方式,重新面对自己所历经的时代发声。《烟霞里》每一个标示出的年代,既是小说叙事的时间区隔,在文体上也像是一个语言的栅栏,它把主人公的人生安置在时间的方格里,也暗含了时代对一个人的有形塑造。

艾伟的《镜中》①,讲述了一次车祸事件之后,润生、易蓉、世平、子珊这四个人物之间的爱与罪、宽恕与救赎的故事。小说文体上,《镜中》暗藏着一个镜像结构,四个人物的心灵轨迹是互为镜像的,现实和精神也是互为镜像的。《镜中》反复出现"镜子"这个意象,"润生像一面镜子一样矗立在子珊面前","山口洋子的家庭悲剧像是润生的一面镜子","司机就是一面镜子",人与他者、人与自我都是镜像关系。通过养母,易蓉看见了自己;通过易蓉,世平看见了自己;通过世平,润生看见了自己;通过润生,子珊看见了自己。易蓉的死,让润生埋葬了过去的自己;世平的死,却让润生获得了新生。镜子的特点是一而多的,从自己身上看见他者,从他者身上又看见不同的自己,生与死,光与暗,美与寂灭,堕落与救赎,不断互为镜像,又不断逆转。精神正是在这种螺旋式的结构中上升,但它最终会去往哪里,《镜中》却没有给出答案。《镜中》大量写到了建筑,几乎所有的伟大建筑,都在模仿世界的美,而好的小说结构,也是在模仿人类精神的某种内在秩序。艾伟以前的写作,隐喻指向非常清晰,他自己也

---

① 参见艾伟:《镜中》,浙江文艺出版社2022年版。

把这种写作称为"寓言化写作",带有观念先行的痕迹,这必然导致他的小说语言中有较多的分析和说理,文体上也会偏重以自传体的方式来讲述故事。《镜中》却重在挖掘人物内心世界,并通过四个视角的叙述,互相印证、辩驳、补充,进而为小说的"寓言性"找寻心理学支撑。

以上几部都是近年中国小说中极富文体创新意识的小说,值得关注的作品还有麦家的《人生海海》、东西的《回响》、胡学文的《有生》、罗伟章的《谁在敲门》、刘亮程的《本巴》、叶舟的《凉州十八拍》等,值得关注的有文体探索精神的青年作家还有李浩、田耳、李宏伟、双雪涛、王威廉、孙频、蔡东、路魆等。总体而言,比之以前的文体探索,这些小说在形式上更内在了,作家是在用不同的说话方式建构自己和时代、自我的关系。写什么与怎么写的融合,使文体的奇异性、修辞效果消失了,小说变得更像小说了,而不是把小说变成一种无度的语言试验场,更不是为了标新立异而把小说的面貌弄得乖张古怪。说到底,一切的文体革命都是为了让小说变得丰富、复杂且充满可能性,它在扩大小说艺术边界的同时,也在不断辨明小说为何物。

现代小说无论怎样自我革命,它存在的根基就在于它是小说,而不是别的文体。有人把散文当诗来写(如杨朔),没有成功;有人把小说当散文来写,试图写"不是小说的小说"(如废名),也没有成功。"不是小说的小说"终究不是小说。米兰·昆德拉论到卡夫卡的小说时说:"要理解卡夫卡的小说,只有一种方法。像读小说那样地读它们。不要在K这个人物身上寻找作者的画像,不要在K的话语中寻找神秘的信息代码,相反,认认真真地追随人物的行为举止,他们的言语、他们的思想,想象他们在眼前的模样。"[①] 这是一个好方法,

---

① 〔捷克〕米兰·昆德拉:《被背叛的遗嘱》,余中先译,上海译文出版社2003年版,第217页。

它可以把很多小说还原到小说自身的世界里被阅读、被阐释。而要让读者"像读小说那样地读它们",前提是要作家像写小说那样地写它们——在一个文学共识普遍断裂的时代,这或许是读者和作者在小说文体上所能达成的最大共识了。米兰·昆德拉在论到小说的艺术使命时,还曾以穆齐尔和布洛赫为例证,认为"心理小说的时代已走到尽头",但他们却为另一种小说("博学小说")"安上了极大的使命感","他们视之为最高的理性综合,是人类可以对世界整体表示怀疑的最后一块宝地。他们深信小说具有巨大的综合力量,它可以将诗歌、幻想、哲学、警句和散文糅合成一体。"[①] 这种"糅合",既是思想的综合,也是文体的综合,它显然不是为了博学、博物意义上的炫技,而是关乎一个"极大的使命感",目的是要重新对人类的命运有一个整体性观察。对文体的理解,也应有这种"整体性观察"的维度。文体不仅是语言、修辞、叙事上的探索,也是作家对世界的理解方式,更是一个作家思想的综合呈现。所以,真正的文体创新,不再是语言或叙事上的细小变革,而应是写作观念上的整体性革命,从这个意义上说,文体革命也可视为一种思想革命。

◎ 最初发表于《中国文学批评》2023年第3期

---

[①] 《巴黎评论·作家访谈1》,美国《巴黎评论》编辑部编,黄昱宁等译,上海文艺出版社2015年版,第189页。

# 存在一种令人愉悦的"文学性"吗?

一

在技术化、电子化时代里,文学的观念和实践都在发生巨变,这个变化的速度超过了很多人的想象,它的重要特征是没有了方向感,或者说,呈现出了无数可能的方向。这个时候,应该选择和哪一种文学站在一起? 有很多种选择可能就意味着无从选择,许多人文学焦虑正源于此。假若仍然固守文学是一种永恒的审美形式,是人类生活的精神象征这种观念,你很快就会发现,这种永恒性、精神性的光芒已经黯淡,比如,各类影像、视频正在重组人类对世界的感知方式,那种可视、可听、可互动、可体验的综合性感受具有比文字书写更强大的仿真能力;又比如,各种媒介的融合所创造出的虚拟形象,短暂、易变、不断自我覆盖,但它们对那些决定性瞬间的捕捉,可以抹平虚拟世界和真实世界的界限,对很多沉浸式的消费者具有特殊吸引力——很多人对虚拟文本的信任甚至超过了对现实的信任。影响力越来越大的类型文学、网络文学,还有各种视听作品,都借力于这种新型消费模式而赢得它们的受众,让他们用点击率、互动留言、弹幕等各种有代入感的参与方式,共同完成对一部作品的传播和塑造。

许多年前,美国批评家希利斯·米勒正是看到了数字时代的虚拟世界将彻底颠覆传统文学的风格和秩序,并将重塑人类对世界的感知系统，才发出文学在电子媒介时代即将"终结"的感叹。他还说："所有那些电视、电影和因特网产生的大批的形象，以及机器变戏法一样产生出来的那么多的幽灵，打破了虚幻与现实之间的区别，正如它破坏了现在、过去和未来的分野。"[①] 数字文化每天所创造的都是新的现实，对比于之前的文学真实，它更夸张、更陌生，那些"形象""幽灵"都穿上了技术的外衣，变成新的精神幻象，渗透和控制着现代人的生活。现实是流动的、并置的，生活被改造成了每一个人都可以时刻参与演出的影像，各种自媒体、视频号打破了时空限制，通过无处不在的网络接点，把一种之前写作中所鄙视的"直接现实主义"强力呈现在我们面前，你已很难分清哪些是生活本身，哪些是虚拟演出。你所见的也不一定就是现实，现实正在被技术改编和重构，正在演变成超现实。

超现实对应的是超文本。网络连接了社会生活的各个方面，文学与生活的关系早已不再是过去那种镜像关系，生活成了立体的、多维度的网状结构，身在其中的每一个人都可以成为写作者，每一种材料都可以生产出不同的文本，每一种媒介都可以成为不同文本的载体。之前我们所理解的文学，是艺术的、神圣的，是作家通过语言创造一个想象世界，并让这个世界映照出人类真实的情感和思想；现在，整个世界都在变成一个超级文本，文学可能不再是"诗性的现实"，写作也不再是作家专有的话语权力，它作为一种观念的建构，和其他话语类型并无实质的区别——即便有区别，那也不是文学自身所具有的，而是意识形态在特定的历史条件下所建构、所赋予的。这是特里·伊格尔顿在《二十世纪西方文学理论》一书中的核心观点。今天的文学日益泛化成哲学、历史学、政治学、心理学、社会学，理论依据也在于此。于是，我们会经常听到这种论调，最好的短篇小说

---

[①] 〔美〕希利斯·米勒：《土著与数码冲浪者——米勒中国演讲集》，易晓明编，吉林人民出版社2004年版，第100页。

是《南方周末》的深度报道，最好的散文是带有社会学调查的非虚构写作，最好的文学研究是依据客观材料进行的史论研究，"文学研究的中心有了一个重大转移，由文学'内在的'修辞学研究转向了文学'外在的'关系研究，并且开始研究文学在心理学、历史学或社会学语境中的位置"①。

文学的外在化其实就是文学的泛化，是从作品中心转向文化中心。这种文学性的扩张未必是文学的福音，也不一定是文学研究的通途，但在相当长的时间里，它影响着文学写作和理论建构的走向。美国学者乔纳森·卡勒甚至说：

> 在人文学术和人文社会科学中，所有的一切都是文学性的。②

这种对"文学性"的无限扩张，其实否认了审美意义上的文学性，至少不再承认文学有其独有的美学形式，那些"想象的""技艺的"对世界的认知和感受方式被打破了，文学研究泛化成了文化研究。英国批评家彼得·威德森也在《现代西方文学观念简史》一书中说，"'文学性'是一种不系统的文化类别"，并"希望在历史的、文化的、社会的地位、功能和影响中，而不是在审美本质中，确立'文学性'的定义"。③文学似乎不能自我确证，而是需要被置放到一个更大的文化脉络中来审视才能找到自己的坐标。

我并不否认，历史、宗教、性别、种族这些因素参与了对"文学"

---

① 〔美〕希利斯·米勒：《重申解构主义》，郭英剑等译，中国社会科学出版社1998年版，第216—217页。
② 〔美〕乔纳森·卡勒：《理论的文学性成分》，《问题》（第一辑），余虹主编，中央编译出版社2003年版，第128页。
③ 〔英〕彼得·威德森：《现代西方文学观念简史》，钱竞、张欣译，北京大学出版社2006年版，第115页。

这一概念的建构。假如没有世俗化、平民化社会的兴起，小说就不可能有今天的地位；假如没有对性别平等的大声呼吁，文学中的女性形象和女性声音就不会如此闪亮。事实上，彼得·威德森虽然倾向于从功能主义和文化主义的角度来定义"文学性"，认为文学性的形成是文化和历史形成合力的结果，但他还是承认存在一种"有文学性的"语言和著作；他不再纠结文学和非文学之间的界限，而推崇文本中那种"文学性的自觉"。彼得·威德森还说，"存在许许多多的文学而不是只有一个单一的文学。……文学文本事实上都在每一个读者的每一次阅读行为中进行'重写'，而这并非依靠专业分析的过程，所谓文学其实就是在作者、文本、读者这三者没有穷尽的、不稳定的辩证关系之历史中不断重构的"①。重写，重构，也许都是在"文学性的自觉"驱动下完成的，它意味着那种具有唯一性、独特性的"单一的文学"是狭义的，不能再代表文学本身；而广义的"文学"，也就是"历史的、文化的、社会的地位、功能和影响中"的"文学"将成为中心和主流。

"文学性"蔓延到了其他文化领域，"文学"也就成了一个无所不包的宏大概念。乔纳森·卡勒甚至说："文学就是一个特定的社会认为是文学的任何作品，也就是由文化权威们认定可以算作文学作品的任何文本。"② 这种对文学的扩张、蔓延和泛化，既取消了文学的独立性和唯一性，也阻断了文学在想象世界里的可能性。

## 二

自从十九世纪下半叶开始，"文学"作为专业术语被广泛使用，

---

① 〔英〕彼得·威德森：《现代西方文学观念简史》，钱竞、张欣译，北京大学出版社2006年版，第10页。
② 〔美〕乔纳森·卡勒：《文学理论入门》，李平译，译林出版社2013年版，第23页。

它是一种书写人类精神生活和生命情状的语言艺术；本质上说，"文学"是存在论意义上的"学"，属于"艺"的范畴，这和哲学、美学、伦理学、社会学意义上的"学"有根本的不同——后者更多是知识论意义上的"学"。文学是"艺"，而不是"学"，即便是"学"，它也是存在论而非知识论意义上的"学"；但在今天这个文学不断扩张、蔓延和泛化的时代，知识论意义上的"学"都汇聚到了文学的洪流之中。

文学的边界在扩大，但文学自身的面目却变得越来越模糊。

这个背景下，文学理论界出现了一个倾向，那就是不怎么注重对文学文本解读的有效性，而着迷于将文学理论美学化、哲学化。西方美学本就是哲学的一个分支，它的源起是柏拉图的超验理念，追求的不是经验之美（世俗、自然），而是超验之美（上帝、最高的善），即便是论到艺术，其目的也是想通过思辨的方法为艺术寻找形而上的合法依据，使艺术具有精神上的超越品格。启蒙运动之后，经验之美获得了重视，但审美经验的最高追求仍然被解释为是和超验体验相遇合，直到现在，西方文论的主流还是超验意义上的哲学思辨。即便像苏珊·朗格这样比较重视艺术的内部形式研究，并强调艺术是情感与形式的统一的理论家，也声称自己的著作"不建立趣味的标准"，在她眼中，艺术是一种特殊的逻辑形式，艺术创造的过程就是一种艺术的抽象过程，她的理论核心仍然是"澄清和形成概念"，而"无助于任何人建立艺术观念"，"不去教会他如何运用艺术中介去实现它"[①]。中国当代的文艺理论普遍崇尚这种哲学思辨的路径，比较漠视文学文本的审美解读，理论多数时候都是概念的空转。

文学理论毕竟不同于哲学，它理应面对大量活泼、感性且充满艺术奥秘的文学文本，而这些文本中的"自我"也多数不是一个思辨的主体，

---

[①] 〔美〕苏珊·朗格：《情感与形式》，刘大基等译，中国社会科学出版社1986年版，第1—2页。

而是带着作家感情和体悟的艺术化的"自我",是一个可以对话的、有灵魂的人。如何处置这些人的情感形式和精神密码,是任何文艺理论都要着力解决的问题。概念常常是普遍性的概括,但文学形象则是个别的、独一的,所以,很多概念在阐释具体的文学作品或文学现象时显得并不合身,它貌似在说文学,其实更多的是在自我阐释和自我缠绕。

哲学思辨和文学解读之间的矛盾其来有自。哲学要求演绎和概括,是要寻找普遍的共性,在殊相中求共相,理论的普遍性、概括性越高,就越有价值;文学则相反,文学的生命是建立在它的唯一性和特殊性上面的,作家所创造的形象越是独一无二、无法重复,它的价值就越高,它是在普遍性中求特殊性,越特殊就越有生命力。

> 长期以来,西方文论家似未意识到文学理论的哲学化与文学形象的矛盾,因为哲学在思维结构和范畴上与文学有异。不管是何种流派,传统哲学都不外乎是二元对立统一的两极线性思维模式(主观与客观、自由与必然、形式与内容、道与器等),前卫哲学如解构主义则是一种反向的二元思维;文学文本则是主观、客观和形式的三维结构。哲学思维中的主客观只能统一于理性的真或实用的善,而非审美。而文学文本的主观、客观统一于形式的三维结构,其功能大于三者之和,则能保证其统一于审美。二维的两极思维与三维的艺术思维格格不入,文学理论与审美阅读经验为敌,遂为顽症。①

何以说伟大的文学形象都是不可复制的"这一个",它的逻辑基础正是来自每一个生命都是特殊的、唯一的。文学写作是在表达一种个体真理。文学文本的特殊性、文学形象的特殊性远大于文学理论的

---

① 孙绍振:《文论危机与文学文本的有效解读》,《中国社会科学》2012年第5期。

普遍性，从理论的普遍性出发，演绎不出文本的特殊性；理论作为对无数特殊性的一种概括，它本身所具有的特殊性是抽象的，这和文本那种具体的唯一性、特殊性是根本不同的。

这就是理论和创作之间永恒的矛盾。

但推动文学发展的永远是创作本身，并不依赖理论建构或观念之争。几乎每一种新的文学样式被创造出来，或者每一个伟大形象的诞生，都会涨破原有文学理论的壳，改写"文学"的定义。文学理论的发展，恰恰是要接受写作实践的检验，并不断通过新的写作实践和文本例证来纠偏固有的理论成见。过分执着于概念或定义的理论家，往往会以抽空文学经验为代价，无法有效地进入文学本身，而把定义、概念、方法当作一切；所谓理论的空转，其实就是概念和语言的自我循环，它无法从文学文本出发，然后返回到文学写作的实践之中。

任何对定义和概念抱持固化看法的理论研究都是徒劳的，文学研究的活力，在于"文学"一词是不断被新的写作实践所更新的；文学边界的扩展，来自作家对艺术的探索、对世界的好奇、对人性的勘探、对灵魂的想象。对于一个探索性的作家或者一部创造性的作品而言，原有的"文学"定义肯定是不合身的，由于文学所表现的人和世界都具有不可定义的丰富性与复杂性，有效的文学研究，永远只能从文本出发，而不是从定义出发。一切关于文学的定义都不应该成为文学研究的起点，它只能是研究过程中不断被修正、颠覆和突破的结果，这个结果，还要随时准备被新的文本证据或写作实践所修正和颠覆。理论的苍白，许多时候就是没有为定义、概念和方法留出足够的预期空间，没有看到，任何的定义都是临时的、开放的，尤其是文学研究，无论是读者对阅读的预期，还是作家对写作的预期，都是自由、开放、随时变化的，他们阅读或写作时不是去验证已有的结论，而是希望抵达新的空间，并被新的艺术发现或精神洞见所征服、所同化。

对于一种正在发展的文学实践而言，没有任何一个理论的定义或框架能装下它，所以，韦勒克才说，"文学理论如果不植根于具体的文学作品，这样的文学研究是不可能的。文学的准则、范畴和技巧都不能'凭空'产生"①。

　　我当然知道，文学经验并非文学理论的唯一来源；任何经验、现象、形象都是个别的、或然的，而个别不一定走向普遍，或然也不一定演绎成必然。如康德所言，"吾人之一切知识虽以经验始，但并不因之即以为一切知识皆自经验发生"②，知识除了来自经验，还有来自"先验"的、天赋的部分。这一点，康德不同于笛卡尔，笛卡尔认为人类一切的知识和观念都"不借助于感觉、经验，而是与生俱来的、先天的或天赋的东西"，也不同于洛克，洛克认为"人类知识起源于经验（而且只有经验）"③，康德认为，知识的本源主要是从经验中来的，但也有"先验"的成分，"先验"尽管是一种附加，但也不可或缺。中国文论主要是经验式的，先研究作品，然后从作品中抽象出理论观念和艺术方法来。钱锺书提出"通感"这样的概念，也是从具体作品中得到了感悟，再作进一步理论阐发的。但印象式、感悟式的文论，终究过于依赖作品个案经验的总结，难以形成系统、抽象的理论构架，因为经验和形象的个别性是无法穷尽的。如果简单地认为文学理论只能从具体文本的个别中去归纳，那就永远无法形成理论的"范式"和"构架"；任何个案都是有局限的，且归纳不能穷尽所有个案，任何归纳都只能是不完全归纳，通过归纳所形成的结论，迟早会碰到不同的反例，进而导致再一次的归纳，所以韦勒克在强调文学理论要植根于具体文学作品的同时还说："没有一套问题、一系列概念、一

---

① 〔美〕勒内·韦勒克、奥斯汀·沃伦：《文学理论》，刘象愚等译，浙江人民出版社2017年版，第27页。
② 〔德〕康德：《纯粹理性批判》，蓝公武译，商务印书馆2011年版，第31页。
③ 〔英〕洛克：《人类理解论》（上册），关文运译，商务印书馆2011年版，第1—2页。

些可资参考的论点和一些抽象的概括,文学批评和文学史的编写也是无法进行的。"①他重视理论与实践之间的辩证关系,认为它们之间是互相渗透、互相作用的。

是归纳还是演绎,是经验还是先验,是实践还是理论?争论还会一直继续下去,但在不断将文学理论美学化、哲学化的进程之中,后者往往压抑前者。而我恰恰认为,没有归纳、经验和实践对文学理论的纠偏,理论只会越来越空洞,尤其是这些年来,对西方理论的亦步亦趋,出现了许多脱离文学文本的理论迷思。越来越多人认为,文学理论并不完全是经验性或实践性的,理论也有其自身的独立性,从理论出发的自我演绎也能发展文学理论本身,这就不仅有了"理论中心论",还有了"没有文学的文学理论"②一说——文学理论不一定要借助文学才能影响社会,理论可以越过文学写作实践直接干预或批判社会。即便对于文本的理解,很多理论家也不认为只有文学作品才是理论要参照的文本,整个社会都可作为"文本"来研究,文化研究的要旨就是想对一切社会文本进行话语分析。

现在看来,这种对文学理论的过度自信,背后其实隐藏着一种文学危机。二十世纪以来对于文学理论的重要思考,都"出现在现代意义上的文学作为西方文化中一个主要理论趋于暗淡之时"③,文学作用日益衰微,文学价值面临挑战,通过理论化或将文学泛化到文化研究之中来扩张文学,并没有迎来文学的新生。米勒甚至不无偏激地说,"文学理论的繁荣标志着文学的死亡"④。这里的"死亡",我想不是指

---

① 〔美〕勒内·韦勒克、奥斯汀·沃伦:《文学理论》,刘象愚等译,浙江人民出版社2017年版,第27页。
② 金惠敏就专门出版了《没有文学的文学理论》一书,四川大学出版社2010年版。
③ 〔美〕希利斯·米勒:《文学死了吗》,秦立彦译,广西师范大学出版社2007年版,第54页。
④ 同上。

文学不复存在了，而是指文学不再像过去那样具有影响社会和历史的作用了。文学已"祛魅"，它在现代生活中变得无足轻重，即便把狭义的"文学"泛化成广义的"文学性"，也更多只是理论的自我演绎，"文学"日益空洞化的事实并未由此发生改变。

## 三

在文学理论美学化、哲学化之外，还有另一个倾向，就是将文学研究知识化、历史化。这种研究转向，同样包含着研究者对"文学"有了不同的理解。一方面，通过史料和细节的梳理，试图建立一种微观意义上的文学史观；另一方面，文化研究路径的广泛应用，也暗含了一种将文学科学化的学术努力。今天所探讨的"文学性"问题，就和文学科学化的趋向是密切相关的，甚至可以说，"文学性"是建构"文学科学"的理论基础。这也是雅各布森的著名观点。他在《现代俄国诗歌》一文中的经典论述，一直被视为"文学性"和"文学科学"研究的理论原点：

> 文学科学的对象不是文学，而是"文学性"，也就是使一部作品成为文学作品的东西。……每一种对象都分别属于一门科学，如哲学史、文化史、心理学等等，而这些科学自然也可以使用文学现象作为不完善的二流材料。①

建构"文学科学"，目的是将文学研究专业化、体系化，是关于

---

① 〔俄〕雅克布逊：《现代俄国诗歌》。转引自〔法〕茨维坦·托多罗夫编选：《俄苏形式主义文论选》，蔡鸿宾译，中国社会科学出版社1989年版，第24页。"雅克布逊"后来普遍翻译成"雅各布森"，本文亦统一用"雅各布森"。

文学的知识话语生产制度化的体现，背后隐含着实证主义和科学主义的精神。西方从十九世纪中叶开始风行实证主义思潮，信从一种能通过实证资料来验证的抽象规律，这种主要来自自然科学的方法，也深刻影响了人文科学的"标准化"原则。雅各布森所强调的"文学科学"，应和的正是这个思潮。"俄国形式主义的主要目标之一，是促进文学研究的科学化"①，科学化即知识化、实证化、标准化、规范化，旨在为一种新的文学研究立法。"每一种对象都分别属于一门科学"，雅各布森将"文学科学"的研究对象指认为"文学性"，进而区别于非文学，是想通过确定研究对象的不可替代性而让"文学科学"获得学科的独立性。有了自身学科知识谱系的建构，并划定研究对象的清晰边界，"文学科学"才不会沦为其他学科的附庸。学科拥有了自身的特殊性，才有独立存在的学术依据。

知识化和历史化是相连的，它们最集中的表现是将文学研究细节化、碎片化。这个趋向深受年鉴学派和米歇尔·福柯的"知识考古学"的影响。福柯称赞年鉴学派在历史学研究上的认识论转变，并视之为一种解构，他并不赞同关于整体、中心、意符断裂、全面理性等思想，比之于总体综合，他更青睐零碎知识。"历史学必须放弃宏观综合，改为关注零碎的知识。历史学不应再描述演变，因为演变是生物学的概念，它也不应再探索进步，因为进步是个伦理概念。历史学应当分析多种变化，发掘众多不连贯的瞬间。"② 推翻历史的连续性是废黜历史主体所导致的后果，研究因此就变得更为个体化和局部化。这种研究方法，不仅在历史学研究中成了重要趋势，在近年的文学研究中也非常普遍。"在研究中，史学家把历史上的重大时刻和人为的

---

① 〔荷兰〕佛克马、易布思：《二十世纪文学理论》，林书武、陈圣生等译，生活·读书·新知三联书店1988年版，第14页。
② 〔法〕弗朗索瓦·多斯：《碎片化的历史学——从〈年鉴〉到"新史学"》，马胜利译，北京大学出版社2008年版，第169页。

转折抛在一边，而唯独看重百姓日常生活的记忆"①，的确，日常生活史、微观史越来越成为历史讲述的大势，将一切细节化的后果就是渐渐隐去对历史整体的权威叙述，而将碎片不断放大；表现在文学研究中，就是凡不经材料验证的文学观念都普遍遭受质疑，文学成了材料辨析和知识建构，而它所具有的影响时代的"活泼泼的"生命意识和精神意志却被搁置和忽略了。另一方面，"史学家不再被动地接受资料，而是主动地对其分门别类，并将其组建成一座殿堂。……新时期的历史学家像个在社会边缘寻觅往日幽灵和死者言论的游荡者。他们的最终目标不再是把握事实的中心，而是探索其周边"②，历史研究不再探求推动历史运动的原动力，文学研究也没有多少人有兴趣深究推动文学前进的内在原因，文学现象被分割成了一个个切片，每一个切片都像是拥有自身知识谱系和时间表的特殊实体。

这种精细化研究可以作为文学研究的有力补充，但无法真正反映一个时期文学的整体面貌。微观史、实证化、细节化的研究思路，弥补了之前文学研究中过于注重宏大叙事的不足，有利于拆解出隐于历史深处和文本背后的那些错综复杂的关系，使"文学"不仅只是作家主体的想象，也呈现为一个知识建构的过程。但把文学研究都集中在微观的、细节化的、非经典的作家作品上，或者以文化史理论来替代文学研究，不仅"文学性"会日渐弱化，文学这一学科的独立性也会受到怀疑。

"文学性"的提出，原本是要摆脱过分注重外部研究的知识路径，而转向文学的内部——最重要的就是关于语言、形式、结构和精神世界的研究，相反，如果"文学的周边"这种外部研究成了主流，文

---

① 〔法〕弗朗索瓦·多斯：《碎片化的历史学——从〈年鉴〉到"新史学"》，马胜利译，北京大学出版社2008年版，第154页。

② 〔法〕弗朗索瓦·多斯：《碎片化的历史学——从〈年鉴〉到"新史学"》，马胜利译，北京大学出版社2008年版，第171页。

学研究就容易被历史化和知识化所劫持。史学化的研究丰富了文学学科的积累,但如何在这种研究中保持对文学的艺术敏感、对文学所关怀的个体生命的热情,是许多研究者都要面对的难题。文学研究的科学化和规范化,目标不是成为不注重"文学性"的历史研究。吴晓东在论到历史叙述与文学叙述的关系时说,"文学有日渐沦为史学的婢女的迹象","赞赏'历史化'的文学研究者们大都承认'文学作品是以历史为对象的,历史是作品存在的条件',但我们习惯于处理的所谓历史往往是外在于文学文本的,通常是从外部引入一个附加在作品之上的历史解释。而文学与历史的关系其实是互为镜像的关系,文学这面可以携带上路的镜子中自然会映射出历史的镜像,但镜像本身显然并非历史的本原,而是历史的形式化,历史的纵深化,乃至历史的审美化。历史中的主体进入文学世界的过程也是一个在文本中赋型的过程,主体是具现和成形于文本之中的。尽管历史中的主体与文本中的主体在历史的和逻辑的双重层面上均有一种同构的关系,但是文学文本在积淀历史的表象的过程中,显然还生成了自身的逻辑,这就是审美之维与形式之维的介入。形式之维使思想得以具形,审美之维则使主体获得感性。而这种感性恰恰是理性的正史在岁月的风尘中被慢慢掏空了的"。① 既然文学写作遵循情感和审美的逻辑,文学研究就不能忽视情感和审美展开的过程,不能在知识和材料的辨析中失去"文学性的自觉"——这种自觉是文学研究确认自身价值的重要依据。

一些忽视审美感悟的文学研究所具有的"学术性",很可能被夸大了。尤其是中国现当代文学,无论"五四"新文化运动还是"新时期文学",这两个带有新的文学观念发轫意义的关键时

---

① 吴晓东:《释放"文学性"的活力——再论"社会史视野下的中国现当代文学研究"》,《文学评论》2020年第5期。

期，都是以思想革命、艺术革命为旗帜的，那种生机勃勃、元气淋漓的状态，才是文学最饱满、最富生命力的状态。文学的学术性，必须以文学审美为根底，也必须具有精神关怀和思想批判的维度，而不是简单臣服于知识梳理和历史讲述。即便是知识，文学也是一种带有情感体温、审美印痕的特殊知识，它永远有学术规范无法驯服的部分。文学研究最核心的应该是对人性、审美的感悟和解读，此外都是旁支。人性万象、艺术魅力是一部文学作品潜藏的最大奥秘，也是文学研究最重要的学术基础。①

确立了文本的审美维度，并在艺术的层面接通它与人性、生命之间的联系，这种"文学性"才是现代意义上的"文学性"；它既容纳传统文学所界定的诗性、想象性和创造性的特征（其实就是文学的艺术品格），又进一步看到，文学要如威德森所说的有自己的"符号学"，有不同于其他文化话语的核心概念，如果混迹于那些流行的概念之中，文学就会失去自身的特质，"正因为这样，我才同意特里·伊格尔顿的如下说法，'文学的确应当重新置于一般文化生产的领域；但是，这种文化生产的每一种样式都需要它自己的符号学，因此也就不会混同于那些普泛的文化话语'。"②狭义的"文学"概念也许真的在走向终结，现代性意义上的"文学性"蔓延已成为事实，但狭义的"文学"离散为"文学性"，并不能简单地理解为是对"文学"的解构，而更多的是对"文学"的重构——离开形式性、艺术性、典型性这一狭义的文学范畴，在文化、历史和社会功能中重新确证自身，以突破"单一的文学"本身的局限性。

---

① 谢有顺：《孙绍振的思想核仁》，《小说评论》2022年第6期。
② 〔英〕彼得·威德森：《现代西方文学观念简史》，钱竞、张欣译，北京大学出版社2006年版，第2页。

从这个角度看旧有的"文学"观念,就会知道它既是在终结,也是在重生,这也是米勒所说的现代性的逻辑,它包含了"终结"与"永恒"的辩证法:

> 如果一方面来说,文学的时代已经要结束了,而且凶兆已出,那么,另一方面,文学或"文学性"也是普遍的,永恒的。它是对文字或其他符号的一种特殊用法,在任一时代的任一个人类文化中,它都以各种形式存在着。①

米勒说,所有关于"文学"的严肃反思,都要以这两个互相矛盾的论断为前提,这个现代性的矛盾,呼应的是波德莱尔对现代性的定义——现代性一半是过渡、短暂、偶然,另一半是永恒和不变。现代艺术,包括现代意义上的"文学性",因为安置了这种内在矛盾,才构成了艺术的张力。要真正理解"文学性",就必须从空洞的理论演绎或无度的知识辨析中逃离出来,回到文学本身,从矛盾、辩证的逻辑里感受艺术的本性。罗兰·巴特说,没有什么比将文本视为知识对象(思考、分析、比较、反映的对象等)更令人沮丧的了,"文本是一个愉悦的对象"②。罗兰·巴特用的"愉悦"一词,就充满着对文学本性和文学接受主体的关怀,后来他还将它引申为"文之悦",并把这种"悦"解释为一种力量,一种与旧的习惯抗争的力量。文学的精神之"悦",来自短暂和永恒之间的冲突,人生如何在有限的经验与永恒的精神之间往返,这几乎是一切伟大作品的潜在主题;文学的艺术之"悦",来自形式上的"陌生化",或来自文本的"非自然性"——

---

① 〔美〕希利斯·米勒:《文学死了吗》,秦立彦译,广西师范大学出版社2007年版,第21页。
② 〔法〕埃里克·马尔蒂:《罗兰·巴特:写作的职业》,胡洪庆译,上海人民出版社2011年版,第109页。

罗兰·巴特认为，文本的"非自然性"是文本产生愉悦的审美体验的来源。熟悉或陈旧的艺术形式不会给人带来新奇感，艺术的创造就是要不断生产陌生感、非自然性，那些变形、新异的艺术图景，在挑战我们旧的阅读习惯的同时，也创造一种超越了固有艺术秩序之后的"愉悦"。

罗兰·巴特说，文学语言和句子带来的"愉悦"是"极端的文化之悦"，但彼得·威德森说得更直白，他认为，文学能一直存续，不过是因为人们"喜欢"："文学提供愉悦：人们似乎只不过是喜欢阅读它。从中可以列举出无数理由：失眠、好奇、打发时间、避免无聊、激发思考……或者也可能根本没有可以列举的理由：仅仅是喜欢而已。"① 我在前面的论述中，不愿轻易认同对"文学性"的无限扩张，也不愿看到"文学性"被泛化为一个空洞的理论概念或一堆历史材料，其实就是想保留对文学的这种简单的"喜欢"；这种喜欢所带来的愉悦也许是虚无的、无用的，但正是这种虚无和无用提供了"文学性"得以实现的空间。存在一种令人愉悦的"文学性"吗？当文学研究不断偏离文学的本性，进而深陷各种理论和方法的迷思之时，这个直白的追问，也许可以让我们再一次思考何为真正的文学。

◎ 最初发表于《当代文坛》2023年第1期

---

① 〔英〕彼得·威德森：《现代西方文学观念简史》，钱竞、张欣译，北京大学出版社2006年版，第126页。

# 召唤一种新的现代小说

中国当代小说一直没能较理想地平衡好两种关系，概括起来说，就是实与虚、小与大的关系。很多写作困境由此而来。

二十世纪八十年代中期后的小说革命，常常在极端抽象和极端写实这两种思潮之间摇摆。先锋小说时期，语言和结构探索的极致状态，写作被抽象成了一种观念、一种形式法则或语言的自我绵延，代表作有格非的《褐色鸟群》、孙甘露的《信使之函》、北村的《聒噪者说》等；后来的新写实小说，写日常生活琐细的困顿，各种孩子入学难、乡下来亲戚了、豆腐馊掉了的两难，走的又是极端写实的路子，"一地鸡毛"，精神意蕴上飞腾不起来。九十年代以后，对日常生活书写的张扬，走的就是这种经验主义、感觉主义的写作路子，物质、身体、欲望是叙事的主角，"新状态""身体写作""70后""80后"等写作现象背后，都有经验崇拜、感觉崇拜的影子，叙事中的细节流指向的多是日常生活的烦难和个人的私密经验，这种由感觉和经验所构成的实感，对于认识一种更内在的生存而言，敞露出的往往是一种空无感——写作到经验为止，而经验的高度同质化是一个不争的事实、经验的贫乏，其实就是意义的贫乏、精神的贫乏。一味地沉迷于生活流、细节流的书写，只会导致肤浅情绪的泛滥，或者满足于一些生活小感悟、小转折的展示，这样的写作，对于生活下面那个坚硬的核心并无多少解析能力。

依靠直接经验的写作，塑造的往往是经验的自我，经验与经验之间发生冲突时，也是通过经验来解决矛盾，这种以实事为准绳的自然思维，还不足以创造出意义的自我——我们经常说的精神可能性，其实就是要在写作中让经验从个别走向一般和普遍。除了自然思维，写作还需要有一些哲学思维，才能在实事、经验之中完成内在超越。

诗歌写作也是如此。短小，写实，貌似意味深长的转折，不乏幽默和警句，这类诗歌现在成了主流，写作难度不大，写作者众多，给人一种诗歌繁荣的假象；但细读之下，会发现这些诗歌写的不过是一些细碎瞬间和浅易的一得之见，对自我和世界的认识还多停留在生活的表面。而在二十世纪九十年代末发生的关于"知识分子写作"和"民间写作"的诗学论争，也是诗歌写作在极端抽象和极端写实之间摇摆的生动例证。过于强调知识分子的身份，很多诗歌就被抽象成了知识、玄学、修辞、语言符码；过于强调口语和民间，也会流于松弛、庸常、细碎、斤斤计较的写实。写诗不是炫耀修辞、堆砌观念，不能牺牲生命的直觉和在场感，但也不是放弃想象、仿写日常，被生活的细节流卷着走。口语是一种语言态度，目的是达到言文一致，写出诗人真实所感，进而确立起有主体意识的写作精神，反抗一种没有身体感的虚假写作。正如五四白话文运动，重点不在于用白话（仅就白话而言，晚清就有不少人在用白话作文、白话写小说了），而是在于用白话文创立一种新的现代书写语言，建构一个新的现代主体。白话和白话文是不一样的。晚清无论是报刊白话文还是白话小说，都是针对汉字的繁难而想找一条新的语言出路，为此，哪怕激进到废除汉字、改用拼音这一步，一些人也在所不惜（这种思想或许受了日本的影响），可见晚清对白话的认识还是工具论层面的，还未意识到旧语言（文言文）对于新思想、新观念的传播有巨大的局限，更没有建构现代个人意识的觉悟；而五四白话文运动是要通过建构现代书写语言来重塑现代人的主体意识,来解放被传统语言束缚了几千年的思想,这就超越了工具论,而把语言的选择当作了现代人自我意识觉醒的一种方式。现代文学史称鲁迅的《狂人日记》为第一篇现代白话文小说,原因就在于《狂人日记》里有一个觉醒了的"我"在省思和批判。这个现代主体和内在自我,才是它区别于晚清白话小说的重要标志。不看到语言背后暗藏的思想变革的力量,文学的革命就会流于表浅;今天很多诗歌写作者对"口语"的理解停留于工具层面,并不懂何为有主体性、创造性的"口语写作"。

这里面也有一个待解的虚与实的问题。

实的一面,就是语词、经验、细节、感受,似乎越具体就越真实;但虚的一面,还有一个精神想象和诗歌主体建构的潜在意图,它才能真正决定诗歌的质地如何。小说的误区似乎相似。有那么一段时间,小说不断地写实化、细节化、个人化,作家都追求讲一个好看故事,在涉及身体、欲望的经验叙写方面,越来越大胆,并把这个视为个人写作的路标之一,以致多数小说热衷于小事、私事的述说,而逐渐失去关注重大问题、书写主要真实的能力。二十世纪八十年代中期以前的中国当代小说,偏重于宏大叙事,艺术手法单一,价值观善恶分明,而且脱不开在末尾对作品进行精神升华的叙事模式,整体上显得空洞、虚假,缺乏个体精神意识的觉醒;即便到了寻根小说时期,韩少功说,"在文学艺术方面,在民族的深层精神和文化特质方面,我们有民族的自我。我们的责任是释放现代观念的热能,来重铸和镀亮这种自我"[1],这个时候的"自我",主要还是"民族的自我","根"也还是传统文化之根,带着鲜明的类群特征。但此时作家转向传统和民间,仍有积极的意义,它是对之前的小说(伤痕小说、知青小说、改革小说等)过分臣服于现实逻辑、缺乏想象力的一种反抗。

---

[1] 韩少功:《文学的"根"》,《作家》1985年第4期。

"'实'是小说的物质基础，但太'实'常常损伤艺术的自由，这时，有文化自觉的写作者就会转向民间、向后回望，骨子里是想借力'不入正宗''流入乡野'的'异己的因素'，来获得'更新再生的契机'，进而获得一种精神想象力。民族文化混沌时期的拙朴、苍茫、难以言说，正适合想象力的强劲生长。匍匐在地上的写作是没有希望的，必须激发起对人的全新想象，写作才能实现腾跃和飞翔。"①而到了先锋小说时期，写作对个体意识的张扬可谓到了随心所欲的地步，小说不再顾及普通读者的感受，不讲述逻辑连贯的故事，不突出人物形象的典型和饱满，不再是线性叙事，转而迷恋一种复杂的迷途结构，语言上也充满自我指涉、自我繁殖的呓语，一切旧的写作规范都被打破了——这种探索的直接后果就是，写作越来越像个人的语言游戏，这和后来的"身体写作"沉迷于个人私密经验的展示，在思维路径上是相似的。

极端的个人化写作，必然会拒斥多数读者的阅读期待，写作也会因为失去必要的开放性而损耗大众影响力。现在回头看，那时的先锋写作更像是一种具有价值幽闭性的密室游戏，每个任性的探索者，都想把一种形式感推到极致。先锋就是自由，写作就是描画个人的语言地图。本雅明说，"小说的诞生地是孤独的个人"，"写一部小说的意思就是通过表现人的生活把深广不可量度地带向极致"②；先锋写作不仅是要把生活带向极致，还要把话语方式也带到极致，这种艺术冒险充满着对大众的阅读惯性和审美趣味的蔑视——彼此分道扬镳也就在所难免了。

---

① 谢有顺：《思想着的自我——韩少功的写作观念对中国当代文学的启示》，《南方文坛》2022年第4期。
② 〔德〕瓦尔特·本雅明：《讲故事的人》，张耀平译，《本雅明文选》，陈永国、马海良编，中国社会科学出版社1999年版，第295页。

有一个误解似乎值得澄清，那就是大家普遍认为，文学大众影响力的式微、文学期刊订数和文学图书销量断崖式下跌，是从九十年代初市场经济大潮来临之后开始的。其实这是错觉。有资料显示，从八十年代中后期开始，文学期刊订数和文学图书销量就下滑得很厉害了，只是那时基数还很大（文学期刊征订数多达百万或几十万的不少），即便订数和销量跌去一半或更多，剩下的数字仍是可观的，维系刊物生存完全没问题；直到九十年代中后期，跌无可跌了，问题的严峻性才真正显露出来。可见，文学影响力的萎缩，固然有市场经济的冲击，但也不能忽略把写作变成个人的"密室游戏"之后导致的对读者的疏离。当时影响力最大的刊物，如《收获》《钟山》《花城》《人民文学》《作家》等，主推的往往是可读性不强的先锋小说、探索小说，整个文坛都洋溢着一种艺术至上的氛围，都在为探索者开路，被创新的鞭子追着跑。作家们孤傲地认为，需要改变的不是自己，而是读者那日益陈旧的文学趣味，如法国新小说派作者所言，巴尔扎克已经过时了，必须扔下船去，在中国作家眼中，卡夫卡、博尔赫斯、罗布-格里耶、福克纳、马尔克斯等人的作品才意味着艺术革命的方向。必须承认，这种孤绝感和大众审美是错位甚至对立的，那时的青年作家不顾一切地走在这条孤绝的艺术道路上，是需要写作智慧和艺术勇气的，这也是至今还有很多人在怀念八十年代的原因之一。不能否认当年的文学革命、先锋实验对于文学回归艺术本体的重要意义——这种写作自觉，使文学不再是各种社会思想的附庸，使之获得了独立的审美空间；语言也不再是工具，而成了现代小说叙事艺术的主角。

但标新立异并不是现代小说唯一的道德。如果写作只是修辞和技艺，任何一种变着花样的探索很快就会模式化和雷同化，谁都可以玩一次意识流，谁都可以荒诞一把，博尔赫斯的圈套、马尔克斯的开头也可以模仿得像模像样。写作除了要有方法论的革新，也要有丰富的现实信息和审美信息，叙事才不会变成语言的空转，因此，文学该如何向公众发言，并重获大众影响力，这并非一个无关紧要的问题。当年的先锋作家，如余华、格非、苏童、叶兆言、北村等人，后来都发生了写作转向，并写出了《活着》《人面桃花》《黄雀记》等故事性很强、读者很多的作品，这本身也表明，不再坚持过于乖张的艺术面貌，未必就是向大众妥协，而可能是通过艺术的综合和平衡，让小说回到了小说自身的道路中。同样是讲故事，经过了现代艺术训练的作家，他的讲述方式必然会有很大的不同，像格非的《人面桃花》，试图借鉴和激活中国传统的叙事资源，甚至不乏向《金瓶梅》《红楼梦》致敬的段落，但格非这个关于乌托邦的故事仍然讲得哀婉、忧伤，充满了现代叙事的空缺策略和观念思辨。

很多人把这种写作转向看作是先锋作家的叙事突围，并不是没有道理。艺术革命大可以把小说改造成另一种艺术形式，但离开了故事和读者，就未必有必要再称它为"小说"。小说的基本面是故事、人物、命运感，完全打掉这些基本面，小说就会空心化，叙事就会失禁。过度创新和过度守旧一样，都需警觉。"我觉得实验性的小说最好是短篇，顶多中篇，长篇则完全没有必要。因为一个作家如果想要玩玩观念，玩玩技法，有十几页就完全可以表现了，没必要写那么大一本来重复。"[1]确实，像格非、苏童这样的先锋作家，包括后来写出了《檀香刑》《蛙》的莫言、写出了《云中记》的阿来、写出了《人生海海》的麦家，在写作转型上之所以成功，就在于他们在长篇小说写作中实现了传统与现代的综合，重塑了自己的小说面貌。在写实与抽象之间，经验与超验之间，小事情和大历史之间，不偏向于任何一方，

---

[1] 韩少功：《鸟的传人——答台湾作家施叔青》，《大题小作》，上海文艺出版社2017年版，第208页。

而是走了一条日常性和意义感、艺术性和大众化相平衡的中间道路。

"中间道路"这样的概括也许过于粗疏了，但从极端抽象的艺术探索中撤退，同时又避免沦入经验主义、感觉主义的泥淖，让写作变得既感性又理性，既实又虚，甚至用寓言的方式来写人间万象，这种综合和平衡所带来的写作突破，是近年来中国文学最大的收获之一。

好的小说，总是游走于纪实与虚构、微观与宏大之间，让自我、意义、价值关怀、精神追问等，隐身于细节、经验、语言和结构之中，进而实现某种综合和平衡；它既有坚硬的物质外壳，又能在意蕴上显出一种浑然和苍茫，有限的讲述，好像敞开着无限的可能。而综合、平衡、杂糅、浑然，正是文学精神的核心。尤其是当我们把西方各种艺术流派都模仿、借鉴一遍之后，文学如何才能建构起真正的中国风格，就得借力于对各种艺术力量的综合。文学要想对"中国"作出重新体认，不是简单依靠回望传统、激活传统叙事资源就可以了，它还要处理好与现代世界、现代艺术之间的关系。

只有融会了东方和西方、传统和现代的文学，才能称之为面向未来的中国文学。

之前几十年，中国文学是在补课，一方面是通过艺术革命来探索文学的多样化，另一方面也通过借鉴各国的文学资源，使文学重获世界主义的品格。都说艺术是没有国界的，但精神有根性、心灵有故乡，文学最终要确证的，仍然是一个作家活在此时此地的存在感受。所谓的真实感，就是要写出自己所面对的人群和生活所独有的面貌；完成了对一个时代的概括与书写，文学才算达成了它的使命。而在当下的语境里，"使命"成了一个大词，是个人主义的文学不太关心的，在他们眼中，写作似乎就是为了不断地强调和建构这个"我"。但是，真正的文学既是有"我"的文学，也是无"我"的文学，如庄子所说"吾丧我"——它既是对一种自由精神的张扬，也是要把这种自由精神变成普遍性的精神平等。从"我"到"吾丧我"的存在性跳跃中,作家才有可能实现更大的写作抱负。

小说是当下最重要的文体,理应担负起文学变革的使命。

米兰·昆德拉在论到小说的使命时,举穆齐尔和布洛赫为例,说他们俩"给小说安上了极大的使命感","他们深信小说具有巨大的综合力量,它可以将诗歌、幻想、哲学、警句和散文糅合成一体。这种糅合,目的也就是要重新对人类的命运有一个整体性观察。"① 中国文学是否有这种"使命感"和"综合力量",并获得"整体性观察"这个重要维度,对于写作空间的拓展至关重要,因为艺术风格的局部调整,叙事策略上的细小变革,可能并没有我们想象的那么重要,真正改变文学大势的,还是那些能让现状做出整体性翻转的写作观念。

"现代"观念的确立,是现代小说发生的基础,它带来了世界范围内的文学观念的大翻转。马克斯·韦伯认为,"现代"社会的来临,和西方的理性传统促成的社会向世俗化转变密切相关;而在康德看来,"在理性面前,一切提出有效性要求的东西都必须为自己辩解"②。既然"现代"世界是把理性主义当作思想武器,据此认为有了超越过去时代的进步性和优越性,它的合法性就无法再从过往的历史中获得,只能从自己内部来完成自我确证、自我立法,并把自我当作客体来思辨和审视。因此,承载了反思和批判精神这一现代品质的小说,才称得上是现代小说。而对世俗生活的关注、个人意识的省悟、精神困境及其出路的探求,正是现代小说的特征之一。现代小说通过虚构来建构想象的真实,它打磨自我意识而使个体变得纤细、敏感而脆

---

① 《巴黎评论·作家访谈1》,美国《巴黎评论》编辑部编,黄昱宁等译,上海文艺出版社2015年版,第189页。
② 转引自〔德〕于尔根·哈贝马斯:《现代性的哲学话语》,曹卫东译,译林出版社2004年版,第23页。

弱,它书写人与社会、他者的疏离感并由此强化孤独、绝望的情绪,它因为诠释了这些现代人的精神处境而获得崇高的文学地位。

但这种以"自我"这一现代主体为基础的写作,正在走向精神的穷途,个人的经验、感受所固有的局限性,已无法有效解释现代世界,更无法实现与他者的真正沟通。要突破这一困境,小说须从"自我"这个茧里走出来,重构"自我"与"世界"的关系。"世界"是"我"的世界,"我"也应是"世界"中的"我",前面说的平衡实与虚、小与大这两种关系,其实就是平衡"自我"与"世界"的关系。这并不是什么新议题,却有可能从这种思考中建构起新的写作路径,毕竟,现代小说要真实对话一个还在急剧变化的现代社会,必然会遭遇新的问题,也必然会向写作者提出新的问题。现代小说的核心要旨就是不断地提问,它或许不能给出确定的答案,但它理应一直保持着提问的姿态。极端抽象或极端写实的写作路径,都曾在某个时期让中国作家写出了具有现代感的小说,在这些小说中,最响亮的字眼就是"自我",这么多年过去了,它的成就和它的局限也都充分显现出来了。接下来需要的是平衡、综合、拓展。而平衡和综合好实与虚、小与大、自我与世界之关系后的重新出发,很可能会再一次改变中国作家的写作观念。

新的观念催生新的小说。当一个现代社会来临,我们不仅希望作家告别陈旧的写作方式,写出真正的现代小说,也希望他们能不断地写出新的现代小说。

◎ 最初发表于《文艺争鸣》2022年第6期

# 肯定中国当代文学也需勇气

中国当代文学的成就，主要集中在新时期以来的这四十多年。这四十多年累积下来的写作者很多，各种风格、各种水准的作品都数量庞大，说中国当代文学成就大的人，可以找出很多有实力的作家和作品例证；说中国当代文学不值一提的人，也能找到不少名不副实的作品例证，而且双方所举证的，很多还是相同的作家作品。这也可从一个侧面见出评价中国当代文学之难。

但凡没有经过较长时间淘洗、过滤的文化现象，共识总是很难形成，争议乃至价值分裂都是必然的。中国自古以来有"文德敬恕"的写作传统，不喜欢满口柴胡气、一开口就见到喉咙的刻薄文风，觉得那样少了敦厚温和之气，但这样的传统"五四"以后就被打破了。"五四"以来的许多文艺论争，都是用词极端、充满意气的，夹杂着人身攻击的论战也不在少数。很多人抱怨现在的批评文风要么过于温暾、要么戾气很大，各种不满意，其实让不同的人选择不同的说话方式，是再正常不过的文艺生态；试图让每一个人都怒目圆睁、见佛杀佛，或者让每一个人都细细思想、慢慢道来，都不现实。学会接受在文学现场发生的各种意气、火气、情绪、偏颇、缺漏、不吐不快、攻其一点不及其余，是身在当代的人必须面对的现实，这些也是当代文学不可分割的一部分。要在如此混杂、喧闹的中国当代文学现场里作出清晰的判断，并不容易。

如果以四十几年前新时期文学的发轫为一个新的起点，应该说，中国当代文学的这个新起点，艺术水准是不高的。刘心武的《班主任》固然重要，但以今天的眼光看，艺术上还嫌粗糙；那时，因为写作被批判的也大有人在。我听舒婷说过，她当年写诗，面临着怎样的巨大压力；我也听汪政讲过，赵本夫当年写《卖驴》，差点被拘押。可见，无论艺术上还是思想自由度上，四十多年前的这个起点都是很低的。但经过这几十年的努力，不可否认，中国当代文学取得了很大的进展，至少在诗歌、中篇小说、长篇小说、文学批评等方面的成就已不亚于现代文学，甚至超过了现代文学，这应该是不难判断的事实。我们今天对现代文学作家有崇高的评价，一方面和他们的写作成就相关，另一方面也与他们参与了现代汉语的建构有关。现代汉语的基本面貌主要是以现代文学的文本为参照的，如果一个作家参与了一种语言的建构，尤其是见证了一种语言从出生到成熟的过程，他的重要性就会不言而喻。相对来讲，当代文学在语言比较成熟的状态下，要想有所创新，并建立起一种全新的语言风格，难度就要大得多。但这并不能成为我们漠视中国当代文学成就的借口。以中篇小说为例，像二十世纪八九十年代发表的《棋王》《透明的红萝卜》《罂粟之家》《一九八六年》《傻瓜的诗篇》《没有语言的生活》《玛卓的爱情》等一大批作品，今天重读仍然是令人赞叹的；有些作品，即便放在同一时期世界文学的尺度里（从现有的中文译作来看），也是可以平等对话的，比如苏童的一些短篇小说，艺术水准并不见得逊色于那些已翻译过来的、与他同龄的西方作家。

因此，承认中国当代文学这四十几年所取得的成就，同样需要胆识和勇气。

文学研究界总是存在一个怪现象，好像研究对象越古旧就越显得你有学问，所以，在中国文学这个学科里，研究先秦的多半看不上研究唐宋的，研究唐宋的又可能看不上研究元明清的，研究元明清的不太看得上研究近现代的，而研究近现代的不少又看不上研究当代文学的。这种对时间的迷信其实是肤浅的。孟子说："观水有术，必观其澜。"观史何尝不是如此？如果不留意历史流程的每一个细小的转折处，尤其是它在当下所引起的波澜，史论研究很可能是空洞的。刚去世不久的历史学家章开沅曾说，历史研究者的眼界不可太过局促，史学的真正危机在于大家把题目越做越小。文学界就更是如此了，从业者众，每年生产的学位论文更是堆积如山，但研究的视野和话题的丰富性，都窄小而有限。所以章开沅主张"参与史学"，强调史家必须有适度的现实关怀，回顾过去的同时，还要立足现实，并面对当前人类面临的一些重大问题。这种当代意识是任何一个研究者都应具有的。以此来看，当代文学并不是仅限于与一部分写作者和研究者相关的学科，而应是所有文学人所共享的精神场域。但凡有所担当的写作和研究，无论它从哪个角度切入世界，最后通向的肯定是"现在"——你对"现在"的态度，会决定你取何种立场思考；意识到了"现在"的绵延之于一个人的重要意义，人类才得以更好地理解在历史的某个特定时刻自己是什么。

不久前读俄罗斯作家贝科夫写的《帕斯捷尔纳克传》，里面这样描述帕斯捷尔纳克："他的胜利不在于完美无缺，而在于完整、贴切地表达了他所经历的一切（也在于他不惧怕承担这一切）。"① 这种"经历"和"承担"，昭示出作家是活在当下的，他没有逃避现在，而是在对当下的体验中，通过语言重建一个他所守护的真实世界。许多时候，正在经历和发生的一切是最难辨认，也最难判断的，一个文学研究者如果想要表达一种所谓的学术勇气，最简单的办法就是否定当下正在发生的文学，否定同时代的作家，因为没有经过时间淘洗、检

---

① 〔俄〕贝科夫：《帕斯捷尔纳克传》（上卷），王嘎译，人民文学出版社2016年版，第11页。

验的文学经验,往往是最不值钱的,一切的过度判断都可以得到原谅,甚至还会有人把这种横扫一切的做法视为学术良心。但这又产生了一个新的问题,那就是,假若五十年后或者一百年后来回顾、研究这一阶段的中国文学,不可能认为这几十年的文学写作都是过渡性的、没价值的吧? 如果我们承认这个时间也诞生过好作家、好作品,那这些人是谁? 这些作品是哪些? 好作家、好作品不可能都等百年之后再来确认,今天在现场中的人就要有辨认和肯定的眼光,就要有第一时间大胆判断的勇气。

盲目肯定固然不可取,但一味地否定也不是正途,还是要理性、客观地从研究对象身上多加学习,才能对文学的发展现状提出更具价值的意见。这令我想起台湾学者徐复观的一段回忆。当年他穿着陆军少将的军装到勉仁书院拜见熊十力,向他请教应该读什么书,其中有一段描写非常精彩:他老先生教我读王船山的《读通鉴论》,我说早年已经读过了。他以不高兴的神气说:你并没有读懂,应当再读。过了些时候再去见他,说《读通鉴论》已经读完了。他问:有点什么心得? 于是我接二连三地说出我的许多不同意的地方。他老先生未听完便怒声斥骂说:你这个东西,怎么会读得进书! 任何书的内容,都是有好的地方,也有坏的地方。你为什么不先看出它的好的地方,却专门去挑坏的? 这样读书,就是读了百部千部,你会受到书的什么益处? 读书是要先看出它的好处,再批评它的坏处,这才像吃东西一样,经过消化而摄取了营养。譬如《读通鉴论》,某一段该是多么有意义;又如某一段,理解是如何深刻;你记得吗? 你懂得吗? 你这样读书,真太没有出息! ——这事徐复观多年以后忆及,仍觉"这对于我是起死回生的一骂"[①]。

---

[①] 徐复观:《我的读书生活》,《中国人的生命精神:徐复观自述》,胡晓明、王守雪编,华东师范大学出版社 2004 年版,第 29 页。

那这四十多年不长的历程,中国当代文学最为重要的成就是什么呢? 我觉得,在于它在某种意义上再造了中国文学的语言制度。

中国文学一直有比较成熟的、规范的语言制度,很早的时候,语言制度就对应一种文明制度确立下来。语言的制度化对文学的发展有利有弊。一方面,它使得文学语言变得规范、成熟;另一方面,也成为一种约束、镣铐。比如,格律诗作为中国语言制度的典范,成就很高,但过度规范也是对语言的窒息。孔子删《诗经》的时候,就是为了建立起文学的语言制度,这一制度的核心是"思无邪",要通过语言整肃,"去郑声",使诗成为雅音、雅言,此正声的目的是让诗言志,走大道。不仅郑声,同一时期的宋音、卫音、齐音,这些在野的声音、语词都是"溺志""淫志",让人沉溺而心志混乱的。这些不合乎规范的声音都要被去除,"齐之以礼"。当语言高度格律化、制度化之后,诗也就容易走到刘半农他们所说的"假诗世界",不改不行了。"五四"的功绩之一就是对这种成熟到近乎腐朽的语言制度的颠覆。从格律诗到自由的、彻底的长短句,这是对固有的语言制度的反叛,对一种自由的、个人的声音的重新召唤。

二十世纪七十年代末发生的中国文学,也可谓是对之前"十七年"文学这一僵化的语言制度的反抗,让各种个人的声音有了重新发声的机会。朦胧诗也好,伤痕文学也好,先锋文学也好,再到女性文学、网络文学等,一路下来,都是越来越强调自我、个人的声音。这是一种文学语言制度的再造,文学又有了自由表达的空间,也获得了语言意义上的新生。今天的中国文学,主旋律的,弘扬传统文化的,先锋的,现实主义的,网络的,市场化的,汇聚于一炉,每个人都可以找到自己发力、施展的空间,这种驳杂与丰富,其实就是语言的胜利。而且每一种类型的写作,都开始形成自己的小传统,产生自己的代表性作家。我们不可能再回到旧有的腔调中说话和写作了,更不可能用一种统一的语言来覆盖所有写作了。而新的语言必然承载新的价值、新的观念，这种巨大的思想转变，和中国当代文学的一次次变革密切相关。

当然，肯定中国当代文学成就的同时，也需看到，中国当代文学也面临着巨大的困难，尤其精神格局上的局限性，特别明显。

随着文学语境的变化，写作不再是单纯的个人面对自我、内心和世界的勘探，各种热闹、喧嚣都在影响作家，也在重新塑造作家们的文学观念。而国内文学活动繁多，国际交流也越来越频密，以致各种层面的交流被视为评价作品的重要参考。但我感觉，这些年作家们过度强调文学交流、文学翻译之后，有所忽略文学的另一种本质——写作的非交流性。事实上，许多伟大的文学作品，都不是交流的产物，恰恰相反，它们是在作家个体的沉思、冥想中产生。曹雪芹写作《红楼梦》时，能和谁交流？《源氏物语》的诞生是交流的产物吗？很显然，这些作品的出现，并未受益于所谓的国际交流或多民族文化融合。它们表达的更多是作家个体的发现。正因为文学有不可交流的、封闭性的一面，文学才有秘密，才迷人，才有内在的一面，这就是本雅明所说的，小说诞生于"孤独的个人"①。"孤独的个人"是伟大作品的基础。现在一些中国作家的写作问题，不是交流不够，恰恰是因为缺乏"孤独的个人"，缺少有深度的内面。有些作家一年有好几个月在国外从事各种文学交流活动，作品却越写越不好，原因正是作品中不再有那个强大的"孤独的个人"。所以，好作家应该警惕过度交流，甚至要有意关闭一些交流的通道，转而向内开掘，深入自己的内心，更多地发现个体的真理，在作品中锻造出那个强大的"孤独的个人"，唯有这种文学，才会因为有内在的维度而深具力量。

---

① 〔德〕本雅明：《讲故事的人》，张耀平译，《本雅明文选》，陈永国、马海良编，中国社会科学出版社1999年版，第295页。

中国当代文学还有一个重要的缺失,就是正在失去对重大问题的兴趣和发言能力,少了对自身及人类命运的深沉思索。不少作家满足于一己之经验,沉醉于小情小爱,缺少写作的野心,思想贫乏,趣味单一。比起一些西方作家,甚至比起鲁迅、曹禺等作家,一些当代作家的精神都显得太轻浅了。私人经验的泛滥,使小说叙事日益小事化、琐碎化;消费文化的崛起,使小说热衷于讲述身体和欲望的故事。那些浩大、强悍的生存真实、心灵苦难,已经很难引起作家的注意。文学正在从更重要的精神领域退场,正在丧失面向心灵世界发声的自觉。从过去那种概念化的文学,过渡到今天这种私人化的文学,尽管面貌各异,但从精神的底子上看,其实都像是一种无声的文学。这种文学,如索尔仁尼琴所说,"绝口不谈主要的真理,而这种真理,即使没有文学,人们也早已洞若观火了"①。什么是"主要的真理"?我想就是在现实中急需作家用心灵来回答的重大问题:关于活着的意义,关于生命的自由,关于人性的真相,关于生之喜悦与死之悲哀,关于人类的命运与出路,等等。在当下中国作家的笔下,很少看到有关这些问题的深度追索。许多人的写作,只是满足于对生活现象的表层抚摩,普遍缺乏和现实、存在深入辩论的能力。

这可能是中国当代文学急需面对的精神危机。而我们读翻译过来的帕慕克、伊恩·麦克尤恩等人的小说,还是能感觉到他们一直在描绘和探询深层的人性问题、信仰问题,就是好莱坞那些商业化的电影,都会蕴藏深刻的精神之问。比如《星际穿越》,作为科幻电影,它思考人类往何处去,人类的爱能否让人类获得拯救这样的问题;《血战钢锯岭》探讨信念的力量、精神的力量有没有可能改变一个人、改变一群人;甚至很多更商业化的好莱坞电影,也会去张扬和肯

---

① 〔俄〕索尔仁尼琴:《牛犊顶橡树》,陈淑贤、张大本、张晓强译,群众出版社2000年版,第11页。

定那些有意义的、值得为之殉难的价值。就连迪士尼公司拍给小孩看的电影《寻梦环游记》，都令我感动和震撼，它告诉我们，人其实活在记忆里的，亡灵也是活在活人的记忆里的。你可以摧毁我的生活，唯独不能摧毁我的记忆。只要这个记忆还存在，就意味着这个人还活在我们中间；记忆消失了，这个人就灰飞烟灭了。这个主题是非常深刻的。相比之下，中国当代的文学、电影和其他艺术门类，可能过分满足于趣味、讲故事、制造各种商业元素了，不少作家、艺术家都渐渐失去了高远的追求，不太去思考人之为人的尊严在哪里，人究竟应该如何活着，有什么事物值得我为之牺牲这样一些有重量的话题。

文学本是灵魂的事业，应该执着于对人性复杂性、精神可能性的探讨，如果不在这些方面努力和跋涉，写作就很难说是真正意义上的精神事务。今日的中国文学，读者、销量、改编、翻译的话语权越来越大了，尤其需要强调这种精神意义上的写作雄心。

◎ 最初发表于《文艺争鸣》2021年第7期

# 文学写作中的南与北

关于"新南方写作"的命名与讨论有两三年了。先后几次与此主题相关的会议，都有人对这一命名提出质疑，认为它的指向与边界并不清晰。有人说它不是江南，是南方以南；它不是岭南，还包括了珠江流域的其他地方；它甚至不是指某个地方性区域，而更多地被阐释为一种南方精神的写作自觉。它到底是一种怎样的写作景观，没有人能完全说清楚。但并不能由此否认这种讨论的学术意义。任何的命名都是跟在写作实践后面的，它肯定无法全面解释那些正在兴起的写作新质，挂一漏万在所难免。从文学史的角度看，所有关于文学流派和文学思潮的命名都是不太严谨的，普遍带有随意性和即时性，写作瞬息万变，不可能等一切都看明白了、想清楚了再来发声。一种粗疏的概括也是概括，一种不全面的分析也是分析。文学批评本身是一种价值判断，而且是一种当下进行时的价值判断，它的生命力正在于不断地去发现、比较、梳理，去芜存精。不敢判断，是一个批评家缺乏基本的艺术勇气和艺术感知力的表现。

任何的学术命名都是双刃剑。一方面，命名有利于归类、总结、提出问题；另一方面，命名本身所难以避免的漏洞和局限，最终都会因为定义的不准确而导致边界不断被突破，命名慢慢地就会失去原有的意义。不断有成名的作家否认自己是"先锋作家"，也不断有著名诗人否认自己的写作是"口语写作"。为何他们在成名之初被批评家归类到这个写作群体里来研究时不拒绝或否认？因为那个时候的他需要命名和群体来助力他的写作，此一时彼一时，作家成熟之后，都想自成一体、自行一路。昆虫或小鸟才成群结队，大动物都是独居和独行的。有这样的想法可以理解。拒绝被命名似无必要，但一直在一种命名里写作也是可疑的。

而我想说的是，哪怕是不成熟、不严谨的命名，一旦被广泛认可和讨论之后，也会显示出它自有的敏锐性和合理性，或许，对一种写作新质的发现和张扬，这本身就是一种可贵的批评先觉。当年论到"朦胧诗"，首先举证的代表性诗人是北岛、顾城和舒婷；论到"寻根文学"，首先想到的代表性作家是韩少功、贾平凹、王安忆；论到"先锋小说"，首先列举的代表性作家是余华、苏童、格非……现在回过头来看，这些写作流派当中，仍是当初列举的这几个人成就最高。这看似偶然，其实也有其合理性。文学写作所能攀援的高度，主要是由天赋、才华决定的，一个作家能在同代人当中最早被关注并写出重要作品，这并不是偶然的。批评家当时或许是凭直觉作出的命名和归类，背后却暗含了某种合理性基础。因此，今天也不必过度纠结于"新南方写作"的命名可能存在的漏洞和争议，甚至把"新南方写作"与"新东北文学"联系起来讨论也不必感到讶异，它不过表达了有些作家和批评家想重建一种文学秩序的渴望，这既是对文学现状的一种隐忍反抗，也是对新的写作群体的一种潜在期许。

事实上，文化和文学上的南北之分从来就有。不能因为写作是个体的精神创造，而否认地方、环境和教育对一个人的影响。地方性从来都是一个作家风格化的重要标识。美国作家威廉·福克纳刚开始写作不久，就遇到了自己敬仰的作家舍伍德·安德森，安德森告诉福克纳，必须要有一个地方作为开始的起点，然后学着写，并且说，你是一个乡下小伙子，你所知道的一切也就是密西西比州的那一小块地方。这话完全点亮了福克纳,他说自己一辈子都在写"那块邮票般大小的故乡",这个小地方既是"约克纳帕塔法县",也是福克纳在文字里创造的世界。好的写作者,往往都是某个地方的创世者,且能有力地写出这个地方的灵魂。马尔克斯说福克纳的书有"摄人心魄的简单和美",跟福克纳这种清晰的地方性想象不无关系。经常有研究者举证凤凰之于沈从文、高密东北乡之于莫言、商州之于贾平凹、阿坝之于阿来等人的写作意义,也是旨在强调地方对一个作家风格的塑造,意义重大。波兰诗人切斯瓦夫·米沃什有一句名言,他在回忆录中说:"我到过许多城市,许多国家,但没有养成世界主义的习惯,相反,我保持着一个小地方人的谨慎。"① 这种"小地方人的谨慎",保存着对土地和成长记忆的忠诚,这并非无关紧要的写作经验,它接通的正是写作至为重要的血肉根基。修辞立其诚,无"诚",就无艺术站立的地方。

当然,地理意义上的地方性并不会直接生成文学意义上的地方风格,一种写作精神的养成,是地方经验、个体意识和文学想象形成合力的结果。

有地方,就有南北。地理变,人在变,文化也变,文学自然也会有不同的面貌。中国古人把天、地、人三位合起来讲,是极具现实感的一种察人、察世的方式。钱穆说,历史总是在特定的舞台上演出的,文学也是如此。《汉书·地理志》根据《诗经》十五国风来讲各地的文化传统,十五国风所写的,多是中国北部黄河流域,后来中国的疆土不断扩展,由黄河流域向长江流域发展,中国才有南北之分。后来出现的庄子、老子是淮河流域的人,楚辞是出现在汉水流域,这些在当时的古人看来,已属于南方了。可见南北之分,一直都在变化。

---

① 转引自西川:《米沃什的另一个欧洲》,见〔波兰〕切斯瓦夫·米沃什:《米沃什词典》,西川、北塔译,生活·读书·新知三联书店2004年版。

三国时北方是魏，南方是蜀和吴；五胡乱华之后，许多人从北向南迁移，南方日渐成为新的重要疆域。历史上，每一次大的人员和地理变动，都伴随着文化的新生，地理的扩展背后也是文化的碰撞、融合和创造。照钱穆的研究，安史之乱后，南方的重要性日益提高，自五代十国迄宋代，南方的重要性甚至超过了北方。"唐以前中国文化的主要代表在北方，唐以后中国文化的主要代表则转移到南方了。"① 在钱穆看来，"天代表共通性，地则代表了个别性。人处于共通的天之下，但必经由个别的地，而后再能回复到共通的天，此为人类历史演变一共同的大进程。"② 人由个别性回归到共通性，而不是个别性胜过共通性，这正是中西文化的相异之处。"中国之伟大，正在其五千年来之历史进展，不仅是地区推扩，同时是历史疆域文化疆域也随而推扩了。……中国历史文化传统之伟大，乃在不断推扩之下，而仍保留着各地区的分别性。长江流域不同于黄河流域，甚至广东不同于广西，福建又不同于广东。中国民族乃是在众多复杂的各地居民之上，有一相同的历史大传统。上天生人，本是相同的，但人的历史却为地理区域所划分了。只有中国，能由分别性汇归到共通性，又在共通性下，保留着分别性。天、地、人三位一体，能在文化历史上表现出此项奇迹来的，则只有中国了。"③ 随着中国历史上几次大规模的南迁，南方的重要性越发凸显，几次大移民，都是由北向南，由黄河流域到江淮和长江流域，之后越过南岭进到珠江流域。岭南在唐代之前，在朝廷任高位的，只有张九龄一人，之后出了个慧能。除了这两人，唐以前的岭南，文化上不显眼，文化名人很少；福建也是，第一次有人考取进士是在中唐时期了，直到出现朱熹——朱熹长期讲学闽北，可算

---

① 钱穆：《中国历史研究法》，生活·读书·新知三联书店2013年版，第117页。
② 钱穆：《中国历史研究法》，生活·读书·新知三联书店2013年版，第112页。
③ 钱穆：《中国历史研究法》，生活·读书·新知三联书店2013年版，第115页。

是闽人了，他的影响，不亚于慧能。有慧能和朱熹，说唐以后，文化上的贡献南方大过北方，似乎也说得通。而到近代的岭南，有孙中山、康有为、梁启超诸人，领一时之风骚，可以说，那个时候的中国是南方人的。这和古代中国形成了鲜明的对比。

南方渐成新精神、新文化的策源地，也被看成是民族发展的希望所系。先是有梁启超的人才地理论，说北宋以前，人才主要以黄河流域为中心，以出军事人物为主；清中叶以前，人才主要以扬子江流域为中心，以出文化教育类人物为主；到了鸦片战争之后，即近代以来，人才是以珠江流域为中心，以出实业人物为主。确实，近代以来的很多实业，都是在广东率先创办的，改革开放以来的很多大企业也是从广东起步的。这种概括当然不一定科学，但确能从一个侧面说出人才与地理之间的关系。高原适合于畜牧，平原适合于农业，滨海、河渠适合于商业，所谓苦寒之地的人比较会打仗，温热之地的人比较重文化，这些大的概括并不是全无道理。

一个地方会产生一种性格、一种学养的人，会形成一种文风和文脉，都是有一定理据的。朱谦之在一九三二年发表《南方的文化运动》一文，曾坚决地说："中华民族复兴的唯一希望，据我观察，只有南方，只在南方，即珠江流域。"① 而陈寅恪在一九三三年十二月读了岑仲勉的论著后，在复陈垣的信中说："此君想是粤人，中国将来恐只有南学，江淮已无足言，更不论黄河流域矣。"② 但说"将来恐只有南学"的陈寅恪，也曾感叹岭南虽出学者，却非治学之人的宜居地；傅斯年也持此论，他觉得在广州难以研究学问，不仅书籍不多，平时更是没有什么可在一起商量学问的同道。他们之所以一度推崇南方，是

---

① 朱谦之：《文化哲学》，《朱谦之文集》（第六卷），黄夏年主编，福建教育出版社2002年版，第392页。
② 《陈垣来往书信集》，陈智超编注，上海古籍出版社1990年版，第377页。

想归纳出一些南学和北学的精神异同,因为清代以来的学者,论学时常常重视地理与流派的关系。其实南北的异同,岂是三言两语说得清楚的,光地理上的划分,是以籍贯分,还是以居住地分,民国以来就多有争议。当时有人说北方之学新而空,南方之学旧而实,这些都是简陋的看法,包括文学上的京派海派之争,也是忽略了南北在近代以来的频密交流,再想把它们截然区分,已无可能。尤其大量南人北上,更是从根本上改变了中国的学风、文风。鲁迅也作有《北人与南人》一文,大谈"北人的优点是厚重,南人的优点是机灵",但他最终是希望南人和北人都正视自己的缺点,互相师法,并称"这是中国人的一种小小的自新之路"①。

只是,所谓的"南学"并未真正出现,相反,就居住地划分而言,岭南在学术上、文学上的几次勃兴,都和北人(粤人眼中的北人或北学都不是严格意义上的"北")南下有关,包括这次"新南方写作"的命名,也是由居于北地的杨庆祥等人最早提出,而参与讨论或被引为实证的作家,不少也是南人北住或北人南住的。可见,在今天这个文化共享的时代,任何以地域性为边界的讨论都是有局限性的,尤其是文学,南方与北方,东方与西方,早已融会一起了,每个作家所阅读的书目中,其作者都分布于全球各大区域,若论每个人所受的艺术影响,精神同道给予的启发肯定比地方性经验更为重要。一个阿根廷作家或美国作家可以从精神根柢上影响一个中国作家的写作,这个影响普遍超过故土记忆或成长经验对他的影响。这也表明,在一个经验日益贫乏的时代,精神上的个性才是最珍贵、最能吸引人的。

文学最终必然走向南方与北方的融合汇通。既然是文学,就不会是南方与北方的对垒,更不会是南北对立的战役,正如在文学中讨论

---

① 鲁迅此文最初发表于1934年2月4日的《申报·自由谈》。

女性主义，总有很多不合身的地方，原因也是在于文学永远不会是男女对垒的战争。文学是模糊的、暧昧的、柔软的、待解的，是不断的敞开，是持续的探索，是对一切可能性的想象。文学更多的是发现、容纳和照亮。从这个意义上说，文学是超性别、超地域的。它是对一种精神想象、灵魂演出的实证，而不是对地方性知识的单一讲述。它永远不会机械地归属于南方或北方。

文学的物质外壳或许是经验的、实有的，但由实向虚一直是写作的终极路径，文学的尽头，站立的只会是游走于虚实之间的灵魂，其他的，多半都会退隐成灵魂的背景。英国作家弗吉尼亚·伍尔芙有个著名论断，伟大的灵魂都是雌雄同体的。她说在我们每个人的心灵中，都有两种主宰力量，一种是男性因素，另一种是女性因素，正常而舒适的生存状态，是这两种因素和谐相处，精神融洽。或许，可以据此引申，最好的写作都是南北同体的，是南方与北方融合汇通之后的精神景观。

南北同体一说，并非毫无根据。在文学史上，南人写北或北人写南，都有过不少灿烂的篇章，我读这些作品而有的美妙感觉，远远超过了读南人写南、北人写北的那些时刻。鲁迅是一个很好的例子。他是南方人，但他笔下的意象却少有南方那种密集、精致、细小、世故，而多是北方的苍茫、雄浑、野性。他在《故乡》开篇写"苍黄的天底下，远近横着几个萧索的荒村，没有一些活气"；在《秋夜》里写"奇怪而高的天空"；他写乌鸦"铁铸一般站着"；写枯草"支支直立，有如铜丝"；尤其是《野草》里写的花、草、虫、鸟，这些弱小事物普遍被严寒压抑着——这些意象和感觉，都像是从北方的灵魂里长出来的。张爱玲也是南方人，多写南方生活，但从灵魂的质地上讲，同样更接近北方。研究者常说她的小说底色是苍凉的，这就不同于南人写南的凄凉感。阿城曾说，"苍"是近于无色的黑，北方的狼，整天跑来跑去,却常常在苍茫时分独自伫立良久,之后只身离开。这是对张爱玲小说极好的注释。而我们熟悉的梁启超说的"十年饮冰,难凉热血",也像是南人所说的一句北方豪语。这样的文学例证还有很多。

因此,写作之道,不仅要超越功利,也要超越南北,拘泥于地方,或抑彼扬己,都会失了文学应有的广阔视野。尤其身处南方的人,本就远离文化中心,再偏守于一隅,很容易坐失文化发展的良机。以学术为例,岭南出过很多学者,但大家普遍觉得岭南养不住学问,原因就是忽略了文化对流的重要作用。粤籍学人成为北学的标志性人物的,仅文学史写作领域,就有杨义、洪子诚、温儒敏、陈平原等人,而当年陈垣等人有大的成就,也是得力于北人对他的赏识和影响。可见每一个重要的文化个体,都有南北汇通的品质。由此,我想起陈垣当年对那些褒陈澧贬崔述的人所说的:"师法相承各主张,谁非谁是费评量,岂因东塾讥东壁,遂信南强胜北强。"① 抄录这几句话,权作文学写作中南北之论的参考吧。

◎ 最初发表于《文艺争鸣》2023年第8期

---

① 《陈垣来往书信集》,陈智超编注,上海古籍出版社1990年版,第621—622页。

# 谈谈"新南方文学"的文化地理

## 一

"新南方写作"已经是当代文学界热议的话题,但也有人认为,这个命名过于宽泛,内涵和外延都不清晰。应《当代作家评论》杂志栏目讨论的要求,本文采用"新南方文学"这一说法,与"新东北文学"相呼应。但我认为,相当长的时间里,文学界还会纠结于这个命名,这并不是什么坏事情,因为关于命名本身的讨论,也有利于对命名对象的认知。期待一种命名能完美概括一种处于变动中的文学是不现实的。"任何的学术命名都是双刃剑。一方面,命名有利于归类、总结、提出问题;另一方面,命名本身所难以避免的漏洞和局限,最终都会因为定义的不准确而导致边界不断被突破,命名慢慢地就会失去原有的意义。……而我想说的是,哪怕是不成熟、不严谨的命名,一旦被广泛认可和讨论之后,也会显示出它自有的敏锐性和合理性,或许,对一种写作新质的发现和张扬,这本身就是一种可贵的批评先觉。"① 当代文学正在面临大变,代际分野、观念差异、地域不同,都影响着写作风格的演进,一个敏锐的文学研究者,不可能等到把这一切看清楚、想明白之后再来发声,问题的提出、共识的形成都必须

---

① 谢有顺:《文学写作中的南与北》,《文艺争鸣》2023 年第 8 期。

在讨论中来完成，而建基于文学现场的理论阐发，总是更切近文学本身。

没有肉身的文学理论最容易流于空谈。

有意思的是，陈培浩在此之前发表的《"新南方写作"与当代汉语写作的语言危机》一文，已对这一命名进行辨析："一个并非没有意义的追问是：为什么是'新南方写作'而不是'新南方文学'？在我看来，'写作'是大于'文学'的概念。当'文学'被纯化、被凝固化的时候，'写作'带着野性横生的原力要求打破和创造。'文学'天然地更优雅、更高大上，已经获取了相应文化资本，等着领受一份文学史叙事的馈赠；'写作'则具有自下而上的全覆盖能力，作家可以写作，普通人也可以写作；纯文学是写作，民间语文也是写作；'文学'因其优雅而逐渐名词化、静态化，'写作'则始终保持其孜孜不倦、生生不息、陀螺转圈的动词性和实践性。因此，'新南方写作'更重要的并不是某个终将凝固并成为陈迹的'南方'或各种形式的'以南''更南''最南'，而是为写作设置一套不断自我反思、自我更新和自我创生的活力装置。"①这是有见地的看法。必须对已有的"文学"保持足够警觉，因为一种革命的完成，就意味着某种秩序的建立，它的背后必然隐含着固化和板结的趋向；甚至一种写作声名的建立，也会让作家从艺术高地后撤，自觉进入写作的舒适区，变成一种惯性写作。这个时候的文学要有新质，就必须从固化状态的"文学"中跨出去，汲取新的叙事资源、探索新的话语方式来打破僵局、重新出发。文学史上不乏作家向民间文化、向其他艺术门类学习并打开一个全新艺术世界的例证。比之于"文学"的纯，"写作"的杂代表的是活力、不羁、在野、出格、枝蔓、野蛮生长、异想天开，不断地被规范化，

---

① 陈培浩：《"新南方写作"与当代汉语写作的语言危机》，《南方文坛》2023年第2期。

又不断地突破，在这个过程中，"写作"所能调动的资源远比"文学"要多，它最终的目标就是要博采众家、自成一格。陈培浩强调，"新南方写作"也是"'新'南方写作"，这"新"从何来？就是从对固有"文学"的反思、批判中创生而来；没有新的写作实践，没有大胆的越界，就不会有新的"文学"。

尤其是在今天这个全民写作的时代，固守一种日益纯化的"文学"边界已越来越困难，并且毫无意义，"假若仍然固守文学是一种永恒的审美形式，是人类生活的精神象征这种观念，你很快就会发现，这种永恒性、精神性的光芒已经黯淡，比如，各类影像、视频正在重组人类对世界的感知方式，那种可视、可听、可互动、可体验的综合性感受具有比文字书写更强大的仿真能力；又比如，各种媒介的融合所创造出的虚拟形象，它短暂、易变、不断自我覆盖，但它们对那些决定性瞬间的捕捉，可以抹平虚拟世界和真实世界的界限，对很多沉浸式的消费者具有特殊吸引力——很多人对虚拟文本的信任甚至超过了对现实的信任。"①互联网的兴起，全面改写了文学和生活之间的关系，生活不再是平面的，而是一个立体、多维的网状结构，文学和生活之间也不再是镜像关系，写作被改造成了具有参与性、体验感和即时性的互动现场。作家笔下的现实，也可以是流动的、并置的，我们过去所鄙薄的"直接现实主义"式的写作，反而成了今天新媒体上的主流，许多被技术改编和重构过的现实，看起来更像是超现实。

这是"文学"所面临的新的处境。每个人都是写作者，任何经验都可生产文本，所有媒介都可成为文本的传播平台，这种盛大的语言景象，确实更接近"写作"，而不太像我们所知道的"文学"。

---

① 谢有顺：《存在一种令人愉悦的"文学性"吗？》，《当代文坛》2023年第1期。

但文学研究所关注的,终究是经由各类"写作"参与、重组之后最具"文学"品质的那部分作品。文学批评本就是检索、发现、阐释、判断,是去粗取精、去伪存真、披沙拣金,简单说来,就是要从各种博杂的"写作"中辨明何为真正的"文学"。从这个意义上说,可以把关于"新南方文学"的讨论看作是对"新南方写作"讨论的一次专业升级,或者是在一个更清晰的视野里重申"文学"的价值。

## 二

不少作家、评论家都参与了关于"新南方文学"的讨论,不少话题都有延展讨论的空间。对一个地方的重新审视,对一种写作趋势的警觉和发现,往往会成为文学批评场域里最具活力的部分。"朦胧诗""伤痕文学""寻根文学""先锋小说""口语写作"等命名是从思想观念和文学形式的变化切入,相比,"新南方文学"与"新东北文学"这样的讨论,直接从地方性的知识和经验入手,它会不会从一种内在文学经验的辨析转向外在的写作标签式的描述?这样的担忧并非多余,因为地理意义上的地方性经验并不会真正生成文学意义上的地方风格,任何写作风格的形成,都是在地方经验、个体精神和文学想象共同合力下完成的。

但也必须承认,这个与地方性有关的文学话题的讨论能够影响广泛,和之前文学界对南方的书写和认识远远不够大有关系。"新南方",就是俗常说的南方以南,它在文学界的声音一直是比较微弱的,讲到"南方",大家想起的更多是细雨绵绵的江南美学;像广东、广西、福建、海南等地,虽有经济崛起被广为关注,但对它们的文化偏见却普遍存在。照杨庆祥的描述,"新南方写作"的地理范围除了广东、广西、福建、海南等地,还包括"香港、澳门、台湾等地区以及马来西亚、新加坡、泰国等东南亚国家"①，而对于后者的写作现状，我们更是陌生，至少缺乏全面的了解。这些地方的作家笔下出现的文学新质，难以被第一时间发现，不同区域之间的写作有一些怎样的精神气质上的联系，也不太会被人重视。这里的写作者，更像是散养的、野生的，当然也是自由的，他们的声音散乱微弱、传得不远，与一个文化意义上的南方以南被误读、被漠视、被概念化密切相关。

以岭南文化为例。岭南文化由本土文化、中原文化和海外文化融会构成，到明清时代，这三种文化的冲突、激荡、贯通、落实，已使岭南文化自成气象。它在政治、经济、文化上吸纳了中原文明的精华，又受开放务实的海洋文明所影响，慢慢就孕育出了一种既具世俗包容力，又有精神创造力的地方文化。这种文化和俗常意义上的南方文化有很大的不同。正是这种不同，才使得岭南文化在清代中后期产生了巨大的影响力——中国从农业社会向工业社会转变的过程中，也就是一八四〇年以后，岭南文化成了近代中国在政治和文化变革上的思想发动机。从洪秀全领导的太平天国运动到康有为、梁启超发起的戊戌变法，从孙中山倡扬民主革命到历史性地建立中国第一个民主政府，可以清晰地看到岭南文化之于中国近代革命的重要意义。有人说珠江文化骨子里是一种世俗文化，同时也是一种革命文化。也有人不喜欢这里的文化，顾颉刚就说，他来广东之后的感受是此地不文，令人不喜。可岭南人独有的精神和"雄直气"②，黄河流域、长江流域

---

① 杨庆祥：《新南方写作：主体、版图与汉语书写的主权》，《南方文坛》2021年第3期。

② "雄直气"一词，出自清代诗人、毗陵七子之一洪亮吉的诗，他在评论广东岭南三家和江南三家时说："药亭独漉许相参，吟苦时同佛一龛。尚得昔贤雄直气，岭南犹似胜江南。"［洪亮吉：《论诗绝句》，《洪亮吉集》（第三册），中华书局2001年版，第1244页。］明代汤显祖因"假借国事批评元辅"的罪名被贬谪为广东徐闻县典史，途经广州时为其繁华所震撼，赋诗时也点出了这个"雄"字："临江喧万井，立地涌千艘。气脉雄如此，由来是广州。"（汤显祖：《广城二首录一·咏广东》）

一带的人却未必有。这也是陈寅恪在一九三三年十二月读了岑仲勉的论著后,会在复陈垣的信中强调"此君想是粤人",并说"中国将来恐只有南学,江淮已无足言,更不论黄河流域矣"。①可是,岭南作为如此重要的文化一端,相当长时间里都被人鄙薄为"文化沙漠",文化偏见之深可想而知。因此,以"新南方文学"的讨论为契机,重识一种南方以南的写作,并对"南方"作扩展性的、全新的解读,具有不可忽视的学术意义。

其实,早在一九〇五年,梁启超就撰有《世界史上广东之位置》一文,在交通上论述了自古以来广东在世界史上的地位,以比较"中国里面的广东"和"世界里面的广东"之不同。就中国史而言,梁启超认为,很多城市和地方都比广东重要:

> 广东一地,在中国史上可谓无丝毫价值者也。……就国史上观察广东,则鸡肋而已。虽然,还观世界史之方面,考各民族竞争交通之大势,则全地球最重要之地点仅十数,而广东与居一焉,斯亦奇也。②

说"无丝毫价值"当然夸张了,他的目的是想对比强调,广东在古代中国对外海洋关系史上的地位比它在国内的地位更为重要,而且随着全球化进程的深入,交通、海运和对外开放日益频繁,这一重要性还不断被凸显:"若其对于本国,则我沿海海运发达以后,其位置既一变;再越数年,芦汉、粤汉铁路线接续,其位置将又一变。广东非徒重于世界,抑且重于国中矣。"③但梁启超同时也指出,近代以来,

---

① 《陈垣来往书信集》,陈智超编注,上海古籍出版社1990年版,第377页。
② 梁启超:《世界史上广东之位置》,《梁启超全集》(第六卷),北京出版社1999年版,第1683页。
③ 梁启超:《世界史上广东之位置》,《梁启超全集》(第六卷),北京出版社1999年版,第1692页。

西欧海洋强国崛起,广东反而成了中国的忧患之地。自从元帝国将欧亚大陆连为一片之后,陆路成了东西方交往的主要通道,只是,由于十五世纪土耳其帝国的崛起阻碍了东西大陆的联系,这个时候的欧洲人一定会想起《马可波罗游记》等著作,里面关于海路交通的记述也必定会激发他们的航海想象。事实上,欧洲海洋帝国的殖民力量正是通过海路进入中国的,而地理孔道意义重要的广东自然成了中国经受西方帝国主义冲击的最前沿。广东最早受西方侵略,由此也成为当时思想最活跃的地区。那时的北方和中原思想界还处在闭塞之中,广东有识之士已借力日译本开始大胆向西方学习,尽管岭南文化深受中原文化影响,但当中原日趋腐朽之时,身处南方的广东却面朝大海,一片生机。海洋在其中扮演了重要的角色。梁启超当年重视广东未来之于中国的价值,尤其指出粤人在古代就借力发达的海路交通向南洋等地拓展,即便鸦片战争后中国国力衰退,粤人仍然坚持远航(最远抵达了墨西哥等地),就是从这种朝向大海的生存努力中,他看出了晚清一代中国知识分子试图效仿西方和日本的强国之路的想法,同时也意识到广东对于中国将来参与世界竞争的重要意义。

而像康有为的弟子欧榘甲等人,更是乐观地以为,随着广东政治经济地位的不断提高,岭南完全有可能逐渐替代北方中原而成为新的中华文明的中心。广东不是广东人的广东,而是中国乃至世界的广东——正是这种文化自信,近代以来处处领先的广东人才没有刻意去构建一个独立的广东文明,而是要立志成为汉民族新的代言人。岭南文化的包容性、开放性、世界视野的建立显然与此相关。岭南人即便有"民族主义"意识,也是以汉民族主义为基本内涵的,哪怕居于一隅,也从未有身处边缘之感。如果将梁启超、欧榘甲等人对广东地缘意义的强调,和清代龚自珍、魏源、林则徐、左宗棠等人对西域地理政治地位的强调相对照,就会发现,所谓一个民族的心脏地带、所谓边缘地带，都是相对的，且一直都在变化。文化、文学的发展路径也是如此，"新南方"并非没有从边缘地带向心脏地带逆转的可能。

三

论到"新南方"之"南"，"岭南"当然是重中之重。但很多人不知道，与"岭南"相类似的，还有"岭海"一词。"岭南"在唐代特指南岭以南地区，到清代专指广东；"岭海"一词出现较晚，唐代用得少，到了宋代才开始广为运用。"岭海"指的也是当时的两广地区，因这个地方北倚五岭、南临南海而得名。韩愈的《鳄鱼文》里有"况潮岭海之间，去京师万里哉"，刘长卿的《送独孤判官赴岭》里有"岭海看飞鸟，天涯问远人"等，到宋代，"岭海"就不只用于诗文，更是两广地区行政区划的指代。"岭海"之"岭"，很容易理解，山也；"岭海"之"海"，则指两广地区与南海相接，既指海洋，也指海中的海南岛。山海相接，海天一色，必然会造就不一样的文学品格，所谓"山风海骨"，正是文学写作的一个极高境界，刚柔相济而风骨凛然。

一个有海的南方和一个没有海的南方是不一样的，这种地理差异对文学的深刻影响还远没有被充分认识。

之前"新南方写作"讨论的一个重要成果就是，重申了海洋书写的文学意义。杨庆祥概括了"新南方写作"的几个"理想特质"，其中一个就是"海洋性"。在他所划定的"新南方写作"的地理区域，"与中国内陆地缘结构不一样，其最大的特点就是大部分地区都与海洋接壤。福建、台湾、香港与东海，广东、香港、澳门、海南及东南亚诸国与南海。沿着这两条漫长的海岸线向外延展，则是广袤无边的太平洋。海与洋在此结合，内陆的视线由此导向一个广阔的纵深"①。面对这一纵深的海洋书写，已不仅是一种地理题材的选择，也代表着一种不同于土地想象的美学。

一个基本的事实是，在中国经典的古代汉语书写和现代汉语的书写中，以海洋性为显著标志的作品几乎阙失。在现代汉语写作中，书写的一大重心是人与土地的关系，如《平凡的世界》《白鹿原》《平原客》等，即使在近些年流行的"城市文学"书写中，依然不过是"人与土地"关系的变种，不过是从"农村土地"转移到了"城市土地"，在这个意义上现代文学几乎是一种"土地文学"，即使有对湖泊、河流的书写，如《北方的河》《大淖纪事》等，这些江河湖泊也在陆地之内。这一基于土地的叙事几乎必然是"现实主义"或"新写实主义式"的。因此，"新南方写作"的海洋性指的就是这样一种摆脱"陆地"限制的叙事，海洋不仅仅构成对象、背景（如林森的《岛》、葛亮的《浣熊》），同时也构成一种美学风格（如黄锦树的《雨》）和想象空间（如陈春成的《夜晚的潜水艇》），与泛现实主义相区别，新南方写作在总体气质上更带有泛浪漫主义和现代主义色彩。②

生活在海南岛的小说家林森说，一个没有去过北方的海南人，对四季是没有概念的，他只知道暑天和凉天。海南人对四季之变、节气之变也许并不敏感，但他对海洋和台风的认知却远超很多北方人。经验差异的背后，是感知方式的不同，继而是话语方式和想象方式的不同。就像西北的作家有权利写土地的厚重，海南的作家也可以尽情书

---

① 杨庆祥：《新南方写作：主体、版图与汉语书写的主权》，《南方文坛》2021年第3期。

② 同上。

写大海的博大——之前并不是没有人写，可确实写的人不多，而且这一类作品受到的关注有限。既然海洋造就了广东在世界史上的独特地位，海洋能否孕育出令人震撼的"新南方文学"？"往更早的时期追溯，下南洋、出海外，不断往外荡开，不安分的因子早就在广东人、广西人、海南人的体内跳跃——就算茫茫南海，也游荡着我们劳作的渔民。但是，这些元素远远没有进入我们的文学视野，远远没有被我们写作者所重视、所表达、所认知。"①

不必讳言，这些"元素"是根植在南方以南，甚至只在南方以南才有的；也不必否认，"海洋性"就是"新南方文学"最为重要的精神根性。地方性的经验与知识，固然不会直接形成文学的地方风格，但没有地方性经验与知识的支撑，写作就是无根的、飘浮的。我注意到，之前关于"新南方写作"的讨论，总是过多地纠结于"南方"一词，由于担心落入地域文学命名的俗套之中，参与讨论的人说到"南方"时，多少有点遮遮掩掩，给人的感觉既是"南方"又不限于"南方"，都想将"南方"阐释为一个不断在移动的边界线，一种文学想象的可能，一次语言不羁的旅行；但我想说的是，如果真要让"新南方文学"的讨论得以落实、得到认同，恰恰要大张旗鼓地强调它的地理边界和地理特征，这是"新南方文学"的物质基础。要大声宣告，"新南方文学"所指称的文学，就是从一个特定区域里生长出来的文学，由于地理不同，文化就不同，文学面貌自然也不一样。命名一种"新南方文学"，就是要重新发现"南方"，重新发现海洋，重新发现一种不同于很多地方的气候、风俗、语言和日常伦理，进而重新发现这个地方的一大批作家到底在写些什么，这些作品有何新质、前景何在。

---

① 林森：《蓬勃的陌生——我所理解的新南方写作》，《南方文坛》2021年第3期。

就像近代以来重新发现了岭南在中国的地位，以及海洋文明所代表的包容和开放之于中国走向世界的意义，以岭南为重镇的"新南方文学"，有没有勇气站出来伸张自己之于中国文学的意义？当年的梁启超等人看到中原文化的腐朽没落后，为广东大胆发声，甚至视广东为新的文明中心，此后才成功通过"思想北伐"变革了中国。近代以来，从南方而起的变革，都预示着中国的未来，包括四十多年前肇始于深圳的改革开放，从生活、观念上彻底改变了整个中国。社会变革可以从一个地方开始，一种文化的新变也可以从一个地方萌芽、壮大。照着钱穆的研究，"就中国以往历史事实言，中国的文化新生，与其一番新力量，大体均系在新地面新疆土上产生。故我谓中国文化之发展，乃系随于新地域之转进而扩大。……中国历史上的地理展扩，同时即是文化展扩。"[1] 由是看，就文学地理而言，对"新南方"的发现并不是没有意义的，它意味着潜藏在这些地方的文学元素、文学气质有机会被照亮。

这也是一次小小的文学"新生"，是一次文学上的"展扩"。

## 四

既然名之为"新南方"，就表明原有的"南方"概念已经容纳不下这些作家和作品了，需要突破、重构，而这种突破和重构，才是南方的"新"之所在；由此还可推论，以北方为中心的文学评判标准也需重新审视了，至少不能再用单一的标准来评判，而要在土地美学之外，也看到海洋美学；在皑皑白雪之外，也感受一年四季都炎热、腥臭的海风；在高粱、小麦之外，也知道菠萝和椰子；政治之外有日常

---

[1] 钱穆：《中国历史研究法》，生活·读书·新知三联书店2013年版，第123—124页。

生活，满汉全席之外有精致的早茶点心，北方以外还有南方，南方以外还有南方以南。总之，文学不是只有一个标准，不能只有一个中心。文学在自由和散漫中最易生长，必须不断发现新的生长点，并让这些点在中国各地各有所成，这才是中国文学最具活力的状态。

我希望"新南方文学"的出现，是一次小小的打破文学中心论的尝试。近年来，文学界的这种中心崇拜愈演愈烈，不说评奖、立项目，仅各地作家的作品研讨会，都是排着队要去北京开，这成了一种风习，并派生了一系列潜在的评价体系。一些小地方的人，似乎失了文学自信，只认这个文学中心作出的判断。这并不是合理的文学秩序。钱穆举文化的例子说，欧洲文化起自希腊、雅典，他们是有文化中心的，文化传播的路径是由中心向四周发散。希腊衰微之后，文化中心便由希腊搬到罗马，由罗马再向四周发散。到近代列强并立，文化中心也就分散到巴黎、伦敦、柏林等地，再由此向四周发散。但这种文化中心的转移，常常造成文化中断的现象，一个地方衰落后，在另一个地方兴起重演。

中国文化不是这样的：

> 中国文化则很难说是由这一处传到那一处，我们很难说中国文化是由山东传到河南，再由河南传到陕西，由陕西传到江西，由江西传到江苏，如是这般的传递。中国文化一摆开就在一个大地面上，那就是所谓中国，亦即是所谓中国的"体"了。……有"体"便有"用"。试看当时齐、晋、秦、楚各国散居四方，而一般文化水准都很高，而且可说是大体上一色的。这就可见中国文化水准在那时早已在一个大地面上平铺放着了。我们不能说汉都长安，汉代文化就以长安为中心，再向四面发散。当时的长安，不过是汉代中央政府所在地，人物比较集中，却不是说文化就以

那里为中心,而再向四周发散。所以中国文化乃是整个的,它一发生就满布大地,充实四围。①

如果真有"新南方文学"的"理想特质"的话,我希望它能够成为"满布大地,充实四围"这一文学景象中的一个点,并以此讨论为契机向四周发散。尽管它并没有明确要反抗什么,但让一个个点壮大,这本身就是在释放文学的活力。从一种文化中心形塑的美学秩序中挣脱出来,发现更多地方性经验,培育更多自由的个体意识,敞开更多新的艺术想象力,可以看作是一个作家面对自己所生活的环境和处境的自觉省思,也是面对自我的一次艰难确认。

如何在地理上找寻真正的写作归属,这件事也许比许多作家想象的更为重要。现在的写作者都博览群书,精神脉络上找到自己的师承并不难,甚至多数人还是在西方作家的影响下开始写作的,但写作所体验到的精神要落实,还是要有一个物质外壳——这个物质外壳最重要的就是地方和物产,只有这些才能养育细节、还原场景、塑造人物。去到自己熟悉的地方,才能写好巷子或厨房;看见自己触摸过的物产,才能闻到味道、看清肌理。韩少功移居海南三十多年,写得最多的还是湖南汨罗,而不是海南生活;莫言在北京生活几十年,一下笔多半又是"高密东北乡";贾平凹写他的商州,格非写他的江南,都脱不开地方和物产对他们的召唤。这样看,"新南方文学"有其不可替代的文化地理学意义,它不是对居住在"新南方"的所有作家的统称,而是专指那些能够写出南方生活新质、创造新的南方美学的作家作品。

从地理上说,"新南方"是偏远的,但也是辽阔的,从这里出发,

---

① 钱穆:《中国文化史导论》(修订本),商务印书馆1996年版,第236页。

就是从新的空间出发、新的故事出发，培育新的人物，养成新的精神。

岭南文化是中国文化的重要一端，它世俗而生猛、雄直又现代的文化品质，不同于中国其他地方的文化，所以，岭南文化曾在近代以来引领中国前行。"新南方文学"也有自己的物产、气候、故事、人物、族群、伦常、话语，现有的作家群中不乏风格卓越者，不少代表性作品也曾引起热议，现在缺的就是引领中国文学前行的自信和勇气。文学的核心秩序为北方所建立，也可以在南方被打破，并由"新南方"的写作实践来重组。尽管能够写出南方生活新质、创造新的南方美学的作家毕竟是少数，但少数人也可以远行，至少文学史上的那些伟大变革，多半都是由少数人所完成的。"新南方文学"也许无意于颠覆什么，但至少要有成为新的文学一端的自觉，既然旗帜已经举起来了，不妨站稳在"新南方"这一山海交汇的独特区域，真正开创出属于这个地方的经验、省思、想象和讲述。

由于"新南方文学"的大本营在岭南，我自己也身处岭南，我想就这个讨论多说几句与岭南相关的话。

做过岭南大学校长的陈序经曾作有《广东与中国》一文，他说："从文化的各方面来看，广东不但是新文化的策源地，而且可以说是旧文化的保留所。从历史或今后的民族抗敌来看，无论在消极方面或积极方面，广东都可以说是抵抗外侮与复兴民族的根据地。"为何是"旧文化的保留所"呢？"因为我国北部经过五胡乱华，而尤其是宋室南渡之后，北方人士之有气节与能力者，多向南迁移，因而我国固有文化的重心，也随之而向南推进。这些固有文化在北方，因受异族统治之下发生变化或逐渐湮没，而却存在南方，而尤其是在广东者，实在不少。"①香港就是很好的例证，它被殖民一百多年，行政体制、

---

① 陈序经：《广东与中国》，《东方杂志》第三十六卷第2期，1939年1月。

法律制度、工作方式,都是西式的,但香港人的日常饮食、人伦交往、价值体系却多是中国传统的,香港对旧文化的保留甚至比内地很多地方都多。这些旧文化保存在哪里? 主要是保存在日常生活之中。日常生活才是文化永不破败的肉身。而论到岭南的日常生活,它的精微与细致,正是"新南方"极具写作优势的地方。

在"新南方",日常性和海洋性同等重要。

为什么又说广东是"新文化的策源地"呢?"自中西海道沟通以后,西方文化继续不断的输入,中国文化无论在经济上、政治上、宗教上、教育上……都受了重大的影响,逐渐的趋于新文化的途径……因为地理以及其他的原因,粤人遂为这种新文化的先锋队,广东成为新文化的策源地。"①这其实就是现代性。岭南集聚了传统与现代、东方与西方、陆地与海洋的各种元素,有酝酿新文化、新文学的基础。陈序经希望广东人"要格外努力发展这种新文化",此话也可用以鼓励"新南方文学"的写作者们——"新南方文学"的命名和讨论以岭南为据点,或许并不是偶然的,在这个"新文化的策源地","新南方文学"不能只停留于此,还要多一点引领中国文学前行的气魄。苏东坡当年被贬海南,即将离岛北上之时很肯定地说,岛上写的文章,终归要传回中原。这是一个意味深长的文化隐喻。

不久前,我把在花城文学院召开的"新南方写作"讨论会上的发言整理成文发表,题目叫《文学写作中的南与北》,文中我认同文学上的南北之分,同时也认为"文学最终必然走向南方与北方的融合汇通","写作之道,不仅要超越功利,也要超越南北,拘泥于地方,或抑彼扬己,都会失了文学应有的广阔视野"。②但我想,没有对南方的理解、南方的深情,没有对南方日常生活的实录和对南方文化地

---

① 陈序经:《广东与中国》,《东方杂志》第三十六卷第2期,1939年1月。
② 谢有顺:《文学写作中的南与北》,《文艺争鸣》2023年第8期。

理的认识，就不可能有真正的南北同体的融合汇通，也不可能在日常性、海洋性和现代性的交汇之中开出新篇。故此，我再作此文，算是对《文学写作中的南与北》一文的补充。

◎ 最初发表于《当代作家评论》2024年第1期

## 二 个体的凝视

# 思想着的自我

## ——论韩少功的写作观

### 一

韩少功是中国当代文学中风格独异而体量庞大的作家。似乎存在两个韩少功：一个是写小说的，一个是写散文的；一个是感性的，一个是理性的；一个是传统的，一个是现代的；一个是介入现实的，一个是超脱现实的。可对韩少功有了全面了解之后，会发现这些貌似分裂的特征，其实是统一、融会在一起的。他是如何在怀疑、驳难与肯定中前行，并贯通这些而成为今天这个韩少功的？除了小说这种虚构的形式，韩少功还写作了大量的散文随笔，以及访谈问答，这些关乎个人生活、阅读与思索的篇章和片段，可以帮助我们理解韩少功是如何思考写作、处置思想及如何重构文学与世界之关系的。一个好作家，有时就是一部小小的文学史，所谓从一滴水里观沧海，只是，能成为这滴水的当代作家太少了。韩少功肯定是其中一个。

很多人都说他是文体家、思想者、怀疑论者、批判主义者。他还翻译米兰·昆德拉、费尔南多·佩索阿的作品，跟踪各种新思想和新学说，在某种意义上代表着中国当代文学的精神高度，是一个真正有国际视野的中国作家。他未必是作家中的作家，但的确是让很多作家佩服的作家。有意思的是，他的写作起点并不高，可他身上所显露出的勤勉、深思、博学、警觉及自我更新的品质，使他很快就超越了这个起点，相继写出了《爸爸爸》《马桥词典》《暗示》《山南水北》《日夜书》等作品，不仅显示出了不凡的艺术开新的勇气，还创造了许多文学话题；他在小说和散文写作上，都形成了极具辨识度的现代风格，这个风格至今还在变化和生长之中。

韩少功作为现代作家的形象是如何建构的？这个问题值得追问。按他自己所说，他和同代其他作家一样，少年时期遭遇"文革"，一九七四年之前，"看得到的只有马列文选，毛泽东文选，还有鲁迅一本薄薄的杂文，与梁实秋、林语堂笔战的那些，政治色彩比较浓。当时没有其他的书可看。我自己就抄了三大本唐诗宋词，算是有了手抄书。""我从1974年开始发表作品。当时政治审查制度很严、自己也缺乏反抗的勇气和觉悟，所以大多数作品具有妥协性，顶多只是打打'擦边球'……"① 这个当年和大家一样喜欢戴红卫兵袖章、印大字报、读毛选的青年，在回忆中称自己对文学的理解也并不高明："文学就是为政治服务的，是一种很功利、实用的写作，每一篇都针对一个现实问题，有很鲜明的思想主题，有很强烈的理性色彩。""写问题小说，都写得比较粗糙。"② 这是当时普遍的文学状况，包括之后的伤痕文学、反思文学，"都有一股苏俄文学的味"，"作家们向往伤感的英雄主义，加上一点冰清玉洁的爱情，加上一点土地和河流，常常用奔驰的火车或者工厂区的灯海，给故事一个现代化的尾巴。我当时觉得这是最美的文学。"③ 右派那一代，知青那一代，所受的文化教养

---

① 韩少功：《鸟的传人——答台湾作家施叔青》，《大题小作》，上海文艺出版社2017年版，第195页。
② 韩少功：《鸟的传人——答台湾作家施叔青》，《大题小作》，上海文艺出版社2017年版，第198—199页。
③ 韩少功、王尧：《大题小作——韩少功、王尧对话录》，《大题小作》，上海文艺出版社2017年版，第173页。

相似，它们对文学的理解大同小异，这些青年时代的经验与记忆甚至会影响一个作家的一生。一些作家受这种僵化、机械、实用的观念影响，一辈子都脱不开它的影子，写作多半是没什么个性的图解。年龄相近，后来能够转型成功，甚至领一时之风骚的作家阿城、舒婷、贾平凹、王安忆、张炜等人，都和韩少功一样，自觉突破思想禁锢，大胆在作品中发出自己的声音。在文学观念和艺术写法上都脱胎换骨之后，一个现代作家的形象才开始真正出现。

尽管每个作家都会受时代的局限，一个时代美学上的粗糙和简陋，身处其中的个体是难以超越的，尤其是语言的积习，更是无法逃避，如韩少功在《马桥词典》中所说："语言的力量，已经深深介入了我们的生命。"[①] 这些语言积淀，又必然会外化于作家的写作之中，而有怎样的语言就会有怎样的文学；文学的胜利，常常就是语言的胜利——五四白话文运动是如此，"朦胧诗"写作也是如此，它们既是观念的革命，也是语言的革命。今天回望新时期初的很多小说，一些在当时影响很大的，也已无法卒读，原因就在于我们无法再认同那种叙事腔调，那种大词、大话思维还未清理完成的语言，常常是不及物的、空转的，情感上也显得空洞而缺乏诚意。二十年前，我在编辑《1977—2002中国优秀中篇小说》这一选本时，曾经在序言中说："《棋王》（阿城，一九八四年）之前的'新时期文学'没有产生什么具有重读价值的好小说，这个判断肯定过于苛刻，但就着文学发展的延续性而言，确实，只有反抗了总体话语的个人记忆、个人眼光和个人的创造性才是文学最重要的基础。《棋王》就具有这样的标志性意义。"它脱离了知青叙事的总体话语，没有沉迷在苦难、浪漫或缅怀的情境里，而是通过王一生这个边缘性的个人，以及他迷恋象棋时所流露出来的庄禅式的淡定境界，为一段灰暗的历史留下了一个意味深

---

[①] 韩少功：《马桥词典》，作家出版社1996年版，第278页。

长的记忆段落。"当文学试图重新建构它与历史、现实以及时代的想象关系时,实际上它是不断地将文学社会化和意识形态化了,最终,文学又一次落入了总体话语和集体记忆的网罗,而并没有回到它自身的道路上。"①把《棋王》看作是新时期小说一个重要的艺术起点,当然是以现在的眼光来审视的,不否认之前有不少具有文学史意义的重要作品(如《班主任》等),但重要作品并不一定都是好作品,而《棋王》既是重要作品又是好作品,从它开始,个体的写作自觉才算真正苏醒了。

每个作家都要经历从幼稚、粗糙到成熟的过程,所以,在研究者眼中,《透明的红萝卜》之后莫言才诞生,《十八岁出门远行》之后余华才诞生,正如《一九三四年的逃亡》之于苏童、《迷舟》之于格非一样;而真正风格化的韩少功是出现在一九八五年,这一年,他发表了小说《归去来》《爸爸爸》,同时发表了著名的文学宣言《文学的"根"》②。在此之前,韩少功发表过两个中篇、二十几个短篇,还有一些创作谈,这些文字更多是为他一九八五年后的写作做必要的准备,其中不乏精彩的段落,但也有不少简单化和模式化的东西。说起早期的写作史,韩少功坦言"我对此不后悔","你要知道,作家首先是公民,其次才是作家,有时候作家有比文学更重要的东西"③。确实,卡夫卡式的超时代写作是罕见的,更多的人,只是时代洪流中的一部分,只有等洪流过去,才知道谁是浮在面上的泡沫,谁是沉潜下来

---

① 谢有顺:《叙事也是一种权力——中国当代小说的话语变迁》,《花城》2003年第1期。该文为《1977—2002中国优秀中篇小说》(上下册)一书的序言,春风文艺出版社2003年版。
② 《归去来》发表于《上海文学》1985年第6期,《爸爸爸》发表于《人民文学》1985年第6期,《文学的"根"》发表于《作家》1985年第4期。
③ 韩少功:《鸟的传人——答台湾作家施叔青》,《大题小作》,上海文艺出版社2017年版,第199页。

的石头。一个作家在成长过程中,加入某种写作大合唱、图解一些陈旧的写作理念、模仿外国作家的写法,都是常事,重要的是如何跨越这个阶段,进入个人独语时代,真正意识到写作中有一个"我"——这个"我"常常是孤绝的、不协调于众人的,为了艺术个性而大胆舍弃和一往无前的。

二

成为现代作家的标志就是"我"的发现,以及对旧有艺术观念的反抗、对新的审美形式的追求。

在一个总体话语具有优势地位的时代,总有人告诉我们,世界是可以理解的,未来为既定的蓝图所设计,正如道路被星空所照亮,一切都是确定无疑的;几乎没有人会在意个体的失败和叹息,也没有人会去察觉日常生活中那些混乱、无序、易逝、脆弱、无意义、无形式感的一面,由进步和确定性所建构起来的幻象,支配了多数人的思想。现代社会的来临打破了这个幻象,它首先怀疑的就是意义的总体性和完整性,这就是卢卡奇在《小说理论》里所说的,人类从"史诗时代"进入了"小说时代";卢卡奇受黑格尔启发,认为在一个支离破碎的世界里,艺术,尤其是小说,仍能为有限的个体寻找生活意义,为心灵重建新的整全感。米兰·昆德拉甚至视小说为欧洲公民社会的基石,也是基于这种认知。一九六八年,他在耶路撒冷的一个演讲中说:"小说的艺术是上帝笑声的回响。在这个艺术领域里没有人掌握绝对真理,人人都有被了解的权利。这个自由想象的王国是跟现代欧洲文明一起诞生的。"① 在我看来,中国文学界真正的革命,不是发端

---

① 〔捷克〕米兰·昆德拉:《小说的艺术》,董强译,上海译文出版社2004年版,第206页。

于意识流手法或荒诞派戏剧被模仿,而是在于作家开始去争得"人人都有被了解的权利",这也是文学艺术在二十世纪七八十年代能深度参与社会变革的内在原因。艺术革命的终极目的是人的革命,人的观念的革命。

  很长一段时间,文学为政治服务是不容置疑的,在这种思想的影响下,任何的异质性都会被同质性所吞没,艺术的个人面貌必然是模糊的。如何走出这个困境,最先觉醒的往往是艺术,是诗歌、小说、绘画语言的改变,让人普遍感觉到一个时代的精神气息发生了流转,地火在运行,之后,社会生活的层面才会开始出现松动。艺术是时代的先声,而按照英国艺术批评家赫伯特·里德在《艺术的真谛》中的观点,任何好的艺术,"总是包含着一定的奇异性"①;能否包容和善待这种"奇异性",是判断精神自由度的重要标准。现在很多人怀想二十世纪八十年代,未必真的认为那时的文学达到了怎样的高度,真正的原因,可能正是怀念一个对任何"奇异性"都持兼容态度的时代。第三代诗歌的流派丛生、标新立异,先锋小说的语言实验、形式至上,很多都是为新而新、为反叛而反叛,有的甚至到了近乎呓语和梦话的程度,但那个时代的杂志社、出版社、批评家、读者都宽容和鼓励这种"新",从而为一切艺术实验提供合法性。有人称这种时代语境为"黄金时代",似乎也不无道理。当人人都说自己的话,作家都创造自己独有的艺术形式,并为它们笔下的每一个人物争得被了解的权利,这对于艺术而言,就是最好的时代。真正的艺术是从人群中出走,是从时代最为响亮的合唱声中辨认出那些细小、微弱的声音,并试着放大这种声音。马克·吐温说,每当你发现自己和大多数人站在一边,你就该停下来反思,艺术的魅力或秘密就在这里。现在看来,

---

① 〔英〕赫伯特·里德:《艺术的真谛》,王柯平译,辽宁人民出版社1987年版,第7页。

能够从人群中识别出自我、展露出个性的作家并不是很多,多数人是顺应时代潮流,写一些时过境迁之后便无人再记起的作品。

韩少功能在一九八五年左右站在时代的前端,成为一个重要的艺术声源,正是得力于他比别的作家更突出的理性思考力。证据之一就是他那篇著名的写作宣言《文学的"根"》。他在文章中提到了"青年作者"贾平凹、李杭育等人,那时他们已分别写出"商州"系列小说、"葛川江"系列小说,韩少功自己也已写完小说《归去来》和《爸爸爸》,而这类小说最终被名之为"寻根文学",和韩少功对文学之"根"的阐释密切相关。他明确提出:

> 文学有根,文学之根应深植于民族传说文化和土壤里,根不深,则叶难茂。……在文学艺术方面,在民族的深层精神和文化特质方面,我们有民族的自我。我们的责任是释放现代观念的热能,来重铸和镀亮这种自我。①

这两段话,在后来的文学讨论中经常被征引,而为了阐明这一观点,韩少功在文中列举了很多中外作家和文化典故,充分展示出了他长于深思的品质。尽管韩少功这时所认知的"自我",还是"民族的自我","根"也还是传统文化之根,带着鲜明的类群特征,但考虑到当时的写作背景,这是对小说过于贴近现实、写作缺乏想象力的一种反抗,它的革命意义不容忽视。"实"是小说的物质基础,但太"实"常常损伤艺术的自由,这时,有文化自觉的写作者就会转向民间,向后回望,骨子里是想借力"不入正宗""流入乡野"的"异己的因素",来获得"更新再生的契机"②,进而获得一种精神想象力。民族文化混

---

① 韩少功:《文学的"根"》,《作家》1985年第4期。
② 同上。

沌时期的拙朴、苍茫、难以言说，正适合想象力的强劲生长。匍匐在地上的写作是没有希望的，必须激发起对人的全新想象，写作才能实现腾跃和飞翔。

这个时期韩少功所说的"民族的自我"，可以理解为是一般的"我"，而非个别的"我"。按照柄谷行人的观点，"个别的自我对应感性，一般的自我对应理性"，"现代文学就始于对个别的我的肯定"①；也就是说，抽象掉个别的"我"，过度张扬理性、普遍的"我"，文学性就会遭到怀疑。事实上，韩少功的写作一直都存在这方面的争议，过于清晰的理性和观念，无论藏在何种艺术形式之中，至少对于小说而言会显得生硬、外露。比如，《爸爸爸》中的丙崽，就是一个哲理性、概括性很强的人物，过于概括了，就难免牺牲文学应有的具体性、丰富性、复杂性②，但没有这种抽象的理念做底子，又无法深入探讨民族文化心理的暗疾，这是一个矛盾；又如，《马桥词典》和《暗示》等长篇小说，韩少功都大胆地做了文体实验，前者引起了很多人的疑虑，认为以一百一十三个词条连缀而成的长篇，在文体创新的同时，也丢失了中心事件、完整故事、人物形象的饱满等基本要素，而后者则直接被一些批评家认定为"一次失败的文体实验"③。究其原因，都事关小说应该如何处置理性——想法太多，涨破了小说的壳，多数读者都是不喜欢的。大家普遍认为，小说是形象的艺术，作家的想法、观念最好退隐到后面，藏得越深越好，让人物自己站出来说话，这样才能把读者带入叙事情境之中；作家的思想一旦裸露太多，难免有教导读者、启蒙读者之嫌，势必会伤害读者的个人体悟。很多人对托尔

---

① 柄谷行人：《我为什么不搞文学了》，引自微信公众号"屋顶现视研"，2022年3月9日。
② 同年发表的吴秉杰的《韩少功创作论》一文，就持有此论，载《湖南日报》1985年12月11日。
③ 杨扬：《〈暗示〉：一次失败的文体实验》，《文汇报》2002年12月21日。

斯泰、陀思妥耶夫斯基的指责，就是无法容忍他们小说中有过多的议论；关于鲁迅《狂人日记》成功与否的争论，也是因为鲁迅在小说里夹杂了太多杂文笔法。小说一议论，一外露思想，就不像小说了。可是，有谁规定小说不能这样写？作者真的只能隐于叙事后面、不能直接发言？现代小说的特点之一就是突破一切艺术规范，有些作者还故意跳到前台来，把自己的写作意图和盘托出，法国新小说派的作家，中国的马原、格非、叶兆言等人都写过不少这类小说，似乎也无不可。

　　写作无定法，重要的不是写了什么，而是怎么写。韩少功就是一个对"怎么写"持续思索，且想得透彻的作家之一。他很早就意识到，"思想性往往破坏艺术性，文学形象有时也不足以表达这些思想性，这是我至今没有摆脱的苦恼……抽象剖析已成习惯。没有办法，这种状况制约着创作，当然有时效果自认是好的，有时却自认是不好的。"①"我羡慕理论家的严谨准确，但并不想把一切都剖析得明明白白，除了传达思想，我更希望抒发郁结于心的复杂情感。"②韩少功知道文学是需要思考的，偏于理性的作家不一定都走概念化和图解化的道路，偏于感性的作家也未必就一定塑造出生动丰满的艺术形象，重要的是，思想"不能是脱离生活的经院教条"，"应该经常与具体形象联系起来"③，并在理性的引导下觉悟生活的本质。

　　尽管有这一份清醒，但仍有不少研究者认为，"韩少功以理性见长（这也是他高质低产的主要原因），他的冷峻深邃为诸多同人所不及，但过于强大的理念精神也常常压抑了来自生命本能的原始魄

---

① 韩少功：《学步回顾》，这是小说集《月兰》的"代跋"，广东人民出版社1981年版。转引自《韩少功研究资料》（增补本），廖述务编，天津人民出版社2017年版，第36页。
② 韩少功：《留给"茅草地"的思索》，《小说选刊》1981年第6期。
③ 韩少功：《用思想的光芒照亮生活》，《中国青年》1981年第18期。

力"①。朱向前这个观察极具代表性,很多人想起韩少功的写作,先跳出来的印象就是这个。感性和理性如何平衡,确实是一个作家要面对的难题,但对韩少功而言,这个问题他觉得已经解决了。他说:"想得清楚的写散文,想不清楚的写小说……小说与散文之间存在着一种对抗、紧张的关系,tension 的关系。"②只是,读者不认为韩少功的小说是"想不清楚"的样子,他强烈的理念不仅构成了他小说的深度,也成了横亘在读者面前的阅读障碍,但这种阅读障碍或者阅读惯性,可能正是韩少功想要颠覆的艺术秩序之一:

> 有些人物有头无尾,有些人物有尾无头,没有前后呼应,这的确不太符合小说的常规。但我们每个人的生活,可能都有这种残缺,缺三少四、七零八落,天下事不了了之。这才是生活的真实原态。我理解和尊重美学常规,但也愿给小说多留一点"毛边",或粗加工、半成品的痕迹,接近回忆录的散漫自由。这是我的个人偏好,可能没什么道理。在我看来,把小说里的生活剪裁得整整齐齐,结构上也起承转合,严丝合缝,特别圆满,会损失一些真切感。③

事实上,即便是议论,韩少功在小说中也是选择"感受式的议论",以保持与小说的亲缘关系,目的是发现和揭示人性;只有当原先的叙事手段"不足以达到这种发现和揭示的深度时,议论才出来帮

---

① 朱向前:《理性的张扬与遮蔽——读韩少功〈马桥词典〉》,《小说选刊》1996 年第 11 期。
② 韩少功:《精神的白天与夜晚——与王雪瑛的对话》,《熟悉的陌生人》,上海文艺出版社 2017 年版,第 240 页。
③ 韩少功、傅小平:《韩少功:继承传统的真义,是重新发现和创造传统》,《西湖》2020 年第 2 期。

忙,来拆除和打破传统叙事文体的束缚","我的小说兴趣是继续打破现有的叙事模式"①。理解了这一点,大概就能理解韩少功对文体探索的执念。他坚称,"小说的功能之一就是挑战我们从小学、中学开始接受的很多知识规范,要叛离或超越这些所谓的科学的规范"②,他甚至赞成把那些很难分类的文学作品称为"读物",他后来所翻译的佩索阿的《惶然录》,都是些"仿日记"的片段体,或许正应和了他内心突破文类边界的愿望和对散碎的、片段式的文体的迷恋。

假若一个作家不再信任"宏大叙事",不再对描述整全性的世界抱有幻想,那么,选择散碎化叙事就不足为奇了。古典小说,尤其是有记录、还原世界之雄心的那些传统作家,才会着迷于把小说写得完整、规矩、平衡、有头有尾、彼此呼应,可面对一个碎片化的时代,整全性是可疑的、不真实的,现代作家不能无视这种内在的变化,他必须找寻新的艺术形式,表达才不致失效。

> 我并不能说散碎就比完整好,不能说"片段体"是唯一正道。不,事情不是这样的。我采用片段体,恰恰可能是因为我还缺乏新的建构能力,没办法建构一种新的逻辑框架。就是说,我对老的解释框架不满意了,但新的解释框架又搭建不起来,所以就只剩下一堆碎片,一种犹犹豫豫的表达。当然,这里也隐含着宁可犹豫、不可独断的一种态度。历史可能就是这样的,整合、破碎、再整合、再破碎,交替着向前发展。③

---

① 韩少功、李少君:《叙事艺术的危机——关于〈马桥词典〉的谈话及其他》,《小说选刊》1996年第7期。
② 韩少功、崔卫平:《关于〈马桥词典〉的对话》,《作家》2000年第4期。
③ 韩少功、王樽:《穿行在海岛和山乡之间——答记者、评论家王樽》,《时代文学》2008年第1期。

这些重要的思考，为韩少功选择新的小说形式找到了艺术根据，可他也看到了人类的生活和思维，普遍是"散漫的、游走的、缺损的、拼贴的甚至混乱的"，局部不乏小说应有的戏剧性，但更多的时候倒是接近"散文"，这也构成了小说审美的"自然根据"①。其实，现代小说的零乱、拼贴、反中心、反深度、无意义感等症候，都来源于对日常生活的模仿，假若只考虑纯语言层面的叙事革命，叙事可能会变成一种语言的空转，而有"自然根据"做基础的艺术变革，才能有效重构艺术与现实、艺术与自我的关系。韩少功不同于别的作家的是，他总是带着问题开始新的写作，冀望自己每个阶段的写作都能解决和回答新的问题，他穿插着写大量散文随笔，也被他称为"问题追逼的文学"②。无问题则无写作的重担，无思考也无文学的演变。

## 三

文学固然是感觉的艺术，但也要警惕一种盲目的感觉崇拜。很多人忧虑韩少功的写作理性过于强悍，压抑了感觉和情感的释放，而我恰恰认为，一直不放弃理性的自我省思，是韩少功最大的写作优势；是理性让他远离了中国当代文坛的浅薄和轻浮，也是理性让他时刻对一些立于潮流的东西保持怀疑。在四十几年的写作史中，韩少功能完成几次实质性的自我跨越，正得益于他是一个不断在阅读和思考中前行的人。他说，"中国文学当下最重要的危机是价值真空，以及由此引起的创造力消退。要解决这个问题，仅靠八十年代的'个人

---

① 韩少功、刘复生：《几个50后的中国故事——关于〈日夜书〉的对话》，《南方文坛》2013年第6期。

② 韩少功：《超主义的追问与修养》，《在小说的后台》，山东文艺出版社2001年版，第178页。

主义'和'感觉主义'可能已经不够了,仅靠西方文化的输血也不够了。"① 社会和文学需要重新确定一个方向,"一个重建精神价值的方向",为此,他提议重新使用"教化"这个词来救赎当今的文化,"没有教化的自由已经成了另一种灾难"②。他也反对小说中有过多的理念因素,但想要减少理性在写作中的负面功能,"不是躲避理性,不是蔑视理性",而是"把理性推到内在矛盾的地步,打掉理性可能有的简单化和独断化,迫使理性向感觉开放"③。都知道理性与感性的辩证统一是写作的最佳状态,但要做到这点又谈何容易。重感觉、跟着感觉走,也可能走向感觉的荒漠化,一味地煽情、催泪、穷刺激,其实是"伪感觉""误感觉";感觉崇拜的背后很可能是对感觉的消灭。

文学是为了改变我们的感觉方式,让我们的感觉更丰富、复杂,以增加生活和精神的不确定性,敞开更多的可能性。所谓"灵光消逝的时代",就是技术和数字带来的确定性不容置疑的时代,是只有某种单一的价值在引领感觉、感觉日益荒凉的时代;好的文学写作,是在引导人类反抗一种密闭、单一的价值观,接受精神的多义性,适应一切矛盾和悖论。在多义、矛盾、悖论中才有选择,而争得选择的权利,才不会失去灵魂的自由。这让我想起村上春树曾经采访过奥姆真理教的教徒,他发现,那些教徒很少读小说,只深信一种价值观,于是最容易把自己的灵魂交出去。村上春树说:"正因为已经无法将自己置身于多种表达之中,人们才要主动抛出自我。"④ 从这个角度说,艺术上的惰性和陈旧,也是对单一价值观的迷信,是对文学未来不再

---

① 韩少功、罗莎:《一个棋盘,多种棋子——关于中国文学和文化的对话》,《花城》2009年第3期。
② 韩少功:《扁平时代的写作》,《扬子江评论》2009年第6期。
③ 韩少功:《鸟的传人——答台湾作家施叔青》,《大题小作》,上海文艺出版社2017年版,第205—206页。
④ 〔日〕村上春树:《地下》,林少华译,上海译文出版社2011年版,第414页。

有令人激动的想象,躺在现有的艺术遗产上做平面滑行,不接受挑战,也就不承担艺术冒险而有的代价,尤其是主流思想和市场意识形态都加强了对文学的隐形管理,很多作家都把脑袋交给了媒体和市场。从二十世纪九十年代后期开始,讲故事重新成了作家的首要任务,哪怕是昔日的先锋作家,写作旨趣退守到讲一个传统故事的人也不在少数,更有出版社打出"好看小说"的口号,吸引了不少作家参与其间,这本身就是一个有意思的例证。

故事是小说的基本面,讲好故事是一个作家的基本训练,但故事不同于叙事;叙事不仅关乎故事如何讲述,也包含着对故事的精神批判。只有故事,很可能就是通俗小说;故事成了叙事,才是真正的现代小说。

韩少功迟至一九九六年才发表自己的第一部长篇小说《马桥词典》,在同代作家中恐怕是最迟开始写长篇的了。但就语言、文体和思想旨趣而言,谁都不能否认《马桥词典》是一部现代小说。回想一九九六年,正是媒体和市场开始躁动的重要时期,也是文学的先锋光芒日益收敛和黯淡的时期,这个时候的韩少功身处经济最热的海南岛,却没有为市场大潮所动,而是反其道而行之,以一个孤绝的艺术探索者的形象,成了那个时期中国文学界真正的先锋作家。这一方面可以看出韩少功不同凡响的文学志向,另一方面也不妨大胆猜测,他对一切潮流性的、喧闹的、主流的、响亮的声音都缺乏信任,他判定这些东西是一时的,不会长久,自然也就没必要为之耗费心力。他的志向是思考和回答那些直抵文学本根的问题,比如小说文体的杂糅、语言学转向的观念如何与小说对接,"我把语言当作了我这部小说的主角……在这本仿词典的小说里,每一个词条就是一扇门、一个入口,通向生活与历史、通向隐蔽在每一个词语后面的故事",他说自己写下的并不是一部严格意义上的小说,而可能是一部"仿小说""半小说"，或者干脆是一本广义的读物，而这种接近中国古人的贯通文史哲的写作，让韩少功充分享受到了文体的自由①。

很显然，理性的思索助力了韩少功的写作，让他从潮流中抽身而出，他为自己的写作所建立的难度，也变成了中国当代文学的重要话题。他是竭力解析时代而又超越时代的作家，在他身上，可以映照出很多当代作家在精神上的匮乏。韩少功说的当下中国文学最重要的危机是"价值真空"导致的"创造力消退"，其背后的原因，我认为，正是理性枯竭之后所产生对感觉和经验的迷信。多数的中国作家都是感觉主义者、经验主义者，并且视感觉和经验为写作的真理，最终使自己的写作流于表象、沉迷趣味。

到了该认真反思这个误区的时候了。写作固然离不开对感觉、经验的捕捉和塑造，但感觉和经验如果没有理性的审视和过滤，很可能抓住的就是生活的残余、边角料、个人呓语、时代泡沫，是一种极为表面的仿写和复制。在一个崇尚经验、热衷于传递经验的当代社会，故事的勃兴——影视在讲故事，新闻在讲故事，旅游在讲故事，广告在讲故事，各行各业都在应用故事的形式来取悦受众——正日渐取代小说的地位，根本原则就是窥探和分享你所不知道的私密经验。如果小说也沦为同一层面的讲故事，小说的意义就消失了。

> 小说固然要讲故事，但故事并不都是小说；正如生活里有经验，但生活并不全由经验所构成。……我并不否认，个人经验在文学写作中的全面崛起，增强了写作的真实感，并为文学如何更好地介入生活提供了新的视角和资源。我想说的是，经验并非写作唯一用力和扎根的地方，在复杂的当代生活面前，经验常常失

---

① 韩少功:《语言的表情与命运》，《南方文坛》2006年第2期。

效。一个作家，如果过分迷信经验的力量，过分夸大经验的准确性和概括性，他势必失去进一步探究存在的热情，从而远离精神的核心地带，最终被经验所奴役。①

在一个可以将任何经验都迅速符号化、公共化的消费时代，有创造力的写作是体现在如何对经验进行辨析、如何使经验获得个人的深度上。"人人都记得的一件事，谁也不会对它拥有回忆或真实的经验。这反映了经验的日益萎缩，这也表明了人与经验的脱离，人不再是经验的主体。看来不太可能的状况已经出现在我们的生活中：我们生活在并非构成自身经验的生活中。我们的意识存在于新闻报道式的话语方式中，因而偏偏认为：不能为这种话语方式所叙述的个人生活经验是没有意义或意指作用不足的。"②很少有作家能意识到，写作所面临的巨大困境之一，就是现代人可能"生活在并非构成自身经验的生活中"，你以为的真实经验，暗中或许已被各种公共价值所改写，那些由隐蔽的强力话语所塑造的经验认知，其实是抹平了个性的大众经验，这也是当代文学常让人感觉大同小异、千人一面的内在原因。

本雅明说，"经验贬值了"，"而且看来它还在贬，在朝着一个无底洞贬下去。无论何时，你只要扫一眼报纸，就会发现它又创了新低，你都会发现，不仅外部世界的图景，而且精神世界的图景也是一样，都在一夜之间发生了我们从来以为不可能的变化。"③经验的雷同，异质性的消失，瓦解的正是作家的创造力；长期以感觉、经验和趣味为根底的写作，也就难怪会被人嘲讽为不是在描述人类的精神，而是在

---

① 谢有顺：《尊灵魂的写作时代已经来临——谈新世纪小说》，《文艺争鸣》2008年第2期。
② 耿占春：《回忆和话语之乡》，广西师范大学出版社2003年版，第181—182页。
③ 〔德〕瓦尔特·本雅明：《讲故事的人》，张耀平译，《本雅明文选》，陈永国、马海良编，中国社会科学出版社1999年版，第291—292页。

书写内分泌物。感觉和经验的深度是有限的，它呈现的更多是生活的表象状态，尽管它生动、活泼、毛茸茸的，充满细节，但如果看不到这些表象下面的精神核心，就会流于情绪的泛滥，流于生活流的罗列和展示。

理性和哲思才是揭示生活世界最重要的方法。一些作家以不懂理论为荣，写作似乎就是编造故事，在生活细微的转折处、在人物命运逻辑上应该曲折前进的地方，他停下来了，找不到角度，也没有分析武器能让他长驱直入，发现不一样的人性万象。小说如此，诗歌亦然。很多当代诗歌，都不过是写对生活的一得之见，都是些小趣味、小感悟、小转折的刻写，一些令人惊奇的瞬间而已。过度迷恋感觉和经验的写作该醒一醒了，没有理性、哲学对写作的精神优化，写作很难真正切近存在的深处，并创造出有强大心灵意志的人物或人格。

以前我们有意避谈文学写作中的理性，认为理性对写作的干预主要是负面的——主题先行，理论说教，代替人物思考和感觉，作者意图植入带来的阅读压迫，等等，这一系列罪名让很多作家对理论、哲学望而却步，他们小心翼翼地保护着一个经验主义者的脆弱感觉。现在可以大声说，这样的写作时代已经落后了、过去了，记录、描述、呈现经验的特权，正在被影像、新闻、个人媒体所接管，文学写作在客观实录、经验仿写上已毫无优势可言。文学是在新闻停止的地方开始的，它要探问的是经验背后的故事和心理，是对精神幽暗处的注视，是对一切不同处境下的人物的理解、尊重与同情，是对灵魂如何才能获得救赎的深渊求告。

这才是现代意义上的文学，才是能和现代人的处境真正构成对话的文学。打个不一定恰当的比方，感觉型、经验型的文学写作，就好比学术研究中的归纳法，这只是学术起步的门径；而现代学术的建立，除了归纳之外，还有假设、推论、演绎等逻辑步骤，问题的提出、材料的演绎、知识的推论、思想的辨析,共同合力,才能产生现代学术的成果。胡适所提倡的学术研究的科学方法,就包含两个重要部分——假设和实验。没有假设,就不用实验,也没有实验。胡适说宋儒讲格物时就全不注重假设,顶多"含有一点归纳的精神",而他欣赏的是戴震的八个字,"但宜推求,勿为株守",认为这才是"清学的真精神"①,其实就是强调假设、推论和演绎。徐兴无在回忆他的老师周勋初对他的影响时,说到了周勋初的学术观点及他对学生的劝诫,很有借鉴意义。"中国古时候做学问,一直到乾嘉,基本上用归纳法,但是从王国维开始,知道演绎了,胡适后来从西方带回来治学方法之后,推论、假设、演绎的逻辑在现代学术里就用得比较多,这是中国现代学术和古代学术最大的一个不同。……现代学术的起步,就是要会在局部归纳的基础上发现问题,而这些问题往往是一种假设,然后你要在这个假设的前提之下进行推论、研究,这才是现代的学术。"周勋初不仅教学生关注学术方法,还启发学生,"我们要做的学问,是王国维、陈寅恪的学问,同时要吸收前两派(章黄学派与康有为——引者注)的学问,但是只有王国维和陈寅恪的学问才是中国现代意义上的学问。"②对于后学来讲,这是非常有见地的学术启悟。我想,学问要做王国维、陈寅恪这样的现代学问,文学就更要追求能够超越表象意义的感觉和经验、企及理性与存在深度的现代写作。

没有思想的作家,未形成个人写作哲学的作家,注定是走不远的,他们甚至很难被称为现代作家。"现代"二字,包含了对人之为

---

① 胡适:《清代汉学家的科学方法》,原载1919年11月、1920年9月、1921年4月《北京大学月刊》第5、7、9期。收入《胡适文存》时,作者对此文作了修改。
② 参见《南雍岁月辨纬读经——徐兴无先生访谈录》,收入《皇皇者华——学礼堂访谈录》,王锷主编,凤凰出版社2022年版,第260—261页。

人的当下处境的省思,对现代性这一"梦醒时分"的觉悟,以及梦醒之后人往何处去的不懈追问。现代文学、现代艺术与现代哲学是一体多面的,贯穿其中的除了感觉和体悟,更有理性和思想。米兰·昆德拉称小说家为"存在的探究者",就是想让小说远离感觉和经验的肤浅,进而向存在的核心进发。他认为小说的使命是"通过想象出的人物对存在进行深思",以揭示出存在世界不为人知的方面。"小说审视的不是现实,而是存在。而存在并非已经发生的,存在属于人类可能性的领域,所有人类可能成为的,所有人类做得出来的,小说家画出存在地图,从而发现这样或那样一种人类可能性。"① "存在"与"可能性"这两个基点,不是在生活经验的表面滑行,或者热衷于描绘"直接现实主义"就可以完成的,它需要理性的深思,需要有一个思想着的自我,写作才能具有现代品格,并诠释现代生存。

这就是韩少功的写作给中国当代文学最重要的启示:文学的光芒是情感、语言的光芒,更是理性、思想、人格的光芒。作为作家中的思想者,思想的释放没有压抑韩少功的写作,而是让他的写作有了现代艺术的深沉品格。

四

从一般的"我"走向个别的"我",这就是现代写作。而现代写作具有鲜明的理性品格,它的底子是现代哲学、现代心理学,甚至还有现代科学。二十世纪八十年代文学革命的兴起,和尼采、弗洛伊德、海德格尔、萨特、加缪等人的著作风行大有关系——很多人都快要忘记这种思想联系了。文学如果只退守于文学之中,必然会形成文

---

① 〔捷克〕米兰·昆德拉:《小说的艺术》,董强译,上海译文出版社2004年版,第54页。

学茧房，而忘记自己身处何时、身处何世。一个迷信经验、故事、完整性、消费指数的时代，是漠视"现代"的，现代社会的游离、破碎、残缺、失语、贫乏、孤独、痛苦、焦虑、绝望，以及历经种种苦难而积攒下来的稀薄的温暖和亮光，它们在哪里？它们如何才能得到有效的表达？越来越多的作家正在退变成"传统"作家，与时代的关系过于甜蜜，所幸，韩少功一直是一个现代作家，他的写作，保持着一个现代人的思索力度，也一直在找寻新的表达现代生活的艺术形式。他的探索性写作，未必每一次都是成功的，但这个探索姿态敞露出的勇气和胆识，是很多作家所没有的。

并不是说韩少功比别的作家更理性，才有此追求，而是他找到了连接理性和感性的方法，从而实现了两套笔墨的彼此互补。写作《爸爸爸》《女女女》《报告政府》《马桥词典》《暗示》《日夜书》《修改过程》的韩少功，与写作《文学的"根"》《无价之人》《夜行者梦语》《性而上的迷失》《世界》《心想》《完美的假定》《文体与精神分裂主义》《山南水北》的韩少功，是一体的，是一个作家一边感受、一边思想而完成的语言旅行。这些文字，是理性的体验，也是感性的思想。康德说，没有感性的理性是空洞的，而没有理性的感性是盲目的，能将感性和理性结合起来的，正是想象力。过去我们讲想象力，多局限于虚构、故事、比喻、联想、人物命运设计等，但韩少功还向我们展示了知识的想象力、精神的想象力，你读他的随笔，比喻迭出，浮想联翩，扎根于现实事象又神游万里，思力不凡，又说得具体可感，令人印象深刻。但韩少功又绝对不是一个自恃理性、热衷说教的作家，甚至他对许多看似正确的观念也保持警觉，怀疑，甚至尖锐的批判。他是理性的怀疑主义者，这是他身上深藏的精神烙印，有一段时间有人以为他是新左派，显然是误读；怀疑主义者对任何成派别的东西都是有所保留的，韩少功也是如此。他曾说，人类的专长就是"犯错误"，

"真正的文学家总是人类思维成果和感觉定势的挑战者,'犯错误'简直是他们的一种常备心态",这种"犯错误"是为了"开启出一个又一个新的正确,不断洞开着令人惊异的审美世界","这样才能避免文学中最大的错误:平庸"。①

怀疑一切,又同情一切,这也是现代作家的标记之一。是怀疑主义让韩少功的思想有了中断、曲折、修改、完善、深化的可能,而这也是一个作家扩大体量的重要方式。任何的停顿、固化、僵化,都意味着作家写作生命的终结,即便再写,也不过是同一平面的自我重复。韩少功以思索来激发自己的艺术活力,延展自己的精神边界,以开放的态度省思复杂的社会问题、文学问题。他说:"'人一思考,上帝就会发笑'。其实,人不思考,上帝更会发笑吧?"②

他对感觉、经验、知识、理性、文学、语言等的怀疑和反思是全面的,是不断自我驳难和互相拆解的。他怀疑自己早年获得巨大反响的文学的"根"的观点,"我们谈了'根',也得谈枝,谈叶,谈花,谈果。文学以及文化的创造牵涉到太多因素,没有什么可包治百病。'寻根'也不是灵丹妙药。如果这个符号被媒体放大了,我们也只能任其自然,接受社会大势的潮涌。但我们心里得清楚:它并不是一切,只是很多问题中的一个。"③"'寻根'这个提法浓缩了很多意识,也掩盖了很多分歧。"④"'寻根文学'的提法把事情简单化了。"⑤ 韩少功有

---

① 韩少功:《犯错误》,《韩少功散文》(上),中国广播电视出版社1998年版,第314—315页。
② 韩少功:《人们不思考,上帝更发笑——答〈韩少功评传〉作者孔见》,《大题小作》,上海文艺出版社2017年版,第254页。
③ 韩少功、相宜:《一个文学寻索者的样本——韩少功文学创作四十年访谈》,《大家》2018年第6期。
④ 韩少功、王尧:《大题小作——韩少功、王尧对话录》,《大题小作》,上海文艺出版社2017年版,第43页。
⑤ 张均、韩少功:《用语言挑战语言——韩少功访谈录》,《小说评论》2004年第6期。

一种担忧,怕一些人把"文化寻根"看作是复古,可这并非他的本意,他的目的是要分析和解决现实问题,清理、改造、利用民族文化资源是为了更好地走出去,他甚至不认同阿城式的把佛家与道家当作是文化唯一的根,因为他所说的发掘本土文化资源语境是在全球化浪潮中的。他更愿意把这个文化之根认定为生活中活的传统,是"生活中的历史,现在中的过去"。很显然,这样的反思和补充,极大地完善了"文学的'根'"这一重要观点;他怀疑自我经验经常被作家误用,"中国作家千万不能吹牛,即便你打过仗、坐过牢、下过乡、失过恋,也不一定是经验资源的富翁。倒是应该经常警惕一下:自己的经验记忆是怎么形成的? 是不是被流行偏见悄悄篡改了? 是不是自欺欺人的假货?"① 他也并不总是站在文学革命者一边,认为"先锋小说很快也进入了形式化和模式化","荒诞成了一个模式,谁都可以玩一把"②,那些没有审美和思想信息的"叙事的空转",与劣质信息和病毒信息泛滥的"叙事的失禁",在他看来,都是对作家心智的淹没和封闭;他怀疑欲望、怀疑市场、怀疑后现代、怀疑理想,用蒋子丹的话说,"很少有什么事尤其是时髦的事儿不被他怀疑":

> 韩少功怀疑钱(总是恶毒攻击拜金论与拜金者,同时拒受嗟来之钱),但又领着一伙人赚过大钱,并且继续鼓励他人赚钱;怀疑文学(称之为花言巧语),但仍一篇篇写着文章并且为之绞尽脑汁一改再改;怀疑科学(认为科学可以使人的心灵变得狭隘),但又特别爱读通俗自然科学读物,谈起概率论或者量子力学的皮毛就掩不住得意之态;怀疑宗教(认为任何宗教一旦制度

---

① 舒晋瑜、韩少功:《完成一个对自己的许诺》,《长江文艺评论》2019年第2期。
② 韩少功、王尧:《大题小作——韩少功、王尧对话录》,《大题小作》,上海文艺出版社2017年版,第177页。

化或者组织化,就一定会蜕变为新的专制或者实用经济手段),但又坚持说,真正的人是需要保持宗教感的,尤其文化人艺术人丧失了宗教感就丧失了根本;怀疑善德(称之为贵族自我拯救的心理减肥操),但又向来苛求亲人与朋友须有善心善德,并且对公益慈善活动不乏热心;怀疑自由(认为今天大街上的自由都有太多的口香糖味儿,只代表"免费""闲暇""不负责"……这些词义的熠熠利诱),但又把他自己独立思索与逆潮流而动的自由看得高于一切。①

他的小说也充满着怀疑和辩驳。《马桥词典》对科学主义、进步主义、文化霸权、语言习惯的诘问,《暗示》对整个知识谱系的挑战,《日夜书》对知青自恋情结的省思,《修改过程》对二十世纪八十年代的怀疑;包括用力尤深的文体和语言,他也觉得要保持警惕,语言有魔力,但也会蜕变和篡改事物,文体的区隔是一种限制,但文体的放纵也会带来没必要的美学焦虑。他也怀疑"自我"建构,"九十年代以来,'自我'确实在一些人那里诱发自恋和自闭,作家似乎天天照着镜子千姿百态,而镜子里的自我一个个不是越来越丰富,相反却是越来越趋同划一"②,它最终是指向自我怀疑,以及对怀疑本身的怀疑。没有怀疑,就无从认识理性、思想的复杂性;没有怀疑,也没有前行的动力。更有意思的是,很多的怀疑主义者,内心为各种矛盾和冲突所劫持之后,容易走向冷嘲,而韩少功有意抑制了自己这方面的情绪,这固然体现出他的宽厚与包容,更重要的是,我感受到了他对人世万象、对人类面临的处境和困局有一种隐约的悲凉感。悲凉可以让怀疑主义者变得质朴而温暖,而不至于走向虚无主义。

---

① 蒋子丹:《〈韩少功印象〉及其延时的注解》,《当代作家评论》1994 年第 6 期。
② 韩少功:《好"自我"而知其恶》,《上海文学》2001 年第 5 期。

韩少功不是虚无主义者，所以，他的写作并非只有怀疑，而没有肯定。他也肯定。他肯定张炜、张承志的写作，激赏一种"高贵的灵魂"和站立的姿态，"站立者才能理解人的价值，包括对一切物质世界创造者保持真正的敬重"①；他肯定庄重质朴的托尔斯泰和鲁迅；他肯定杜甫那些用生命写出来的、有鲜活生活质感的诗句，"日入相与归，壶浆劳近邻"，"相思则披衣，言笑无厌时"等，能带给他"结结实实的感动"②；他肯定伟大的人格，"文格"不高首先在于人格不高，"真正伟大的人格就是既看透了这一切又充满着博爱，原谅一切、宽容一切、去爱、去同情一切"③；他肯定小人物、"问题人物"身上的英雄闪光，以及人性品质中的温暖和动人④；他肯定低调、节制和平常心⑤；他肯定文体追求的意义，以及语言实验对汉字能量的解放⑥；他肯定有很强解析能力和形容能力的"优质汉语"⑦，等等。而这些，也许正是韩少功建构写作观念的核心方式。在怀疑与肯定之间、理性与感性之间、现实与想象之间，他走的是一条中间道路——他讲的扎根传统是指现代视野里的传统，他讲的文体革命不忘接续中国古代散文（杂文学）这一文体遗产；他说思想僵化时要用感觉来激活，感觉被毒化的时候要用思想来疗救；他介入现实、回答现实难题，但同时也创造语言的乌托邦；他不掩饰对缺乏个性的城市文明的厌倦，但也不盲目赞美乡村……他集怀疑、警觉、包容、肯定于一身，不轻易偏向任何一方，这也使得他的价值立场多有游移，对一些问题的思考

---

① 韩少功：《无价之人》，《文学评论》1993年第3期。
② 韩少功：《直面人类精神的难题——答〈文学报〉记者王雪瑛》，《大题小作》，上海文艺出版社2017年版，第393页。
③ 韩少功、林伟平：《文学和人格——访作家韩少功》，《上海文学》1986年第11期。
④ 项静、韩少功：《跳出困境首先得看清困境》，《长江文艺评论》2020年第1期。
⑤ 韩少功、崔卫平：《关于〈马桥词典〉的对话》，《作家》2000年第4期。
⑥ 韩少功、林伟平：《文学和人格——访作家韩少功》，《上海文学》1986年第11期。
⑦ 韩少功：《现代汉语再认识》，《天涯》2005年第2期。

以及对现实困境的逼视有时也流于浮光掠影、虚晃一招。

但考察韩少功的写作道路及其观念沿革,仍然可见一条暗线,那就是这种中间道路塑造了韩少功先锋而又不激进的现代作家的面貌。而自从韩少功每年花几个月时间返回插队的地方汨罗过起了乡村生活,并写出了《山南水北》这一系列记录乡村实践和劳动美学的乡居笔记之后,他的写作维度里又多了大地、自然、乡人、风俗等元素,这些具象生活背后的思想启示,还有待进一步阐发,它令我想起宗白华论到魏晋时期的自然诗时所说的:"晋人向外发现了自然,向内发现了自己的深情","他们对于自然有那一股新鲜发现时身入化境浓酣忘我的趣味;他们随手写来,都成妙谛,境与神会,真气扑人"。①韩少功估计不会愿意被人比作"晋人",但他向外发现自然、向内发现自己的深情是一个不争的事实,也是一个新的写作记号;自然和深情的尺度内化于韩少功的写作观念中之后,一定会在他身上酝酿出更大的精神事变——我这样期待。韩少功已年近七十,但他依然是中国当代最值得期待的作家之一。

◎ 最初发表于《南方文坛》2022年第4期

---

① 宗白华:《宗白华全集》(第二卷),安徽教育出版社2008年版,第273—274页。

# 感觉的象征世界

## ——《檀香刑》之后的莫言小说

《檀香刑》是出版于二〇〇一年的长篇小说。有论者说，它是莫言"艺术含量"最大的一部小说①，它之于莫言，甚至之于中国当代小说，都"标志着一个重大转向"②；莫言自己也说，《檀香刑》之后，如何继承说书人的传统，"就成为明确的追求"③，并把这称为"是我的创作过程中的一次有意识地大踏步撤退"④。当然，也有人认为，这部作品是苍白的游戏之作，并引发了较大的争议。说莫言是在"游戏"，显然言重了，《檀香刑》所寄托的作者的艺术抱负，应该很容易就能辨识出来；莫言所说的"大踏步撤退"之类的写作宣言，亦只是一个姿态而已，不必当真，毕竟文学写作不是直线前进的，许多时候，后退也可以是一种先锋，关键看作家是否有真正的探索和创造。

《檀香刑》之后，莫言又出版了《四十一炮》《生死疲劳》《蛙》三部长篇小说，艺术面貌各各不同，但都是争议之作，直至他获得了诺贝尔文学奖，这个争议也没有停止。但谁都不能忽略《檀香刑》的界碑意义，都知道《檀香刑》之后，莫言的写作有了很大变化，但怎

---

① 张清华：《叙述的极限——论莫言》，《当代作家评论》2003年第2期。
② 李敬泽：《莫言与中国精神》，《小说评论》2003年第1期。
③ 莫言：《小说与社会生活》，《用耳朵阅读》，百花文艺出版社2012年版，第159页。
④ 莫言：《檀香刑·后记》，《檀香刑》，作家出版社2012年版，第516页。

么变的,这样的变化有何意义,却还缺乏深入的研究。从《丰乳肥臀》到《檀香刑》,中间隔了六年,跨了世纪,中国文学在转型,莫言也在转型,他在写作上的思索和实践,到底呈现出了哪些新质的风格?我们又该如何评价这种新的写作风格? 以莫言感觉世界的变化为入口,或许是一个有效的角度。

## 一、感觉的放大

感觉绚烂,语言驳杂,想象力奇崛,这已成了莫言小说的醒目标记。从《透明的红萝卜》开始,莫言在感觉的丰富和通透上的奇异禀赋,就得到了公认,这种才华,中国当代作家很少有人能与之匹敌。他不仅是在用心写作,也是在用眼睛、耳朵、鼻子,甚至用舌头写作。他的作品,色、香、味俱全,读来生动、斑斓、趣味横生。这种对感觉的彻底解放,似乎作家把身上的每一个器官都调动起来了,都参与到了写作之中。他笔下的生活,不再是事象、经验,也不再是机械的实录,而成了一个生命活体。正如福克纳小说中的寒冷是有气味的,马尔克斯笔下的人物可以闻到死亡的气味,莫言的小说里也洋溢着各种生命的气息。

"生命活体"是莫言自己的表述,确也符合他的作品实际。"作家在写小说时应该调动自己的全部感觉器官,你的味觉、你的视觉、你的听觉、你的触觉,或者是超出了上述感觉之外的其他神奇感觉。这样,你的小说也许就会具有生命的气息。它不再是一堆没有生命力的文字,而是一个有气味、有声音、有温度、有形状、有感情的生命活体。"[①]有感觉了,才有感情;有感情了,才能打动人心,这个极具价值的写作经验,始终贯穿在莫言的写作之中。莫言的任何一部作品,

---

① 莫言:《小说的气味》,《用耳朵阅读》,百花文艺出版社2012年版,第83页。

都不乏那些新奇的比喻，神采飞扬的摹写，它是独特的，也是有悖于我们之前的阅读经验的。比如，《透明的红萝卜》里写，"当她的情人吃了小铁匠的铁拳时，她就低声呻唤着，眼睛像一朵盛开的墨菊"，写菊子姑娘的右眼里插着一块白色的石片时，又说"好像眼里长出一朵银耳"；《红高粱》里写，高粱的叶片"像蛇一样""缠绕着我的身体"，"奶奶神魂出舍，望着他脱裸的胸膛，仿佛看到强劲剽悍的血液在他黝黑的皮肤下川流不息"；《爆炸》里写，"父亲的手臂在空中挥动时留下的轨迹像两块灼热的马蹄铁一样，凝固地悬在我与父亲之间的墙壁上"；莫言还在小说里写吃煤，吃虫子，吃蚂蚱，吃红锈的铁筋，把食欲和饥饿感写到了登峰造极的地步，"我有一种奇异的感觉，感觉到香味像黏稠的液体，吸到胃里也能解馋的。香味也是物质"（《罪过》）。这样的例证还有很多。

事实上，不仅在小说中，即便在演讲和访谈中，莫言的描述也生动、形象。他写自己小时候掉到茅坑里，大哥把他捞上来按到河里洗时，自己"闻到了肥皂味儿、鱼汤味儿、臭大粪味儿"；他说自己小时候，孤独地坐在炕头或树下，看院子里蛤蟆怎么捉苍蝇："碧绿的苍蝇，绿头的苍蝇，像玉米粒那样的，有的比玉米粒还要大，全身是碧绿，就像玉石一样，眼睛是红的"，"看到那苍蝇是不断地跷起一条腿来擦眼睛、抹翅膀，世界上没有一种动物能像苍蝇的腿那样灵巧，用腿来擦自己的眼睛。然后看到一只大蛤蟆爬过去，悄悄地爬，为了不出声，本来是一蹦一蹦地跳，慢慢地、慢慢地，一点声音不发出地爬，腿慢慢地拉长、收缩，向苍蝇靠拢，苍蝇也感觉不到"，"到离苍蝇还很远的地方，它停住了，'啪'，嘴里的舌头像梭镖一样弹出来了，它的舌头好像能伸出很远很远，而后苍蝇就没有了"[①]。这种事物之间的联想能力，这种动作、细节的分解能力，都昭示出莫言不

---

① 莫言：《与王尧长谈》，《碎语文学》，作家出版社2012年版，第71页。

同凡响的才华。他的感觉,构成了他写作的基础。他的写作,是有血,有肉,有色调,有汁液,有味道,有质感,有声音的,这不同于中国的大多数作家。

莫言从不讳言,这种对世界独特的感受方式,来自自己的童年经验。那时,他无书可读,"每天在山里,我与牛羊讲话、与鸟儿对歌、仔细观察植物生长,可以说,以后我小说中大量天、地、植物、动物,如神的描写,都是我童年记忆的沉淀"①。躺在青草地上,看白云飘动,花朵开放,看各种小动物觅食、打架,了解事物与事物之间的差异,感受世态的冷暖,这样的经验,未必每个人都有,但对于莫言来说,却异常重要,他认为成长过程中听来、看来的经验,比后来阅读得来的经验有效得多。"一个小说家的风格,他写什么,他怎样写,他用什么样的语言写,他用什么样的态度写,基本上是由他开始写作之前的生活决定的。"② 从这个角度说,莫言是一个本真的作家,他的故乡和记忆为他提供了不竭的写作源泉,同时也彻底打开了他的感官系统。他是一个有生活基本面、有生命体验的作家。

对莫言的写作感觉的研究,已经很充分。莫言的小说喧嚣、躁动,气势夺人,他一直是文学界关注的中心人物,估计和他所创造的这个盛大的感觉世界密切相关。莫言很难静默,他有太多的东西想要表达,所以,你总能在他笔下,感受到一种汹涌的表达的欲望。几乎每过一段时间,他就会冲破一次感觉的禁区,更新读者对他的印象。

而我要追问的是,《檀香刑》之后,莫言的感觉方式和感觉意旨有哪些新的变化?

粗略地说,《檀香刑》之前,莫言感觉的狂放,更多还是停留在

---

① 转引自隋峻:《千言万语　何若莫言》,《青岛日报》2011年11月17日。
② 莫言:《中国小说的传统——从我的三部长篇小说谈起》,《用耳朵阅读》,百花文艺出版社2012年版,第166页。

具象化和物质化的层面,《檀香刑》之后,莫言的感觉系统更为恣意,但他并不满足于感觉在同一平面上继续滑行,而是将这种感觉巨型化和象征化——这不仅深化了感觉的意旨空间,甚至也再造了一个作家感受世界的方式。这是莫言写作风格的重要变化。当然,这种变化不是突变,而是莫言一步步地把自己的感觉放大,使感觉景象化的同时,也把感觉推向了一个超感觉的象征世界。

在莫言之前的小说中,他的感觉很多是碎片式的、绵延的,指向具体的事物,所表达的也多是感觉的物质性。以莫言擅长写的孩子、身体、乳房为例,尽管样态丰富,但他终归脱不开物质层面的想象。《丰乳肥臀》已经是体量庞大的小说,但也充满着对女性的这种物质性的看法:"这丫头大眼直鼻,额头宽广,长嘴方额,一脸福相,更兼那两只奶头上翘的乳房和宽阔的骨盆,一看就知道是个生孩子的健将","臀盘儿挺大,能生出大孩子","人高马大,山大柴广,生个孩子也是大个儿的";而写到乳房,就多是这样的描写,"两个青苹果般的小奶子","窝窝头一样的乳房","两个奶头像两个枣饽饽",等等。在莫言看来,乳房,臀部,这个《丰乳肥臀》的中心意象,依然只是肉体的、物质的、观赏性的,即便联于生命意识,也多是充满原始冲动的。莫言也确实一直这样理解着自己笔下的女性:"乳房是哺育的工具,臀部是生殖的工具。丰满的乳房能育出健壮的后代,肥硕的臀部是多生快生的物质基础。"[1] 尽管《丰乳肥臀》被赋予了与母亲、大地相联的观念,但这种物质性想象过度强大,感觉就显得单一化、平面化,而没能将感觉观念化、象征化,也无法使感觉成为照亮生存的一种景观。

《丰乳肥臀》第四十三章有一处描写最为典型:

---

[1] 莫言:《〈丰乳肥臀〉解》,《光明日报》1995年11月22日。

她像偷食的狗一样，即便屁股上受到沉重的打击也要强忍着痛苦把食物吞下去，并尽量地多吞几口。何况，也许，那痛苦与吞食馒头的愉悦相比显得那么微不足道。所以任凭着张麻子发疯一样地冲撞着她的臀部，她的前身也不由地随着抖动，但她吞咽馒头的行为一直在最紧张地进行着。她的眼睛里盈着泪水，是被馒头噎出的生理性泪水，不带任何的情感色彩。①

　　这样的描写令人震撼：饥饿使人失去尊严。莫言不直接写"她"内心的痛苦，而是通过动作与场面的对照，表明身体的痛苦已经超越内心的痛苦——实际上，这就是精神麻木，即便有泪水，也是"被馒头噎出的生理性泪水"，这是一个灵魂已经静默的人生。你可以说莫言写了一种比单纯的精神痛苦更深的痛苦，但这个痛苦的根源，依旧是由于物质的匮乏所导致，有着很具体的原因，也很容易找到解脱的方式。感觉如果只停留在饥饿、贫困的层面绵延，或者只是在压抑、虐待、狂欢下出现的幻想，作品的重要性就会减弱。感觉的灿烂，只是写作才华的一部分，唯有将感觉观念化和象征化，感觉才会有存在意义上的深度。卡夫卡没有停留在甲虫体验的物质层面，他把自己笔下的甲虫写成了卑微生存的象征；莫言特别推崇的鲁迅小说《铸剑》中的人物，也是向绝望而黑暗的世界反抗的复仇者的象征。

## 二、从具象到象征

　　莫言或许意识到了，自己汪洋恣肆的感觉需要进一步观念化，才能企及新的写作高度，所以，《檀香刑》之后，他的感觉方式有了全新的展开路径。

---

① 莫言：《丰乳肥臀》，作家出版社2012年版，第437页。

首先是将感觉景象化，通过创造巨型的感觉景观，使感觉不再是碎片的，物质的，经验式的，而成了一个精神的镜像。比如，莫言许多小说里都写到"吃"，写到了"肉"，这是莫言感官世界中极为重要的意象，"我每天都跟我的肠子对话，他的声音低沉混浊，好像鼻子堵塞的人发出的声音"（《罪过》），"那是十六只眼睛。十六只黑沙滩村饥肠辘辘的孩子们的眼睛。这些眼睛有的漆黑发亮，有的黯淡无光，有的白眼球像鸭蛋青，有的黑眼球如海水蓝。他们在眼巴巴地盯着我们的餐桌，盯着桌子上的鱼肉"（《黑沙滩》）；更令人惊悚的是，《酒国》里写到了一道菜，"红烧婴儿"，其实是用月亮湖里的肥藕、火腿肠、烤乳猪、银白瓜、发菜做原料，但把菜做成了婴儿的形状，"哇，我的天。舌头上的味蕾齐声欢呼，腮上的咬肌抽搐不止，喉咙里伸出一只小手，把那片东西抢走了"①。"吃"已经异化成了一种变态的心理满足。《酒国》还写了"全驴宴"："先是十二个冷盘上来，拼成一朵莲花：驴肚、驴肝、驴心、驴肠、驴肺、驴舌、驴唇……全是驴身上的零件"，"驴菜滚滚，涌上桌来，吃得我们肚皮如鼓，饱嗝不断，大家的脸上，都蒙了一层驴油，透过驴油，显出了疲倦之色，仿佛刚从磨道里牵出来的驴子"。② 这种器官解剖学意义上的描写，是"肉"的物质形态的展览，也是对"吃"的欲望的生理性扭曲，不可谓不壮观；但莫言的语言狂欢，多止于现象层面的铺排、叠加、堆砌，有些，直接就是简单而夸张的物质性罗列，比如："我们的肉比牛肉嫩，比羊肉鲜，比猪肉香，比狗肉肥，比骡子肉软，比兔子肉硬，比鸡肉滑，比鸭肉滋，比鸽子肉正派，比驴肉生动，比骆驼肉娇贵，比马驹肉有弹性，比刺猬肉善良，比麻雀肉端庄，比燕子肉白净，比雁肉少青苗气，比鹅肉少糟糠味，比猫肉严肃，比老鼠肉有营养，比黄鼬肉少鬼

---

① 莫言：《酒国》，作家出版社2012年版，第89—90页。
② 莫言：《酒国》，作家出版社2012年版，第157—158页。

气，比猞猁肉通俗。"① 这样的感觉是物质的，话语再丰富，给人留下的印象都是一种语言的饶舌，它缺乏深入人心的力量。

直到《四十一炮》，莫言笔下"肉"的意象，才开始真正脱离它的物质性，真正成了欲望的象征。从《酒国》的"红烧婴儿""全驴宴"，到《四十一炮》中的"肉食节"，这个过程，就是把感觉景象化、巨型化的过程：

> 肉食节要延续三天，在这三天里，各种肉食，琳琅满目；各种屠宰机器和肉类加工机械的生产厂家，在市中心的广场上摆开了装饰华丽的展台；各种关于牲畜饲养、肉类加工、肉类营养的讨论会，在城市的各大饭店召开；同时，各种把人类食肉的想象力发展到极限的肉食大宴，也在全城的大小饭店排开。这三天真的是肉山肉林，你放开肚皮吃吧，能吃多少就吃多少。还有在七月广场上举行的吃肉大赛，吸引了五湖四海的食肉高手。冠军获得者，可以得到三百六十张代肉券，每张代肉券，都可以让你在本城的任何一家饭馆，放开肚皮吃一顿肉。当然，你也可以用这三百六十张代肉券，一次换取三千六百斤肉。在肉食节期间，吃肉比赛是一大景，但最热闹的还是谢肉大游行。就像任何节日的节目都是慢慢地丰富多彩起来一样，我们的肉食节也不例外。②

从吃肉到肉食节，肉的形态景象化了。这个巨型的肉的寓言，其实就是人类欲望的象征。肉的泛滥，就是欲望的泛滥；罗小通对肉的渴望如此强烈，他无法控制自己，只能做肉的奴隶，也就是欲望的奴隶。他夺得吃肉比赛冠军之后，更是站在了欲望之巅，这个欲望，足

---

① 莫言：《酒国》，作家出版社 2012 年版，第 107 页。
② 莫言：《四十一炮》，作家出版社 2012 年版，第 92 页。

可以把他自己完全吞没。

　　肉的感觉巨型化之后，肉就成了一种象征。《四十一炮》是从莫言之前的中篇小说《野骡子》的基础上扩大而成的，《野骡子》里的罗小通，不过就是一个喜欢吃肉的小孩，他对肉的全部渴望，都和饥饿、和身体感受有关，肉在他眼中，就只是肉而已，是完全物质的感觉；但到了《四十一炮》，罗小通对肉的渴望、占有、想象，已经观念化、象征化了，它既可让罗小通快乐、癫狂，"世界上的肉千千万，但有福气被懂肉爱肉的罗小通吃掉的，实在是太少了。所以我也就理解了肉的激动。在我拿着肉往嘴巴里运动的短暂的过程中，肉的晶莹的眼泪迸发出来，肉的眼睛亮晶晶地盯着我，肉的眼睛里洋溢着激情。我知道，因为我爱肉，所以肉才爱我啊。世界上的爱都是有缘有故的啊。肉啊，你也让我很感动，你把我的心揉碎了啊，说实话我真是舍不得吃你，但我又不能不吃你"[1]；也可以让罗小通绝望，尤其是发现自己的妹妹吃肉而死之后，"我对肉充满了厌恶，还有仇恨，大和尚，从此我就发誓：我再也不吃肉了，我宁愿到街上去吃土我也不吃肉了，我宁愿到马圈里去吃马粪我也不吃肉了，我宁愿饿死也不吃肉了……"[2] 罗小通从喜欢吃肉，到崇拜肉，再到对肉所代表的欲望世界的反思、觉悟，这是罗小通的成长史，也是欲望从膨胀到溃败的历史。

　　也就是说，《野骡子》中的罗小通只看到肉的物质性的时候，他本身也就成了物质性的存在。肉的感性形式的召唤，使罗小通只意识到自己有一个肉体的自我，在这个自我里，欲望是真正的主体，精神性的自我是缺席的。他所有面对肉的反应，都是生理性反应，他在普遍饥饿的中国，大吃大喝，这不过是莫言所创造的一个关于"吃"的

---

[1]　莫言：《四十一炮》，作家出版社2012年版，第276页。
[2]　莫言：《四十一炮》，作家出版社2012年版，第353页。

幻象。一边是根本性的匮乏，一边是无度的享乐，背后隐含的是作者对现实的批判。《四十一炮》中的罗小通就不同了，他不再只被肉的物质性所迷惑，他对肉的反应，也不再是单一的生理性反应，他的感觉是复杂的。他最终能洞察肉所代表的本能世界、欲望世界的罪恶，就和他的感觉超越了物质性有关。他在与肉的博弈中自我发现、自我觉醒。肉体性的自我之外，一个精神性的自我觉醒了，虽然这个自我也未必能够逃离欲望的控制，未必能在欲望的苦海中解脱，但这个内在自我的觉醒，至少象征了肉体与精神的冲突不会停止。这个维度，在《野骡子》里是没有的。《野骡子》里的罗小通，只有吃肉的渴望以及吃不到肉的痛苦，他身上迸发出的只是生理的本能；到《四十一炮》，罗小通成长了，觉悟了。一个关于欲望的故事，变成了一个反抗欲望、寻求解脱之路的故事。

一个是本能欲望的隐喻，一个是内心对欲望的彻悟，从《野骡子》到《四十一炮》，莫言走完了从感觉具象化到感觉象征化的过程。

## 三、感觉作为一种景象

感觉象征化的意识，也贯穿在《檀香刑》之后的几部长篇小说之中。莫言的小说多写农村，他笔下有很多关于农作物、农事活动、动物、鬼怪的描写。以动物视角的小说为例，他早期的《白狗秋千架》中的狗，《透明的红萝卜》中的鸟和鸭子，《金发婴儿》中的公鸡，《球状闪电》中的刺猬与奶牛，《红蝗》中的红蝗，《牛》中那头被阉割了的小公牛，都是这个世界的观察者，有些还是小说的叙事者。以动物的眼光看人，和以人的眼光看人，二者是完全不同的。在莫言笔下，动物比人更善良，也更值得信任。

真正把动物的感觉作巨型化处理的，是莫言出版于二〇〇六年的长篇小说《生死疲劳》。这部小说写了人与土地的复杂关系,其中最为重要的人物是西门闹,他本是乐善好施的地主,土地革命时被枪毙了,他不服,就在阴曹地府里喊冤,无论遭受什么酷刑都不认罪,他请求阎王爷放他回人间,他要当面问一下那些人:"我到底犯了什么罪?"阎王爷只好同意他转生为驴、牛、猪、狗、猴、大头婴儿蓝千岁,进入"六道轮回",希望以此来平息他心中的仇恨和冤屈。小说通过"驴折腾""牛犟劲""猪撒欢""狗精神"等几个部分的叙事,让西门闹在死与生之间不断轮回,进而书写历史的荒诞、人世的无情、生命的悲欢离合。只是,西门闹的每一次轮回,无论怎么任劳任怨或忠心耿耿,都没有得到真正的超脱,他一次又一次地堕回到"畜生道",做驴时死于饥民之手,做牛时被人烧死,做猪时为救人而死,做狗时为蓝脸殉难,做猴时被蓝解放开枪打死,一次比一次死得壮烈。最后终于轮回成了一个人,却是一个不健全的、永远长不大的大头婴儿。西门闹始终是一个冤魂的形象。

《生死疲劳》既像中国的神怪小说,也像西方的魔幻现实主义小说,它彻底打通了人、鬼、神的界限,尤其是让驴、牛、猪、狗、猴等动物共同登场,把人的视角与动物的视角合而为一,这是一个很大的架构,它不仅是对动物视角的高度变形和无限夸张,也是对五十多年来中国人的苦难生活的集中审视。《生死疲劳》超越了莫言过去小说中一切关于动物的想象,他创造的是一个巨型的动物形象系统,明明是历史的悲剧,却常常以喜剧的方式呈现,里面的一切生灵都充满着"欢""闹"的激情、爱恋、吃醋、争斗、仇恨、互相折磨,各种冤孽,各种悲歌,都被汇聚到这个巨型的生死轮回之中。小说的人物关系、人物形象、行为方式,都是荒诞的,不近常情的,但正是这种无处不在的巨型的荒诞感,成了历史苦难的象征。

在《蛙》中,姑姑要丈夫郝大手根据她的口述做出两千八百个泥娃娃,希望以此来赎罪,也是一个象征。莫言以前的小说,写过不少婴儿,畸形的,早产的,夭亡的,被遗弃的,被杀害的,但到了《蛙》中,以两千八百个泥娃娃为象征,是之前小说感觉的放大。可以想象,两千八百个泥娃娃排列在那里,是何等的壮观,正如姑姑数算出自己接生出来的孩子有九千八百多个,她想象这些孩子一齐哭的时候,哭声是多么的尖锐,又是多么的震撼人心。还有,莫言之前的小说,喜欢写人的器官和身体意象,到了《蛙》,他干脆以身体部位和人体器官为一个地方的孩子们取名,譬如陈鼻、赵眼、吴大肠、孙肩、陈眉、王肝、王胆、吕牙、肖上唇、肖下唇,等等,这也是一种感觉的放大,一群人聚在一起,就像是一个巨型的身体集会。这固然有幽默和戏谑的成分,但也一定包含着作者深切的写作用心。

感觉只是碎片和意识流的时候,那不过是作家写作才华的华彩流露,感觉一旦放大,成了巨型的景象,就一定会承载某种观念和价值。莫言奔放的想象力,一次又一次地突破常规,找寻新的形式,建构新的形象,目的也就是把感觉变成生存的景象,把人物变成精神的象征。《透明的红萝卜》中黑孩的沉默是象征,《红高粱》中"我爷爷"和"我奶奶"在高粱地里的激情是象征,《丰乳肥臀》中上官金童的恋乳症是象征,《四十一炮》中兰大官的疯狂性爱史是象征,《生死疲劳》中蓝脸的单干是象征,西门闹不断为自己申冤是象征,《蛙》中的泥娃娃也是象征。"莫言的想象力归根结底还是为他的观念服务的"①,确实如此。伟大的小说不仅洋溢着生动的感觉,更是充满象征。

而在感觉的象征化进程中,最具代表性的作品还是《檀香刑》。

《檀香刑》的核心内容是残酷的刑罚。六大行刑场面——赵甲观看刽子手处决犯人;余姥姥腰斩国库兵丁;余姥姥和赵甲用"阎王闩"

---

① 邓晓芒:《莫言:恋乳的痴狂》,《莫言研究资料》,杨扬编,天津人民出版社2005年版,第261页。

处死小太监；赵甲斩首"戊戌六君子"；赵甲凌迟因刺杀袁世凯而被捕的钱雄飞；赵甲为孙丙上檀香刑——施的都是酷刑，有些刑罚场面，莫言写了二十几页，把人对刑罚的所有感觉都巨型化、景象化了——追溯起来，这个巨型的刑罚景象，依然是莫言之前作品感觉的放大。《红高粱》写过剥人皮，《筑路》写过剥狗皮，《复仇记》写过剥猫皮，《灵药》写过挖心取胆，场面都很血腥，但这些令人惊骇的感觉，在《檀香刑》里都被放大了。或者说，比起《檀香刑》中的凌迟和檀香刑来，之前写的就只能算是小场面、小感觉了。

> 父亲看到孙五的刀子在大爷的耳朵上像锯木头一样锯着。罗汉大爷狂呼不止，一股焦黄的尿水从两腿间一蹾一蹾地滋出来。父亲的腿瑟瑟颤抖。走过一个端着白瓷盘的日本兵，站在孙五身旁，孙五把罗汉大爷那只肥硕敦厚的耳朵放在白瓷盘里。孙五又割掉罗汉大爷另一只耳朵放进瓷盘。父亲看到那两只耳朵在瓷盘里活泼地跳动，打得瓷盘叮咚叮咚响。
>
> ……
>
> 孙五操着刀，从罗汉大爷头顶上外翻着的伤口剥起，一刀刀细索索发响。他剥得非常仔细。罗汉大爷的头皮褪下。露出了青紫的眼珠。露出了一棱棱的肉……①

这是《红高粱》中著名的罗汉大爷被剥皮的惨剧。这样的描写，除了让人感受到残暴之外，还令人产生一种狂欢、怪诞之感。按照拉伯雷的要求，怪诞本质上是肉体的，是与肉体有关的过度行为，这种对肉体的摧残中，存在着以猥亵、残忍乃至野蛮为快乐的原始快感，

---

① 莫言：《红高粱家族》，作家出版社2012年版，第32—33页。

而夸张和过度正是怪诞风格的主要特征之一①。莫言笔下的很多人物描写都给人一种怪诞感,《透明的红萝卜》那个头大、脖子长的黑孩子,《白棉花》中脸上布满青紫的疙瘩、马牙、驴嘴、狮鼻、两只呆愣愣的大眼的国忠良,《麻风女的情人》中那个没有眉毛、没有睫毛的麻风女,等等。莫言喜欢写的对肉体的刑罚,也都夹杂着残忍和怪诞。《灵药》中,"爹"端详着从肝脏上剥离下来的马魁三的胆囊,"宛若一块紫色的美玉";《筑路》中,狗皮剥下来后,"狗脊梁上的环节像一串山楂糖葫芦";《月光斩》中,那颗挂在树上的人头"被乌鸦啄得千疮百孔"。怪诞的描写中,透着恐怖和惊悚。

莫言对肉体暴力有着近乎痴迷的热爱,但在写作《檀香刑》之前,这些书写还多是片段的,感觉也还是零碎的。《檀香刑》就完全不同了,在这部小说中,莫言不仅把刑罚景象化、巨型化了,而且,针对肉体的刑罚本身就成了小说的主角,最终,刑罚也成了象征。

> 师傅说凌迟美丽妓女那天,北京城万人空巷,菜市口刑场那儿,被踩死、挤死的看客就有二十多个。师傅说面对着这样美好的肉体,如果不全心全意地认真工作,就是造孽,就是犯罪。你如果活儿干得不好,愤怒的看客就会把你活活咬死,北京的看客那可是世界上最难伺候的看客。那天的活儿,师傅干得漂亮,那女人配合得也好。这实际上就是一场大戏,刽子手和犯人联袂演出。在演出的过程中,罪犯过分地喊叫自然不好,但一声不吭也不好。最好是适度的、节奏分明的哀号,既能刺激看客的虚伪的同情心,又能满足看客邪恶的审美心。师傅说他执刑数十年,杀人数千,才悟出一个道理:所有的人,都是两面兽,一面是仁义

---

① 〔苏〕巴赫金:《拉伯雷研究》,李兆林、夏忠宪等译,河北教育出版社1998年版,第351—352页。

道德、三纲五常；一面是男盗女娼、嗜血纵欲。面对着被刀脔割着的美人身体，前来观刑的无论是正人君子还是节妇淑女，都被邪恶的趣味激动着。凌迟美女，是人间最惨烈凄美的表演。师傅说，观赏这表演的，其实比我们执刀的还要凶狠。师傅说他常常用整夜的时间，翻来覆去地回忆那次执刑的经过，就像一个高明的棋手，回忆一盘为他赢来了巨大声誉的精彩棋局。在师傅的心中，那个美妙无比的美人，先是被一片片地分割，然后再一片片地复原。在周而复始的过程中，师傅的耳边，一刻也不间断地缭绕着那女子亦歌亦哭的吟唤和惨叫。师傅的鼻子里，时刻都嗅得到那女子的身体在惨遭脔割时散发出来的令人心醉神迷的气味。①

除了受刑者、观刑者的感受，这里还出现了行刑者的声音。《檀香刑》的重要，就在于莫言为一种刑罚的完成建立起了三位一体的观察角度。三种声音，一种是哭号，一种是被"邪恶的趣味激动着"，一种是嗅到了"令人心醉神迷的气味"，前两种声音，很多人都写过，尤其是鲁迅，对酷刑教育、看客心理的分析都入木三分。他在二十世纪二十年代便说过，别国的硬汉之所以比中国的多，是因为我们的监狱比别人难坐。但能把第三种声音，也就是刽子手的心理，写得如此真实、细密的，莫言估计是第一人。刽子手是对人的肉体进行虐杀，看客"拿'残酷'做娱乐，拿'他人的苦'做赏玩，做慰安"②则是一种对人的精神的虐杀。刽子手赵甲是把犯人看作一具纯粹的肉体，"一条条的肌肉、一件件的脏器和一根根的骨头"，他视杀人为一门神圣

---

① 莫言：《檀香刑》，作家出版社2012年版，第238页。
② 鲁迅：《热风·暴君的臣民》，《鲁迅全集》（第一卷），人民文学出版社1981年版，第366页。

的技艺,其终极目的是进入"屠刀与人,已经融为一体"的境界。

赵甲的视角非常重要。《檀香刑》因为写了他的感受,刑罚才能成为一个巨型的景象——五百刀的凌迟"杰作"是一种景象,六大行刑场面合起来又是一种景象。把刑罚景象化之后,小说中的肉体暴力就不再是一些感觉的碎片;感觉一旦巨型化后,就超越了感觉本身,而成了观念,成了象征。在这个象征世界里,照见的不仅是专制的黑暗,统治者残忍的笑,也还有各种不同的人性:有恐惧,有快意,有同情,有邪恶,也有隐秘的痛苦……

莫言在许多场合都自辩说,《檀香刑》中残暴场面的描写是必要的,这是小说艺术的需要,而不是他自己的心理需要。这不无道理。假若没有这些残暴场面,没有刽子手的心理揭示,我们不会意识到自己置身一种黑暗文化的传统中,"每个人都会在不同的时刻,扮演着施刑者、受刑人或者观刑人的角色"[1],而更具象征意义的是,很可能每个人的心里都潜藏着一个刽子手的灵魂。没有这个象征的维度,莫言也不敢说,"我的长篇小说《檀香刑》,是一部悲悯之书"[2]。

## 四、创造一个象征世界

论及莫言在《檀香刑》之后的写作变化时,多数研究者都是从莫言借鉴传统戏曲资源、叙事结构上着手,指出他把语言改造成具有了本土的风格,甚至有人以《生死疲劳》用了章回体,联想到莫言是否要退回到中国传统之中。其实这都只是表面现象。如果这个结论成立,那《蛙》用了书信体又该怎么来解释?不否认,莫言想借由传统戏曲、章回体等资源向传统说书人致敬,但把他说的"大踏步撤退"

---

[1] 莫言:《京都大学会馆演讲》,《用耳朵阅读》,百花文艺出版社2012年版,第98页。
[2] 莫言:《捍卫长篇小说的尊严》,《当代作家评论》2006年第1期。

简单地理解为回到传统,那就上了作家的当了。事实上,莫言笔下的章回体只是一个噱头,无论标题语言的对仗,还是故事的首尾呼应,都和古代的章回体小说相去甚远;他在《生死疲劳》里的核心思想"六道轮回",也和佛教教义关系不大。莫言的语言探索,不仅有脱离西方翻译腔的冲动,他也反抗五四新文学以来所建立起来的普通话传统,他想创造一种自己的杂语风格,所以,民间古语、传统话语、政治语汇、翻译语体、流行用语,都可为他所用。他小说中的语言,往往信手拈来,东拉西扯,天马行空,滔滔不绝,多种语言的混杂,才是他要追求的效果。就此而言,说莫言在《檀香刑》之后回归传统是一种误会,我恰恰认为,包括《檀香刑》在内,莫言后面这几部长篇小说,都与传统小说关系不大,他写的仍然是现代小说。

传统小说没有这种恣肆、狂放、巨型的感觉描写,更没有把感觉观念化、象征化的实践。感觉象征化是现代小说的重要标志。而从具象性的感觉走向象征性的感觉,更是莫言成为好作家所迈出的至关重要的一步。

感觉象征化后所创造的世界,才是属于莫言独有的世界,就像卡夫卡、福克纳、马尔克斯,都在自己的象征世界里写作。他们的写作,既是现实的,也是非现实的;既是写实的,也是寓言的。王安忆说:"莫言有一种能力,就是非常有效地将现实生活转化为非现实生活,没有比他的小说里的现实生活更不现实的了。他明明是在说这一件事情,结果却说成那一件事情。仿佛他看世界的眼睛有一种曲光功能,景物一旦进入视野,顿时就改了面目。并不是说与原来完全不一样,甚至很一样,可就是成了另一个世界。"① 这个锐见,用来形容他《檀香刑》之后的写作更为准确。尤其是对感觉的景象化、巨型化、象征化处理上,《檀香刑》之后,这已是莫言普遍采取的写作方法。从《檀

---

① 王安忆:《喧哗与静默》,《当代作家评论》2011年第4期。

香刑》始,莫言完全进入了虚拟世界,他似乎已无兴趣摹写现实世界,而志在创造属于自己的世界。《檀香刑》中的刑罚场景是他创造的,里面的猫腔虽然和莫言故乡的茂腔小戏有关,但基本唱腔、唱词也是他创造的;《四十一炮》中的肉食盛宴,以及面对肉的狂欢、崇拜乃至绝望的景象,是他创造的;《生死疲劳》中以驴、牛、猪、狗、猴为叙事视角,那个混合着人、鬼、神的魔幻世界是他创造的;《蛙》中那个数以千计的被接生和被扼杀、连同那两千八百个泥娃娃的婴儿世界是他创造的。这些小说的意旨,都不再是局部象征,而是整体象征——这个象征世界的出现,也是中国小说史上所未曾有过的。

莫言的一些小说,外衣可能是传统的,但内核却是现代思想。这个现代思想,就来自莫言将自己所擅长的感觉描写景象化、象征化。一部小说,光有自己的说话腔调是不够的(莫言经常强调,"作家应该有自己的腔调,应该发出自己独特的声音"①),他还必须进入虚拟和象征的世界,必须有自己的思想。很明显,《檀香刑》之后,莫言对具象现实的描写,都为了创造那个象征世界,为了表达一种现代精神。

而这个象征世界的创造和现代精神的表达,其核心的要义,用莫言自己的概括,那就是:"把好人当坏人写,把坏人当好人写,把自己当罪人写。"② 前两句,旨在强调人的复杂性,因为每个人都是善恶同体的。"凡是人的灵魂的伟大的审问者,同时也一定是伟大的犯人。审问者在堂上举劾着他的恶,犯人在阶下陈述他自己的善;审问者在灵魂中揭发污秽,犯人在所揭发的污秽中阐明那埋藏的光耀。这样,就显示出灵魂的深。"③ 这是鲁迅评论陀思妥耶夫斯基小说的一段

---

① 莫言:《故乡·梦幻·传说·现实——2008年8月与石一龙对话》,《莫言对话新录》,文化艺术出版社2010年版,第417页。
② 莫言:《我的文学经验》,《用耳朵阅读》,百花文艺出版社2012年版,第287页。
③ 鲁迅:《集外集·〈穷人〉小引》,《鲁迅全集》(第七卷),人民文学出版社1981年版,第95页。

话，莫言多次讲到这段话的意思，这直接启发了他如何"把好人当坏人写，把坏人当好人写"。但莫言的表述中，最有价值的是后面这句，"把自己当罪人写"，这个写作转向，可谓极大地扩展了他小说中的精神空间。

甚至可以说，对于一个作家而言，所有感觉中最为重要的感觉就是罪感，而关于罪感最重要的象征就是赎罪与忏悔。一个作家可以不信宗教，但不能没有宗教情怀。所谓罪感意识，就是看见自己的有限、亏负，叩问自己的内心，冀望一种美好和永恒。这是作为一个人面对自己灵魂的方式，而非专属于基督教的神性概念。《红楼梦》的作者并没有受基督教影响，但他在开卷第一回的作者自叙里，两次提到"罪"："半生潦倒之罪"，"我之罪固不免"。现代中国以来，鲁迅之后有自审意识的作家不多，莫言是其中一个，他很早就说，"我们的封建文化背景下的文学，缺少触及灵魂的传统，我们太多复仇的文学，太多复仇的教育，却没有宽恕和忏悔的传统"[①]。他坚持反思自己，主张把每一个人都置于拷问席上，从黑的拷问出白的，从白的拷问出黑的，尤其需要来一场自我拷问。"所谓一个作家的反思、文学的反思，最终都是要体现在作家对自己灵魂的剖析上。如果一个作家能剖析自己灵魂的恶，那么他看待社会、看待他人的眼光都会有很大的改变。"[②] 为此，他甚至喊出了鲁迅式的"他人有罪，我也有罪"[③]的沉痛之音。

正因为有这样一种精神自觉，莫言并不像一些论者所说，是在一味地展示残酷、恶心、肮脏，哪怕在他具狂欢色彩的作品里，也还是

---

① 莫言：《试论当代文学创作中的十大关系》，《用耳朵阅读》，百花文艺出版社2012年版，第228页。
② 莫言：《作家应该爱他小说里的人物——与马丁·瓦尔泽对话》，《莫言对话新录》，文化艺术出版社2010年版，第379页。
③ 莫言：《他人有罪，我也有罪》，《南方人物周刊》2012年第36期。

有一束同情与悲悯的眼光在关注着人的命运。在《丰乳肥臀》里，他让上官金童在绝望中皈依，他的耳边响起了"以马内利""哈利路亚"的声音，这暗示了他和母亲最后的精神归宿。《檀香刑》越到后面，就越是充满悲悯之情——出于悲悯，百姓们集体下跪为孙丙求情；出于悲悯，知县钱丁甘冒生命危险杀死孙丙，以使他免受酷刑折磨；出于悲悯，乞丐舍己救人；出于悲悯，孙丙曾对一个德国士兵手下留情，如今自己却成了祭物，成了一台戏。《四十一炮》里，有一种慈悲和平等的精神，看着那些在欲望的深渊里痛苦挣扎的芸芸众生，如何一点点成了欲望的奴隶，作者的批判中带着同情；罗通良心未泯，他在超生台上连坐七天，是一种赎罪的形式，罗小通经过炼狱般痛苦之后，也醒悟了。《生死疲劳》里，也有一种慈悲，在一次又一次的转世轮回里，西门闹的仇恨也在一点点消失，阎王说，"把所有的仇恨发泄干净，然后，便是你重新做人的时辰"。这完全是一种中国式的宽恕。从悲悯（《檀香刑》）到慈悲（《四十一炮》），从慈悲再到宽恕（《生死疲劳》），莫言走了一条他自己理解的叩问灵魂的写作之路，但他终究无力探究灵魂的拯救这类问题，他只是凭直觉为存在设置问题——有苦难，就应该有拯救；有罪恶，就应该有审判；有自省，就应该有忏悔；有绝望，就应该有希望。《檀香刑》里，他让那个身怀六甲的孙眉娘活了下来，这就是希望，但苦难依旧在，罪也依旧在，即便生下腹中的孩子，我想，孙眉娘的内心也不能由此获得真正的安宁。

真正把罪的感觉、忏悔者的声音景象化、象征化的，是《蛙》。《蛙》放大了莫言之前那些碎片化的罪感意识和忏悔精神，真正践行了他"把自己当罪人写"的写作观念。

《蛙》的潜在主题是说，所有人都是有罪的。执行政策的人、受迫害者、告密者、旁观者、无名的群众，都共同生活在一个罪的世界里，也共同制造了许多悲剧。但罪感最强烈的是姑姑。姑姑年轻的时候，接生了近万名新生儿，造福于乡野，受人敬重；中年之后的姑姑，作为计生工作人员，为维护国策，经她之手也扼杀了两千八百个胎儿。姑姑的形象，之前在《爆炸》《弃婴》等小说中出现过，但《蛙》中的姑姑更饱满、更深刻。莫言借蝌蚪的口说："我不抱怨姑姑，我觉得她没有错，尽管她老人家近年来经常忏悔，说在手上沾着鲜血。但那是历史，历史是只看结果而忽略手段的，就像人们只看到中国的万里长城、埃及的金字塔等许多伟大建筑，而看不到这些建筑下面的累累白骨。"① 小说的最后，蝌蚪也安慰姑姑说，"您不要自责，不要内疚，您是功臣，不是罪人"，但姑姑依然觉得自己是有罪的，赎罪的过程远没有完成：

> 一个有罪的人不能也没有权利去死，他必须活着，经受折磨，煎熬，像煎鱼一样翻来覆去地煎，像熬药一样咕嘟咕嘟地熬，用这样的方式来赎自己的罪，罪赎完了，才能一身轻松地去死。②

后来，姑姑在罪的重压下自杀，但被救了回来，她的忏悔一直没有真正完成。她和丈夫一起做了两千八百个泥娃娃，这看似是一个盛大的忏悔仪式，但姑姑面对泥娃娃的念念有词，也不过是一个空洞的自我安慰的姿态而已。泥娃娃后来被想生孩子的女性重金收购，而蝌蚪这个忏悔者也对有悖人伦的代孕开始变得心安理得，这又从另一个角度证实了中国式赎罪方式的虚妄。或许，无论历经多少苦难，审判者也不会出现，那个因罪而有的审判，也只会是一个疑案，因为有太多的理由可以证明你有罪，也可以证明你无辜。谁才是罪人？没有

---

① 莫言：《蛙》，作家出版社 2012 年版，第 151 页。
② 莫言：《蛙》，作家出版社 2012 年版，第 346 页。

人可以作出判决，也没有人有这个权柄作出判决，因为每一个人都是罪人，而罪人是没有权力定罪别人的。我唯一知道的事实是：我是罪人。这是《蛙》所发出的最强音。

尽管在罪与忏悔的主题开掘上，莫言是不彻底的，但他至少从正面把这个问题提出来了。之前，他的罪感也许是隐约的，零星的，到了《蛙》，这种罪感已经扩大成为一种景象，一个象征。莫言在《蛙》中设置的角色蝌蚪，明显有他自己的影子，蝌蚪的罪感与忏悔意识，就是"把自己当罪人写"的一个写照。视自己为罪人，这对于一个作家而言，是灵魂的一次赤裸展示，也是省思个人内心黑暗的方式，没有解剖自己的勇气的人，是难以如此宣告的。中国传统文化历来不讲"罪"，只讲"本心"，大家宁愿用世俗的"不正派""不体面"代替罪的观念，"'罪'这个概念使任何一位高贵的知识分子有一种难堪的、有失尊严的感觉"[①]，但莫言在《檀香刑》之后，直面了"我是罪人"这个事实，并使之成为最近一部长篇小说《蛙》的中心观念。当认罪、赎罪、忏悔成了一种景象，作为追问者的莫言，就不再只是一个感觉丰富、绚烂的作家，而是一个能把感觉观念化、灵魂象征化的作家。后者极大地扩展了莫言的精神体量。我想，这个精神体量的扩展，灵魂叩问的深化，才是莫言之所以能获得二〇一二年度诺贝尔文学奖的真正原因。

◎ 最初发表于《文学评论》2017年第1期

---

[①] 〔德〕马克斯·韦伯：《儒教与道教》，王容芬译，商务印书馆1997年版，第280页。

# "写一切"的雄心及其实现方式

——论于坚散文

于坚是中国诗坛"第三代诗歌"代表性诗人,在诗歌写作和诗论方面皆自成一格。诗人于坚代表了南方、昆明、口语、日常生活、反抗遮蔽、拒绝隐喻、回到事物本身、诗言体、诗歌领导生命……他的诗被反复讨论、争辩,被视为口水或者不朽的景观,但不管怎样,只要论及二十世纪八十年代以来的中国诗歌,谁都无法绕开于坚。于坚是诗歌界的革命者。"于坚的诗歌所要反抗的不是某种类型的写作,而是整个的诗歌秩序和话语制度本身。于坚称之为'总体话语',并说写作就是在于'对现存语言秩序,对总体话语的挑战'。……于坚相信,他所离开的事物,并非事物本身,而恰恰是事物的遮蔽物;也非存在本身,而是存在的附生物,如革命冲动、乌托邦、集体幻想、神话原型、知识谱系,诸如此类。这里所蕴含的新的话语霸权,导致的是对真正的诗、真正的生活的压抑。于坚向它们发出挑战,旨在把诗歌和生活中被压抑的部分彻底地解放出来,不再使诗歌沉浸于那些大词、大话的幻觉中,从而恢复生活中那些微小、琐碎、无意义之事物在作品里的存在权利。这种向下的写作努力,把生活还原成了生活本身,而不再是传奇、乌托邦、形而上。"[①]于坚也把这种文学观念

---

[①] 谢有顺:《回到事物和存在的现场——于坚的诗和诗学》,《诗歌中的心事》,福建人民出版社2017年版,第185—186页。

贯彻到了他的散文写作之中。庞杂、自由、口语化、滔滔不绝、对细小经验的雕刻、层出不穷的生动譬喻,这些已构成于坚散文的独特风格,它们是完全不同于传统散文的篇章,只是,于坚的诗名太盛,遮盖了他作为散文家的探索和成就。

有必要对于坚的散文做一次全面研究。

从一九九七年出版《棕皮手记》至今,于坚已出版几十部散文集(包括选集)、文论集,正如他自己所说,"在汉语中,一切写作都自文发端","散文就是写一切"①。他的散文写作确实以一种"写一切"的雄心和"好胃口",不断地拓展个人写作的疆界。散文,就是有感而发,兴之所至,散而漫之,止于所当止;散文就是说话,和朋友、客人、邻居、亲人说话,和自己说话;散文就是以文记事,以文立心,既知晓俗世,又贯通天地。散文写一切,也在一切之中,它是自由主义的文体,任何的概念和限定于它都是不合身的。好散文没有一个既定的标准,往往是读到了一篇新的、有创造力的散文,才发现散文原来也可以这样写。于坚的散文就是如此。它体量庞大、题材芜杂、思想密集、诗文互证,这些"文",是中国当代文学写作范式中极具原创性的一种。

## 一、以"记"为"史"

于坚的散文集通常以"某某笔记""某某记"命名,如《暗盒笔记》《人间笔记》《火车记》《印度记》《昆明记》《巴黎记》《建水记》等。记就是记忆、记录、记载,结绳记事。"记"作为文体的名称,最早出现于曹丕《与吴质书》中"元瑜书记翩翩",可见西汉时期"书"与"记"是并称的,"书"指的是书牍文,"记"则指一种公牍文奏记。唐

---

① 于坚:《挪动》,四川人民出版社2017年版,第1页。

代以降,"记"慢慢演化为一种对日常所见所闻、所思所感的书写,由于题材过于宽泛和复杂,也被称之为"杂记"①。在于坚这里,"记"的内涵和外延变得更加丰富,他书写过去的记忆,记录"正在眼前的事物",也记载那些远大世界中失落或兴盛的部分,以及精神历险中的一次次升腾或折堕。

在貌似事无巨细的日常书写中夹杂大量形而上的探讨和论说,是于坚行文的一大特色,它充分展现了于坚语言强大的衍生性和雄辩风格。在《游泳池记》中,他从稀松平常的泳池中看到戴着金链子游泳的男人,因而联想到"文化仅仅是文凭么?不对。金项链也是文化……当图书馆、文凭、博士帽、裸体什么都不准入场的时候,金项链就是唯一的文化"②;在《开会记》中,他从年轻时代开过的大会联想到鼹鼠的会议、知识界的会议、人在集体之中的状态,言辞之间尽是讥诮、反讽和无奈。日常叙事与个人史紧紧链接,"我主张一种具体的、局部的、片段的、细节的、稗史和档案式的描述和'度'的诗"③,他的散文写作也是如此。他将叙事聚焦在生活化的庸常琐事、鸡零狗碎中,譬如装修、治病、运动、约架、打麻将等;不仅是"螺蛳壳里有道场",更因其早已觉察到历史对个人生活的巨大影响力,"除旧布新,新桃换旧符,才能使生活永远保持着与新时代的联系,获得永不过时的价值和意义,这是我家人在革命时代悟出来的真理"④。这种日常化的书写可视为是对传统的,只有进入集体记忆的大事才能被记入历史的书写习惯的一种反抗,"我们习惯于蔑视那种一切庸常琐事都记住的技艺,那种闲极无聊的庸人的记忆,我们追求的

---

① 章必功:《文体史话》,同济大学出版社2006年版,第162—163页。
② 于坚:《火车记》,云南人民出版社2018年版,第11、23页。
③ 于坚:《拒绝隐喻》,云南人民出版社2004年版,第2页。
④ 于坚:《火车记》,云南人民出版社2018年版,第279页。

记忆是与时代同步的"。后知后觉、麻木不堪的人是难以忍受的；在看似琐碎、闲极无聊的记忆中，一代代人存在，并完成他们的生活，一个人的"记"则"能够穿透那些已经完成的东西对存在的遮蔽"①。

如果说这种朝向记忆和历史的书写容易滑向一种内向、封闭、下沉的结构，那么于坚在大地上行走而来的"记"，则敞开了一个通向世界的广阔空间。

> 我平生第一次坐上火车，平生第一次远离故乡。火车是老式的木板车厢，座位也是木的，我跪在上面，虔诚地望着窗外黑扑扑的天空。星星寥寥，风寒刺鼻，天亮时我忽然看见云南北方那荒凉、雄浑的山岗和荒野，我心头一阵感动，那印象我永远难忘。后来我一直跪着，眼睛紧贴那嘘满水汽的玻璃，我看见一只麂子站在山上。②

这是典型的于坚式"记事"，见闻的新奇与诗性的抒情充盈在生动的细节和雄浑的风景之中。初次远行以新的生命经验冲击着于坚的心灵，也奠定了他在大地面前的虔诚之姿，"故乡、大地，是我必须顺天承命的"③。第一次离开故乡之后，于坚的脚步渐行渐远，他的"个人地理"版图从出生地云南辐射到了齐鲁大地、西北高地、苏轼行迹，乃至印度、希腊、巴黎、澳洲、密西西比……这个大地的勘探者在漫长的游历中，再次确信"文字固然带来意识形态，但它也记录历史，创造文化，影响风俗、道德、行为，影响生活世界"④。"记"

---

① 于坚:《棕皮手记·活页夹》，花城出版社2001年版，第255页。
② 于坚:《云南这边·云南曲靖》，云南人民出版社2019年版，第322页。
③ 于坚:《答诗人乌蒙问》，《诗歌月刊》2008年第1期。
④ 于坚:《众神之河》，太白文艺出版社2009年版，第278页。

是不可或缺、必然发生的，它是"志"的强有力补充。"记"不仅为个人提供了确凿的地理存证和精神档案，更将个人化的历史和历史的个人化混杂成交互性、公共性的结构：只有在持续不断的书写中，个人化的历史想象力才有可能获得多元的阐释空间。

在于坚的地理行记中，中国古代山水吟游的传统被打破，他不再是那个跪在老式火车木板上的年轻人，而是怀抱着为每个地方著书立传的勃勃野心，试图将自己的精神世界与此地紧密相连。在地理空间确切的游历中，那些过去渴念过的远方生活焕发着奇异的光芒，于坚的目光只短暂地停留在"此处"的风光、风情，他的心态是向更深处看的，他思索着自己与此地的感应，探寻着人类赖以存续的精神密码。"印度往往能给我们强烈的空间感，它是无数的空间、场合、碎片的集合体，某种看不见的叫印度的东西凝聚着它。新德里不像以往的首都，感觉不到世界城市的那种轴心式的格局。或者说有许多轴心，政治的轴心、宗教的轴心、生活的轴心、贫民窟的轴心。"[1]而在《希腊记》中，当他看到希腊神庙感叹道，"汉字就是中国的神庙，西安碑林可以说是中国的帕特农神庙"[2]。文化的力量彰显在世界的各个角落，语言和文字的功能一次又一次被扩容，于坚为某一地而"记"的书写渐成系列，这已成为中国当代地方主义写作中的重要景观。

迈克·克朗在《文化地理学》中认为，抱持地方性契约精神和土地伦理的作家和诗人总会出现，他们在文本世界中构建出"最后一个形象""一个地方特殊的精神"，他认为人们对一个地区产生精神依恋和联系，是因为体验到了超出了物质和感官的特殊体验，它通往并深深嵌入到人类心灵和情感之中，而文学和艺术就是来处理这些

---

[1] 于坚：《印度记》，重庆大学出版社2013年版，第75页。
[2] 于坚：《希腊记》，《芙蓉》2020年第2期。

感受的方式①。于坚是不是这种抱持地方性契约精神和土地伦理的写作者尚不能定论,但他努力在为一个个地方确立"形象",却是不争的事实;这样的形象包罗了他对日常的凝视、文化的思虑、情感的沉淀。非虚构、田野调查的粗粝叙事,夹叙夹议、神思畅游的语言结构,怀古鉴今、将大人物和小人物并置在同一时空之中的手法,让于坚的"记"变得厚重、扎实、意趣横生。于坚说:"我试图探索一种散文,它在未来会取代小说的地位。这种散文是古代没有的,我的《某某记》就是这方面的尝试。"②这样的探索是有意义的,它的方向是面对一个具体的实存世界,观察、记录、体验、想象,带着个体和地方之间的独特联系,在精神上切近它,并通过密集的叙事为这种精神打造出一个物质外壳意义上的容器,进而实现物质与精神、现实与历史的深度融合。

## 二、时间的另一种形式

一九九八年,于坚在《人间笔记》的自序中写道:"这本书我写了将近五年,就像一只爬行在时间的硬壳之上的蜗牛,我通过写作探索的是时间的另一种形式。"③何为"时间的另一种形式"? 在二十世纪七十年代,"朦胧诗"派所体会和强调的时间是"今天",就是当下、存在和现场,而于坚观察到"有闲阶级手腕上的表走着的只有枯燥的罗马数字,没有气味色彩光线变化的时间",指出新的时代语境使时间产生了多重的异化,而"刻于时间中的细节,极大地扩展了意义的

---

① 〔英〕迈克·克朗:《文化地理学》,杨淑华、宋慧敏译,南京大学出版社2005年版,第54—74页。
② 引自《散文的可能性——关于散文写作的10个提问及回答》,刘会军、马明博主编,人民文学出版社2006年版,第208页。
③ 于坚:《人间笔记》,解放军文艺出版社1999年版,第1页。

空间"①。现代艺术所要表达的，常常是时间的变形、折叠、循环、压缩、重合，时间并不仅是物理刻度，也不仅是一种线性的对世界的描述，它成了一种世界观，一种生存态度。当曾在、此在、将在这三种时间维度经常被作家们并置在一起时，人所意识和想象到的世界开始显示出复杂而幽深的面貌。

写作就是对这个世界的重现。于坚说：

> 少年时代，故乡那些永不结束的金色黄昏，使我对世界产生了一种天堂般的感受，虽然世界并非如梦境，但昆明确实给予我过这样的感受，这种感受深刻地影响了我的整个人生，使我在内心中永远爱着，爱着这个与生俱来的世界。……水泥路在县城外一公里的地方就突然截断。时间的两个边境。这边，人们所谓的"现代的"一词所指的种种；那边，落后与果实，土气与贫穷。典型的通向旧世界的道路，路面凹凸不平，红土尘造成的雾旋转起来，当它们稍稍消散，大地立即在道路的两边出现了。②

一边是回忆，一边是现实，过往的时间赋予人温暖地看待世界的感情基调，而现实的时间则冲击着于坚的视野，新世界的道路是高速公路和高架桥林立，疾速运转的世界里，旧时间在消逝，同时也意味着世界的新秩序在强悍生长，如叶芝所言，"世界改变了，一种可怕的美已诞生"③。无论是在中国边陲的城市和乡村，昆明、丽江、建水、澜沧江，还是在地球另一侧的法国、美国、欧洲各地，即使是被大作家们反复书写过的国际大都会，过去的经验和秩序逐渐失效，对过往

---

① 于坚：《昆明记》，重庆大学出版社2015年版，第102页。
② 同上。
③ 〔爱尔兰〕叶芝：《苇间风》，李立玮译，中国社会科学出版社2004年版，第149页。

经验的自信消失了,在旧时间节节溃败的处境下,于坚只能在一些"有根"的事物中寻求一种内心的稳定性。"一个满脑袋子曰诗云的书呆子曾经自得其乐的中国世界已经在空间上消失,但没有在时间上消失,文明已经成为血液、基因,文化依然通过汉语和民间社会私人世界中的无文秘密传承着。这种传承最显著的迹象就是人们依然迷信'原生态'"①;"人们说不出他的存在,他只能说出他的文化"②。在一个旧时间不再可靠的新世界,诗人建立自我观察坐标的方式悄然发生了位移,那就是必须站在文化、文明的高度,深入民间社会的语言和风俗之间去体察人的存在和境遇。

这种打量新世界的方式,与早期一直强调回到口语、日常、民间的于坚是契合的,他想一再确认的是,一个写作者应该从大地、故乡、身体这些在场的个人感受和生命经验出发去写作,而不是从知识、观念、意识形态出发。在一个巨变的时代里,固有的知识记忆、价值观念并不能有效地解释已经变化的现实,并不存在一个现成的思想结论供作家去认领;作家的观察和体验必须有实证根基,他的写作才是可信的、具有当下感的,而这个根基不会仅仅来自知识记忆,它更多的是来自生活的现场和身体的感受。于坚曾说,看见比想象更困难,他信仰看见,也即更相信建立在事物之上的发现和判断,所以于坚也重视影像之于当代现实的重要意义,他摄影,拍纪录片,他的文字里也充满画面感——这一切,或许都是为了在一个"灵光消逝"的时代里,保持着一个作家的敏锐和在场。

于坚更想成为在时间中观察、感受、生活的人,而不仅是追忆逝水年华。

宣称"拒绝隐喻"的于坚,当然知道"时间"才是最大的隐喻。"我

---

① 于坚:《沉默表演者》,云南人民出版社2018年版,第158页。
② 于坚:《棕皮手记·从隐喻后退》,东方出版中心1997年版,第2页。

以为时间有两种:'无时间'的时间和'有时间'的时间。'无时间'是普适的、无相的。'有时间'是当下的、片段的和具相的。"这种从海德格尔那里蔓延而来的时间与存在之问,被于坚赋予了中国传统文化的色彩,他接着说,"在汉语中,时间意识非常强大。时间一直是汉语诗歌的主题。"①时间也是于坚散文写作的母题之一,他在"有时间"和"无时间"中穿行,既在在场感强烈的行旅、俗物、故事中辗转,耐心地描绘"此在"的生活;又在有悠久传统的文化和文明中勘探着无限的世法或曰"永恒的彼岸"。为此,"有时间"的日常性书写,在变幻无常的新世界中如何获得"无时间"的意义和价值,这一直困扰着于坚的写作。他也常有迷茫的时刻,"全球化领导的同质化正摧枯拉朽,它最后的障碍就是语言。巴别塔摇摇欲坠,一个同质化的、无聊乏味的新世界已经出现在地平线上,我深感恐惧。"②当扁平化、同质化的生活通过信息技术成为大多数人的生活,那种个人化、异质性的言说方式,是否还能获得另一种存在的可能? 奥克塔维奥·帕斯认为,伴随着古老自然的消失,取而代之的是"抽象的城市"和"机器可怕的新奇"。千百万的现代人孤单地和巨大的城市生活在一起,"他的孤独就是千百万和他一样的人的孤独"③。人群之中的孤独更具压迫感,人们出走、逃离、试图用不同的方式"返乡",可真正的故乡在哪里?"当所有的故乡都被摧毁之后,巴黎成了世界故乡"④。人类借助不断革新的科技,不需要再像古代文人那样用脚步去丈量大地,一日千里、时速几百公里的速率使现代人可以用极短的时间体验先辈们倾尽一生也无法完成的旅途。现代人时间似乎变得富余而平

---

① 于坚:《时间、旅行、史诗和吾丧我》,载《天涯》2017 年第 6 期。
② 同上。
③ 〔墨〕奥·帕斯:《批评的激情——奥·帕斯谈创作》,赵振江译,云南人民出版社 1995 年版,第 31 页。
④ 于坚:《在巴黎,寻找全世界的故乡》,《文学报》2020 年 4 月 12 日。

坦、一览无余,但"时间的划分越来越细,生命的展开被打上越来越细密的刻度,这一刻度只不过丈量出人生命资源的匮乏,彰显出人生命的压力。时间成了一道厚厚的屏障,遮挡着生命的光亮"①。写作者的使命是要揭开这些屏障,擦拭或点燃生命的光亮。

于坚的写作,正是一种"祛魅"和"擦拭",他追随先贤行走于旷野,"仰观宇宙之大,俯察品类之盛",又不断返回眼前那些鲜活的个体,直视当下的处境。现代人的生命已精确到分秒的刻度,崇尚瞬间即永恒,但在内心深处,仍会有所从何来的困惑和迷茫,写作就是在不断地澄明这一困境。只是,身处一个由机器、工业和消费文化所塑形的世界,我们该向哪里寻找源头? 于坚常常也是带着迷思上路的。他在青藏高原上看到,"那些山岗中,到处都是源头。一条大河怎么可能只有一个源头呢?"②他在丽江大研镇想起了罗马,"它们在今日都是世界上不朽的城市,但它们的起源是多么不同",他认为这些不朽之城之所以伟大,因为它们是"为过日子而不是为思想建造",城市的"思想与大地没有分裂""它栖居在它的思想中"③——这些是典型的于坚式的思忖。他认为的诗意栖居,是人类身心的统一、天地自然的和谐;时间没有发生扭曲或被随意掌控,时间不是"物"的堆积和观念的碎片,也不是线性、单一的流逝,而是具有多重属性的自主存在。

这种散文之思,某种意义上说就是对"现代时间"的一种对抗。在《众神之河》中他用冗长甚至略显拖沓的篇幅叙述一个地方的物事,譬如越南河内老城街道上的林林总总、拉拉杂杂;也经常使用密不透风、排山倒海般的语词来复述一个故事,譬如《在东坡那边:苏

---

① 朱良志:《中国美学十五讲》,北京大学出版社2006年版,第205页。
② 于坚:《在源头》,青海人民出版社2021年版,第223页。
③ 于坚:《正在眼前的事物》,云南人民出版社2004年版,第163页。

轼记》中讲人们是如何将一众美好的东西献给苏祠。于坚的散文用密集、堆叠的语言结构强化了时空的交错，他在城市和乡村往返中体认到现代时间已把人从自然中分裂出来，人不再拥有家园的那种"被遗弃感"和不知所从何来的茫然无措，不仅只是个体经验，而是日益被指认为人类整体性的历史经验和时代感知。

表面看来，于坚的写作是回望式的，他不断谈论《诗经》、《楚辞》、孔子、杜甫、苏轼、道法自然、生生之谓易、郁郁乎文哉，为已逝的伟大传统招魂，但他的终极目标是要让"文"落地、落实，通过对此时、此地、此在的领会，伸张自由想象和反抗存在的权利，"写作要解放单向度的意义（自我）对身体的控制"①。于坚的语言方式和精神追问其实是非常现代的，他更像是一个都市孤独的游荡者，在各地游走，收集可以慰藉人心的碎片；但在于坚心里又非常清楚，在这个破碎的世界里，碎片或许是唯一值得信赖的形式，他无法改变整体性陷落的处境。他用一只手挡住虚无和绝望，另一只手试图拼合出一个能让自己安心的文化地图，但他终究无法改变自己作为现代社会精神浪子的身份。从这个意义上说，写作即救命，只不过它首先救渡的是自己，这种救渡，也可视为是在另一种时间的形式里返乡。

## 三、诗与文的互证

很自然就想到了于坚的诗歌。无论是为他带来声名和争议的《尚义街六号》《0档案》，还是他持续在写的《便条集》，均可看出他强势、丰沛的写作风格。他将口语化、故事体、戏剧化、流水账、传记性的书写熔为一炉，这种风格强烈的"不像诗的诗"曾招致各种批评，而

---

① 于坚：《棕皮手记："不学诗，无以言"……》，《山花》2021年第10期。

这些驳杂的美学特征也成就了于坚。他的诗，他的文，都是在呈现于坚这个人。有些人在谈论于坚散文时，会用"诗人散文"这种说法，意即是一个诗人在写散文。于坚并不认同这一点，他说："我一直是诗歌、散文一起写。只是以前写的很多东西难以发表而已。最近花城出版社出版了我的另一个散文集《棕皮手记·活页夹》，里面收了许多我八十年代的作品。"[1]"我的诗歌是我散文的黑暗，我的散文是我诗歌的黑暗。"[2] 这两种写作是同时并行、两种"黑暗"也是同时并置的，并不存在表里关系，无法取代；它们相互佐证、相互映照并相互扩容。在大量关于云南、幼年生活轨迹这些具有个人传记色彩的"回忆录"中，我们看到了尚义街的影子、摆着烧烤摊的老城、乘着马车的宜良人、坐在墙角的祖母……也看到了《0档案》中的主人公如何事无巨细地重复着单调的生活。于坚的写作能量，无法让自己一直停留在诗歌之中，他的大脑像一个可以吸纳五花八门物事的深不见底的容器，其所见、所思之物，都会漫溉于自己的文字之中。

在散文《挪动》中，于坚挪动了一块澳洲荒原上的石头，因之写下了一首足有四十二行的诗歌《卡塔出它的石头》[3]，这还不够，他后来又将该诗"挪动"进一篇长达几万字的长文中，文中还夹带了《便条集29》和另一首诗《飓风桑迪》。这种诗文并置的书写方式在于坚笔下并不鲜见，《诺地卡记》《棕皮手记：诗如何在》《大理之神》等都是例证。诗文的交互，让于坚的写作在密集、庞杂的书写中变得松弛，有一种"文体变奏"的阅读效果。无怪乎，于坚诗歌的"黑暗"率先为人所识，散文的"黑暗"却犹如水面之下冰山的基座，缓慢、沉重、不易挪动，似乎在等待读者的确认。但于坚并不顾及这些，这些

---

[1] 于坚：《谈散文》，《文艺评论》2004年第6期。
[2] 张鸿、于坚：《我的诗歌是我散文的黑暗——于坚访谈》，《作品》2008年第1期。
[3] 该诗见于坚：《挪动》，四川人民出版社2017年版，第135页。

年他在散文的写作中用力尤深,并在这硕大、冰冷的"黑暗"中找到了一种确信,"诗言志,有无相生,志是无。诗是语言之有。有无相生,以文照亮,谓之文明,文教。人通过语言而在"①。有与无,诗与文,这是于坚的语言,是他存在的方式;他显然迷恋在二者之间游走,他要突破文体的区隔和限制。

写作是自我的在场,语言是说出存在。而具体如何说、怎么说,并不是只有一种叫"诗"或"散文"的形式,正如我们日常说话,既不是说诗歌、散文,也不是说小说,既非单一的叙事,也非一味地抒情,它是一种杂语,是多种语言经验的混杂和融汇。最早的日常说话体经典是《论语》《圣经》,孔子和耶稣教导门徒,皆是日常性的言论和事件,记述它们言行的文字,时而叙事,时而议论,时而抒情,既有故事,也有诗和文,完全是混杂的,这其实是对人类日常说话的模仿。于坚一直重视日常和口语的书写,所以他的诗与文都有一种说话体的特征,带着个人的腔调在说话。持续地说,坚决地说。适合诗歌的,用诗歌说;适合散文的,用散文说。诗做不到的,交给散文;散文抵达不了的地方,交给诗歌。这样的写作雄心,是于坚独特的向"文"致敬的方式:

> 中国古代那些伟大的经典无不是文。……汉语是一种大地语言,所以,上善若水,随物赋形。这意味着写作是文的流动而不是形的凝固。②

他认为苏轼是"中国最后一位伟大的文人",苏轼站在"文明史的阴阳线上",面对着诗的黄金时代的垂暮,一生都在力挽狂澜。"文

---

① 于坚:《诗言志》,《云南师范大学学报》(哲学社会科学版)2005年第1期。
② 舒晋瑜:《于坚:现代写作其实是"文"的复活》,《中华读书报》2020年4月1日。

章为天地立心，文就是为了立心，文就是通过写作照亮世界，为原始黑暗的世界文身，召唤心灵出场。"①于坚经常论及的那些重要名字：孟子、杜甫、王国维、惠特曼、庞德、希尼……这些都是"为世界文身"的人，不仅是以文观世、以文立心，更是人格的典范。而这样的回望，在于坚看来，并非简单的复古，而恰恰是一种先锋写作。当多数人都把先锋视为破坏、颠覆、前卫、一往无前，或许，后退才是真正的先锋。先锋是独异、冒犯、创新，是和时代的潮流做着相反的见证。

前卫不一定都是创造性的，传统也并不总是代表守旧或落后，在今天这样的时代，有时回到传统也是先锋。其实就是关于如何重新理解固有的文化资源，如何与人类历史上那些伟大的灵魂一起"为世界文身"。万物皆备于我，传统也是。为此，于坚特意引用了海德格尔的话："寺庙，站立在那里，将其自身展现给人类。只要艺术仍然是艺术，只要神没有从寺庙中离开，对寺庙的理解就始终开放着。"②对传统与伟大灵魂的回望，是对文化的朝拜，是承认文化教堂（寺庙）的存在。每一个写作者都有自己的"神"，只是，于坚的"神"在心灵的暗处、在市井之间、在古籍的册页、在高峻的山岭和微物之中。文存在，源头就在，记忆和未来也如两种"黑暗"，可以彼此激活、相互照亮。

我预感于坚会越来越转向散文的写作。他喜欢自由无羁、自然流泻的写作，或诗，或短章，或手记，或一帧照片的引语，都可通称为"文"。唯有"文"是无定法、无限制的。事实上，于坚后期的很多诗作，已经接近于文，叙事、抒情、论说混杂在一起，其实就是杂语、杂说，就是一种文人的腔调，就是建立一种观察和言说世界的

---

① 于坚：《分行》，《当代作家评论》2009年第6期。
② 转引自于坚：《希腊记》，《芙蓉》2020年第2期。

方式。童庆炳说，"主体性是文体产生的深隐原因"①，有强大的主体性的人，才会有更执拗的文体意识。散文显然是更符合于坚写作旨趣的文体。"散文是没有形式的，或者说它的形式是开放的。散文是现代汉语中与民间话语联系最密切的部分。只要它不是小说的、诗歌的、新闻的、戏剧的……他就可以是散文的。"②统观于坚的散文，常常是小说、诗歌、新闻、戏剧等多种原料搅拌在一起的"大杂烩"，充分实践着一种"文"的无羁：《火车记》《众神之河》中有很多是小说的结构和非虚构叙事；《词与物》《诗歌之舌的硬与软》是论文式的谈艺录；《东坡记》《印度记》等书中穿插了许多摄影作品及其文字说明……"我的写作是文人的写作，文，就是写一切。"如此斩钉截铁的自我定论，盖因"我什么都写，诗、小说、随笔、散文、摄影、纪录片，我每天都要写毛笔字，不是什么书法，就是保持和汉字的身体性关系"③。问题仅仅在于，在这个时代做一个文人，意味着在"活着的有用超过了美的无用"④的时代，要如何才能找到自己真正的写作之"道"或存在之"家"。

或许，只有面对自己家乡的时候，于坚才会是羞怯的、犹疑的。

在写作"昆明记"时，他说："我的写作只是一种似是而非、吞吞吐吐、不能信以为真的东西，回忆是靠不住的，它只是一个自作多情、多愁善感的、没有家的幽灵。"⑤这就是一个现代人的处境，生活在人群之中，却孤独、无家、流离，比之于传统的生活确定性和价值确定性，现代写作者面临的更大挑战是，如何在一个不确定的时代里，既

---

① 童庆炳：《文体与文体的创造》，云南人民出版社1994年版，第182页。
② 于坚：《谈散文》，《文艺评论》2004年第6期。
③ 于坚：《写作是建造个人语言金字塔的终身劳动》，《北京青年报》2017年12月7日。
④ 于坚：《在东坡那边：苏轼记》，江苏凤凰文艺出版社2021年版，第149页。
⑤ 于坚：《我的故乡我的城市——昆明记》，《大家》2000年第6期。

写出个体的感受,也最大限度地通向"时代"? 在追求日日新的世界,现代人已无心体察那些稍纵即逝的事物,尤其在高速飞驰、瞬息万变的城市,每个人都可能是异乡人。故乡是回不去了,人类生存模式的全面改变,使无数人不断离开土地,进入流水线和格式化的城市空间。"现代主义的全球化是一种不可抗拒的流放,各民族的古典世界、象征系统都在被流放中,这是一种物对精神的流放,未来对过去的流放,全球村对祖国的流放,修辞对诗的流放。"[①] 于坚认为,在这种同质化的世界中写作无异于"在废墟中写作"。面对人类整体性的命运变迁,安顿肉身和栖居精神的方式也在发生不可思议的裂变,如果对"文"的传统只是简单沿袭,那只会徒留一个空洞的姿态;现代写作意义上的"文",更多的是要面对孤独、无家、痛苦、不确定性、碎片、废墟这样一些事物。这是一个新的精神基点。回望不是复古,而是一次重新出发,是"我"坚决地进入世界,又不惧怕被世界所吞没。伟大的写作,是在有我与无我之间徘徊;这个建立"我"与丧失"我"的过程,就是一个作家与时代的对话、搏击、冲突、和解,"吾丧我",心如死灰,又生生不息,"任何人的死亡都是我的损失,因为我是人类的一员"(英国诗人约翰·多恩语),任何人的幸福,我也可以从中分享喜悦。古人说"通而为一",大概就是这种境界。

　　诗是为了写出那些无论如何与"我"相关的事物,而散文更像是不断地将这个"我"扩大、稀释、蔓延,让这个"我"与足够多的人、足够广大的世界发生关联。写作要见到"我",也要见到众生与世界;写作要有"我"的精神,但更重要的是,还要有他者的精神,有动物、植物的精神,甚至山川日月、草木河流的精神,由精微而深刻,由广大而致远,唯有如此,才能重建对"文"的想象和确信。

---

[①] 于坚:《于坚说Ⅰ:为什么是诗,而不是没有》,北岳文艺出版社2020年版,第312页。

于坚亲近俗世，省察"正在眼前的事物"，那些肉身和日常的温暖细节也为他所爱，但他和很多日常主义者不一样的是，他从未放弃对永恒价值的追问，并深知自己处于怎样一种文化传统之中。"文人的幸运就是，'文'这个伟大的故乡还没有被拆掉，我们或许还可以通过文字不朽，但我已经不那么确信了，至少没有杜甫们那么确信了。"① 即使不那么确信，于坚也不想成为简单的怀疑主义者和虚无主义者，而是一直对时代过于响亮的声音保持警觉，在过于舒适、甜蜜的现实面前带着犹疑。即便面对痛苦和绝望，也不回避，而是让自己成为这个痛苦和绝望的一部分，并背负着这个痛苦和绝望继续写作与生活。

许多时候，正是这种警觉、犹疑、痛苦和绝望的精神面影，才是一个作家真正的冠冕。

◎ 最初发表于《当代文坛》2022年第5期

---

① 于坚：《写作是建造个人语言金字塔的终身劳动》，《北京青年报》2017年12月7日。

# 阿来的写作及其超越性跋涉

阿来是一个有超越性精神的作家。他当然也像别的好作家一样，可以写生机勃勃的日常生活、世俗生活，他笔下的西藏之所以特别，很大程度上就在于它写出了一个世俗的西藏。阿来也说他要呈现出一个本来的西藏，既不想美化它，也不愿意丑化它。确实，在他写作长篇小说《尘埃落定》之前，文学界对西藏的书写不乏偏狭与曲解，"原因很简单，在中国有着两个概念的西藏。一个是居住在西藏的人们的西藏，平实，强大，同样充满着人间悲欢的西藏。那是一个不得不接受现实，每天睁开眼睛，打开房门，就在那里的西藏。另一个是远离西藏的人们的西藏，神秘，遥远，比纯净的雪山本身更加具有形而上的特征，当然还有浪漫，一个在中国人嘴中歧义最多的字眼"①。

把西藏生活神秘化、"奇观化"（苏珊·桑塔格语），这种"东方主义"魅惑一度非常普遍。尤其在西方国家，不少人自己创造了一个神秘的、理想的西藏形象，这个"西藏"，未受过文明污染，充满了精神性，与农奴制时代的西藏现实截然不同。一个典型的例子是英国作家詹姆斯·希尔顿的小说《消失的地平线》，他把藏区某地写成了一个遗世独立的世外桃源。但阿来清醒地认识到，"东方主义"不仅仅是一个西方问题，由詹姆斯·希尔顿的小说《消失的地平线》引发

---

① 阿来：《走进西藏》，《四川省情》2002年第3期。

的云南省迪庆藏族自治州中甸县更名为香格里拉县,则是"中国社会对于东方主义的再生产",脱离了藏民族的生活常态,其背后暗藏着东方主义与消费社会的逻辑。

阿来坦言自己的写作是为了祛魅和唤醒。他说:"我二十多年的书写生涯中所着力表现的西藏,正是这个世界最乐意标注为异域的地区。当我书写的时候,我想我一直致力的是书写这片蒙昧之地的艰难苏醒。苏醒过来的人们,看到自己居然置身一个与其他世界有着巨大时间落差的世界里,这也是这个世界与其他世界最关键的不同。面对这种巨大的落差,醒来的人们不禁会感到惊愕,感到迷惘与痛楚。他们上路,他们开始打破地理与意识的禁锢,开始跟整个世界对话,开始艰难地融入。当我开始写作的时候,就非常明确,作为一个写作者,最大的责任就是记录这个苏醒的过程,这是个令人欣慰,也同时令人倍感痛苦的过程。"[①] 基于此,阿来的小说写作更多关注普通藏族人的生活与命运,努力去发现人与人之间的共通性、相似性与普遍性,"消除分别心",而不是只看到差异。

在阿来看来,异族人过的并不是另类人生,每个故事里面的角色与我们大家都有一个同样的名字:人。像他在《蘑菇圈》中所写的这种场景是非常动人的:丹雅说阿妈的眼神不好,大朵的蘑菇都留给了野鸟,阿妈说:"那是我留给它们的。山上的东西,人要吃,鸟也要吃。"阿妈对蘑菇有一种像对人般疼惜的情感:"她开始采摘,带着珍重的表情,小心翼翼地下手,把采摘下来的蘑菇轻手轻脚地装进筐里。临走,还用树叶和苔藓把那些刚刚露头的小蘑菇掩盖起来。……你们这些可怜的可爱的小东西,阿妈斯炯不能再去山上看你们了。"[②]

---

[①] 阿来:《当我们谈论文学时,我们在谈些什么》,陕西师范大学出版总社2017年版,第231页。

[②] 阿来:《蘑菇圈》,人民文学出版社2016年版,第181页。

而他在长篇小说《云中记》中,在写祭师与亡灵的对话中,突出的也是人内在深沉的情感。《云中记》以一个小的入口,写了一个以汶川大地震为背景的即将消失的村庄,并借由祭师阿巴独自返乡而让生者与死者深度对话。小说叙事辽阔而细腻,人物命运打动人心。阿来对这个村庄的历史与现状做了很多的调查、研究,对以村庄为中心的群山、河流、草木、动物也做了丰富、生动的描绘。他的写作是有实感的,但他同时也为人的存在建立起了一个超越性的背景。这种写作,是一种虚与实、身体与灵魂相交织的写作,它对天地、众生的理解,对人的命运深刻的体恤,共同造就了《云中记》的悲伤品格。这部作品的重量,正是通过对活着和死去的灵魂的深刻逼视来实现的。

让一个个丰满的、有血有肉的人,在一种真实的藏人生活中站立起来,这正是阿来写作的独特意义。

但我依然想指出,阿来之于中国文学的重要意义,不仅在于他有力地拓宽了文学表达的疆域,更重要的是,他以自己的方式为中国文学建立起了一种超越性。文学光有世俗性而没有超越性,写作就会匍匐在地上,站不起来,全是那些细小、庸常的趣味,容易流于轻浮和浅薄——这也是当代文学面临的困境之一。

阿来与他们不同的是,他的作品有超越性。世俗性是变数、变量;超越性是常数、常道。在变化中寻找不变,这个不变就是超越性。中国文学迷信变化太久了,不变的东西在多数作家笔下是晦暗不明的,甚至是缺失的。阿来的写作,使我们重新意识到这个世界还有值得相信的、不变的东西。他说:"作为一个漫游者,从成都平原上升到青藏高原,在感觉到地理阶梯抬升的同时,也会感觉到某种精神境界的提升。但是,当你进入那些深深陷落在河谷中的村落,那些种植小麦、玉米、青稞、苹果与梨的村庄,走近那些山间分属于藏传佛教不同教派的或大或小的庙宇,又会感觉到历史,感觉到时代前进之时,某一

147

处曾有时间的陷落。"① 他不是一个只在大地上行走和漫游的人，而是常常感受"精神境界的提升"和"时间的陷落"这些永恒主题。尽管阿来的写作一再强调，他要写出一个族群如何从一种隔绝的状态回到一个更大的群体之中，但他笔下的人的生活，仍然是独异的，他们看到山川会生敬畏之心，看到云彩会不断赞美，甚至看到一朵小花、一朵蘑菇的开放，都会想到这是神的馈赠——这种从日常性向神性的过渡，不是通过玄想，而是通过一种生活智慧的启发，一种自我本心的体悟，这样的神性因为有了世俗的基础，才显得真实。

阿来是藏族，他的民族是有宗教信仰的。因此，我们一谈文学的超越性，难免会联想到他的民族，他的民族所信仰的宗教。就文学而言，把一种宗教的东西指证为自己写作中的超越性，这不仅毫无新意，还可能会形成一种专断的精神意志。文学不一定喜欢这种专断。而阿来的超越性之所以属于文学本身，在于阿来找到了他自己的理解超越的方式。这种方式的关键词，就是历史和自然。阿来对自己的村庄、部落、民族的历史做了很多调查、钻研，对以他家乡为中心的群山、河流、草木、动物也有浓厚的兴趣，做了许多丰富、生动的描绘。他的写作实感正是建基于此。

何以在历史、自然中可以建立起文学的超越性？这个问题值得探讨。

但凡超越性，都和无限、永恒联系在一起。可历史是有阶段性的、有限的，哪怕再久远的历史也是有限的。历史的有限性就是它的局限性。既然有这种有限、局限，按理说它不可能成为一个人超越现实的力量。但从另外一个角度说，几千年的历史之于一个只有几十年生命的人而言，又接近于无限了。历史的有限说明它具有形而下的一面，但它之于人的无限，又说明它是形而上的。中国人超越现实的方式，

---

① 阿来：《大地的阶梯》，四川文艺出版社2017年版，第6页。

不是简单地相信一位终极意义的、有位格的神，而是找寻到一个代替物，这个代替物之一就是介乎形而下和形而上之间的历史。这种对历史的信仰，其实就是对时间的信仰。李泽厚曾经指出，中国精神的发展、确认经历了一个从巫到史的转换。历史维度、历史意识的确立，塑造了中国人的基本品格。中国人认识世界，认识人的尺度往往不是以宗教的眼光，而是历史的眼光。我们评价一个人的价值，不是看他的灵魂是否永生，而是看他能否青史留名，这背后的根基正是历史精神。

阿来的历史意识，决定了他的作品不会只有"现在"这一个维度，而是将现在和过去、未来联系在一起。此在、曾在、将在三者合一，这就是历史的眼光。他说："无论是某一个人，某一个民族，某一阶层，虽然现今所处的现实还有种种的分别与区隔，但从历史的角度看，我们却不可能拥有不同的将来，我们所有人，都只有一个共同的将来。如果将来也是不同的，有区别的，那结果就非常糟糕，是简单与严酷的字眼：那就是灾难以至于毁灭。"① 他写很多作品，都做艰巨、笨拙的案头工作、田野调查，也是为了获得一种讲述历史的权利。"这样翔实细致的材料可以破除两种迷思。一种迷思是简单的进步决定论，再一种迷思，是近年来把藏区边地浪漫化为香格里拉的潮流中，把藏区认为是人人淡泊物欲、潜心向佛，而民风淳朴的天堂。持这种迷思者，一种是善良天真的，是见今日社会物欲横流，生活在别处，而对一个不存在的纯良世界心生向往；一种则是明知历史真实，而故意捏造虚伪幻象，是否别有用心，就要靠大家深思警惕了。"② 并不是

---

① 阿来：《不同的现实，共同的将来——〈空山·达瑟与达戈〉或〈芳草〉"女评委"大奖答谢词》，《看见》，湖南文艺出版社2011年版，第159页。

② 阿来：《瞻对：终于融化的铁疙瘩——一个两百年的康巴传奇》，四川文艺出版社2014年版，第262页。

每个作家都懂得以历史的眼光来审视现实、想象未来的,尤其深陷于"现在"的各种繁杂细节之中后,作家们获得的很可能只是瞬间的感受,一些思想的断片,而在这种潮流中努力追求整全性感受的作家,自然就显得与众不同了。

另外一个介乎形而下和形而上之间的事物,就是自然。土地、自然,貌似是大家共同的主题,但如何理解土地和自然,则是作家和作家的区别之所在。以自然为一种唯美,或以自然的原初性来对抗物欲横流的现代生活,是常见的思想方式,但阿来不同,他笔下的自然有着更丰富和博大的内涵。他热爱自然,自称是"自然之子":"拜血中的因子所赐,我还是一个自然之子,更愿意自己旅行的目的地,是宽广而充满生机的自然景观:土地、群山、大海、高原、岛屿、一群树、一棵草、一簇花。更愿意像一个初民面对自然最原初的启示,领受自然的美感。"①阿来经常细致地描绘山川、河流、草木、花朵,是抱着一种谦卑的姿态,他不仅是为了呈现一个本然的世界,也是在向这个世界学习。如此开阔敞亮,如此生生不息,它们只是在着,而并不在乎如何在着、为什么在着,它们充分展现着生命的本性,这种无声的灿烂,其实是更高的意义。没有这种认知,阿来不可能写出这样的文字:"他会把耳朵贴着树干上最深最长的裂缝,屏息静气,仔细倾听。很多时候,他听见的是自己身体里各种各样的声音。但有时候,他真的能听到,树的躯干里,似乎是在吮吸的声音,似乎是水在流淌的声音。母亲说,是啊,春天里,树扎在泥土里,岩石里的根都醒过来了,它们在喝水,它们把喝到的水一直送到树顶的天空,顶着雾气的最高处。因为树还想再长得高一些。"②

事实上,群山,河流,草木,云卷云舒,这些生生不息的事物,

---

① 阿来:《群蜂飞舞》,辽宁人民出版社2013年版,第191页。
② 阿来:《河上柏影》,人民文学出版社2016年版,第139页。

本身就具有不动的、不变的、近乎永恒的品质。但它依然是有限的。因为照着宗教学的观点，天地都要废去，只有神的话一笔一画都不能废去；天地也会朽坏，唯有真理才能够永存。但自然、山川、河流、草木之于一个有限的人而言，它又近乎无限了，也是形而上的，也具有鲜明的超越性。

历史不朽，自然不朽，这可以说是中国文学中最为重要的两个不变的价值根基。

阿来的写作记下了这个世界所具有的这种不朽的品质。正如他在《离开就是一种归来》这篇散文里写的，那个年老的喇嘛说，小庙有一万年的历史了，阿来不信，与他争论，后来，小喇嘛在送阿来的路上对他说，你说的话或许比我师父说的更有道理，但我还是会一直相信下去。道理改变不了一个人的信仰。小喇嘛还说，师父讲的，还没有从眼前山水中自己看见的多。我看那些山，一层一层的，就像一个一个的阶梯，我觉得有一天我的灵魂踩着这些梯子会去到天上。这种"大地的阶梯"所代表的自然的力量，以及个人史、村庄史、部落史、民族史背后的时间的力量，是一种雄伟的存在，阿来渴望自己的生命与这些雄伟的存在对接在一起。这个不动的、不变的、介乎形而下与形而上之间的精神背景，正是阿来写作的超越性，也是他的写作比之很多作家更有重量的原因。

历史意识与自然维度的建立，表明阿来不是选择用神的眼光来看人，来认识世界。尽管他也承认一切不可言说的奇迹、那些令人震撼的群山背后自有神秘的存在，但他依然拒绝用神的眼光来解释一切，因为这对他来讲太简单、太便捷了。他选择以人的角度来打量他的民族，来看这个世界以及这个世界里的人。他自己也说，"文学更重要之点在人生况味，在人性的晦暗或明亮，在多变的尘世带给我们的强烈命运之感，在生命的坚韧与情感的深厚。""我愿意写出生命所经历的磨难、罪过、悲苦,但我更愿意写出经历过这一切后,人性的温暖。即便看起来,这个世界还在向着贪婪与罪过滑行,但我还是愿意对人性保持温暖的向往。"①他一直非常注重小说的普遍性表达,他在《落不定的尘埃——〈尘埃落定〉后记》中强调:"在我们国家,在这个象形表意的方块文字统治的国度里,人们在阅读这种异族题材的作品时,会更多地对里面一些奇特的风习感到一种特别的兴趣。作为这本书的作者,我并不反对大家这样做,但同时也希望大家注意到我在前面提到过的那种普遍性。因为这种普遍性才是我在作品中着力追寻的东西。这本书从构思到现在,我都尽了最大的力量,不把异族的生活写成一种牧歌式的东西。"②小说不同于历史、哲学之处,正是在于它更关注具体的人,"民族、社会、文化,甚至国家,不是概念,更不是想象,在我看来,是一个一个人的集合,才构成那些宏大的概念。要使宏大的概念不至于空洞,不至于被人盗用或篡改,我们还得回到一个一个人的命运,看看他们的经历与遭遇,生活与命运,努力与挣扎。对一个小说家来说,这几乎就是他的使命,是他多少有益于这个社会的唯一的途径,也是他唯一的目的。"③确实,比起关心一种文化的消失,一个族群的命运,也许一个个具体的人的命运,尤其是他们的悲剧性命运,才是文学更重要的书写任务。

阿来重视写人,写历史中的人、自然中的人。正因为阿来为人的存在建立起了一个超越性的背景,所以他笔下的人是有一种从现实中超拔出来的力量的。这个超越性的力量,恰恰不是宗教的力量,而是人文的力量。

---

① 阿来:《蘑菇圈·序》,人民文学出版社2016年版,第2页。
② 阿来:《群山的声音:阿来序跋精选集》,四川文艺出版社2018年版,第7页。
③ 阿来:《人是出发点,也是目的地——第七届华语文学传媒大奖获奖词》,《阿来散文》,人民文学出版社2015年版,第159页。

与其说阿来作品中具有宗教精神，还不如说他的写作里面有人文精神。人文精神是更中国，也更文学的一种精神。下面这段话，也许能很好地诠释阿来的这种人文精神："现在，虽然全世界的人都会把藏族人看成是一个诚信教义，崇奉着众多偶像的民族，但是，做了一个藏族人的我，却看到教义正失去活力，看到了偶像的黄昏。那么，我为什么又要向非我力量发出祈愿呢？因为，对于一个漫游者，即或我们为将要描写的土地给定一个明晰的边界，但无论是对一本书，还是对一个人的智慧来说，这片土地都过于深广了。江河日夜奔流，四季自在更替，人民生生不息，所有这一切，都会使一个力图有所表现的人感到胆怯甚至是绝望。第二个问题，如果不是神佛，那这非我力量所指又是什么？我想，那就是永远静默着走向高远阶梯一般的列列群山；那就是创造过、辉煌过，也沉沦过、悲怆过的民众，以及民众在苦乐之间延续不已的生活。"[①]可以把这种思想路径，理解为中国式的超越性，它不直接指证为一种宗教意义上的有位格的神，而是指向生生不息的人的生活。钱穆说，世俗即道义，道义即世俗，这是中国文化的最特异之处，说的也是这个意思。甚至，这种独特的、中国式的超越性精神，不仅让阿来重新理解了宗教，也让他站在人的角度，重新理解了人——理解了一群既生活在现实中又能够从现实中超拔出来的人。我以为，这个观察人和理解人的角度，对中国当代文学极为重要。

◎ 最初发表于《文艺争鸣》2020年第12期

---

① 阿来：《大地的阶梯》，四川文艺出版社2017年版，第8—9页。

# 灵光消逝年代的文学讲述

## ——论张者小说

一

张者的名字是和《桃李》联系在一起的。在此之前,他写过不少短篇小说,《唱歌》《纸条》《朝着鲜花去》等,里面已经埋下了他关注现代知识分子精神困境的线索,但直到二〇〇二年《桃李》的出版,张者才获得属于自己的清晰的文学面貌。他面对当下,体察身边知识分子的各种情状,他幽默而带着自嘲,讽刺却不失暖意,以戏谑的方式写庄严的事物,以故作轻松的姿态记录自己所目击的那些沉痛而悲伤的时刻,他试图对话于时代,并捕捉属于时代的内核:如何叙述欲望,又如何超越欲望?

"欲望"是一个时代性的主词。任何真实的写作,都要合理地处置欲望,并对它的存在加以分析并为之寻找出口。越过欲望,直奔精神的终极或直接出示一个心灵乌托邦的写作,都难以让人信任,因为身体、欲望、俗世的欢乐,这是人与生俱来的局限性,是造物主为每一个人划定的牢笼,它如同一个巨大的茧,把人囚禁其间,造成了人类一切痛苦的根源。叔本华很早就对此有深入的研究,他的思想也直接影响了王国维、鲁迅等一大批中国学者和作家。叔本华曾引用西班牙剧作家迦尔德隆德在《人生一梦》中的两句诗来说明这点:"因为一个人最大的罪过就是：他已经诞生了。"① 生而为人，就会有欲望和冲动，当欲望得不到满足，人就会痛苦，可一旦停止欲望，生存又会变得空虚、无聊和荒芜，这种从一个欲望到另一个欲望的循环往复，暗喻了人生不仅是痛苦的，还是令人悲观和绝望的。叔本华认为，要逃离痛苦就要否定生存意志，而否定生存意志的方式之一就是通过艺术和哲学来实现对欲望的短暂忘却，审美的快感能让人获得一种宁静和幸福，"也就是认识从意志的奴役之下解放出来，忘记作为个体人的自我和意识也上升为纯粹的，不带意志的，超乎时间的，在一切相对关系之外的认识之主体"②。只是，艺术的拯救只是暂时的，彻底的解脱则要通过禁欲主义或宗教的力量。在我看来，文学是居于中间的，它着力写的正是人在欲望和解脱之间的挣扎、冲突、矛盾、痛苦，文学不能给出解决方案，但它可以写出下坠或上升的过程。省略了这个过程的精神拯救，都可能是虚假的。有一些作家，经常让他笔下的人物直奔空无，以表明他实现了自我救赎，这种是典型的观念写作，因为他无法回答那个根本提问：之前人物那些蓬勃的欲望去哪里了？他的欲望是如何解脱并突然消失的？

正视人的欲望，并写出人在欲望面前的两难处境，是中国当代文学走向成熟的标志之一。

假定人为着一种空洞的思想或理想就可心无杂念地生活，甚至为之献身的观念，催生的只会是一种假大空的写作，它有意回避、删除了人性的另一面——软弱、害怕、私欲、罪念，人成了某种理念的面具，不再是真实的人。之前的一些作品，经常把英雄人物写得意

---

① 〔德〕叔本华：《作为意志和表象的世界》，石冲白译，商务印书馆2011年版，第458页。

② 〔德〕叔本华：《作为意志和表象的世界》，石冲白译，商务印书馆2011年版，第277页。

志坚定,一尘不染,既不犹疑,也不软弱,似乎生来就是钢铁战士,就是没有把人物还原到人性的真实之中来写。正面人物和反面人物,英雄还是狗熊,善与恶,过于泾渭分明、截然对立,这是对人性的简化,是对人性的丰富性与复杂性的漠视。真实的人总是时刻处于欲望和精神的冲突之中,有欲望并不可怕,重要的是不被欲望所奴役。

理解欲望的压抑及其解放这个当代文学的重要主题,可以深化我们对人的认识。当代文学的欲望书写是和生活的日常化、世俗化趋势相呼应的。二十世纪八十年代中后期,莫言的《红高粱》、王安忆的《岗上的世纪》、余华的《现实一种》、苏童的《罂粟之家》等小说,都有力地书写了人的原欲,直面了欲望那绚烂或暗黑的力量。但真正将欲望作为现代人精神困境之一来审视的作品,我认为是格非发表于《收获》一九九五年第六期的长篇小说《欲望的旗帜》,它第一次把知识分子的精神溃败直接与欲望的生长相联系,并试图探寻一种能帮助人从欲望中突围的精神力量。在格非笔下,欲望不再是简单而热烈的生命本能,而是一个时刻与思想相冲突的怪兽,是实现人的尊严要克服的主要障碍。格非敏锐地察觉到了欲望背后新的人生困局。"欲望起源于情感的颓废,然而,在情感颓废以前,思想已经先贫困了,这时欲望才乘虚而入,日益膨胀成为生存的主体。在这么一个浅薄且失去了永恒信念和神圣感的时代,现代人的信心似乎已经腐朽,内心好像是一个'欲望的加油站',无法再与真理达成和解,无法冲破人与人,人与自我之间的隔膜。没有人回到自己的内心,一切都越来越外在化了,这就是《欲望的旗帜》所写到的曾山与张末共同眷恋着爱情,却没有信心和能力来维持这种爱情的原因,它与张末眼中的音乐声、背带裤、一个男人带她回家的画面一样是一个梦想。同样地,子衿无法用正常的方式与人交流(他是多么渴望交流),贾兰坡教授在内心的冲突中被恐惧征服,都源于内在思想的贫困。贫困使人失去了力量。甚至严肃的哲学年会也落到了邹元标的游戏规则之中,它喻示着我们过去赖以存在的思想基础已经瓦解。"①《欲望的旗帜》所写的知识分子群体,是深陷于自我冲突之中的人,他们想留住爱情的浪漫、思想的尊严,所以他们一直没有放弃抵抗。只是,欲望的袭击让他们节节败退,他们为之沮丧、不安、痛苦、绝望,在这种价值的迷茫感和挫败感中,我们仍可看到一些残存的知识分子的专业操守和道德良知,应该说,格非对自己所熟知的大学知识分子群体的裂变是抱以同情与体恤之情的。

而同样是写大学知识分子群体的张者的长篇小说《桃李》,更多的则是揶揄和嘲讽。喧嚣、狂欢、放纵的生活背后,不仅是邵教授等人在道德上的放浪形骸,更是人性失范之后一次自我贬损,是大学精神的一次巨大滑坡。从《欲望的旗帜》到《桃李》,可以看到一条欲望在与精神的较量中逐渐胜出的演变线索,这是中国当代现实的一个重要侧面。当市场、金钱、消费、情欲的原则无往而不胜,纯粹的学术、孤绝的精神将安放于何处?《桃李》写出了一批知识分子随波逐流、言行分裂的道德景象。和格非不一样的是,张者在小说中看到了欲望的另一种形态:"欲望本来是每一个人都有的。欲望就其本质来说是由感性来控制的。但是在知识分子身上,欲望却是在理性的指引之下的。说通俗一点,知识分子在追逐女人、在捞钱的过程中,并不是一时的冲动,而是想好了再干。他甚至分析得十分细致,这笔钱能不能拿,这个女人能不能要。这就是知识分子欲望的可怕之处。一般的老百姓恐怕不会这样,一般人会见钱眼开,见美女一时冲动。而知识分子有时候可以坐怀不乱,也可以不为五斗米折腰。关键是现代的知识分子并不是为了守住某种道德堤坝或者操守而拒绝,而是为

---

① 谢有顺:《最后一个浪漫时代——我读〈欲望的旗帜〉》,《当代作家评论》1996年第2期。

了安全。"① 因为道德坚守而有的内心冲突消失了,欲望放纵到何种程度,成了一种精致的利益计算,得与失的参照不再是精神的尺度,而是利益与安全。

二

尽管《桃李》对大学知识分子的讽喻略显夸张,但它还是较早意识到俗世化的现实对知识分子处境的冲击,并试图写出消费主义时代来临之后知识分子的新肖像。之前的知识分子题材,多写知识分子受到思想强迫而造就的人生悲剧(如李洱的《花腔》等),但张者写的是完全不同的知识分子的精神危机,那就是在金钱和欲望的双重夹击下,知识分子是如何一步步把自己改造成为快乐的消费者的——这背后的力量不再是思想强迫,而是欲望的诱惑,是半推半就,甚至是主动迎合。

《桃李》所写的主人公是一大批大学教授,带着数量不等的研究生,这些常人眼中的知识精英,已不再是社会良心的代表,更不负责贡献独立而坚定的灵魂,那种纯粹由知识和学问所带来的快乐,已经不再是他们追求的目标,代替这些的是物质和性——而物质和性正是消费社会最重要的两个特征。邵教授和他学生们的专业是法学,法学本来是一个社会的基本法度,也是经济活动中不可缺少的游戏规则,但随着消费社会的来临,庄严的法学精神正在被改写为获取个人名利的手段。邵教授用自己的专业肆意攫取金钱和美女,他的学生有样学样,也把自己的专业变成赤裸裸的利益和享乐,人生普遍臣服于欲望之下。当然也还有坚守学术和道德高地的人,比如蓝教授等人,

---

① 张者:《精英的转移和知识分子写作》,《南方文坛》2002 年第 4 期。

但他们已成了极少数,成了不合时宜的人。道德光芒和学术成就不再令人羡慕,成功的标志是如何展示出自己的能力,尤其是能够把自己的专业转化成物质和情欲享受的能力;以人格来影响学生成长的时代似乎远去了,学生也在消费语境中学会了向现实屈服,进而从现实中获利,正如萨义德所说:"后现代的知识分子现在看重的是能力(competence),而不是像真理或自由这类的普遍价值。"① 知识不再对道德负责,它就是知识本身,甚至只是介入现实的一种方式而已。

齐格蒙·鲍曼认为,当代知识分子正从"立法者"(现代型知识分子)的角色向"阐释者"(后现代型知识分子)的角色转变。社会已经不欢迎"立法者"(制定普遍的是非和道德标准的人)了,代之而起的是更为严格的"阐释者"(在多元文化中寻求对话和沟通策略的人)。"他们的角色变了,由原来受人信赖的教育者,一个由对自己的口味鉴赏判断力充满自信,对为理想模式社会作贡献充满自信的人,变成了注释者和评论者。"② 整个社会似乎不再需要能为人类代言的知识分子了,因为知识分子作为个体也有不可克服的局限性,也需要角色变化,至于向什么方向变,不同处境下的知识分子会有不同的选择。《桃李》写出了知识分子角色变化的现实,并觉察出固有的大学精神正在解体和重组,一切坚固的东西都烟消云散了,混乱、无序、碎片化、欲望化,这种最为迫近现实的后现代情状,其实是很难把握的,那些未经时间淘洗的、纷繁复杂的生活,涌动着怎样的精神潜流,又预示着怎样的可能性,考验着一个作家对时代的洞见力。"这代人更大的渴望在于对当下的呈现,并以此为跳板眺望未来。因此,

---

① 〔美〕爱德华·W.萨义德:《知识分子论》,单德兴译,生活·读书·新知三联书店2002年版,第22页。
② 〔英〕迈克·费瑟斯通:《消费文化与后现代主义》,刘精明译,译林出版社2000年版,第202页。

张者最大的贡献不在于表现了诸多生活的细节，而是在现实与过去与未来的反复激荡中呈现一代人的精神隐秘。"①

写作《桃李》的时候，张者也许并未想到后现代之类的词，但他笔下的现实却暗合了这种后现代处境。"从道德精英向知识精英转化，从精神向技术位移，从倔强地与世俗精神相抗争到全面投身于消费社会，这正是后现代社会中知识分子最重要的角色转型。《桃李》生动地写出了消费社会的特征和知识分子的这种后现代性格。"②类似的知识分子，不仅不再是立法者，甚至连阐释者的身份也变得可疑了，喧嚣的现实正在把他们变成一个消费者，为消费文化所引导和塑造，并不自觉地成为消费链条上的一个环节。不仅道德、知识、艺术、精神可以被消费，声名、情感、性也都变成了特殊的消费品，《桃李》中的邵教授、李雨、雷文、孟朝阳、蓝娜、刘唱等人，担心的不是自己成不成得了学术精英，而是害怕自己被消费社会的潮流所抛弃。他们为物质和性而奋斗，遵循的只是"快乐原则"，在他们看来，压抑本能是残忍的、痛苦的，如果要牺牲本能和欲望这种原始快乐，他们宁愿放弃生活。

一个人如果完全被这种快乐原则所猎取，他的欲望不仅不能得到满足，甚至还会不断陷入焦虑之中——一个欲望满足了，又会有新的欲望被激发出来，占有了各种金钱和性爱之后，只会想占有更多。邵教授后来冒险到B城赴约，正是出于欲望焦虑的驱使。欲望摧毁的不仅是一个人的观念，它摧毁的更是生活本身；而生活的改变常常是连根拔起的，是更为深刻、更值得警觉的一种变化。这令我想起苏珊·桑塔格的一段话："法西斯政权在意大利统治了二十多年，可

---

① 李洱：《寻找一代人的精神谱系》，《西湖》2016年第1期。
② 谢有顺：《消费时代的暖色幽默——〈桃李〉与当代知识分子形象的转型》，《当代作家评论》2002年第4期。

它几乎没有改变这个国家的日常生活、习惯、态度及其环境。然而，一二十年的战后资本主义体系就改变了意大利，使这个国家几乎是面目全非。……因此从文化的角度讲，资本主义消费社会比专制主义统治更具有毁灭性。资本主义在很深的程度上真正改变人们的思想和行为。它摧毁过去。"① 所以，读完《桃李》轻言张者只是一个好看小说作者，甚至说他是一个价值虚无主义者的人，其实是对张者的误读。张者把知识分子置放于消费文化的沉浮之中，不仅是为了找寻一个满足大众口味的故事外壳，而是试图在一类人群身上测试他们对消费文化的抗压能力。结果发现，"消费社会比专制主义统治更具有毁灭性"，因为它催生的是一种全新的生活形态，那就是对身体快乐无度的追逐，和对商品无穷无尽的占有欲，他们的目标只是拥有"现在"、享受"现在"。所有的关于如何在公共事务上运用理性，如何借由寻求"真诚的生活"而实现人格自律，这些属于"过去"的知识分子的使命似乎都被搁置了。

## 三

一个只有"现在"的人，不仅没有过去，甚至也无法拥有未来。所以，《桃李》中的知识分子，他们并没有成功。这些知识分子看起来是时代的宠儿，周旋于金钱和情爱之间，但并无胜利可言。比如，王莞和041小姐、张岩和王愿的关系，带着知识分子的幼稚和单纯，却因充满滑稽、痛苦而被时代所嘲笑。而雷文被孟朝阳所杀，孟随之自杀，邵教授婚姻破裂，最后死于情杀等结局，也暗示了在貌似自由、快乐的表象下面，其实隐藏着可怕的陷阱。鄙薄精神的代价是最终死

---

① 〔美〕苏珊·桑塔格、贝岭、杨小滨：《重新思考新的世界制度——苏珊·桑塔格访谈纪要》，《天涯》1998年第5期。

于精神的溃败,在消费中沉浮的唯一出路,就是警惕消费社会把你磨碾成欲望的碎片——任何时代,都要保全自己精神和人格的整全性。

也许正因为看到了这一点,《桃李》之后,张者又写了《桃花》和《桃夭》。它们所构成的"大学三部曲",都是通过日常生活来写知识分子的处境,三部作品之间贯穿着一条内在的变化线索——从校园到社会,从背叛情感到对真情的守护,从道德崩败到良知上的坚守。由此可见,张者的精神底色并非对人生取游戏与冷嘲的态度,而是在貌似戏谑的话语下面试图伸张对良知的坚守、对重建精神秩序的热切渴望。陈晓明说:"我们在阅读的过程中一直觉得张者在嬉笑,在玩闹。看到'老板'在市场经济中扑腾,弟子们在情场上追逐,读着很好玩。但不难看出,有些东西藏得很深,整部作品一直在探讨一个严肃的话题,这个话题隐藏在其中成了一个基本的格调,那就是作品始终在考察法在当今时代与利益和欲望的博弈。在《桃花》中我们可以看到一个傻博士,在市场经济大潮中,试图坚持法的正义,这种坚守贯穿整部作品的始终。"① 大概是《桃李》出版之后,因为"好看"的故事流于通俗,甚至有迎合市场趣味、偏于油滑搞笑的猜疑,张者在后续两部作品的写作中有意做了纠偏,他为作品中的知识分子精神画了一条曲线,从低处往高处攀援,并表露出了一种为困窘、失重的精神找寻救赎之路的冲动,以对人物过度沉迷于金钱和性爱的生活作出抗辩。"大学三部曲有一脉相承的东西,但每一部都不同。用一句话来概括,《桃李》写的是放纵,而放纵就会偏移,会出轨;《桃花》写了坚守,而坚守可能会固执,会保守;《桃夭》写的是挣扎,而挣扎中就会出现变形,会失控。挣扎与突围,突围与救赎是《桃夭》贯彻始终的主题。"②

---

① 陈晓明:《"大学三部曲":法律与欲望的双重变奏》,《中华读书报》2016 年 3 月 23 日。

② 张者:《挣扎与突围,突围与救赎》,《文艺报》2015 年 11 月 20 日。

这条精神曲线，也一直影响着张者后面的写作，使得他在追求一种幽默和讽刺的叙事效果时，警惕自己不要流于油滑，而多了一份郑重之心。长篇小说《零炮楼》写的是抗战，这种民族之殇本是庄严的题材，是不能游戏和调侃的，但张者仍然在找寻属于他自己的切入角度，施战军说"它首先是平民的小格局的'家史'，由亲情、家事、村庄遭遇构织而成"①，孟繁华说"支撑小说的骨干情节还是民间内部的民族性格的争斗"②，故《零炮楼》的话语方式虽然不乏幽默，但幽默中多了许多凝重的东西。《老风口》也是如此。新疆兵团人的生活常常是以诙谐、欢乐的方式来表达的，但故事的色泽终归少不了沉重和伤感，"在那样严酷的自然环境中，一切的幽默都被大风刮走了，剩下的都是凝重和伤感了"③。看得出，张者是想通过不断变换写作领地来拓展自己的精神边界。他不想重复自己，他也确实有比一般作家更为丰富的题材库——据他自己所说，他童年在河南农村的外婆家长大，十来年后跑到新疆兵团找父母，又去重庆上大学，之后在北大读研究生，丰富的经历使他可以写校园生活，写新疆兵团，也可以写抗战题材，并认为题材和风格的不断变换是一个作家实现自我救赎的方式。

但我仍然想直接指出，尽管写作的题材在变，写法也在变，可藏于语言深处的张者其实一直还是《桃李》时代的张者。这样说，没有贬抑其早期写作的意思，恰恰相反，好作家往往一生都重复同一个主题，卡夫卡、博尔赫斯皆是如此。英国作家格雷厄姆·格林甚至说，作家的写作经验只停留在二十岁以前，他的一生不过是在回忆自己童年少年时代的事情。张者自己也说，"我提倡一本书主义"④，而这本

---

① 施战军：《〈零炮楼〉的二重爆破》，《当代文坛》2006年第2期。
② 孟繁华：《民间传奇与文化矛盾——评张者的长篇小说〈零炮楼〉》，《当代文坛》2006年第2期。
③ 张者、颜慧：《"我知道这本书意味着什么"》，《文艺报》2010年1月6日。
④ 张者、姜广平：《"我提倡一本书主义"——与张者对话》，《西湖》2011年第10期。

书肯定是《桃李》，这不仅是指《桃李》作为他的成名作为他带来了声名，更是指在这部作品中有很多源头性的精神线索也散布在了张者后面的小说里。尤其是叙事方式与话语风格，无论张者写什么题材，都没脱开《桃李》所奠定的基调。

这并不是什么不好的事情，毕竟《桃李》所写的知识分子群像，作为消费时代的暖色幽默，仍具代表性，至少在世纪之交的中国，张者是比较早触及知识分子精神溃败这一主题的，他对"欲望"的重新讲述，也昭示出了消费文化在改造精英文化上不可忽视的力量。但《桃李》在话语方式上的局限性，仍极大地限制了张者写作的纵深感，甚至他在小说中所期望建构的精神意旨，也常常被他自己过于轻松的调侃所消解。对此，陈晓明有一个观察极为精准，他说："文学是个多元的时代，每个人有他自己的选择。张者选择了这样一种轻松的、快乐的、嘲讽的、调侃的方式，就放弃了悲怆的、沉重的、痛苦的、直击历史深处的东西。鱼和熊掌不可兼得，二者如何结合，这不只是张者面临的问题，也是当代中国小说、中国文学面临的问题。这需要做出更多的探索。"[①] 文学并不反对轻松和幽默，但任何写作，都要警惕一种语言打滑的状态，即便是那些以讽刺、诙谐见长的作家、艺术家，最终被人记住的，也肯定是他那颗庄重之心。生活或许正在越来越轻浅化、世俗化、欲望化，随着科技的发展，甚至还将越来越技术化、空心化，但值得文学记录的永远是"沉重的时刻"，即便身处灵光消逝的年代，文学也不会停止寻找永恒的光芒。

◎ 最初发表于《当代作家评论》2022年第5期

---

① 陈晓明：《校园生活"后青春期"的绝唱——关于张者〈桃花〉的深层解读》，《中国出版》2007年第5期。

# 对自我与世界的双重确证

——论徐则臣的写作观

一

我们身处一个现代社会,但并不是每个人写的都是现代小说;通俗一点说,有现代观念的小说,才能称之为现代小说。"现代"二字,如果照着黑格尔、马克斯·韦伯等人的辨析,它不同于"古代",是比之前的任何时代都更具进步性和优越性的时代,因此,它的合法性无法从过往的历史中获得,建构现代主体的方式,只能从自己内部来自我确证、自我立法,用黑格尔的话说,就是通过思辨来把握自身,把自己也当作客体。正是思辨和理性促成了现代社会向世俗化方向转变,而世俗化又是现代小说兴起的重要基础,它的标志是个人意识的觉醒和对日常生活的深切关注。① 尽管后来的现代小说描述的多是非理性世界里人的生存处境,但现代小说的兴起却和理性传统的应用有关。康德说,"在理性面前,一切提出有效性要求的东西都必须为自己辩解"②,借助理性,现代人才能在反思和批判中找到

---

① 〔美〕伊恩·P.瓦特:《小说的兴起》,高原、董红钧译,生活·读书·新知三联书店1992年版,第62页。
② 转引自〔德〕于尔根·哈贝马斯:《现代性的哲学话语》,曹卫东译,译林出版社2004年版,第23页。

自我、生成自我。

现代小说也并非不言自明的事物，它同样需要"为自己辩解"。这种自我辩解、自我确证的方式，是要求作家不断寻找新的艺术方法，寻找个性、创新、不可重复的艺术设定。纯粹而独特的创造，才能为现代艺术提供合法性，这迫使每一个作家、艺术家都要追求成为艺术的立法者，它在催生了大量极具创造精神的现代艺术的同时，也掀起了一股不顾一切想要标新立异的风潮。二十世纪以来的文学、艺术，先锋、探索、实验是主流，但也不乏破坏、捣蛋、故作高深、任意妄为，原因就在于此。

理解了"现代"，才能理解现代人，才能做出现代学术、写出现代小说。以现代学术为例，它除了归纳以外，还要有假设、推论、演绎等知识辨析和思想辨析，这样产生的成果才是现代学术的成果。胡适提倡的学术研究的科学方法，就包含假设和实验，没有假设，就不用实验，也没有实验。胡适说宋儒讲格物时不注重假设，顶多"含有一点归纳的精神"，而他欣赏的是戴震的八个字，"但宜推求，勿为株守"，认为这才是"清学的真精神"①，这个精神里就包含了假设、推论和演绎。前段读南京大学徐兴无的一个访谈，他回忆了他的老师周勋初的学术观点："中国古时候做学问，一直到乾嘉，基本上用归纳法，但是从王国维开始，知道演绎了，胡适后来从西方带回来治学方法之后，推论、假设、演绎的逻辑在现代学术里就用得比较多，这是中国现代学术和古代学术最大的一个不同。也就是说古代学术，包括乾嘉诸老，他们写札记都是归纳的方法，他们觉得归纳出来就可以了，其实现在看起来，包括民国早期很多老先生其实不会写论文，他们写论文都是自己说一句话，下面给自己的话做个注释，排一些材

---

① 胡适：《清代汉学家的科学方法》，原载1919年11月、1920年9月、1921年4月《北京大学月刊》第5、7、9期。收入《胡适文存》时，作者对此文作了修改。

料,但是现代学术的起步,就是要会在局部归纳的基础上发现问题,而这些问题往往是一种假设,然后你要在这个假设的前提之下进行推论、研究,这才是现代的学术。"①周勋初要求他的学生做类似王国维、陈寅恪的现代学问,不是有现代思想的学人,断难有此识见。小说也必须写现代小说,而不是那种只服从于现实原则、逻辑严整、全知全能式的传统小说,这种小说并不能有效写出现代生活中的矛盾、悖谬、混杂、离乱,无法表现其丰富性和复杂性。

现代小说在反思和批判中省思自我、观察世界,它不仅书写人和世界是什么样的,也思考人和世界应该是什么样的。

二十世纪以来的语言实验、文体探索、叙事伦理演变,都根植于这种"现代"观念。一切坚固的东西都烟消云散了,传统文学中的"真实"正在变成一种幻觉,写作更多是自我分析、自我省察,他和现实的关系变得既密切又脆弱,既真实又变形,现代写作者再也不可能像古典作家那样自信且雄心勃勃了——以为自己能主宰生活,并给生活一个意义。卡夫卡笔下的"甲虫",鲁迅笔下的"狂人",作为中西现代小说的开端,预言了现代人的生存困境,并开创了作家观察、理解、思考世界的全新方式。也就是说,现代作家不可能用巴尔扎克、托尔斯泰或曹雪芹那样全知全能、百科全书式的方式写作了,这种上帝视角、推土机式的、粉碎一切障碍的叙事艺术,所谓的"宏大叙事",它的思想基础乃相信世界是确定的、整全的,有逻辑、有总体性,所以古典小说都有记录、还原世界的雄心,着迷于把小说写得完整、规矩、平衡、有头有尾、彼此呼应,可现代社会的来临打破了这个幻象,它首先要颠覆的就是对世界的总体性和完整性认知。

这就是卢卡奇在《小说理论》里所说的,人类从"史诗时代"进入

---

① 参见《南雍岁月辨纬读经——徐兴无先生访谈录》,收入《皇皇者华——学礼堂访谈录》,王锷主编,凤凰出版社2022年版,第260—261页。

了"小说时代",他认为,在一个碎片化时代,所有的整全性都是可疑的、不真实的,小说只能为有限的个体寻找生活意义。米兰·昆德拉也有类似观点,他把小说当作欧洲公民社会的基石,他说:"小说的艺术是上帝笑声的回响。在这个艺术领域里没有人掌握绝对真理,人人都有被了解的权利。这个自由想象的王国是跟现代欧洲文明一起诞生的。"① 在昆德拉看来,现代小说应该毁掉确定性,小说只提出疑问,它不是去寻求确定,而是去发现不确定;现代作家要去发现事物的暧昧和模糊,注视生活中那些沉默和黑暗的区域,真正写出以零散、缺损、拼贴、混杂、无中心、无深度为主要特征的现代生活,伸张"人人都有被了解的权利"。

在这个背景里,你很难想象,一个没有理性精神和思考力的作家能写出真正的现代小说。就像前面所说的那样,现代小说本身已成为需要争辩和确证的事物。有不少作家(如马原、格非、苏童、叶兆言等人)都写过"元小说",作者在这些小说中直接跳出来讲述小说为什么要这样写、故事为何要如此设计,其实就是有一种想要重新确证何为小说的写作冲动。现在回望先锋小说时期的叙事探索,很多人会觉得那是先锋作家的有意炫技,其实,更主要的原因是,作家对固有的小说秩序和小说写法产生了根本的怀疑,这个怀疑类同于印象派画家对真实世界的怀疑,画家们不再相信自己笔下的世界就是他所看到的世界,作家们也开始怀疑旧有的书写方式能否有效抵达自己的内心。艺术观的变化背后,是世界观的变化;而没有自己世界观的作家,只会在一种艺术的惯性里写作,他不会试图作出改变。比讲故事更难的是完成故事精神,并对故事进行批判,在这种批判中出示自己的艺术观和世界观;现代小说不能做故事的奴隶,而是要借由故事重建个

---

① 〔捷克〕米兰·昆德拉:《小说的艺术》,董强译,上海译文出版社2004年版,第206页。

人与世界的关系。

这样的写作,才是有现代主体的写作,而这个现代主体的建构,正是通过反思和批判来完成的。

几乎所有现代小说所创造的经典形象,都是思想的产物,形象的下面都藏着一个思想的核。二十世纪以来的小说,多写疯子、狂人、傻瓜、白痴、精神病患者,是因为作家觉得世界生病了、人残缺了;多写甲虫、稻草人、蝇王、戴着面具的小丑,是因为作家觉得人性的光辉已经黯淡、人成了物;执迷于碎片、断裂、散乱、拼贴的结构和叙事,是因为作家觉得世界的整体性已经崩塌、散碎才是世界本来的面貌……以前写小说是反对"主题先行"的,认为主题、思想如果涨破了形象的壳,对小说本身是一种伤害,现在看来,现代小说的经典作品几乎都是"主题先行"的,许多著名的作品都可拆解出一个或多个主题,有些作品甚至就是根据这些主题来设计和完成的。主题先行就是思想先行,作品下面若没有一个思想的核,叙事完全被感觉流、细节流卷着走,那就不是现代小说的写法。现代小说起源于理性精神、批判精神的觉醒,它的个性、独创性很大程度上是来自作家对自我和世界之关系的重构。

## 二

现代小说不仅创造形象,也敞露看法。看法有时比事实更重要。有看法、有思考力的作家才能走得更远。中国当代有成就的作家,很多都是有理性思考力、有独特写作观的作家,如汪曾祺、阿城、史铁生、贾平凹、王安忆、韩少功、于坚、莫言、欧阳江河、张炜、铁凝、刘震云、叶兆言、阿来、韩东、余华、苏童、格非、麦家、李敬泽、东西、雷平阳、艾伟、李洱、邱华栋等人,他们的读书笔记、创作谈、访谈，都有不凡的见地。年轻的作家中，思考力强的就更多了。这一方面表明，写作越来越专业化了，没有对现代艺术的学习和训练，已经很难洞悉艺术的秘密；另一方面也显示，思想才是文学的底色，无思想的文学是苍白的。文学革命首先是思想革命、观念革命。假如写作只到经验为止，必然是轻浅的，因为经验的高度同质化是一个不争的事实，经验的贫乏就是意义的贫乏。只停留于毛茸茸的生活表面，写的很可能只是一些肤浅的情绪，或者满足于一些细小的感悟、精致的发现，却无力解析生活下面那个坚硬的精神核心。

到了对这种写作进行反思的时候了。我尤其想强调，主题先行并不可怕，理性不是文学写作的天敌，反思性、批判性思想才能给文学带来真正的解放和自由。有很长一段时间，中国当代小说不断地感觉化、细节化、实感化，尤其在涉及身体、欲望的经验叙写方面，越来越大胆，并把这个视为个人风格的标志之一；一旦写作热衷于小事、私事的述说，就会渐渐失去关注重大问题、书写主要真实的能力。"文学正在从更重要的精神领域退场，正在丧失面向心灵世界发声的自觉。从过去那种概念化的文学，过渡到今天这种私人化的文学，尽管面貌各异，但从精神的底子上看，其实都像是一种无声的文学……许多人的写作，只是满足于对生活现象的表层抚摸，普遍缺乏和现实、存在深入辩论的能力。"① 正因为如此，我一直希望看到更多理性而有思想的作家，能平衡好小与大、实与虚的关系，实现真正的写作突围。

在年青一代作家中，徐则臣就是通过思考让自己的写作变得宽阔的有代表性的一个。比之他的同代作家，他有更坚韧的意志、更正大的文学观、更明确的写作目标，对自我及其所处的时代也有理性的认

---

① 谢有顺：《肯定中国当代文学也需勇气》，《文艺争鸣》2021年第7期。

知。他并不是"70后"作家中最早出道,甚至也不是最具才华的那个,但他的写作却充满个性、耐力、包容度、历史感、思想光彩,而且有极强的综合能力和平衡能力;在他身上,你能清晰地看到一个人持续写作所产生的累积效应①,也能深刻地印证理性思考和自我争辩是如何扩大一个作家的视野、丰盈一个作家的精神的。

从这个意义上说,考察徐则臣小说观的形成、变化和要点,不仅是研究他小说写作的背景性材料,也能标示出一个作家在走向成熟过程中要面对和解决的问题。

徐则臣有一个现代作家的自觉,所思考的写作问题,多是现代人的困惑、现代性的追问,他也试图以自己的写作对这些精神疑难作出应答。他早就意识到写作光靠经验、直觉是难以为继的,要想确立自己的写作风格,"需要你具有充分的思考和发现的能力"②。"我不是依靠自身经历写作的那类人,我需要的是经验、想象、虚构和同化生活的能力"③,并坦言自己有"意义焦虑症",喜欢追问"意义的意义","直到把这个世界看清楚"④,"写作于我,已然成了思考和探寻自我与世界的方式"⑤。迅速跨越迷信经历、崇拜经验的初学阶段,让自己的写作具有虚构生活、同化生活的能力,进而逼视存在的意义和价值,这样的写作就不单是回忆、感受和体验,它也是思考、探寻和发现。并不是所有作家都有这种"为自己辩解"、为写作找寻理由的自省意识的,尤其是在青年时代,多数作家都仰赖个人经历而写作,写的也

---

① 这不仅指徐则臣成了"70后"作家群中首位获得茅盾文学奖的作家,也指他作品的成熟度、读者接受度。
② 李徽昭:《文学、世界与我们的未来——徐则臣访谈录》,《创作与评论》2012年第1期。
③ 傅小平、徐则臣:《区别,然后确立》,《黄河文学》2007年第6期。
④ 徐则臣:《老屋记》,《光明日报》2012年8月24日。
⑤ 徐则臣:《为什么写作》,《一意孤行:徐则臣散文自选集》,北京联合出版公司2018年版,第178页。

多是"半自传体"小说,这种小说往往都有一个特点,貌似从个人经验出发,但所处理的经验却大同小异,正如很多人都强调身体写作,用的像是同一具身体一样。经验、欲望、身体一旦戴上了面具,或为同一种写作观念所支配,自我重复也就不足为奇了。

中国当代文学常遭冷嘲,与此有关。如何让自己的写作和别人不同,和过去的自己不同,并通过独特而不可代替的艺术差异把自己从写作人群中识别出来,这是任何一个有抱负的作家都无法回避的难题。徐则臣对此有清醒的认识:"那么多人在做同一种工作,那么多人和你面对的是同一个世界,过的是同一种生活,平面和趋同的生活又培养了大家趋同的看法,写出来很可能就是同一篇小说,我就不得不怀疑这个小说的意义和价值。"他本身是杂志编辑,每年要读大量这种小说,他甚至感受到了一种"绝望":

> 大部分都是对生活平庸烦琐的摹写,"低到了尘埃里";另有一些,安于对日常美德简单、肤浅地肯定,把小温暖当大境界,尽其所能地卑微、安详和桃花源记;还有一些,显见的重复,重复自己和他人、重复前人和前人的前人,用陈旧的修辞、故事讲述一个陈旧的正大庄严的道理。在这些写作中,你看不见作家内在的焦虑和彷徨,看不到他对这个世界怀有困惑和疑问,他像转述佛经一样写小说,看似熙熙攘攘满篇的人间烟火,实则两眼空洞,什么都没有"看见"。如果把"不平则鸣"作为文学的定义之一,那你就会明白他对这个世界其实无话可说。①

无话可说而仍在说,是聒噪,是制造话语泡沫;没感觉了仍在写,

---

① 徐则臣:《零距离想象世界》,《青年报》2016 年 6 月 12 日。

那是在挥洒伪感觉,是感觉的荒漠化,也是对感觉的消灭;对耳熟能详的价值观的简单复述,其实是另一种毫无冒险精神的价值迷信,文学写作如果只深信一种价值,那就意味着把自己的灵魂交出去;艺术上如果只有"陈旧的修辞、故事",那就是在惯性、惰性中坐享其成,已失去创造的激情。韩少功说:"中国文学当下最重要的危机是价值真空,以及由此引起的创造力消退。要解决这个问题,仅靠八十年代的'个人主义'和'感觉主义'可能已经不够了,仅靠西方文化的输血也不够了。"① 社会和文学需要重新确定一个方向,"一个重建精神价值的方向",而这种价值省悟,就是要在这个"灵光消逝的时代"发现、聚拢残存的"灵光",在创造力衰退的时代里,以理性、思辨和"教化"②重塑创造力的方向。

现代作家理应有这种自我省悟,并背负这个艺术重担。

徐则臣把这称为"问题意识"。"问题意识确实是我个人写作的初衷,如果没有问题,我不会去写东西,不管最后能否解决某个问题,它的确是我写作的动力所在。我不会因为一个故事很好就去讲它,只有当它包含了我的某种困惑,或者可能提供解决困惑的某种路径,我才有兴趣去讲它。"③"必须有了问题意识才动笔,这也是我现在越写越少的原因。……每部小说都在努力,总觉得身后有条名叫意义的狗在穷追猛打。每一部小说都有它解决的问题。"④他较早的长篇小说《午夜之门》写了一个传奇,且在写作技艺上做了不少探索;《耶路撒冷》写一代人的遭遇与心事,希望和悲伤,以及这代人独有的倔强的

---

① 韩少功、罗莎:《一个棋盘,多种棋子——关于中国文学和文化的对话》,《花城》2009年第3期。
② 韩少功提议重新使用"教化"这个词来救赎当今的文化,"没有教化的自由已经成了另一种灾难",见韩少功:《扁平时代的写作》,《扬子江评论》2009年第6期。
③ 徐则臣、吕楠芳:《永远带着问题意识去写作》,《羊城晚报》2019年9月10日。
④ 樊迎春、徐则臣:《信与爱的乌托邦——徐则臣访谈录》,《写作》2021年第5期。

生存意志;《北上》写一条河流的历史,以此预示个体和民族的精神流变;而《王城如海》和《北京西郊故事集》诸篇,都有强烈的现实感,"充满着生命与文化的探问,他已经不满足于写一个人、一群人乃至一代人,他更是试图写出当代中国精神迁徙中的文化寓言,并循此探向无远弗届的未来图景"①。有足够深沉的问题意识,才能为作品打开宽阔的空间,带着问题上路,才能去思考如何逼近这些问题、解决这些问题。我猜测,这也是徐则臣一边写小说、一边写各种读书笔记的原因,他想通过研读萨拉马戈、卡尔维诺、菲利普·罗斯、卡佛等作家,了解他们写作的优长与局限,据此整理和丰富自己的写作思路,"以汲取、警醒、反思和照亮"②。他不断呼唤作家要多一点思想和理论修养,多一些思辨能力和抽象能力,认为作家学者化、学院化是大势所趋,唯有如此,作家才能在生活表象下面发现本质,才能常中见奇、化常为异。正是这种问题意识和思想自觉,使徐则臣比较早就告别了青春写作的局限,进入真正的以实写虚、以现实观照历史、以形象预示抽象的想象世界,他希望自己站在高处把世界看清楚,"尝试开掘小说意蕴的无限可能性"③,并明确说小说的形式可以是古典的,但"意蕴"必须趋于"现代"。

对小说现代意蕴的强调,正是徐则臣小说区别于很多同代作家之处。很多人以为,小说为了避免理念性太强而带来的负面效应,就要刻意轻视理性、逃避思想,跟着感觉走,结果很可能是做了趣味和故事的囚徒,其实,只有向理性开放的感觉才是有穿透力的感觉,而感觉对理性的浸润,又能消解理性的单一和独断,所谓"意蕴的无限可

---

① 曾攀:《时代的精神状况——徐则臣论》,《小说评论》2021年第1期。
② 徐则臣:《把大师挂在嘴上——读卡尔维诺〈为什么读经典〉》,《把大师挂在嘴上》,上海文艺出版社2011年版,第41页。
③ 傅小平、徐则臣:《区别,然后确立》,《黄河文学》2007年第6期。

能性",不是对一种意义的肯定,而是不断地发现意义、不断地攀援新的精神高度。让思想处于矛盾和冲突之中,让小说获得哲学深度,这不是刻意让小说负载小说之外的重量,而是为了让小说更像现代小说。现代小说从诞生之日开始,就是有灵魂追问和形而上关切的。

## 三

问题意识的形成、小说意蕴的建构,首先是自我的确立。徐则臣这一代作家,多数是经过专业学习和学院训练的,普遍通晓小说的各种技法和艺术流变,对翻译作家的熟悉,也使得他们有更强烈的与国际接轨的渴望。他们的起点较高,但也容易躲在文学大师的阴影下写作,从自己师法的作家中找到适合自己的写作类型。很多作家之所以面目模糊,就是大家读的书都类似,仿照的写作类型也大致相同,尤其是掌握了一种通行的写作技术和叙事方法之后,很多作品更是像量身定做的产品。"这一代作家中有众多保有才华者,正沉迷于一些所谓的'通约'的、'少长咸宜'的文学款式,在从事一种跟自己无关、跟这一代人无关,甚至跟当下的这个世界无关的写作。这样的写作里没有'我',没有'我'的切肤的情感、思想和艺术的参与。此类拼贴和组装他人经验、思想和艺术的作品,的确可以更有效地获取鲜花与掌声,但却与文学的真义、与一个人眼中的时代南辕北辙。我把这样的作品称为完美的赝品(如果足以完美的话),我把这样的写作称为假声写作。"[1] 这样的警觉是切中要害的。

现代写作不在于创造了多少故事,而在于创造了一个又一个独特的"我",这些具有内在深度的、不可替代的"我",是现代主体的核

---

[1] 徐则臣:《别用假嗓子说话》,《长江文艺》2018年第10期。

心。鲁迅写《狂人日记》，前面故意写一文言小序，强调"余"（我）对此日记的识记，正文的叙述者（狂人）也用"我"的口吻，两个"我"构成对话，形成了现代小说才有的张力；所谓"吃人"，就不再是周围的人"吃人"，"我"也"吃人"（"我未必无意之中，不吃了我妹子的几片肉"），这里既有对历史的审判，也有对自我的审判。"我"的这种反思、批判精神，以及与四千年历史彻底决裂的勇气，是中国古代小说中从未出现过的。鲁迅第一次以小说的方式诠释了"现代"二字。①

郁达夫在回顾五四运动时说："五四运动的最大的成功，第一要算'个人'的发现。从前的人，是为君而存在，为道而存在，为父母而存在的，现在的人才晓得为自我而存在了。"②个人、自我的发现，是五四精神最醒目的路标之一，一旦文学写作被集体话语和公共思想所劫持、变成一种毫无个性的合唱，首先要重申的正是五四对自我的发现和内在个人的建构。没有了个人和自我，就没有了现代文学的主体性。当下的中国文学，尽管作家可以尽情展示个人经验和自我私语，但也要警惕一种更为隐蔽的对自我的消隐，那就是受相似的写作观念和写作方法影响的"通约"式的写作，这种"假声写作"，徐则臣称之为"虚伪和无效的写作"，他告诫写作者，"没自己的声音可以慢

---

① 对于称《狂人日记》为第一篇现代白话文小说，学界一直有人提出质疑。有人认为，李劼人1915年发表于《四川公报·娱闲录》的《游园会》《儿时影》、陈衡哲1917年发表于《留美学生季报》的《一日》，甚至有学者认为晚清时用法文写的《黄衫客传奇》，写作时间都早于《狂人日记》，应该重新认定中国现代小说的起点。但我认为，先不说李劼人、陈衡哲等人的小说其时读者很少，没有实质性影响现代小说的写作方向，不能和《狂人日记》发表后产生的巨大影响同日而语；在对"现代"精神的诠释上，别的小说或许有些朦胧的意识，但鲁迅是全面的觉醒、孤勇的反抗，尤其是"我"那决绝的自审意识，堪称长夜里的一声精神长啸，因此，这个中国现代小说的精神原点是无可置疑的。

② 郁达夫：《〈中国新文学大系·散文二集〉导言》，《中国现代散文理论》，俞元桂主编，广西人民出版社1984年版，第445页。

慢找,别老用假嗓子说话"①,"我希望能找到自己真实的声音,不用假嗓子说话"②。古人说"修辞立其诚","诚"不仅是指真实,也指思想诚正,唯个人独有的思想才最具真和诚的品格,而不是"假嗓子"。

　　找寻、识别出自己的声音,是写作者最为艰难的工作,也是一个作家自我确立的前提。其实就是强化写作的陌生感和区隔感。把自己和别的写作者区分开来,甚至也把自己和文学史上的经典作家区隔开来,用自己的眼睛看、自己的耳朵听,用自己的心去体验,也用自己的嗓子发声,让自己的感官全面参与写作。"小说没那么复杂,也没那么高深,只要你盯紧这个世界和你自己,然后真诚而不是虚伪地、纯粹而不是功利地、艺术而不是懈怠地表达出来,我以为,就是好的小说。"③盯紧自己这样的写作认知,很多作家都有,但徐则臣可能是盯得最紧的,"我一直在告诫自己,要对这个巨变中的世界敞开自己的所有感觉,寻找那一些可能是'变'和'新'的蛛丝马迹,然后尽力把感受到的、可能的变与新呈现出来。这并非刻意标新立异,而是要时刻提醒自己,有那么一根弦必须绷紧了,不要因循守旧,别闭目塞听,更不能做一个艺术上'装睡'的人,在某个'正确'的惯性里一直写下去。"④克服守旧、惯性,除了打开自己的感觉,也要借由检索自己的写作盲区来规避可能有的陷阱,并找到新的发力点。徐则臣在《我的文学十年》一文中,就回顾了个人写作史上的一些重要时刻,其中说到写作《耶路撒冷》之前的焦虑,一是找不到合适的结构,二是想对一九七〇年代出生的这代人生活做一个彻底的清理,但这谈何容易,想要表达的东西太多,现成的人物和故事未必承载得下;直到

---

① 徐则臣:《别用假嗓子说话》,《长江文艺》2018年第10期。
② 李沛芳、徐则臣:《"现实感"写作中的工匠精神——徐则臣访谈》,《长江文艺评论》2021年第3期。
③ 徐则臣:《回到最基本、最朴素的小说立场》,《当代文坛》2007年第6期。
④ 徐则臣:《寻找一种新的结构时代的文学方式》,《文艺报》2019年1月16日。

他突破之前的想法，不再非得从自己读过的既有长篇小说里找结构的启示，而是大胆创造一个对自己而言最有效的结构方式，即奇数章节是讲述故事，偶数章节是以专栏的形式呈现，这貌似不太像小说的结构了，由于它的自由和合身，反而激发了作者的写作热情。包括徐则臣后来写的《北上》，也是从《耶路撒冷》延展而来——《耶路撒冷》写到的运河，被独立作为另一部小说的主角，用徐则臣自己的话说，"过去我只是在用望远镜看运河，大致轮廓起伏有致就以为自己看清楚了，现在要写它，需用的是显微镜和放大镜"①。

  由个体关怀而到清理一代人的生活，由用望远镜看事物到用显微镜放大事物，徐则臣巧妙地处理和平衡了自我与他者、微小与广大之间的关系，这其实是两组最重要的写作关系。自我确立如果只周旋于"我"，这个"我"就会狭窄、贫薄、脆弱、孤立，许多作家越写越小、越写越孤寒，就是因为没有很好地在写作中处置"我"。写作固然是在建构一个"我"，但好的文学既是有"我"的文学，也是无"我"的文学，如庄子说"吾丧我"，既是对自由精神的张扬，也是把这种自由精神变成普遍性的精神平等。懂得这个关于"我"的写作辩证法，才能实现从"我"到"吾丧我"的存在性跳跃。好的写作，一开始是要"找到自己真实的声音"，接着是要让这个声音传得更远，使其成为时代的声音、人类的声音，这样，此时的"我"、个别的"我"才能跨越到永恒的"我"、普遍的"我"。这就是写作的抱负，也是对写作之"我"的深刻理解：

  小说……得是艺术的、发现的、创造的，是对这个世界的肯定、保持和补济。它要关乎美、恒常和久远，关乎一个人面对

---

① 徐则臣：《我的文学十年》，《天涯》2020年第3期。

世界的独特的方式,关乎对人心中那些躲在阴影里的幽暗角落的照亮。它是平实的,也是超越和飞翔的。①

看到世界、恒常、超越,就意味着建立起了"我"之外的他者视角,同时也是对过小、过实、匍匐在地、超拔不起来的写作趣味的纠偏;自我要共情于他人,微小要能通向广大,这才是创造性的、理想的写作。

## 四

自我确立之后,为了使自我不走向狭窄、贫薄、脆弱、孤立,变成细小而自怜的形象,需要一个更大的视野来平衡自我、扩大自我。写作要走得远,"我"就要足够大,同时不能让"我"过于放纵、恣肆,而是要时刻意识到,"我"是时代里的"我"、世界里的"我"。直接写时代和世界,容易空洞和虚假,通过"我"而讲述时代和世界,才有真实的根基。很多作家一生都无法摆脱青春写作那种自恋和激情,或者中年写作那种困顿和怨气,症结就在于他不知道把"我"放逐到更大的视野里去平衡;坐标小了,"我"也就小了,写作就成了自我呢喃、窃窃私语,慢慢地也就变得可有可无了。

徐则臣让自己的声音变得越来越响亮、重要的秘诀,正是他懂得在写作中如何平衡"我"的感受、扩展"我"的体验。概括起来说,徐则臣用以平衡和扩大"我"的感受、体验的三种方式是:写同时代人,到世界去,艺术自律。

作家们普遍是拒绝代际标签的,但徐则臣却直言"我试图尽可能

---

① 徐则臣:《回到最基本、最朴素的小说立场》,《当代文坛》2007年第6期。

地呈现生于一九七〇年代的同龄人的经验"①，这也是他写《耶路撒冷》的重要原因。他想证明，这代人并没那么不堪，且正在成为社会的中坚力量。"我强调代际只是想要把宏观史变成微观史，拿着望远镜的同时要想着还有放大镜和显微镜，盯着一代人，可以看得更仔细。"②徐则臣把自己置放于"70后"的代际中，并非想做代言人，而是他认同代际观察所具有的合理性。"就精神背景论，'70后'更接近'60后'，与'80后'的差异相对更大些。我基本认可'70后'的说法。代际划分一直不招人待见，理由是把历史拉长了看，别说坑坑洼洼和小丘陵，就算一座大山，放得足够远去看，也是一片平地。话是这么说，但面对历史，除了望远镜，我们有时候还需要放大镜和显微镜。"③为说明这个问题，徐则臣举了李白和杜甫的例子，他们都是唐代诗人，相差十一岁，后世的研究者不会太过强调他们的年龄差距，相较于一千多年的历史，十一岁的代际差异确实可以忽略不计，但我们把这个差异放大后就会发现，这点差距却让杜甫赶上了"安史之乱"，进而成就了今天这个杜甫。"正是在这个意义上，正视和重视个别时间段的差异，给予某些代际划分足够的合理性，也许对理解历史和我们自身的处境更具建设意义。对'70后'也如此，设身处地地将这一群体放进'代际'中来打量，同样会有别一番发现。"④应该说，"70后"作家在文坛也活跃了二十多年时间了，比徐则臣更早出道的作家也不少，但对于同代人的观察、理解、认知、反省，徐则臣最为直接，他既不躲闪，也不拔高：

---

① 徐则臣：《能有多复杂，就可以有多缓慢——〈耶路撒冷〉跋》，《孤绝的火焰：在世界文学的坐标中写作》，四川文艺出版社2018年版，第241页。
② 樊迎春、徐则臣：《信与爱的乌托邦——徐则臣访谈录》，《写作》2021年第5期。
③ 李沛芳、徐则臣：《"现实感"写作中的工匠精神——徐则臣访谈》，《长江文艺评论》2021年第3期。
④ 徐则臣：《别用假嗓子说话》，《长江文艺》2018年第10期。

我不敢妄言生在1970年代的一代人就如何独特和重要，但你也许必须承认，他们的出生、成长乃至长成的这四十年，的确是当代中国和世界风云际会与动荡变幻的四十年。人创造历史，历史同样也创造人；如果这一代人真的看了，真的看见了，真的仔细观察了，那么，我可以大言不惭地说，这一代人一定是有看头的，他们的精神深处照应了他们身处的时代之复杂性：时代和历史的复杂性与他们自身的复杂性，成正比。如果你想把这个时代看清楚，你就得把他们看清楚；如果你承认这个时代足够复杂，那你也得充分正视他们的复杂。①

孟庆澍说，"70后"要面对一个驳杂而庞大的文学传统，还要面对一个口味挑剔的读者群，"'影响的焦虑'使他们的文学生涯从一开始就承载着巨大的压力。然而，从另一角度来看，这种压力恰恰也是'70后'作家进行突围的动力"②。徐则臣对代际的主动确认，其实包含着他对同代人的省思，他的内心，希望通过对同代人的辨析，以实现这代作家的写作突围。他以代际来观察个体，个体的生活就不但有现实感，还有历史感。这种对同代人的精神担当，恰恰是徐则臣的文学智慧。

除了代际观察这个时间坐标，徐则臣还在他的写作中建立起了"到世界去"的空间坐标。"'到世界去'一直是我写作非常重要的主题。我的小说中经常出现河流、火车、飞机等意象，它们是我寄寓'到世界去'的载体。"徐则臣笔下的很多人物，都向往一个辽阔远大

---

① 徐则臣：《能有多复杂，就可以有多缓慢——〈耶路撒冷〉跋》，《孤绝的火焰：在世界文学的坐标中写作》，四川文艺出版社2018年版，第242页。

② 孟庆澍：《小说、批评与学院经验——论徐则臣兼及"70后"作家的中年转型》，《文学评论》2013年第2期。

的世界,《耶路撒冷》中的初平阳在北大读完博士,后来要去耶路撒冷;《北京西郊故事集》里的木鱼、行健、米萝等人,要去北京;《王城如海》里的余松坡,先在北京读书,后去了美国学习戏剧;"在这个全球化的时代,'到世界去'是我们共同的境遇"①。而为了在这个世界境遇里确证"我"所处的方位,徐则臣又在小说里建立起了好几个观察维度。他先是看到广阔的现实主义"是我们根本的处境","你生活在一个属于你的具体的世界和时代里,你应该看见它,从脚底下出发,所以,我力求细节落实,在日常生活里寻找小说的入口"②,他写了很多小人物,生活在现实的边缘角落,卑微、真实而又坚韧;接着,他把自己的视域缩小到"北京","面对和思考这个世界时,北京是我的出发点和根据地"③,他写了很多"京漂",也写了这座巨大城市的想象与幻象;然后是"运河","运河是我写作的一个根据地,也是一面我用来反思历史、观察和理解世界的镜子"④,《北上》是最集中的一部;由运河,延伸到"水","水绵延不绝的流动,湿润的气息,曲折宛转的形态与韧性,通往远方世界所代表的无限可能性,都不断地给我启发"⑤,水是徐则臣小说的日常背景,他甚至想象自己的小说叙事也有水到渠成之美;当然还有故乡和小镇,它们共同构成了徐则臣小说的精神基座。

书写同代人,到世界去,建立这两个重要的时空坐标,就是要"把自己放进时代和现实里"⑥,把个体细微幽深的存在感和时代宏大

---

① 徐则臣:《翻越群峰,接近梦想之书》,《瞭望周刊》2020年第47期。
② 徐则臣:《零距离想象世界》,《青年报》2016年6月12日。
③ 徐则臣:《王城如海》,人民文学出版社2017年版,第258页。
④ 徐则臣:《翻越群峰,接近梦想之书》,《瞭望周刊》2020年第47期。
⑤ 李沛芳、徐则臣:《"现实感"写作中的工匠精神——徐则臣访谈》,《长江文艺评论》2021年第3期。
⑥ 李徽昭:《文学、世界与我们的未来——徐则臣访谈录》,《创作与评论》2012年第1期。

的价值洪流置放在一起，重构人与世界的关系，也确证一代人、一座城、一条河流、一个人（"我"、敦煌、旷山、初平阳、余松坡等人）的精神创伤和生命价值。而为了完成对自我的确立、对小说意蕴的营造，徐则臣还尤重艺术自律，他深知艺术性是一个作家抵达自己写作目标的根本保证。他强调节制、准确、虚实相济，认为好的小说要有日常生活的烟火气，要及物，小说中有意味的细节相互勾连会产生意义；他读黑塞的时候，觉得"我看不到一个人在通往未知的征程中必将面对的无数的偶然性，也看不到他在众多偶然性面前的彷徨、疑难、否定和否定之否定，那些现实的复杂性被提前过滤掉了，生命的过程因此缺少了足够的驳杂和可能性"①；他读卡佛时，觉得卡佛删减得太厉害了，"小说该有的枝蔓和丰沛，该有的模糊性，文字该有的毛边和艺术感，以及在更高精确度上需要呈现的小说和故事的基本元素，是忍受不了如此残酷的删刈的。卡佛的做法固然可以创造出巨大的空白和值得尊敬的沉默，不过稍不留心，也有可能把小说简化为单薄的故事片段乃至细节，那样不仅出不了空白，反倒弄成了闭合的结构，死死地封住了意蕴的出路"②。这些艺术方法论的探讨，也是徐则臣世界观的重要方面。他严实、均衡、诚正的小说美学，意趣和学识、实感和哲思兼具，既有鲜明的自我确证意识，又能在现实、时代和世界的参照中把自我引向更广阔的视野里审视。徐则臣的写作，是对自我和世界的双重确证，也代表了"70后"作家对小说艺术的认知跋涉和内核守护。

◎ 最初发表于《中国文学批评》2022年第3期

---

① 徐则臣：《孤绝的火焰——重读黑塞》，《光明日报》2013年5月3日。
② 徐则臣：《如果我说，卡佛没那么好》，《贵州日报》2016年4月22日。

三 | 小说的目光

# 思想与生活的离合

## ——论《应物兄》

李洱善写知识分子，《应物兄》①也是如此。但这部八十五万字的长篇小说，不同于《儒林外史》《红楼梦》，不同于《围城》《废都》，也不同于索尔贝娄、戴维·洛奇、约翰·威廉斯、翁贝托·埃科等人的作品，这种不同，不仅出于作家的个性差异，他们处理的问题、思考的路径、叙事的方式也相去甚远。李洱面对的是此时、此地，是一群自己非常熟悉而又极其复杂的中国知识分子，还有同时代的各色人等，他试图在一种巨变的现实面前，把握住一个群体的精神肖像，进而辨识出一个时代的面影——小说看着像是由许多细小的碎片构成，拼接起来却是一幅有清晰轮廓的当代生活图像。

这样的写作，暗藏着一种写作雄心，也昭示了一种写作难度。

要写好当下中国的社会现状和精神议题，谈何容易。这些年，社会的急剧变动、人群的大规模迁徙所带来的经验的流动、思想的裂变，是中国历史上所未有的；而这种流动着的"现在"，是我们正在经历的新现实，也是文学所面对的新问题。中国作家长于写历史，写家族史，写有一定时间距离感的生活，此时、此地的经验直接进入小说，处理得好的很少。必须充分肯定敢于直面"现在"的作家，那些芜杂、丰盛的现实事象，未经时间淘洗，作家要找到自己的角度来梳

---

① 李洱：《应物兄》，人民文学出版社2018年版。

理、择取，并出示自己面对现实的态度，这没有良好的思想能力，只会迷失在经验的海洋中。人的主体性的建构，人是什么，并非只由他所经历的事、走过的路、思想的问题所决定的，除了历史，"现在"对于一个人的自我确证同样重要。福柯说，一切哲学问题中最确定无疑的是此时此刻我们是什么的问题，"当康德在一七八四年问'什么是启蒙'的时候，他真正要问的意思是，'现在在发生什么？我们身上发生了什么？我们正生活在其中的这个世界，这个阶段，这个时刻是什么？'"①。文学是时间的艺术，它对曾在、此在、将在这三种时间形态之生活的讲述，正是由"现在"所统摄；文学看起来是在讲述任何时间、任何地点的人与事，其实真正探索的一直是此时此刻我是谁、我是什么的问题。

这种当代视角，或者说"现在"本体论，是当代文学最重大的价值。所谓的现实感，也是由此而来。现实并非只是发生在当下的事实，它也包含着一种精神态度。好的写作，是物质与精神、经验与伦理的综合。当年胡适说自己的思想受赫胥黎和杜威的影响最大。"赫胥黎教我怎样怀疑，教我不信任一切没有充分证据的东西。杜威先生教我怎样思想，教我处处顾到当前的问题……处处顾到思想的结果。"②胡适的思想不以深刻见长，但他这种"顾到当前"的敏锐性和现实感，使他成了那个时代一个醒目的触角，他被很多问题所驱使，为何一个问题还未探讨清楚又转向了下一个问题，背后都藏有"顾到当前"的紧迫感。鲁迅的写作也是如此。他不写长东西，而更愿意"放笔直干"，与现实短兵相接，也是因为他选择的是活在"现在"。二十世纪七十年代末至八十年代的文学影响卓著，亦和那个时期作家们鲜

---

① 福柯：《主体与权力》，《福柯读本》，汪民安主编，北京大学出版社2010年版，第287页。

② 胡适：《介绍我自己的思想》，《胡适文集》（第五卷），欧阳哲生编，北京大学出版社1998年版，第508页。

明的现实感密切相关。文学后来的影响力日益衰微，虽然不能归因于文学不断逃逸到历史叙事、语言游戏中，但写作的现实感匮乏，以致无法有力地回答此时的人和生活到底处于什么状态，也是一个不争的事实。

只有重建当代文学中的"现在"本体论，才能有效保证当代写作的实感与担当精神。

《应物兄》里有一处写到，谭淳说，喝茶的人喜欢谈过去，喝酒的人喜欢谈未来，喝咖啡的人只谈现在。她喝咖啡。的确，在《应物兄》里发生的故事都是"现在"的——济州大学想引进儒学大师程济世以筹建儒学研究院，程济世来北京讲学并商定儒学研究院的名称和选址，儒学研究院筹建过程中的种种事端，这些几乎是和李洱的写作时间同步的。故事的发生与学院生活有关，学院之外的各种力量也在小说中轮番登场，主角当然是一群知识分子。如果以应物兄为参照，这群知识分子中，有他师长一辈，也有他学生一辈，前后三代人，但面临的问题也许是一致的，那就是思想与生活的离合。

把"思想"的处境与情状当作小说的核心主题来写，风险很大，一不小心就会流于空洞或说教，或者撕裂思想与形象之间的亲密关系。过去的故事，都是以"事"为中心的，但李洱似乎想创造一种以"言"为中心的叙事，至少，他想把小说改造为一种杂语，把叙与论，把事情与认知融汇在一起。所以，《应物兄》里许多地方是反叙事的，叙事会不断停顿下来，插入很多知识讲述、思想分析、学术探讨。很多人为这种小说写法感到惊异，我倒觉得，这种杂语小说，更像是对日常说话的模仿。日常说话中，没有谁是专门叙事，也没有人是专门议论或抒情的，他的语体往往是混杂的——说一些事情，发一些感慨，同时夹杂着一些抒情，几种语体交替出现，说话才显得自然、驳杂、丰富。很多早期的典籍，都还原了这种日常说话的特征，比如

《论语》《圣经》，是由门徒记录的孔子、耶稣的言与行，多是真实的日常说话；讲一件事情，说一个道理，记述一次出行，交织在一起的，这种杂语体，是文体分隔之前作文的基本方式。文体严格区分之后，才有清晰的小说、诗歌、散文、评论等文体的边界，但这边界是否合理、是否不能逾越？许多文体探索的实践已经回答了这个问题。《应物兄》发表之后，不少人认为这是一部向《红楼梦》致敬的作品，而我以为，就一种话语方式而言，《应物兄》更像是向一种古老的说话体典籍致敬。

由此我想到了《史记》的结构。一百三十篇中，有本纪、十表、八书、世家、列传。"本纪"记述帝王，"世家"记述诸侯，"表"与"书"列世系、史事，记制度发展，其实也是治国及其效果的概略，"列传"是重要人物传记。最生动、活泼的是七十列传。列传以人为核心，权臣士卿之外，医生、侠客、奸佞、占卜等，什么人都有。因此，若视《史记》为重要的文学资源，光看到列传里的人物描写是不够的，光有十表八书那些体会也不够，《史记》是一个整体——从结构上说，它就像是华夏社会的国家结构，极为谨严、全面，缺一不可。后来的人谈论文学，多局限于文体、风格、美学、形象，其实只论及了很小的一点，远没有《史记》的整全和大气，根本上说，就是对作品的结构缺乏更宏阔的认识。还可以联想到《圣经》，以新约为例，也是由福音书、使徒行传、书信、启示录等多文体所构成，有记事，有记言，也有预言和想象，结构上是杂语并置的；为了把"太初"就有的"道"讲清楚，门徒们在语体选择上是自由的，并不受限于一种文体。

李洱估计受了这些杂语体典籍的启发，写作《应物兄》时，自觉或不自觉地混杂了各种文体，而且旁征博引、旁逸斜出、旁见侧出、旁指曲谕，知识点多而杂，机锋与趣味并存，有人将这部小说称为百科全书式的写作，更多指的是某种知识的广博，当然也不乏炫技，因而知识与叙事的有机融合，很多地方不乏生硬。但我仍然认为，文体与结构之间的关系值得留意。以仿写日常说话为主的杂语体，穿插了许多包括作者自己编撰的文字，这无意间改造了小说的结构，它不再是以人或事为主线，而更像是一种思想的流动、语言的繁衍。李洱选择起首几个字作为每一节的节名，估计也是拒绝框定一些东西，而试图让思想和语言真正流动起来。

这点，在《应物兄》的叙事视角选择上也可以看出来。很少小说会选择这么复杂的多视角来叙事的，有第三人称，也有第二人称、第一人称，而且常常交织在一起，频繁转换，像上帝一样无所不知，又像是所知有限的自言自语。从固有的叙事学知识来看，很多地方是不合理的。仅仅是散点叙事、移步换景？我却想到了中国古典的绘画。张择端的《清明上河图》、黄公望的《富春山居图》，以绘画的透视法而言，都是不合理的，没有人可以看见十余里范围内八百多人的活动图景，也没有人可以尽览富春江的沿江风景；更不合理的是，画中的风景和人，都不遵循远近、大小的比例，因为画家根本不用透视原则。《富春山居图》作者是假想自己身在扁舟上一路观赏风景，《清明上河图》的观画者好像是在半空中，他可以看到院墙以内、厅堂房间里的人与摆设。何以如此？因为画中有"我"。加了一个"我"的视角，"我"本身就在画中，而且由"我"来带读者入画。这种随心所欲，正是中国画的巨大特色，正如中国诗，如王维的许多诗，无一处写人，其实是处处写人，处处写"我"。"我"是隐含在情与物之中的。哪些景、哪些物可以入诗，由"我"的情怀、胸襟、识见所决定。这种有"我"的写作，不仅见之于绘画，它也是中国文学的重要传统。中国自古崇尚诗文，看重的正是里面有"我"；而《红楼梦》为世人所重，很重要的原因，是里面有"我"的罪与悔作为精神底色；二十世纪以来，鲁迅的写作最为深刻，也在于他审视民族精神的同时，也有强烈的自审意识：他们吃人，"我"也在吃人；"我"的心里有黑暗和虚无，有鬼跟着"我"。

这样看，《应物兄》中的人称问题就不仅是叙事视角的问题了。李洱是想把"我"与"他"合体、与"你"合体，"我"以显在或隐在的方式进入到小说的各部分中，任何人遭遇、承受的，都是"我"遭遇、承受的。李洱塑造了一个可以经历这个时代各种生活的超级角色。或许，小说写到应物兄有华为、苹果、三星三部手机，就是一个隐喻。三代知识分子，无论是在坚守的，在抗争的，还是已沦陷的，都可视为是思想的不同镜像。老一辈学者，双林、乔木、何为（芸娘）、张子房、姚鼐等，中间一辈的应物兄、费鸣、郏象愚、敬修己、文德斯、郑树森、乔珊珊等，更年青一代，应物兄的学生一辈，"儒学天才"小颜等，三代人呈现出的是不同的精神气质，"在八十年代学术是个梦想，在九十年代学术是个事业，到二十一世纪，学术就是个饭碗"。穿行于三代知识分子之间，在"梦想""事业""饭碗"中往返的那个超级角色，那个合体于不同的人身上的"我"，既高尚又堕落，既精神卓然又欲望蓬勃，是学者，也是官员或商人，大谈儒学的同时也热衷于性事，专注于仁德的注释也不断地将之物化。

这个合体者、处处隐藏着"我"的超级角色，或许可以将它指证为"思想"。小说中人物的命运，就是思想在不同处境下的命运。具体而言，儒学作为中国社会两千多年来的思想主流，它在当代面临着哪些问题和困境，在这三代知识分子身上可以清晰地看见。不能简单地认为，《应物兄》里谁承传着儒家精神，谁背叛了儒家传统，这样未免过于脸谱化了，这种进与退、失与守，几乎是大家共同的命运，一起坚守、一起堕落，不过程度不同、表现不同而已。每个人里面都住着一个儒家，都各种体面、各种周旋、各种明知不可为而为之，但每个人又都遭遇着各种尴尬、各种受挫、各种不可遏止的堕落。儒家讲"致广大而尽精微，极高明而道中庸"，讲的就是全体，而非个体。据孙国栋回忆，他的老师钱穆在讲这两句话时，曾举例说："最广大的事物，莫如全体人类，而人类能够共存，所赖的是人性中有共通点，此共通点岂非极精微的？如缺乏此精微的共通点，则人类的生活将不知如何了。'极高明而道中庸'一语亦复如是，一种极高明能为众人所推崇而遵从的道理，必然是在众人心中有根苗的，然后他们才能对他的思想起共鸣而追随他的道理。如果他的思想，是他自己兀兀独造而得的，在众人心中没有根苗，则众人不会对他的思想起共鸣，所以凡是为大众奉行的高明思想必然在众人的庸言庸行中蕴有根苗，所以说'极高明而道中庸'。"① 一种思想的兴起，来自每个人心中有相通的"根苗"，进而得到众人的呼应；而一种思想的衰败，也是源于共识的断裂、众人的内心之火的渐渐微弱。把《应物兄》所写的群像视为一个整体，就可看到，每个人都是圣人也是罪人，都思接千载又只顾眼前，都想有所信又什么都不信，每个人、每个社会阶层都充满着矛盾和分裂。

追根溯源，这些都来自思想和生活的分裂。

因为思想与生活的疏离，导致了我与世界、他人的疏离，最终也造成了我与自我的疏离。《应物兄》里许多地方都写到了内心的自我辩论，正是人与自我疏离的生动写照。哪个是真实的"我"？"我"想成为怎样的"我"？一片茫然。小说开头第一句是"应物兄问：'想好了吗？来还是不来？'"最后一句是："'你是应物兄吗？'这次，他清晰地听到了回答：'他是应物兄。'"这是自我的幻影，也是自我的争论，还可以说是自我的确证。《传道书》里说，人心里怎样思量，他的为人就怎样。可如今，思量可能只是词语的空转，是一种以学术

---

① 孙国栋：《师门杂忆——忆钱穆先生》，见《钱穆先生书信集：为学、做人、亲情与师生情怀》，黄浩潮、陆国燊编，香港中文大学新亚书院2014年版。

名义展开的话语游戏，现实、行为却是另一种模样。做的和说的不一样，说的和想的不一样，想的和愿意想的又不一样，疏离、分裂无处不在，这恐怕才是"现在"这一时刻所面临的最为严峻的问题。

李洱声称在《应物兄》里思考的是知行合一的问题。思想是空谈还是实学？思想是否还能影响生活，生活又是否还能成为思想创造的源泉？思想与生活的聚合和离散分别是怎样一种面貌？李洱抓住了一个核心，那就是"言"，思想、学说在蔓延，大家不断在说，语言上无比喧嚣、振奋，行动上却是悖反的，生活真实的增量不过是欲望和物质。"言"成了嘴上阔论，甚至自己说的每一句话，都成了自身行为的讽喻。萨义德说："知道如何善用语言，知道何时以语言介入，是知识分子行动的两个必要特色。"①但是，更可怕的事情出现了，那就是，知识分子一方面把语言变成了纸上的空谈，另一方面又把语言当作破败行为的伪饰。《应物兄》里的大儒程济世的乡愁不过是对济哥、仁德丸子的深情；筹建中的儒学研究院的主要工作不是研究仁德的精义，而是寻找已经从城市里消失了的仁德路和从未听说过的仁德丸子；国学的精粹成了风水学，儒家的身体论也成了性爱的注脚……一切都在空心化、实用化、物化，在悄悄地变形、偷换、替代，所以，萨义德还说："后现代的知识分子现在看重的是能力，而不是像真理或自由这类的普遍价值。"②儒家在现代的命运也类似。济州大学筹建研究院不再以讨论思想和学术为要旨，而是迅速变成了项目和产业，儒学义理早已没有了落实的地方，而只游荡在会议和闲谈之中。

已经找不到一种生活来承载那些伟大的思想了。再厚重、正大的

---

① 〔美〕爱德华·W.萨义德：《知识分子论》，单德兴译，生活·读书·新知三联书店2002年版，第23页。

② 〔美〕爱德华·W.萨义德：《知识分子论》，单德兴译，生活·读书·新知三联书店2002年版，第22页。

思想也成了孤魂野鬼，无所着落，而粗粝、嚣张、欲望化的生活直接冲到了时代的前台，思想不过是一个影子，赤裸裸的生活才是实体。

《应物兄》里写了很多欲望的类型及其变种，它们才是塑造现代生活的核心力量，儒家不再是主流思想，消费文化、物质文化正日益取代它的地位。"现在"是享乐、戏谑、搞笑、崇尚成功与财富的时代。这时，我们才突然发现，我们不仅失去了一种思想的光芒，同时也在失去一种生活——一种有精神质地、价值构想的生活。苏珊·桑塔格说："传统的专制政权不干涉文化结构和多数人的价值体系。法西斯政权在意大利统治了二十多年，可它几乎没有改变这个国家的日常生活、习惯、态度及其环境。然而，一二十年的战后资本主义体系就改变了意大利，使这个国家几乎是面目全非。……甚至极权的统治下，多数人的基本生活方式仍然植根于过去的价值体系中。因此从文化的角度讲，资本主义消费社会比专制主义统治更具有毁灭性。资本主义在很深的程度上真正改变人们的思想和行为。它摧毁过去。"[①] 我们可能也正在经受着同样的"毁灭"，它来自消费、物质和欲望合力对"基本生活方式"的摧毁，这种思想和行为的深刻改变，是一次价值上的连根拔起。

旧的精神消散，新的价值未及建立起来，生活于其中的思想者，唯有在苦痛中等待新生。

尽管李洱在《应物兄》里这样写道："传统一直在变化，每个变化都是一次断裂，都是一次暂时的终结。传统的变化、断裂，如同诗歌的换韵。任何一首长诗，都需要不断换韵，两句一换，四句一换，六句一换。换韵就是暂时断裂，然后重新开始。换韵之后，它还会再次转成原韵，回到它的连续性，然后再次换韵，并最终形成历史的韵律。

---

[①] 〔美〕苏珊·桑塔格、贝岭、杨小滨：《重新思考新的世界制度——苏珊·桑塔格访谈纪要》，《天涯》1998年第5期。

正是因为不停地换韵、换韵、换韵,诗歌才有了错落有致的风韵。每个中国人,都处于这种断裂和连续的历史韵律之中。"①"换韵"一说,颇为委婉而优雅,它是对历史演进的一种正面解读,旨在激发我们的信心。浅薄、混乱、悲哀、痛苦之后,会有新的精神迎风站立,因为在一个文化巨变的时代,一种绝望从哪里诞生,一种希望也会从哪里准备出来。这是李洱留给我们的一丝真实的暖意,正如《应物兄》的末了,应物兄遭遇车祸之后发现,"我还活着",读来令人百感交集。看起来已经命若游丝,其实还坚韧地活着,我想,任何时候,人类都不该失了这份坚韧和希望。

◎ 最初发表于《当代文坛》2019年第4期

---

① 李洱:《应物兄》,人民文学出版社2018年版,第331页。

# 从苦难中眺望

## ——论《惊蛰》

一

杜阳林的长篇小说《惊蛰》，以一位乡村少年远赴异地求学时在绿皮火车上的思绪和回忆，写了凌云青从一九七六年（四岁）到一九八六年（十四岁）这十年的成长经历，以及川北阆南县观龙村这一时期的风雨沉浮。小说以"惊蛰"为名，就是要写这变革、躁动的十年，农业文明所受到的挑战，不同的价值又是如何碰撞和交锋的，如题记所言，"惊蛰天，春雷起，僵虫惊，山川兴，万物乃复生"。川北大地二十世纪七八十年代所历经的，和中国其他地方一样，"新新不停，生生相续"，矛盾和机遇、绝望和希望并存，可以看作中国乡村变革的一个重要侧面。

读《惊蛰》，首先感受到的是杜阳林对自然、大地的亲近。一方面，作者对乡土人物、风俗物候、生活细节以及四川方言非常熟悉，如对登山工具打杵子的细节描写、开垦荒坡收割麦子的农活描写、"摆龙门阵""瓜娃儿"的川地方言的应用，这些细节构成了小说的血肉肌理；另一方面，在精神和逻辑上，作者善于把小说人物的思维方式和生命哲学土地化、自然化，如四岁的凌云青面对父亲的死亡时，小说这样写一个孩子的感受："冬天野棉花山的草枯了，秀英曾经告诉云青，只要土里有种子，第二年春风一吹，又会呼啦啦地长出来。云青隐约觉得，爹也像是一粒种子，被叔伯埋进地里，只要耐心地等一段时间，爹就会重新长出来。"① 这个比喻既有孩子的淳朴和童真，也写出了人与土地同在的关系，这也是父亲去世很长一段时间了，云青仍然认为父亲不曾离开的原因。他会给父亲的坟头浇水灌溉、仔细观察山间每天的新植物、满怀期待地在山头与父亲对话。对于凌家人而言，凌永斌生前用来行走山路背运重物的打杵子、亲手栽种的梨树都仿佛留存着他的气息和魂魄，为思念他的亲人提供了无穷的力量和无言的陪伴。

这就是乡村哲学。只有熟知乡村生活的人，才有这些细微的感受，万物有灵，万物也彼此关联，你可以在一切生物中看见生机，也可在日常细节里与天地对话。因此，乡村的书写维度并不完全是一种文学题材，它更是在文学世界里建立起了一束眼光，这束眼光告诉我们，世界除了现实、现在，还有潜隐在其中的神秘、远方，除了可见的写实世界，还有不可见的精神世界。

在观龙村，孩子的成长也是与自然同构的，他们仿佛山野间的植物鸟兽一样有规律地生长变化——"孩子们在春夏季节，就像生长在山野间，风一吹又高一截，到了寒冬腊月，风一吹却缩短了脖子矮了身板。"② 采萍面对心上人羞涩得说不出话，只能把玩自己的辫子，她感到"辫子如同有灵性的仙草，千言万语都长在里头了"。这些带有土地气息、蓬勃生命力的细节描写令人印象深刻。在杜阳林的写作里，乡土不再是一个后置的背景，而是如呼吸一般融入了这一片水土，他所写的许多细节都是扎根于大地、自然和记忆的。巴尔扎克说，一个人大半生的时间都在清除少年时代种在脑子里的观念，这个

---

① 杜阳林：《惊蛰》，浙江文艺出版社2021年版，第25页。
② 杜阳林：《惊蛰》，浙江文艺出版社2021年版，第27页。

过程叫作"取得经验"。确实，有这种烙印于生命记忆里的经验，作品才有能触动人心的力量，一旦作家对自己所写的东西心中有数，即便那些没有刻意写出来的部分，读者也能感受得到，所谓写作的冰山理论，就是露在水面上的部分和藏在水下的部分是相连的。好的写作总是能让读者体会到作家所省略的部分，因为写作是对熟悉生活的想象；熟悉是真实的基础，而想象则让真实变得有普遍意义，所以卡佛曾告诫一些写作者，写作过于自传化是一种危险，一部分自传加上丰富的想象才是最佳的写作方式。

## 二

《惊蛰》开篇即凌云青在离去的火车上，以回忆的眼光审视自己艰难的一生。可以说，苦难构成了凌云青过往生活的主体，小说叙事也是以接踵而至的苦难、危机作为内在动力，以凌永斌下葬、云青烧伤、果园偷桃被绑、帮做豆腐被诬蔑、秀英艰难凑学费、采萍被迫下嫁曹运强、云青腿疾住院、乞讨流浪、云鸿入狱等一系列事件推动着叙事的发展。自从凌云青的父亲被疾病夺去生命，这个破碎的贫苦家庭便无时无刻不处在生存困境之中，人物如何在苦难中生存、搏斗一直是小说的重要主题。

面对苦难的书写，作者饱含同情、悲悯，但也充满克制，把生命苦难的残酷深重与小说人物对苦难异乎常人的忍耐包容交织在一起，写出了一种严峻、悲壮的美。云青被烧伤生死未卜之时，徐秀英在儿子的踢打哀哭中为他清洗完伤口，家里的事、田里的活却是一团乱麻，她只能拭去泪水、硬着心肠继续干活。"秀英在院里剁猪草，儿子嘶哑的哭声，应和着菜刀剁向案板的声音，交织成一支令人肝肠寸断的悲曲，像一尾尾铁丝粗细的小蛇，直往她的耳膜里钻，穿透了薄薄一层壁,穿透了血管和神经。只要是它爬过的地方,要么结满冰碴,要么黑烟滚滚,在她体内搅动了一场天翻地覆的悲鸣。……秀英机械地将菜刀举起又砍下,砍下又举起,她狠狠剁着,像要将拦阻在云青前方的孽障剁杀干净。"① 命运有时太无情了,但不论承受着多少痛苦心酸,生活总还要继续,无法逃避,她只能负重前行。丈夫离世之后,秀英甚至无暇悲伤,她必须拉扯大五个儿女,以一种大地般的坚韧承受生活带给她的苦难。

凌云青的成长历程,同样是苦难的。从童年到少年,他不光承受着肉体上的痛苦:饥饿、寒冷、下体严重烧伤、腿部骨膜病变、被孙家陈家人无端欺凌殴打、小小年纪便要做各种农活……也感受过太多精神上的苦痛:被别人家孩子骂家中"莫得老汉"的委屈迷茫;因饥饿在果园偷桃被捆绑示众而万分羞惭;母亲为了平息钱家的怒火当众抽打未犯错事的云青,比起身体的疼痛,云青更感到尊严扫地的巨大痛楚;腿疾让云青成为家庭负累带给他无尽的自责;奔赴亲戚家寻求接济遭冷遇,亦使他对世间的人情冷暖有了最初的痛感……

云青十二岁时,从广元舅舅家独自步行回家、一路乞讨流浪的经历,是小说中苦难书写最重的一笔。生平第一次乞讨,长途跋涉,风餐露宿,历经二十九天,才衣衫褴褛地回到家。这期间,云青在旷野里遭遇了一次狂风暴雨,这对他而言,是一次重要的人生启悟。面对旷野无尽的黑暗、寒冷彻骨的雨水、巨响的惊雷,云青起初是落魄奔逃,但在奔跑中他意识到人世的这一场雨和另一场雨也许并没有什么不同,命中注定落在头上的雨水一滴都跑不掉,于是他不再奔跑,甚至在雨中"闲庭信步"起来。云青也不再惧怕黑暗中的未知,鼓起勇气踏入破庙避雨,在看见半尊泥塑菩萨后,他突然意识到这天原来是自己十二岁生日。

---

① 杜阳林:《惊蛰》,浙江文艺出版社2021年版,第47页。

——这场暴雨具有强烈的象征意味。无法躲过的雨水也是生命中无可回避的苦难，而他已然学会了直面人生的惨淡。在神像前，云青更是收获了一份顿悟和洒脱。如果说，此前他只是懵懂地承受生活给予的一切，这一刻，他开始第一次认真回顾过往人生中的种种经历，回想起周爷曾告诉自己，一个孩子从落地到十二岁，往往有无数厄运想趁孩子未成人时以偷袭的方式损毁他，他意识到过去所经历的一切，或许正是自己长大成人必经的劫难。雨夜给了云青一种全新的人生感觉：他是一个没有刀戈箭矢的少年，没有金甲护体的农村孩子，没有亲人随行呵护，在风狂雨骤的荒野，迎来了自己的十二岁，更迎来了正视生活艰辛苦楚的勇气和自信。苦难没有压垮云青，反而打磨了他的灵魂，让他拥有了与之搏斗并不断向上攀援的勇气。

　　《惊蛰》里有不少对这种"决定性瞬间"的描写，这就使得小说的叙事从现实层面开始转向内心层面。很多的乡土小说，都停留在记录和写实的层面，它固然也把时代风云、重大事件都嵌合在了人物的遭际之中，但缺乏把遭际变成存在的能力。遭际只是事件，存在则包含这些事件在一个人身上的反响。小说就是要写下生活在一个人身上的划痕，以及这些划痕在他那里都产生了什么样的感受、记忆和思想。所以，文学不只是对生活的实录，它更重要的是写出人对生活的体验和省思，尤其是貌似微小、不经意的事件在人物内心引发的巨大回响，往往是一部作品最内在有力的部分。杜阳林的写作，在隐忍中布下了不少这种生动的精神细节。

## 三

　　《惊蛰》的主体故事主要聚焦于徐秀英一家，寡母与三儿两女一路走来，这里不单有凌云青个人的成长史、奋斗史，也有整个观龙村的人物群像以及他们的悲欢呻吟。观龙村是川北阆南县一个世代耕种的贫困山村，人多地少决定了山村的基本面貌，村里大多数家庭平时连一碗米饭也吃不上，多以红苕酸菜稀饭果腹。饥饿的孩子们在山野里找寻浆果、爬树掏鸟蛋、去果园偷桃；严寒冬日里能烤炉火的人家屈指可数，若穿上一件棉袄，更是能让全村人艳羡了。贫困如同一道无法散去的黑影笼罩着观龙村，人心在物质极度匮乏下的扭曲和变异，也就成了杜阳林的另一个写作重点。

刘翠芳与徐秀英是妯娌，她深知秀英家孤儿寡母、生活艰辛，却仍为了多一米宽的耕地暗自挪动两家田地间的界石，并在秀英将其归位后反过来上门发难、发狂般地谩骂扭打；秀英为筹措云青的学费奔波，曾经在春荒中受过凌家半袋麦子接济的妹妹见到前来求助的秀英和云青，连饭桌上已熬好的红苕稀饭都不肯分给母子一口，更别提借钱的事了；岳红花因为二十元钱，冷眼旁观三个儿子在家门口凌辱和殴打年仅七岁的凌云白；面对病床前因腿伤奄奄一息的弟弟，哥哥云鸿不愿拿出一分钱，指控云青生病拖累全家遭殃受罪后便匆匆离去；哪怕疼爱孩子如秀英自己，也曾在心力交瘁的崩溃边缘咒骂云青你怎么还不去死，"现在这么不死不活的，个个都要被你拖累死"！除了为生存下去而变得自私自利、互相倾轧，观龙村长期以来那种封闭狭隘、陈腐保守的传统观念也给这片土地上的人带来许多人为的伤害，这从寡妇徐秀英在观龙村的艰难处境就可见一斑。徐秀英颇有姿色又年轻丧夫，从老单身汉铁锤到懒汉段发财，不少男人都觊觎着她，面对他们无礼的撩拨，她除了忍受和躲避别无他法。观龙村的女人们对秀英也满怀偏见。韩老师关心云青的读书情况，去了一趟秀英家，回头就被妻子频频质问；周凤藻调解关于界石的争执，制止了刘翠芳的打斗为秀英母女解围，村中女人便幸灾乐祸地去上官云尊跟前编派是非，提醒她莫让丈夫被狐狸精寡妇勾引了；岳红花更是因为丈夫曾经对秀英的痴恋对她恨入骨髓,处处寻机报复秀英和她的孩子们。小说中韩老师曾慨叹道:"徐秀英就算是个圣人,丁点错误都没犯,就因为她的寡妇身份,男人早早离世,这便成为她身上洗也洗不去的墨迹,擦也擦不掉的罪过。"① 小木匠心系采萍,他的师娘却为了让自己的侄女能嫁给小木匠,故意在村中散布采萍与人有染并怀孕的谣言,又让斜眼的曹运强扮好人不惧流言上门迎娶,逼得采萍不得不嫁入曹家。恶意传出的流言、村妇们推波助澜的闲话、媒婆的巧舌如簧,合力将采萍推向了万劫不复的境地,日日被丈夫和婆婆使唤、凌辱、虐待。在这个男权主导的乡村社会里,女性的命运尤为卑微、可怜,甚至这种命运循环已经在川北大地上延续了百年千年。

沉淀着黑影的乡土魂灵是否能改变?充满呻吟与苦难的大地能否迎来新生?《惊蛰》没有一味地展示苦难,而是想为苦难找寻一条解脱之路,在苦难中找到生命的亮色,通过回忆来实现与过去苦难岁月的和解。杜阳林对待苦难的这束超越的眼光,来自他看到了苦难的主体是人,而造就苦难的正是每一个人的心,要想改变这一切,也必然要从每个人的心里找寻力量。

这让我想起《论语》里子贡的话:"文武之道未坠于地,在人。贤者识其大者,不贤者识起小者,莫不有文武之道焉。"子贡说的"文武之道"可以理解为传统的文化、伦理、精神,它还没有掉到地上,还在每一个人的身上、每一个人的心里。写作《惊蛰》的杜阳林,似乎也是怀有这样的信心,相信如同万物在春雷中会走向新生,一个村庄以及这个村庄里的人也会在新的时代节点里苏醒过来。这种信心带来宽恕——对过去的宽恕,对苦难和罪恶的宽恕。孔子所在的春秋末年,是乱世,一片黑暗,文化传统看起来也是命若游丝,就要中断了,但子贡说还没掉到地上,还在人的身上,只是人分两种,一为"贤

---

① 杜阳林:《惊蛰》,浙江文艺出版社 2021 年版,第 277 页。

者",一为"不贤者",即便是最不堪的"不贤者",终归也是人群中的一员,所不同的是,每个人的"识"不同,记忆不同,理解就不同。"不贤者"光知道自己的欲望和利益,也只记得这些自私的道理,当然就会对别人用强用狠;但"贤者"能知道大道理,能记得别人、顾到别人,这就是差别。杜阳林想发现这种差别,并让一些人内心住着的"贤者"苏醒过来,这也是一个观龙村还有希望,并即将走向新生的力量和基础。

## 四

小说将故事开始的时间选取在一九七六年,这是一个关键的历史转折点。小说的题名"惊蛰",更多的也是喻指着时代所蕴含的这种巨大变化,乡村走出贫穷与愚昧的时间节点到来了。从二十世纪七十年代到八十年代的十年里,多少年来如同一潭死水的观龙村开始躁动,她被设为阆南县的试点村,田地包产到户,农业生产有了新的变化;商品经济的气息开始蔓延,敏锐的村里人也开始走街串巷买卖东西并由此发家致富;农闲时间有人做起小本生意补贴家用,云青也跟随其后做过买卖米花棒的生意;高考的恢复让观龙村过去盛行的"知识无用论"的观念悄悄消散;改革开放引发了农民进城就业的浪潮,比如凌云鸿本可在观龙村附近安安稳稳当剃头匠,却决定奔赴遥远的南方;更有凌云青这样的新青年,力图突破乡土固守土地的生活方式,在时代的风云中依靠知识实现命运的改写。

凌云青是浸泡于苦难中成长的,他的坚韧、顽强让他不至于被生活击倒,而那些生命中偶尔闪现的温暖善意,更是支撑着他前行,也在精神上指引他,让他知道唯有超拔于眼下的苦难泥泞,才能走向远方、走向现代化。流落乡间的大学教授周凤藻、上官云萼夫妇除了对云青的生活多有照拂，也在他心里种下了关于理想与文明的种子；韩家细妹子的关心爱护不仅给云青以心灵的抚慰，她送来的教材、书本更让云青在农忙之余开阔了视野；韩老师的帮助让辍学已久的云青获得了珍贵的高考机会，使他走向了施展人生抱负的新舞台。这些，让云青实现了认知上的自我觉醒，也是他"识其大"的过程，他渐渐成了思想观念上不再囿于眼前庸常生活的"贤者"，成了不同于周边人群的先行者。野棉花山对云青是有精神超越意义的重要空间，站在那里，他可以俯瞰整个观龙村，让他从乡土琐碎日常、陈旧不变的生活中抽离开来，去学习、沉思、眺望远方，去向往另一种远方的、现代文明下的生活。

凌云青的突围不仅是一个独立的个案，他的向上攀越也是一个时代的缩影，在乡村里还有无数同样处于社会底层的凌云青冲破苦难、通过求索完成了生命的蜕变。这个庞大的群体共同完成了"惊蛰"这一时代隐喻，这也是一个关于民族的隐喻、乡土的隐喻，正如观龙村流传已久的古老传说：这里原本有一条黄龙统治水域、负责降雨，令百姓五谷丰登，但黄龙在一次天宫宴席中贪杯，醉卧河底，此后天地龟裂，民不聊生，而惊蛰天春雷响，终于震醒黄龙，它摆尾跃出水面，喷水降雨，人间喜逢甘霖。传说的背后，洋溢着一种时代情绪，人心思变，暗潮汹涌，而社会变革又正逢其时，抓住了这个历史机遇，一个古老的乡土中国才探寻到崭新的出路。

川北大地上的这种苦难与突围，是《惊蛰》的主色调，作者有一种雄心，想以小喻大，一个乡村就是一个小的国族，一个人的命运就是一代人的命运，凌云青、观龙村身上所寄寓的，正是关于一代人、一个民族的思考。杜阳林太熟悉这段历史了，《惊蛰》里有他很多个人记忆，他的写作如同半自传，感情投入很多，这也使得他面对这些记忆时难以彻底地平静和超然。《惊蛰》里有些叙事过于直白浅露，艺术感染力反而弱了,如小说中直言徐秀英作为母亲是"平凡而伟大"的,又如小说结尾处直接点明,云青"是经历过了认真的审视和反省,才明白了人活着的价值与意义。知识就是承载云青远航的舟,能渡一代年轻人驶向广阔壮丽的海域,去实现远方的瑰丽梦想"。①小说是形象的艺术,很多时候那些沉默的空间更富想象力,模糊、未明、无声常常是好的小说潜隐的部分,也是最有魅力的部分。《惊蛰》中的一些女性形象也存在脸谱化的问题,如小说中细妹子和凌云青的关系,多少有点传统的书生落难、佳人相救的模式,细妹子这一角色设置仿佛就是为了承担仰慕、鼓励和帮助云青的叙事功能,自身的独特个性开掘得不够,其症结也是在于作者对形象的理解过于直白了;一个人物的心思和追求如果在小说中一览无余,读者对这个形象的想象也就没有多少回旋空间了。

  写作《惊蛰》的杜阳林有太多想说的话了,他对时代的记忆和体验,那些切肤之痛,是他终生无法忘怀的,他必须记录下来,他害怕遗忘。但另一方面,他又知道,人不能一直沉浸在对苦难的回忆和控诉之中,必须获得超拔的力量,实现对苦难的理性审视,人才能往前走,才能获得真正的精神救赎。苦难在杜阳林这里,没有积攒成仇恨和绝望,而是变成了宽恕和爱。加缪说:"没有生活之绝望就不会有对生活的爱。"②确实,一个作家,描述那些黑暗和绝望的图景,和他试图要讲述的对生活的热爱和向往是密切相关的,没有苦难做根基的希望不可能打动人。所以,重要的不是作家是否写了不幸、失败、苦难和绝望,而是看他如何对待这些,只有对生命有无限同情和眷恋的人,才会真正领悟到不幸、失败、苦难和绝望的价值。正如《惊蛰》中年轻人争相从观龙村出走,奔向城市,而知识分子周凤藻、上官云

---

① 杜阳林:《惊蛰》,浙江文艺出版社2021年版,第322页。
② 转引自吴晓东:《阳光·苦难·激情》,载《读书》1991年第10期。

萼夫妇却反而选择回到观龙村定居,通过他们的选择,说明乡土的价值正在被重新体认。当凌云青们远离故土日久,经过城市文明的磨砺之后,他们又会以怎样的姿态回望乡土?《惊蛰》之后,杜阳林也许在思考这些,或者说,很多的中国乡村都在面对这些。在庞大的现代化进程中,乡村的走向正在成为当下最为尖锐的问题之一,文学当然也要试着去回答这些新的议题。

◎ 最初发表于《海峡文艺评论》2021年第1期

# 日常生活令人惊骇的一面

## ——论《回响》

东西是真正的先锋作家,这是几年前我在一篇文章中对东西作出的判断,今天看,他身上所具有的先锋性,在中国当代作家中仍然是独异的、罕见的。最近读了不少新出版的当代小说,深感小说作为一门叙事的艺术正日薄西山——小说越来越成了故事的代名词,许多作家的写作重点只是在讲一个故事,而如何讲一个故事、如何完成一个故事,这些艺术层面上的考量却被普遍忽略。可是,生活在现代社会里的人缺故事吗?新闻在讲故事,教育在讲故事,消费在讲故事,甚至旅游和行走也是在讲故事,小说之所以还有独立存在的价值,正因为它区别于新闻和故事,它不是为了陈述、猎奇、增加谈资或警醒世人,而更多的是进行人性实验,探求人性本质。乔伊斯认为这是小说和新闻之间的分界线。很多人的写作都求助于新闻题材、社会热点,试图模糊现实与艺术之间的边界,但有追求的作家不能止步于此,他需要看见生活下面坚硬、隐秘的部分;生活满足不了我们对精神世界的向往,人类才需要艺术、小说来探求生活的可能性,并经历自己想要的理想生活。通过虚构,人类可以寻找和体验生活中缺失的东西。

从这个意义上说,面对日常生活的文学书写是难度最大、要求最高的。日常经验繁复、芜杂、无序、易变,而现代小说又早已不满足于展示表面的生活,它要挖掘日常事件下的行为动机,发现内心世界里的秘密角落。东西曾说:"一个真正的写作者就会不断地向下钻探,直到把底层的秘密翻出来为止。"① 只是,生活中的那些动机和秘密是隐藏的,它不会自然显现,这就需要作家不断在叙事中制造各种意外和事件,让人生断裂、内心变异,露出人性的缝隙,把秘密呈现出来。所以伊恩·麦克尤恩说,小说的使命就是研究人性状况,而这种研究往往通向阴暗的地方。所谓研究,其实就是对日常生活的挖掘和窥视,以期在叙事与想象中重建日常生活的细节和结构,它的底色多半就是"阴暗",因为小说不再是日常生活的传奇,而成了对日常生活的仿真叙事。选择叙事的视角,雕刻人性的细节,编织情节的逻辑,这些都是为了更逼真地还原一种日常生活的真实。

现代小说的经典写法就是在一种细节流和生活流中再造"真实"。

相比之下,中国当代很多作家写的并非现代小说,他们仍然热衷于讲述传奇,无论是历史、家族的传奇,还是个人生活史的传奇,都是把读者带向"远方",通过故事所呈现的是他者的生活,阅读也成了是对好奇心的满足。现代小说不同,它是对人性的近距离逼视,也在辨析生活秘密的同时追问内心、审视自我。东西是不多见的几个敢于近距离逼视当代生活的作家。他的写作,写的都是当下生活,是普通人的真实日子,也是平庸人生的奇特段落,但他总能切开生活的断面,让我们看到被放大和夸张之后的人性。他是真正用当代材料来做人性实验的现代写作者。他的中短篇小说是如此,他的几部长篇小说也是如此。

《回响》②是东西的第四部长篇小说。和《耳光响亮》《后悔录》《篡

---

① 东西:《经典是内心的绝密文件》,《2015 中国散文年选》,李晓虹编选,花城出版社 2016 年版,第 249 页。
② 东西:《回响》,刊于《人民文学》2021 年第 3 期。人民文学出版社 2021 年出版。

改的命》不同的是,《回响》用了侦破小说的壳,一开头就写了一起命案,一个叫夏冰清的年轻女性被杀,抛尸于河中,右手掌还被切断,嫌疑人徐山川、徐海涛、吴文超、刘青、易春阳次第浮现。负责这个案件的警察是冉咚咚,她的先生是西江大学的文学教授慕达夫。东西在关于《回响》的创作谈中说,小说的结构安排上,"奇数章专写案件,偶数章专写感情,最后一章两线合并,一条线的情节跌宕起伏,另一条线的情节近乎静止,但两条线上的人物都内心翻滚,相互缠绕形成'回响'。这么一路写下来,我找到了有意思的对应关系:现实与回声、案件与情感、行为与心灵、幻觉与真相、罪与罚、疚与爱等等"[1]。但整部小说,比案件推理更内在的一个维度是情感心理分析。案件侦破部分写出了在欲望沉浮中的人性溃败,而对冉咚咚、慕达夫这对夫妻及其周边人群的深度心理分析,则让我们看到了当代人的情感困境和内心挣扎——生活在让我们大吃一惊的同时,自我也越来越让人觉得陌生且不可思议。认识自己,远比认识别人、认识生活更难。

《回响》里说夏冰清的父母患了心理远视症,"心理远视就是现实盲视……越亲的人其实越不知道,就像鼻子不知道眼睛,眼睛不知道睫毛"[2]。冉咚咚在一次和她同事邵天伟的交谈中,也说自己是"远视症患者,越近越看不清"[3]。而离自己最近的,就是自己的内心,所以,冉咚咚在分析案情、推理嫌疑人心理时表现出了极高的专业精神,但目光一转向身边的亲人,尤其是面对自己和慕达夫的夫妻感情时,就处于盲视状态。她无限放大以自己的敏感捕捉到的蛛丝马迹,让各种想象在自己的潜意识里上演,却忽略了每个人都有不愿让人

---

[1] 东西:《现实与回声》,《小说选刊》2021年第4期。
[2] 东西:《回响》,人民文学出版社2021年版,第7页。
[3] 东西:《回响》,人民文学出版社2021年版,第121页。

触碰的深层创痛，更看不到每个人都有一个本能的伪装层，还有因内疚而起的各种借口和掩饰，这也是人性真实之一种，不经追问、放大，它只是生活的潜流、基座，不会显露出来。而一个心理远视症患者，一旦从道理、分析中跳脱出来，体察到生命的种种情状，才会对生活和他人产生真正的同情、悲悯、宽恕和爱，如慕达夫在小说结尾处所说："感情远比案件复杂，就像心灵远比天空宽广。"① 而内疚正是爱的回响，《回响》就结束于"疚爱"，冉咚咚"没想到由内疚而产生的'疚爱'会这么强大"②，强大到足以让她与慕达夫历经各种猜疑、冷战、分离之后重新确认一种更内在的感情。

这部以案件开头的小说，对人性进行了各种探测和实验之后，终于又回到了一个温暖的主题：爱。"你还爱我吗？""爱。"③ 这是冉咚咚和慕达夫在小说末尾的对话，如此庸常而平凡的问答，却是他俩在各种内心折磨和创痛中积攒下的珍贵瞬间，这种爱，是矛盾和冲突后的内心融合，是有重量、有内涵的。

东西总是具有洞察和讲述这种人性秘密的能力。

谋杀事件本属于小概率事件，它的曲折、离奇，很容易被改写成一个通俗故事，但东西将这一事件限制在日常语境之中，案件的进展、人物的心理，都符合读者对人物日常经验的想象，甚至为了强化《回响》在心理分析上的真实感，东西还有意抑制了他惯用的夸张和变形的手法，使这部小说比之他以前的小说，更日常，也更绵密。日常叙事的难度在于，作者不能超出经验的边界，不能架空故事语境，它必须在读者熟悉的场景里层层推进，在一种情理逻辑里展开想象、推理人心。叙事转折必须有合理的理由，心理探寻的轨迹要螺旋式深

---

① 东西：《回响》，人民文学出版社 2021 年版，第 345 页。
② 东西：《回响》，人民文学出版社 2021 年版，第 346 页。
③ 同上。

人，这就要求作者在克服叙事难度的过程中不能取巧，不能为小说布置太多的巧合、偶然和戏剧性突变，而是要为人物和情节的每一种选择、每一次变化找寻坚实的理据，尤其是侦探题材的小说，更是讲究细节、对话、情理、逻辑的密实和准确，因为可信，才觉真实。

读《回响》，我常想起伊恩·麦克尤恩的小说，他也有不少以谋杀为主题的作品，如《无辜者》《坚果壳》，前者的主人公伦纳德和玛利亚在无意之中变成了谋杀者，本来无辜的人越陷越深，小的弱点被不断扩大，善良的人最后变得残忍，人性失去了所有的光彩；后者的主人公特鲁迪和克劳德是蓄意谋杀，而这两个普通的通奸者如何一步步走向杀人，作者同样为他们的行为和心理铺陈了很多微妙的转折。而麦克尤恩一贯的写作风格，当他把一个离奇事件变成日常事件时，会做许多写作准备，他要研究小说中出现的建筑、器物、食物、气味、职业、犯罪心理、人体知识、反侦查手段，甚至他小说中写到的一条隧道，他都去实地考察，他一次次把人物的心理、故事的情节逼入困境，又一次次为它们设置逃路；有时貌似已经走入死角、真相即将大白，但作者仍能通过他强大的逻辑能力和专业知识，为小说叙事的发展埋下新的伏笔。

把传奇写成日常事件，远比把日常事件写成传奇要困难得多。

东西的《回响》，也起源于一起谋杀事件，但东西的这部长篇比他之前的《篡改的命》要细致许多，这不仅是指故事的推进不像《篡改的命》那样夸张和荒诞，更是指东西为完成这一主题的写作，做了许多专业上的研究和准备，比如小说中涉及的办案和法律知识，比如犯罪心理学、精神分析学、情爱哲学等，这些专业知识的准备，为东西讲述那些案件和人际关系的细节，奠定了强大的真实感。庞德说，"陈述的准确性是写作的唯一道德"，汪曾祺也说过类似的话，语言的唯一标准是准确，但这种准确性是建基于了解、熟悉和专业上的。

以东西爱用的比喻为例。比喻是很能见出一个人的语言才华的,既要新鲜、独特,还要准确,才能让人信服,并为小说增加生趣。《回响》里有多处以钱为喻体的比喻就令人印象深刻。比如,"她已经憋了三年多了,再憋下去就要憋成内伤了,仿佛手里攥着大把的钱却不还欠债似的"①,"夏冰清父母说话躲躲闪闪,就像吝啬鬼花钱"②,"手指在裤兜里蠢蠢欲动,像急着数钱又不好意思当面数似的"③,"人一旦撒了谎就像跟银行贷款还利息,必须不停地贷下去资金链才不至于断"④……类似的比喻很多。在这样一个消费主义、拜金主义盛行的时代,以钱为喻体来描摹人物的动作,具有浓郁的时代气息,它准确、幽默、易于理解又充满反讽意味。又比如,在两性心理较量上,东西也有很多深入的理解。"有时你需要爱原谅恨,就像心灵原谅肉体;有时你需要用恨去捣乱爱,就像适当植入病毒才能抵抗疾病"⑤,"心虚者往往拿弱点当武器"⑥,"他说爱可以永恒但爱情不能,所有的'爱情'最终都变成'爱',两个字先走掉一个,仿佛夫妻总得有一个先死"⑦,"人心就是这么古怪,你强,她有负担,你弱,她也有负担,于是你只能不强不弱地活着"⑧,"相信,你才会幸福"⑨,"甘于平庸的人才是英雄,过好平庸的生活才是真正的浪漫"⑩,"你还有一个心理动机,就是仇恨转移。你在办案时痛恨徐山川玩弄女性……你混淆

---

① 东西:《回响》,人民文学出版社 2021 年版,第 26 页。
② 东西:《回响》,人民文学出版社 2021 年版,第 27 页。
③ 东西:《回响》,人民文学出版社 2021 年版,第 28 页。
④ 东西:《回响》,人民文学出版社 2021 年版,第 35 页。
⑤ 东西:《回响》,人民文学出版社 2021 年版,第 18 页。
⑥ 东西:《回响》,人民文学出版社 2021 年版,第 44 页。
⑦ 东西:《回响》,人民文学出版社 2021 年版,第 264 页。
⑧ 东西:《回响》,人民文学出版社 2021 年版,第 278 页。
⑨ 东西:《回响》,人民文学出版社 2021 年版,第 282 页。
⑩ 东西:《回响》,人民文学出版社 2021 年版,第 305 页。

了恨的对象,其实你恨的不是我而是出轨,你对我的恨至少有一半是受案件刺激后的情绪转移"①,"我说就像坐跷跷板,你不可能任由他把你跷到天上去,你能把你这一头压下来让跷跷板保持平衡,心里一定有个巨大的秘密,只是我暂时还没发觉"②……这些对话与独白,是对心理分析的熟稔,对人情世故的洞察,它为人物的心理动机布下了绵密的注脚。《回响》密布着这些生动的细节、专业的分析,故事才不会落入陈词滥调之中,貌似平静的日常生活也开始变得动荡不安起来,而这正是东西所要的叙事效果:随着案件的深入,他把一对平凡、美好的夫妻逼入绝境,对情感反复提纯的结果反而是让情感破洞百出,每一次的争辩、质疑、猜度,都为情感设置了一个新的分岔,每一个分岔都指向一种情感的可能,也都在稀释情感、模糊情感。这一次次的累积,最终就变成了一次化学反应,如果没有自省和内疚作为栅栏,再美好的情感都会随之崩溃。

这种逼近内心、逼近现实的写作,其实就是在建造一个人性实验室。人性是一种化学材料,特殊的环境或际遇就是试剂,对材料和试剂若能精准控制,就能得出一个全新的实验结果。写作的控制力,主要表现在对心理世界和语言细节的把握上,只有逻辑严密、细节精准才能逼视出人性隐秘的暗角,也才能更好地帮助人物认识自我。

《回响》一开头,当谋杀案发生,对不同人物的人性实验就开始了。案件这条线,尽管冉咚咚思维缜密、步步惊心,让凶手得以显形、归案,但她突然发现,按现在所获得的证据,所有当事人都找得到脱罪的理由:"徐山川说他只是借钱给徐海涛买房,并不知道徐海涛找吴文超摆平夏冰清这件事。徐海涛说他找吴文超,是让他别让夏冰清骚扰徐山川,而不是叫他杀人。吴文超说他找刘青合作,是让他帮夏

---

① 东西:《回响》,人民文学出版社2021年版,第266页。
② 东西:《回响》,人民文学出版社2021年版,第87页。

冰清办理移民手续或带她私奔,却没有叫他去行凶。刘青说他找易春阳是让他搞定夏冰清,搞定不等于谋害。而易春阳尽管承认谋杀,但精神科莫医生及另外两位权威专家鉴定他患间歇性精神疾病,律师正准备为他作无罪辩护。"①这是现有证据下所显示出的一条人性的明线。但冉咚咚心有不甘,她想这么多人参与了作案,到头来只有一个间歇性精神错乱者承认犯罪,"这严重挑战了她的道德以及她所理解的正义"②,后来,她在徐山川的妻子沈小迎身上找到突破口,终于真相大白。沈小迎的录音证据把整个案件隐藏的那条人性的暗线全部翻出来了,案件远比我们想象的复杂,人性也比我们想象的更暗黑。

而情感这条线,冉咚咚与慕达夫恩爱有加、平静美好,一开始,"她对他不要说怀疑就连怀疑的念头都没有,仿佛年轻的皮肤上没有一丝皱纹,空旷的原野没有一丝风"③。但因为慕达夫有两次在宾馆的开房经历说不清,裂缝出现,人性的实验也开始了。一个自称的无辜者,经过各种调查、审问,疑点越来越多,猜忌越来越大,信任越来越稀薄,感情越来越别扭、不堪,最终两人签字离婚。在误会、伤害、厌弃的另一端,理解、体恤、内疚也在生长,小说的最后,两人在内疚中重新找回了爱的力量。小说中情感的每一次裂变,都得到了各种合理的心理动机的支持,但最终的结果是使感情走向了自己所希望的反面,如冉咚咚所说:"我怎么会变成这样?明明被他感动了却对他恶语相向,明明自己输了却故意对他打压,我是输不起呢还是在他面前放肆惯了?我怎么活成了自己的反义词?"④意识到这一点之后,冉咚咚开始一点点警觉、反省、松弛、释放。

---

① 东西:《回响》,人民文学出版社2021年版,第336页。
② 东西:《回响》,人民文学出版社2021年版,第338页。
③ 东西:《回响》,人民文学出版社2021年版,第54页。
④ 东西:《回响》,人民文学出版社2021年版,第204页。

这个或许才是《回响》的叙事重点：在貌似有序、美好的生活世界下面，还隐藏着一个深不可测的心理世界，它禁不起追问、深挖、逼视，因为在每一个人的心理世界里，都有混沌不明、阴沉晦暗的角落，一旦获得某个诱发的契机，它就有可能滑向深渊、制造罪孽。人性每走一步，都可能是源于一个念头、一个瞬间或一个暗示，好的作家是捕捉每一个念头、瞬间和暗示，让它成为人性实验的试剂，让人性在合理的逻辑里发生不可思议的裂变、逆转、坠落或升腾。《回响》里的人物，都是普通人，他们本可以波澜不惊地活着，可他们的生活之所以被摧毁，就在于出现了一些戏剧性时刻——夏冰清烦徐山川，徐山川叫人摆平夏冰清，于是这个"摆平"被层层转包，徐海涛、吴文超、刘青、易春阳都被卷了进来；而作为这一案件的"回响"，冉咚咚、慕达夫、邵天伟、洪安格、贝贞等人的情感纠葛也变得错综复杂起来。每一个决定性瞬间的出现，都让人性偏离一次固有的轨道，而有些人性弱点更是直接将人导向罪恶的深渊。几乎每一个人都被这些人性的弱点和生活的烦恼裹挟着往前走，一个陌生人的闯入，一件事情的回响，都可能把生活的裂缝越撕越大，直到把生活全部摧毁。

每个人都是平凡而充满缺陷的，但多少平凡而充满缺陷的人生就是这样被摧毁的。《回响》写出了这个人性裂变的过程，在那些最普通的日子里，美好、宁静被一点点侵蚀，这种不经意间发生的情感、心理变化，令人惊恐，也令人绝望。

哲学家齐泽克说过一句话，叫"真实眼泪的惊骇"，是说在日常感受力最敏感、丰盈的时刻，往往是最具神思的时刻，此时，当你凝神注视，很多曾经熟视无睹的事物就会翻转，变得陌生，而生命中最重大的问题由此就会浮现出来。东西的《回响》，就写出了这种"真实眼泪的惊骇"，写出了日常生活的深渊，也写出了心理世界的幽暗和裂变，同时，他还通过因自我认识的挺进而产生的醒悟与内疚，测量了人性的底线,并重铸了爱的信念。他对人性的分析、探求、认知,以及他对人性残存之希望的守护,在中国当代作家中不仅独树一帜,而且也是走得最深、最远的几个作家之一。《回响》不仅是东西迄今为止最好的小说,也是这两年我读到的中国小说中极为生动、绵密、厚实,也极具写作抱负的一部。

◎ 最初发表于《南方文坛》2021年第4期

# 受难者的精神启悟

## ——论《镜中》

艾伟是一个对写作有自己独特思考的作家。一方面,他以小说的方式书写人类内心的复杂经验,另一方面,又不断地通过创作谈的形式来辨明何为自己所追求的写作。艾伟的很多小说,都有观念先行的痕迹,但他的写作,又不是简单地图解自己的观念,而是在找寻一条日常经验和思想经验相融合的路子,以此探索一种有重量的写作。好的写作,往往是有思想光彩的,也不惧主题先行,重要的是,作家找到自己切入世界的角度,并以自己所创造的形象来有效诠释"主题"。只是,二十世纪九十年代以来,中国当代小说多半是对日常生活的关注和张扬,作家们主要遵循的是经验主义和感觉主义的写作路径,背后不乏经验崇拜和感觉崇拜的影子,这种叙事中的日常性和细节流,对于救治一种大词化、空洞化的写作是有力的,它在语言中所建立起来的实感,也是塑造个体真实性的重要基础。但是,仅仅由感觉和经验所构成的写作实感,很快就面临着一个根本的困境,那就是构成写作的那些经验有高度同质化的趋向。

直接经验是有限的,它常常是贫乏的代名词,因为以实事为准绳的自然思维,只能创造一个经验的自我,很难创造出那个精神的自我;写作除了自然思维,有时还需有哲学思维,才能在实事、经验之中完成对经验实感的内在超越。

正是在这个意义上说,艾伟这种带有哲学思维的写作,在当下中国尤显珍贵。他非常清楚,写作不能只沉迷于经验之中,而是要在驳杂、丰富的经验丛林里提纯出心灵的形状,进而为人类的精神塑形。"中国人的经验世界无疑是庞杂而丰沛的,如何去处理这个无比丰盛的经验世界,并从中找寻出属于中国人的内心语言,是一桩极其艰难的甚至是开拓性的工作……我们都有责任去探寻一个最基本的问题,即身为今天的中国人我们生命的支柱究竟是什么,中国人的心灵世界究竟有着怎样的密码,我们如何有效地具有信服力地打开中国人的精神世界并找到中国人的'灵魂',我觉得这一切还是值得作家们去探险的。"① 在经验与灵魂之间往返,写作既不能无视经验的塑形意义,也不能搁置灵魂问题,而是要尽可能地在经验之中建立起一种象征方式,让更多读者意识到生活下面还有一个隐秘的精神地带,那就是文学所要追索的广阔的心灵世界。艾伟很早就声称自己"是有志于'心灵问题'的","我希望在小说里展示世态的多极性,不能老是盯着那所谓的恶,要写出世界的丰富和价值的多极来"。② 这种价值省思,使得艾伟的小说从一开始就具有负重的面貌,比如,他的第一部长篇小说《越野赛跑》,在叙事艺术是先锋的、探索的,他想突破艺术的常规,但过重的隐喻色彩,又使得他笔下的人物多少有点概念化,人物应有的丰富性和复杂性远远不够。

艾伟把自己这种隐喻指向过于清晰的写作称为"寓言化写作",并很快对这种写作作出了调整和反思。转折性的作品是《爱人同志》。《爱人同志》更重视人物内心的展开,它执着地挖掘人物的内心世界,甚至不断深入人物的潜意识世界,这部内心化程度很高的小说,因

---

① 艾伟:《中国经验及其精神性》,《扬子江文学评论》2020年第4期。
② 艾伟、何言宏:《重新回到文学的根本——艾伟访谈录》,《小说评论》2014年第1期。

为人物立住了，作者在这部小说中所赋予的"寓言性"也获得了支撑。《爱人有罪》强化了这种写作方式。艾伟把罪与罚、自责与受虐这样的精神性母题，具体安置在鲁建这个人物身上，人物内心的深度就成了他要探讨的人性主题的深度。一直到《敦煌》，艾伟所探究的仍是中国人的罪感和耻感、欲望和道德的微妙关系，那些灵肉合一的故事，隐藏着人物对欲望的深度思考和对自我的艰难辨认。人性斑驳、复杂、多变，受难者的隐秘快感，施虐者的痛苦沦落，爱与恨在极点的交缠转换，人类赖以获得秩序感的安稳日常与赖以证明存在感的官能刺激的剧烈矛盾，给读者带来的是极致而精微、荒诞又逼真、失重且深沉的阅读体验。人的内心深处的许多暗疾，好像都被艾伟打开了。"小说最重要之处是对人的想象。如何有效地打开人物内部，并建立可信的平衡感（其中蕴含有各种价值的混响），或许是构建小说和人物复杂性的方式之一。"① 而要实现对人的重新想象，最关键的是要越过生活那些平庸的表面，要善于在那些不经意的细微转折处发现人性的黑洞，从普通的日常性出发，但不放过任何一个细节，透过生活的表层，看见那个隐秘的核心，发现生活的不可思议，也惊叹人性的神秘莫测。

艾伟在写作中一直扮演的是质疑者和追问者的角色。他怀疑一切貌似合理的事物，尤其在那些生活惯性下作出的抉择，很容易获得人群的认同，但小说家所要反抗的正是思想的陈规，他要清理那些支配着我们生活的僵化看法，从而开辟出一条人性的小径，发现惯常生活下令人惊讶的一面。多数人面对自身的迷茫和生活的繁杂，都渴望找寻到一种已成定论、普遍有效的精神秩序或思想答案来安顿自己，世界正是这样被固化和机械化的。文学写作就是要反抗一切思想的定论，并对任何试图把生活秩序化、机械化的力量保持警觉。"小

---

① 艾伟：《光亮与阴影以及平衡感》，《文艺报》2021年3月31日。

说是各种各样观念的对立面,是我们这个日益坚固的世界的对立面,是整齐划一的对立面。小说用自己的方法刺破我们习焉不察的、日渐麻木的惯常生活,照见我们习以为常的观念和生活的某些荒谬一面。当文字在某种程度上刺穿庞大而坚固的观念堡垒时,小说就可以将无限活力和可能性归还给生活,从而将自由归还给人类。"① 没有质疑和追问的写作是肤浅的,只相信一种价值就意味着交出人物的灵魂;灵魂的阴影、人性的幽深,都是在怀疑、分析、勘探、拷问下才一点点显形的。

《镜中》就是一部在怀疑和追问中不断向人性深处掘进的长篇小说。

故事发端于一个日常的悲剧事件。庄润生的妻子易蓉开车时发生车祸,车撞向了钱塘江大桥,一对儿女(一铭和一贝)在车祸中丧生,易蓉自己重伤住院并完全毁容。车祸的突然发生,彻底打乱了小说四个核心人物——润生、易蓉、世平、子珊——的生活,原先貌似平静的人生,开始呈现出各种不为人知的部分,生命自身的敏感和脆弱,爱与罪的深度缠绕,恨的滋生与释然,一直贯穿在《镜中》的叙事里。这部长篇的人物关系并不复杂,但艾伟的写作旨趣仍然是在人物的内心,他想探测一个人对苦难的承受能力,试图写出宽恕的力量,并探寻一条从受难走向救赎的道路。

最痛苦的是易蓉。她是一个母亲,这个因为自己的过错而失去了两个可爱孩子的母亲,内心的负罪感是可想而知的。孩子没了,自己所珍爱的美(容貌)也毁灭了,易蓉生无可恋,她无法再面对这个世界,也无法再面对自己:"一铭和一贝的离去已把她打入地狱,如同她对润生说的,是她亲手害死了他们,她是个刽子手。她并没有对润生说出'刽子手'三个字,但在心里她这样对润生承认了无数遍。也

---

① 艾伟:《文学的内在逻辑》,《花城》2021年第4期。

许她只配拥有骷髅一般的鬼脸,像鬼一样在人间生活,不配再成为一个人。"①这种深重的愧疚和自责,让出院后的易蓉留下一封信后选择了自杀。她自杀前,回到了养母的老宅,那些过往的时光又回来了,纷繁的人世,混杂着污秽和美好,再一次蜂拥而来,她好像又经历了一次闪回的人生,但她在这个世界所得到的终究不过是空无。

  负罪感接踵而来的是庄润生。易蓉和孩子们出车祸的时候,他正在酒店和情人子珊幽会,手机关机了。易蓉出事后打不通他的电话,这是润生第一重的负罪感;很快,他在一个偶然的机会查看监控后发现,自己那天和子珊幽会的情形,易蓉和孩子们原来都看到了,他的负罪感更重了。在医院的时候,易蓉直愣愣地看着他,这目光仿佛是在解剖他,里面不仅有哀伤,也有对他的审判。"至此,润生明白他是所有不幸的源头。他意识到自己罪孽深重,不可饶恕。"②之前,他因为了解到是易蓉酗酒导致了车祸,有那么一刻,对易蓉的仇恨缓解了他的愧疚感,似乎恨可以转移负罪,但润生发现易蓉的酗酒是在怀疑他和子珊出轨之后,罪恶感又重新淹没了他。他也想到了死,并以打火机烧炙手心的自虐方式,来体会疼痛的感受,"他听到手心的皮肤发出滋滋声,好像猪油落在不粘锅里发出的声音。他几乎没有感到疼痛。有一道光进入了他的脑子,好像他的头脑此刻正在燃烧"③。他与子珊很快就断了关系,并送子珊出国,然后在远方的乡村建了两所希望小学(分别用自己死去的孩子来命名这两所小学)。整个过程,润生任由伤痛从他的体内苏醒,无助、悲伤、愤怒、孤寂以及仇恨交织在一起,如影随形,像一个巨大的黑洞。

  内心的磨难真正开始了。后来润生在中缅边境被关押在监狱,历

---

  ① 艾伟:《镜中》,浙江文艺出版社 2022 年版,第 39 页。
  ② 艾伟:《镜中》,浙江文艺出版社 2022 年版,第 87 页。
  ③ 艾伟:《镜中》,浙江文艺出版社 2022 年版,第 25 页。

尽劫难，以及接受山口洋子的设计任务，苦思超脱之道，其实都是艾伟为润生预设的走向救赎之路。生病，酗酒，精神分裂，在死亡的边缘挣扎，润生正是通过这种自我惩罚来缓解内心的罪感的，而真正让他获得释然和拯救的，主要还是做志愿者、做慈善，通过爱的付出来补偿内心的思念和负疚，以及在工作中不断体悟建筑美学所蕴含的某种神秘的宇宙意志对内心的抚慰。即便后来他读到易蓉自杀前留下的信，知道妻子与好友甘世平有私情，两个孩子也是他俩所生，几次都动了报复甘世平的念头，最终还是因为看到了一束光而放弃；在宽恕别人的同时，润生也宽恕了自己。

子珊的负罪感是她觉得自己介入了润生和易蓉的婚姻，润生儿女的死，令他们之间无法再续旧情，障碍如此清晰、确定，如同一座大山横亘在他们之间，他们再也回不到从前那种单纯的关系了。"从前中间只有易蓉，他们可以假装忘记，现在完全不一样了，润生儿女的死亡令他们的关系沉重到难以承受。"① 子珊后来远赴重洋，在美国有了新的恋人，但内心却从未安宁过；她知道润生遇险的消息后，费尽周折前往缅北监狱救出润生，并帮他完成具有象征意味的动画稿制作，也可视为她的自我救赎的方式之一。

甘世平的悔悟似乎是最迟到来的。这其实是叙事制造的错觉，甘世平早就和易蓉有了私情，易蓉主动迎向他，他也很快就爱上了她。因为中间有一个润生在，他俩在欢悦的同时，内心也充满矛盾，尤其是甘世平，既迷恋易蓉的身体，又害怕伤害好兄弟润生，心里一直是冲突的、挣扎的。"世平自己都感到不可理解，他对易蓉抱有如此强烈的执念和热情，有时候他觉得自己像一只寻找某种幻觉的赴火的飞蛾。这世上有些事没有道理可讲，道理是一回事，但身体比道理更顽固。他和易蓉的约会成了世平情感生活的全部，那些曾经折磨着他的

---

① 艾伟：《镜中》，浙江文艺出版社 2022 年版，第 29 页。

对润生的内疚感随着时光的流逝变得日渐淡漠。"① 差不多就在这个时候，车祸的惨剧发生了，甘世平一边照顾情绪低落的润生，一边忍受着愧疚感的暗中折磨。待他看到易蓉的邮件，再面对润生，他知道自己接受命运审判的时候到了。他没有逃离，而是以一种死的决绝来面对过去，他比任何人都更想救赎自己。而知道真相后的庄润生，有两次都想杀死甘世平，一次是在青岛潜水，脚抽筋的润生缠紧世平的脖子，想在海底掐死他；另一次是在日本打猎的时候，润生拿着猎枪对准了世平的脑袋，但世平不仅没有回头，还体会到了一种轻松感，"闭着眼睛等待润生给他致命的一击。他觉得这是他应得的，他松了一口气，也许从此后可以得到彻底的解脱"②。最终，润生选择了原谅，尽管他的内心并没有完全放下仇恨，但他把那道光看作神对他的启悟，他隐约觉得，该和这个世界和解了，这也是自我救赎的唯一通途。可是，甘世平的自我救赎还没有完成，为此，《镜中》专门设计了一次地震，润生的房间因蜡烛晃倒发生火灾，而长期服用安眠药的润生一直在昏睡之中，是甘世平冒死冲进大火中救出了润生，而他自己却因伤势过重，并在住院时自行拔管而死。世平在肉身上救了润生的命，也在精神上救赎了自己。

死者已逝，但生者仍在精神的磨难之中。子珊在美国怀孕之后，陷入了更深的焦虑；去云南支教的冯臻臻被强奸而致怀孕，被迫落户当地，她当初怀着理想而来，收获的却是家暴和悲伤；润生看似在与神秘力量的会意中，获得了某种抚慰，内心其实并没有实现真正的疗愈和解脱。尽管艾伟在《镜中》让润生设计禅院，并与释慧泽方丈谈论佛学；让润生遇见光，并在建筑美学中体悟一种宇宙意志，这个科学主义者，也开始相信命运和最高存在者；让润生把《给世界的遗书》

---

① 艾伟：《镜中》，浙江文艺出版社2022年版，第330页。
② 艾伟：《镜中》，浙江文艺出版社2022年版，第368页。

改成《给世界的情书》,表明他不再是一个望断一切的绝望的灵魂,而是又一次开始对世界用情。一种绝望从哪里开始,一种希望也从哪里准备出来,但润生的这种希望,是个体对宇宙意志的体悟,更是对人世的一种重新想象。

这并不是解脱,很可能是新一轮受难的开始。

《镜中》最可贵之处正在于此,它没有轻易消解苦难,而是充分肯定了受难的意义。没有经历内心的磨难,易蓉、子珊、世平、润生等人,都只是一个在情欲中沉浮的轻浅的个体;是苦难的逼视、内心的负罪,让他们开始意识到有一个内在的我,这个"我",从静默无声到日益不安,从自我审判到寻求解脱,最后到了以死来救赎自己的境地——个体的完整性正是在这个过程中建立起来的。"小说家总是要质疑这种看似正确的观念,要反思这种概念下的人,进入到个人的地带,当我们进入个人地带时,我们才能发现人之为人的一切。"① 在黑暗中发现光亮,在深渊里看见希望,既直面个体的破败,也积攒人性的暖意,正如润生历经九死一生之后,伤痕犹在,不同的是,多了苦难所馈赠的悲悯和智慧。现实和精神就这样互为镜像,在现实中失去的,在精神里了悟,这是个体的心灵历程,也是一种生命的循环,是命运,也是一种带着绝望的希望。

所以,《镜中》反复提及"镜子"这个意象。"山口洋子的家庭悲剧像是润生的一面镜子","司机就是一面镜子","润生像一面镜子一样矗立在子珊面前",镜子照见各种事物,但更多的是照见自己;人与人、人与世界、人与自我其实都是一种镜像关系,所谓的他者,都可以成为自我的镜像,既真实,又虚无。通过养母,易蓉看见了自己;通过易蓉,世平看见了自己;通过世平,润生看见了自己;通过润生,子珊看见了自己。易蓉的死,让润生埋葬了过去的自己;世平

---

① 艾伟:《文学的内在逻辑》,《花城》2021年第4期。

的死,却让润生获得了新生。镜子的特点是一而多的,从自己身上看见他者,从他者身上又看见不同的自己,生与死、光与暗、美与寂灭、堕落与救赎,不断互为镜像,又不断逆转,精神正是在这种螺旋式的结构中上升,但它最终会去往哪里,艾伟却拒绝给出答案。尽管小说里的省思,指向了佛禅的宁静,但又不是简单的对佛禅的皈依,而更像是对这样一种精神旅程的自我确证。

在润生关于长崎项目的设计图中,就可看出他对自己所走过的人生的回望:"在青年的野心部分,润生保留了巢穴主义时期令人骚动不安的、混乱的、和宗教秩序相悖的光线;到了那个至暗时刻,光线变得幽暗,暗示这个人(未来的参拜者)怀着未能解脱的苦和恨,怀着生命的无解,怀着对至高的怀疑,以及自我的无助感;然后这个人来到佛前,光线变得明亮而平和,佛在光线下,沉静慈祥,无悲无喜,而这个人得到了大欢喜",这是为日本的山口洋子所设计建造的道场,润生希望更多人由此能"领悟到建筑其实和个人生命体验息息相关"。[①]作为著名建筑师的润生,是想通过建筑来探寻精神的解脱之道,而建筑所暗合的宇宙意志对他的启悟,让润生有了重生的感觉,这种自我救赎的完成,意味着他开始接受和理解来自人世的一切污秽与高尚、黑暗与光明,就像他设想在长崎道场里摆放的那尊四面佛像,当人们穿过海水底下或黑暗或色彩斑驳的隧道后,"突然站在光之下,看到这样一尊既有天真相,又有温柔相,又有恐怖相,又有自在相,一尊既人间又圣洁,既复杂又单纯的佛像"[②]——佛像的多面,喻示人世的纷繁与复杂,只有重生的人,才能平静地打量这一切,并宽恕一切,超越一切。

《镜中》所写的大量关于建筑的构思、想象与喻指,也是这种精

---

[①] 艾伟:《镜中》,浙江文艺出版社2022年版,第290页。
[②] 艾伟:《镜中》,浙江文艺出版社2022年版,第396页。

神省悟的引申。光影，潮汐，风向，所有的细节都在影响建筑的设计风格，而那些伟大的建筑，不仅在模仿世界的美，更是在呈现令人震惊的宇宙意志。润生的内心，从波澜起伏到平静如水，与其说受了佛的启悟，还不如说是被这种宇宙意志所征服。从这个意义上说，《镜中》既是对人与宇宙意志相遇合的深情期盼，也是对受难与救赎这一人类精神母题的中国式探寻。

◎ 最初发表于《南方文坛》2023年第3期

# 从声音出发的写作

——论《金墟》

一

熊育群的长篇小说《金墟》是这样开头的：

> 新的一天是从声音开始的。
> 司徒誉打开房门，司徒氏图书馆的大钟就敲响了，钟声跟约好似的。幼儿园开始播放儿歌，镇政府大院同事们的小车嗡嗡开进来，马路上店铺卷闸门"哐当"作响，斜对面关帝庙的钟突然被人撞响，一家石材店传来电锯声，声音像氤氲的雾气，在清晨弥漫。①

"钟声"是全书的关键词之一。它代表一种现实时间的存在，也代表一种历史经验的回响。当钟声响起，历史和现实似乎就碰撞、会合了，它有时悠远，让人不由得怀想起那些沧桑的岁月；有时又像是一种轰鸣，似乎在暗示着现实的沉重和尖锐。钟楼在图书馆的顶上，加上图书馆，有四层楼高，是《金墟》所写的赤坎镇上的标志性建筑，

---

① 熊育群：《金墟》，《花城》2022年第6期，北京十月文艺出版社、深圳出版社2022年版，第1页。

即便今天看来，也仍然气势巍峨。熊育群以"钟声"开篇，中间又不断让钟声响起，这个意象贯穿小说始终，很显然，钟声在小说中寄寓着心情、人情、世情，"世事皆变，唯有这座钟不变，'咔嚓、咔嚓'声穿越朝朝暮暮，像个昼夜不曾停息的行者，走向暧昧不明的未来。这是世界上永恒的声音，把一种恒定带给了人间"①。尽管《金墟》写了现实的纷乱，旅游开发，古镇再造，原住民与投资方的角力，文化遗存保护与现代性变革的冲突，等等，但熊育群想说，喧闹的现实事象背后，终究还有不变的、恒定的价值基座，它是中国文化在历史中的绵延，也是人心那涓涓细流在尘世里的呈现。

"钟声"就是恒定价值的象征符号之一。

《金墟》最初想取名"双族之城"，熊育群曾以此作过一篇同名散文，写的就是这个地处开平县的赤坎镇。这个镇曾被评为中国历史文化名镇、全国重点镇，也是首批中国特色小镇，是著名的侨乡，至今保留着大量中西合璧的特色建筑。"赤坎的历史非常独特。两大家族关氏、司徒氏于南宋时期先后从中原迁徙而来。明代关氏参与了上川岛海上丝绸之路的走私。清代两族在潭江边开埠。鸦片战争后，有人到美国西部淘金，又修建太平洋铁路。古镇正是他们赚钱后修建起来的——一座欧陆风格的城池在潭江左岸出现了。同一时期，华侨兴起碉楼建设热，如今开平碉楼被评为世界文化遗产。"②更名为"金墟"之后，仍有一条小说的主线，是写两大家族的故事，写他们是怎样造就这座小城的，"小城是一座罕有的家族之城，由两大家族竞争与合作得来，两大家族主导着宗族传统文化向现代城市文明的转型"③。面对一个如此实证的背景，写散文不难，但要写成小说，难度是很大的。

---

① 熊育群：《金墟》，北京十月文艺出版社、深圳出版社2022年版，第23页。
② 熊育群：《抹去虚构与非虚构的边界》，《长篇小说选刊》2023年第1期。
③ 熊育群：《双族之城》，《人民文学》2018年第2期。

如何虚构故事？如何设置冲突？如何处理那些实有其名的人与事？《金墟》还是广东省作家协会"改革开放再出发"深扎创作项目之一，类似题材的写作，必然有清晰的价值指引，这些都决定了作者不能天马行空地虚构，他必须接受现实框架的约束。

熊育群在写作之初，也意识到了这个困难：

> 我踌躇着，用不用真实的地名、家族名和现实事件：不用，会失去很多精彩的内容，特别是小说求"真"的品性、真实的气息；用的话，如何处理小说与现实中人和事的关系，我可能会被卷入现实的矛盾中。再者，小说是虚构的艺术，虚构与非虚构的关系又将如何处理？我想到了库切的《耻》，它写得极其逼真，同时小说味又十分浓郁。我想尝试把虚构与非虚构打通。这对虚构提出了极高的要求，要让虚构无迹可寻，让小说真实得像非虚构作品，还要确保它纯正的小说味，这无疑是一个巨大的挑战。①

要完成这个挑战，并不容易。赤坎镇是一个神奇的地方，可是当小说的主要人物司徒誉出场，开始面对的就是坚硬的现实了。司徒誉要把赤坎镇恢复成古镇的样子，打造成有侨乡风格的智慧小镇、人文小镇，不仅要让它成为粤港澳大湾区古镇文旅旗舰项目，还要让它成为在国际上有影响力的华侨华人交流平台。这种大项目一旦启动，各路人马就都来了，议论纷纷，暗潮汹涌。政府是主导力量，镇长司徒誉挺立在最前面，他支持这个项目是要赌上自己仕途的，但他义无反顾，身上鼓荡着一种改革精神。不可避免也有冲突，司徒誉内心的

---

① 熊育群：《抹去虚构与非虚构的边界》，《长篇小说选刊》2023年第1期。

压力更是可想而知,但基于小说是在写一个真实的地方,一群真实的人,作者根本无法把冲突设置得过于尖锐,更不能毫不容情地把人性的暗黑深挖出来;担心人物"对号入座"式的预设想象,严重制约了熊育群的写作自由,他在许多地方欲言又止,许多冲突都淡化处理,即便有价值撕裂,也会被轻轻地缝合起来。小说写得波澜不惊,迹近于纪实,那些大开大合、旁逸斜出的东西自然就少了。

小说的实感,是它赢得读者阅读信任的基石。

无实感,就无情理的逻辑,也无通往读者内心的那些细小丝线,过于空疏的叙事,无法建立起小说的物质外壳。小说只能立在实有的事实感上,它的核心是细节、经验、情理和逻辑的交互印证。可小说又是虚构的艺术,如果太实了,难免会失了想象的愉悦感,精神上本应有的神采飞扬的东西也会黯淡,那些匍匐在地上的写作,飞腾不起来,原因正在于此。受困于现实事象,顾虑于真实人事,想象力永远在日常经验的层面上滑行,这样的小说写的不过是事实,而并非现实。现实是事实和精神的总和,显在的层面,是事实的堆积,潜在的层面,是一种严密的精神结构,后者推动前者,后者也塑造前者。好小说总是能越过事实,看到它背后的精神图景,它对现实的抽象、变形和改造,也是为了更好地抵达一种精神真实。"物质和精神如何平衡,虚构与现实如何交融,这是艺术的终极问题。好的写作,从来都是实证精神与想象力的完美结合。"①

熊育群显然意识到了过于写实所带来的叙事困境,他需要通过一种悠远、诗意的想象来解放故事,以实写虚,让叙事的方向不断朝向历史,朝向未来,朝向那个若隐若现的文化意义上的古镇,才不会受困于现实的汤汤水水。于是,他写钟声,月光,雨珠,落叶,木棉花,

---

① 谢有顺:《现实、想象与实证》,《福建论坛》2019年第2期。

这些渺远而虚无的事物，为《金墟》打开了另一个空间，一个和古镇的现实纷扰完全不同的空间。正因为有这空间的存在，《金墟》才具有了小说应有的艺术品质。

## 二

《金墟》最具文学性的部分，就是那些由实向虚的声音描写。

小说需要警惕只有一种声音存在；独语的小说是单调的，多声部的激荡、争辩、和解，才是小说的魅力所在。坦率地说，《金墟》里重点写到的古镇改造，文旅产业发展，住户拆迁，官场人际关系的较劲、倾轧，等等，这类题材并不鲜见，甚至熊育群写的，比其他作家写的还要温和许多，至少没有上演暴烈事件和煽情戏份，一切都在可控的范围内缓慢展开。但是，实写一个地方的真实发展过程，加诸作家身上的规范是很多的，比如，小说中反复出现的市委书记、组织部长、宣传部长，甚至镇书记、镇长，落实在具体时段，都实有其人，熊育群下笔之时，不可能不顾虑重重。写作一受拘束，小说是很难写好的，这是一个矛盾，因为小说的情节设置要夸张、扭曲，冲突要剧烈，要把苦难不断堆在好人身上，要让恶人露出獠牙，要把美撕裂给人看，要让命运走向悲剧，要让失败成为人生的常态，要让希望变得极其渺茫，要历尽苦难而仍然坚韧地活着——这些，《金墟》迫于现实考量，都无法放开写，它的故事也就谈不上好看。但《金墟》仍有动人之处，那就是在城镇建设这个主流、响亮的声音之外，熊育群还写到了很多不经意的细小事物、细小声音，它能让人从过度写实的语境里超脱出来，进入人物的内心。

还是说钟声。"钟声从天井上空传来，阳光和清凉的风也从天井上下来，庭院里的月季、络石藤、簕杜鹃和爬山虎，仿佛受了钟声的催促和激励，一丛丛一片片，充满勃勃生机。"①这样的描写告诉我们，钟声已经融入了赤坎的日常生活，它更像是赤坎自然生态的一部分，如同阳光与植物，生生不息。敲钟人司徒不徙负责打理钟楼，每周给大钟上一次发条，擦拭各种形状的金属器件，给铁链上油。在他看来，"'咔嚓、咔嚓'的响声从不停息，像膝下承欢的儿女"，"它们不是冰冷的器物，是彼此懂得的老朋友"。②司徒不徙九十岁了，他转动大钟的手柄越来越吃力，这如同眼前这个老去的古镇，透着一种荒凉和寂寞，"他跟大钟在一起就是跟一生的往事在一起，只有它陪伴他穿越一生的时光"③。小说回忆了钟楼落成典礼时，司徒不徙第一次听到钟声的情形：

> 从此，每一次大钟敲响，他都有一种愉悦的心情。他在钟声里醒来，在钟声里来到学堂，在钟声里摇头晃脑背诵，在钟声里下课，在钟声里端上香喷喷的米饭，在钟声中入眠，甚至梦里也是钟声。时间一长，没有钟声相伴，他会隐隐不安。④

钟声深深嵌入了司徒不徙的人生。这个人物的设置很有意思，他的身上，连接着历史和现实，但他终究难以适应时代的巨大变化，他的主要工作是回忆，"他在往事中穿梭，有无数的歧路，有无数人的面孔，在一个幽深的时空气球一样漂浮，有时彼此遮蔽，彼此混淆，某些遗忘太久的脸庞浮现了尤其感到亲切，匆匆忽略他们之后，他还会回过头来寻找"⑤。"同龄人一个又一个离开他，他越来越孤独，唯

---

① 熊育群：《金墟》，北京十月文艺出版社、深圳出版社2022年版，第23—24页。
② 熊育群：《金墟》，北京十月文艺出版社、深圳出版社2022年版，第22页。
③ 熊育群：《金墟》，北京十月文艺出版社、深圳出版社2022年版，第23页。
④ 熊育群：《金墟》，北京十月文艺出版社、深圳出版社2022年版，第40页。
⑤ 熊育群：《金墟》，北京十月文艺出版社、深圳出版社2022年版，第26页。

有走进钟楼,向时间俯身,向它臣服,去寻得一份安宁。"①司徒不徒与钟声仿佛合体了,这个事实,寄寓着作者对一个时代的敬重和缅怀;那个反复出现的钟楼、不断响起的钟声,一次次提示,历史不会消逝,它只会以它独有的方式参与对现实的重构。

《金墟》中写的那些名利、情爱、事功,一旦与现实人事胶合在一起,似乎只剩占有和争夺一途,若想要超越出来,必须学会倾听钟声,只有这个悠远的声音,能把人从现实中升腾起来,回到真实的内心。钟声是历史的一部分,也是文化的一部分,它象征天空和远方。我们经常说,文化是乡愁,在《金墟》里,钟声也是一种乡愁,也具有抚慰人心的柔韧力量。尼采说历史具有治愈创伤、弥补缺失、修复碎片的文化"可塑力",能将过去的、陌生的东西与显在的、亲和的东西融为一体;《金墟》里的钟声,就如同历史,也具有同样的文化"可塑力",它能把一个个涣散的人心重新召回,让他们都回到一个曾经完整的世界里。

司徒不徒就是一个有自己完整世界的人。尽管同龄人不断离去,他越来越感孤独,但只要走进钟楼,他就走进了自己的完整世界。那一刻,司徒不徒是幸福的。

《金墟》花很大篇幅写民国十五年的赤坎城建设,就是想重现一个有历史感的完整世界。赤坎镇上两个家族的竞争与投入,共同造就了小城的辉煌。两个家族先是争土地,后来是拼文化;司徒氏先盖了一座图书馆,关氏接着也盖了另一座图书馆,因为两大家族都重视文化,赤坎镇培养出了大批人才。他们在北美的拼搏史和家乡的建城史,是一段已经逝去的时光,但对这段时光的追忆,也可映照出新时代赤坎城镇建设的曲折和艰辛。小说有意建构这个历史维度,让以司

---

① 熊育群:《金墟》,北京十月文艺出版社、深圳出版社2022年版,第27—28页。

徒文倡和司徒誉为代表的司徒氏两代人彼此呼应，其实是想揭示，没有历史的现实是不完整的，而没有现实的历史，也不会有未来。

不妨对比一下司徒誉在小说末尾听到钟声时的感受：

> 钟声在潭江两岸震荡，他把它想象成怒放的鲜花，天空于是出现了花海，云彩被赋予了声音。一瞬间，司徒誉明白大钟并不为古镇人而敲，它本无羁绊，无所用心，只依从自然的法则。①

司徒不徒是和钟声合体的，"没有钟声相伴，他会隐隐不安"，钟声已融入到他个体的生命之中；他和钟声的合体，代表的是历史的整全性。司徒誉则代表现实的维度。现实中的他，敢干，敢闯，有担当精神，具有世界意识和现代意识，他眼中的现实不是一幅机械、固化的图景，而是开放的、变革的、前行的、走向世界的，所以，他理解的钟声，不仅是属于一个族人的，而是可以让更多人共同拥有的。小说的开始，司徒誉听到的古镇钟声，是"我"和"我们"的钟声；到小说的最后，他听到的钟声已经是无所羁绊的来自他者的声音，是自然界声音的一部分，它"并不为古镇人而敲"，"只依从自然的法则"。

这是人生的省思和升华。从家族、个我的历史中走出来，走向现代社会，并和世界对话，这是新赤坎的诞生，也是一种文化的现代赓续。司徒不徒，司徒誉，这是两个不同时期的人物，代表着两种不同的价值观念，但熊育群巧妙地通过钟声这个细节，形成一种对比，通过二者内心的不同感受，写出了历史和现实的真实侧面。从"我"（"没有钟声相伴，他会隐隐不安"）走向"一切我"（"依从自然的法则"），既是从乡土走向世界，也是从传统走向现代。司徒誉作为一

---

① 熊育群：《金墟》，北京十月文艺出版社、深圳出版社 2022 年版，第 583 页。

个有国际眼光的乡镇干部,和要购买赤坎镇的侨商关忆中一样,都是从内在维度理解赤坎的人,他们的文化视野和文化关怀,体现和传承的正是赤坎的精神。

三

除了钟声,《金墟》还写了很多令人难忘的声音细节。比如木棉花的声音:

> 春天的一个晚上,木棉花巨大的花瓣纷纷掉落,砸在地上"咚"的一声响,跟约好似的,一声接着一声响了一夜。①

> 又是一个春天,木棉花总是等不及枝叶冒芽,就在高空点燃了火苗似的花瓣,铁黑枝头蹿动的串串血红,像号角吹响。喧闹的春天,黄花风铃木、禾雀花、桃花、油菜花都是木棉花的伴奏。
> 司徒誉把木棉花跟春天画了等号,看到木棉花他会有生理反应,潮湿的春天是一股汁液,渗透并滋润硕大的花朵,也在他的身上渗透。②

这样的描写,一下就带出了南方的气息。木棉花掉落时,是"砸"在地上的,当满树都是木棉花时,却像"号角吹响",热烈而喧闹;而能"砸"出一夜声响的花朵,可以想见,是多么饱满、硕大、汁液横流,由此写到司徒誉看到木棉花"会有生理反应",也算是写出了一种隐秘的真实。《金墟》还写了血榕,"晚上,风吹血榕,小果子纷

---

① 熊育群:《金墟》,北京十月文艺出版社、深圳出版社2022年版,第100页。
② 熊育群:《金墟》,北京十月文艺出版社、深圳出版社2022年版,第408页。

纷从树上掉落,传出各种异响,有时似人哭泣、低语,有时似阵阵跫音"①;写了爬山虎,"今天的爬山虎嘀嘀嗒嗒,雨珠从叶尖一颗一颗滴落,像微语呢喃。经历了台风,有的叶片被吹得翻转,现在它们正在慢慢转身,有的叶子像受了惊吓,急速地转动着"②。由声音再写到味道,"关忆中不顾危险,钻进每一栋房屋。空气中散发着浓烈的植物气息和阵阵陈年霉味。这就是废墟的味道吧"③,典型的南方特有的潮湿、腐败的味道。

这些都表明,《金墟》所写的赤坎古镇,不仅是一个岭南文化古镇,一个文旅开发的样板,一个资本和权力争相上演的舞台,它还是岭南日常生活的博物馆。承载文化的最好容器就是日常生活,那些器物、植物、事物所散发的色彩、味道、气息,才是文化永不破败的肉身。在《金墟》里,熊育群大量写到岭南民间的生活样态,街巷,店铺,点心,炖汤,洗漱,照相,乘凉,小憩,包括小说人物的情爱抒发方式,都充满岭南生活独有的风格,而赤坎作为侨乡,又有许多西方文化的影响,这种中西交汇而有的驳杂和开放,成就了赤坎人独特的生活景观:

"衣服重番装,饮食重西餐"成为时尚的同时,连说话也混入了英语,外来词汇这一时期纷纷进入开平方言,男女老少自觉不自觉,见面叫"哈罗",分手说"拜拜",称球为"波",饼干叫"克力架",奶油叫"忌廉",夹克叫"机恤",杂货店叫"士多",对不起叫"疏哩",好球叫"古波",球衣叫"波恤",冰棍叫"雪批",奶糖叫"拖肥",蛋糕叫"戟",沙发叫"梳化",护照叫"趴

---

① 熊育群:《金墟》,北京十月文艺出版社、深圳出版社2022年版,第124页。
② 熊育群:《金墟》,北京十月文艺出版社、深圳出版社2022年版,第414页。
③ 熊育群:《金墟》,北京十月文艺出版社、深圳出版社2022年版,第124页。

士钵"，帽子叫"唸"，商标叫"麦头"，面子叫"飞士"……

华侨回乡，叶落归根，有人模仿西方建筑砌房，有人把西方的生活方式带回家乡，成功者衣锦还乡的冲动与改变家乡面貌的愿望混合着，带动开平生活风尚的变化。于是，融合中西建筑风格的碉楼、骑楼大量出现，赤坎街道一栋栋楼房比肩而起，俨然广州十三行的缩影。①

看得出，写作《金墟》之前，熊育群做了许多扎实的田野调查工作，他考据赤坎镇的历史，探究赤坎人的生活细节，这些都被他写进了小说，成为小说不可或缺的血肉和肌理。熟悉熊育群这段写作史的一木秋说，"《金墟》有种真实的力量，当中细节几乎都是作者一步一步走在村野间，从砖瓦的缝隙里窥视的时代秘密"②。

《金墟》有一个以建设赤坎古镇为核心的故事架构，但在这个架构之外，还有一个生活架构。故事架构里的人是追求变化的，希望古镇日新月异、蓬勃发展；生活架构里的人是缓慢的、优雅的，一步三回头，经年不改地过着有岭南烟火气的日子。这种日子是有声音的，有钟声，雨声，风声，锅碗瓢盆的碰撞声，木棉花砸地声，家长里短的寒暄，孩童的打闹，江船的鸣笛……这些市声所构成的生活幕布，是赤坎不断被破坏，又不断被重建的力量来源。建设的喧嚣会沉寂，但生活的动静从未停歇，甚至，那些屹立在赤坎多年的图书馆、祠堂、碉楼、骑楼、教堂、瞻园、文璟庐、墓葬，等等，也从未静默，它们作为一种灵魂性的存在，一直代言着赤坎，也守护着赤坎。

---

① 熊育群：《双族之城》，《人民文学》2018年第2期。
② 一木秋：《"金墟"的夜》，"当代"微信公众号，2023年1月5日。

图书馆依标准的西欧建筑修建，每个细节都做得十分精美。设计者对大门进行了重点处理，正门两边各立了一根粗壮的科林斯柱、半根方柱，方柱另一半给人嵌入墙体的错觉。半圆形的拱门，拱门柱头向上升起如花似浪的雕饰，在繁简对比中柱头便是繁，恰如点睛之笔。

　　楼房三层，四根方柱从底升至顶，柱顶用一个涡券和璎珞组成雕饰，饰作柱头。楼顶正中三角形门楣，饰卷草纹图案。屋顶的钟楼，做弧形处理。①

　　巷子里有一座高高的碉楼，这是赤坎墟有名的恒富按，仰头看见墙角悬挑的燕子窝角堡，很有欧洲中世纪之风。②

　　骑楼是岭南建筑的显著特征，有一定规模的城镇几乎都有骑楼街，街两边建长廊，上面住人，底楼临走廊设店铺，人行走廊，晴能遮阳，阴可避雨。③

　　这些标志性建筑，有传统文化的存续，也有西方文化的元素，这道中西合璧的奇观，它本身就是历史的见证，在诉说着一个地方的生活变迁。这些建筑，有的是近现代之后才出现的，它的身上，浓缩着中西方观念激荡的印痕。赤坎有很多人远涉重洋，但是他们走得再远，那根灵魂的丝线还在，以祠堂、祖屋为代表的建筑就是这样的重要丝线。只是，在赤坎镇，多了别的地方所罕见的图书馆、钟楼，这些建筑的存在，昭示出了赤坎人重文化、爱读书、敬惜字纸的传统，

---

① 熊育群：《金墟》，北京十月文艺出版社、深圳出版社2022年版，第474—475页。
② 熊育群：《金墟》，北京十月文艺出版社、深圳出版社2022年版，第16页。
③ 熊育群：《金墟》，北京十月文艺出版社、深圳出版社2022年版，第8页。

也显露出了赤坎人胸怀世界的气度。赤坎是开放的、现代的，洋溢着变革和奋进的力量，《金墟》里的司徒誉、关忆中就是这种精神的代表人物；有他们在，赤坎永远不会衰败。以赤坎墟为例，它经历了三起三落，第一次兴于明代海上走私贸易，第二次兴于关氏牛墟和司徒氏东埠市场，第三次因为华侨，兴于民国十五年（一九二六年）的城市建设。司徒不徙亲历过这些兴衰，如今，人到晚年，"看着墟镇兴建，又看着它一天天衰败，跟随自己的生命一起老去，他心中充满苍凉"①。司徒誉不同，他看到了衰败之外的一些东西，尽管街上那些陈旧的标语令他发蒙，但他仍然认为，"古镇进入了一个诡异的时空，它不再是衰落或是衰败，而是空落，是人去楼空，所有的记忆已经卷走。它在经历一场先死后生的巨大蜕变，将有一群人、一种完全不同的生活降临"②。司徒誉有失落，但他也在不知不觉地积聚信心，他希望自己所设想建造的赤坎城新貌，能长留世间，就像他的先辈司徒文倡所做的那样。司徒文倡从广州回乡主持筑堤和城建时，还是民国时期，时势动荡、战乱频发，许多事情都半途而废了，但只要是做成了的事，都积淀在了赤坎镇的文化血脉中。

  这就是钱穆经常说的文化的存续、绵延。"文化与历史之特征，曰'连绵'，曰'持续'。惟其连绵与持续故以形成个性而见为不可移易。惟其有个性而不可移易，故亦谓之有生命、有精神。一民族文化与历史之生命与精神，皆由其民族所处特殊之环境、所遭特殊之问题、所用特殊之努力、所得特殊之成绩，而成一种特殊之机构。"③任何有个性的文化都是在历史的各种特殊境遇下生成的，有"不可移易"的文化个性持续绵延，这个地方才能称为有生命、有精神。赤坎

---

  ①  熊育群：《金墟》，北京十月文艺出版社、深圳出版社2022年版，第97页。
  ②  熊育群：《金墟》，北京十月文艺出版社、深圳出版社2022年版，第470页。
  ③  钱穆：《国史大纲》，商务印书馆1994年版，第911页。

镇是一个真实的历史遗存，也是一个在特殊境遇下生成的文化景观，它正在经历这个时代对它进行的改造和重塑，《金墟》记录了它的衰荣，也预示了它将获得新生，因为一种衰落从哪里出现，一种希望也将从哪里准备出来。

◎ 最初发表于《当代作家评论》2023年第2期

# 终归是无处安身

## ——论《河山传》

### 一

《河山传》首先吸引我的是它的语言，它的写法。如孟繁华所说，它在写法上类似古代中国的史书，如《春秋》《左传》《资治通鉴》等。这部有点编年体意味的长篇小说，以时间为经，以人事为纬，是一部亦古亦今的现代小说，承袭了世情小说、笔记小说和志人小说的传统。同时，它也有一种现代意识，写出了对人的命运的忧思。它在写法上更像《高兴》《带灯》，与《秦腔》《古炉》不同。《秦腔》《古炉》也许借鉴了福克纳的写作技法，乱中有序，如李文俊形容福克纳的小说，"在开初时显得杂乱无章，但读完后能给人留下一个超感官的、异常鲜明的印象"①。技法上还有《尤利西斯》的影响，所以叙事常用进行时态、散点透视，生活像卷轴，不断展开，完全是动态的，里面又有一个个独立的横断面。这样的写法，贾平凹在《高兴》后记中说，像陕北一面山坡上一个挨一个层层叠叠的窑洞，或是一个山洼里成千上万的野菊铺成的花阵，没有耐心的读者容易迷失其中。

很多现代小说都取这种写法，如康拉德·艾肯所说："人们当然

---

① 袁可嘉等编选:《外国现代派作品选》第二册（上），上海文艺出版社1981年版，第138页。

总得要从河水里钻出来,离开水面,才能好好地看看河流,而福克纳恰巧是用沉浸的方法来创作,把他的读者催眠到一直沉浸在他的河流里。"① 贾平凹有意作出这种改变,是想反抗读者的阅读惯性,不愿顺着他们的期待再讲迹近传奇的好看故事,他想探索新的讲故事的方式,骨子里也体现着一种执拗的艺术精神。他在和我的一次对话中说:"我是有些倔,你要说我的散文比小说好,我就偏不写散文而去写小说;你说我小说好,我就又这一阶段主写散文了。经常有这种情况。"② 这种"倔"的精神,常常是艺术创新的动力。

《秦腔》《古炉》展示了贾平凹的一次大改变,他追求一种大处浑然、小处清楚的写作。到了《带灯》,又有不同,它是介乎细节与情节之间,疏密相间,其中的每篇小短文都可称为大细节或小章节,像是种庄稼,稀疏有致,小节与小节之间留有空白,每一节都有一个焦点,入乎小节之内而有生气,出乎小节之外而有高致,小节与小节之间呼应了,又会生出新的意思。不把叙事弄得密不透风,小说自然也就好读多了。贾平凹自己说,这是他有意从明清的韵致向两汉的品格转身:"我是陕西南部人,生我养我的地方居秦头楚尾,我的品种里有暴力成分,有'秀'的基因,而我长期以来爱好着明清的文字,不免有些轻轻佻佻油油滑滑的一种玩的迹象出来,这令我真的警觉,我得有意地学学两汉品格了,使自己向海风山骨靠近。"③ 海风常常是柔的,大面积弥漫,山则像骨架,立在那里,一个阔大,一个坚硬,二者兼备、融合,缺一不可,才能形成新的艺术品格。《带灯》如果没有那些给元天亮的信,整个故事就会像一份调查报告,现实也会像那

---

① 〔美〕康拉德·艾肯:《论威廉福克纳的小说形式》,转引自李文俊:《福克纳评论集》,中国社会科学出版社1980年版,第74页。
② 贾平凹、谢有顺:《贾平凹谢有顺对话录》,苏州大学出版社2003年版,第239页。
③ 贾平凹:《带灯·后记》,人民文学出版社2013年版,第361页。

冰冷的山，骨感嶙峋，少了韵致。《河山传》里也有一个人物，叫文丑良，他观察社会，感怀人间，一听他说话，洗河这些人的眼界一下就升华了。类似的意思，多年前贾平凹谈书法时也说过："岳王庙里有两块匾最有意思，一是沙孟海的，一是叶剑英的。沙是文人，书法刚劲之气外露；叶是元帅，书法内敛绵静。人与字的关系，可能是有缺什么补什么的心理因素。我是北方人，可我老家在秦岭南坡属长江水系。我知道自己秉性中有灵巧，故害怕灵巧坏我艺术的趣味，便一直追求雄浑之气。而雄浑之气又不愿太外露，就极力要憨朴。这从我的文章及书法的发展即可看出。"① 这个艺术自觉是很有意思的，它意味着某种灵动、华丽的文风不再吸引贾平凹，他一再提到喜欢上了中国两汉时期那种史的文章的风格，对"沉而不糜，厚而简约"的美学趣味有了向往，用意直白，下笔肯定，而且尖锐地面对现实、实录现实。这不仅体现出一种赤诚的写作精神，还有力地改造了小说的语言风格。

《河山传》不乏这样的精彩段落。洗河取名："他出生的时候，村前的淤泥河涨水。淤泥河平常水浅，河滩乱石杂草的，沿岸人家还都往那里倒垃圾。这一次水涨得大，河里装不下，把两岸的堤全冲决了。村人都说这是把河洗了。他爹就给他起名叫洗河。"② 洗河是个六趾，长得也不好看："洗河从来不照镜子，他见不得他。"③ 洗河伤心："洗河爹的尸首被运了回来，灵柩停放在院里，洗河觉得再也挨不上爹打了，呜儿呜儿地哭。"④ 形容楼生茂："楼生茂一脸的松皮，只要一拽他的腮，整个五官就变形了。""他脸上的皱褶横斜着，泪水就流到

---

① 转引自王新民：《评〈贾平凹书画〉》，《美术之友》2001 年第 4 期。
② 贾平凹：《河山传》，作家出版社 2023 年版，第 3 页。
③ 贾平凹：《河山传》，作家出版社 2023 年版，第 4 页。
④ 贾平凹：《河山传》，作家出版社 2023 年版，第 6 页。

耳朵下。"① 这样的语言,生动、准确、简洁,而这种语言风格,在《河山传》里是一以贯之的,所以小说篇幅不长,信息量却很大。即便有些人说,《河山传》这种太贴近当下现实的小说,化用了太多网络上的桥段,其实,这种世情小说用什么材料并不重要,关键还是语言,同样的事情看作者讲出了怎样的趣味。贾平凹的强项正在于他能以笔记体的语言重写现实。

《河山传》一开头,写的就是网络上的一个流言:"一个农村的小伙进西安给老板打工,老板是大老板,在城南的秦岭里为自己建了别墅,派小伙去做保安。别墅里还派去了一个保姆。老板在城里的公司里忙,平日不大去别墅,保安和保姆便在那里生活。他们每天商量着想吃什么饭就做什么饭,要干什么活了,也一起干。日久生情,两人结为夫妻,并生下一女。后来,老板因故去世,其儿子从海外留学回国,继承家业,成了新的老板。新的老板却娶了他们的女儿。保安和保姆做了岳父岳母,依旧住在别墅,名正言顺是了主人。"② 这个开头是很冒险的,如此俗套的壳,将要装什么样的故事,已经是明牌了,等于把底先亮给了读者,那还有什么悬念呢? 但这显然是贾平凹的一个叙事策略 —— 有意为之。他偏要在尘土里开出花来,从一个网络流言里写出人物的命运感,而且让读者的关注点不再是奔向故事的结尾,而是留意小说展开的过程。

这个过程,重点就在语言的河流,就在作家的腔调。

贾平凹在《河山传》里把这种说话方式称为"闲谝",像说书人,又像是闲聊者。小说中的文丑良,经常招呼人去说话,"就是要在大家的闲谝中获取些写作的素材",洗河和万林也去凑热闹,为了能站在一旁听闲谝,他们给大家生炭火、汲水、煮茶。"闲谝原来没有主

---

① 贾平凹:《河山传》,作家出版社2023年版,第10—11页。
② 贾平凹:《河山传》,作家出版社2023年版,第1页。

题的,常常是从谁的毡帽说到另一个人在集市上买到了假酒,又从假酒说到村长和镇长,说到西安,甚至就争执联合国是个什么国,这其中是怎么过渡的、转换的,全不理会,似乎像河水一样,自自然然便流过来了。"①像河水一样自然地流淌,这是叙事语言的极高境界了,它暗合了《河山传》的风格,人物带出人物,事情连着事情。要说写城里的农民工,《高兴》早写过了;要说写官场的行状,《带灯》也写了不少;《河山传》的不同,很大程度是写法上的不同,是编年体、记录体,也是说话体。闲谝中不乏铺陈,但该省略的又省略,有些地方笔墨极为简省,但整个故事读下来,却意味深长。

## 二

无论取何种写法,《河山传》写的还是中国大地上残余的乡土社会,以及那些回不了家的乡村子弟。这几十年来,农民进城是时代大潮,乡村荒芜了,成了这个世界的残余,但去到城里的乡下人,身上终究卸不下乡村的包袱,他仍然背负着乡土的重担,有压力,有痛苦,也有兴奋和希望。这个时段,中国的离乡进城大潮堪比历史上以色列人"出埃及"般浩荡和悲壮。以色列人离开埃及,是要到一个"流奶与蜜之地",可对于中国农民而言,进城只是一个梦想,城市藏着机遇也藏着陷阱,城市光鲜亮丽也藏污纳垢,它是"流奶与蜜之地",但也可能是陷阱和地狱。它就是一个新的生活场域,一个新的"当下"。

《河山传》写的正是这个"当下",写此时的人,如何生活,如何思想。

---

① 贾平凹:《河山传》,作家出版社2023年版,第14页。

面对"当下",贾平凹没有简单地赞颂或批判,而是重在呈现、记录。他有一个根本的写作态度,就是让自己笔下的各色人物,无论是洗河、罗山、梅青、呈红、兰久奎、郑秘书长,还是楼生茂、万林、蒙长丁,都在经历这个时代,让时代穿过每一个个体,让人物活在当下。每一个人都是经历者,每一个人也都是见证者——见证城市的黑暗与光明,也见证那个再也回不去的乡下。

贾平凹在小说中借文丑良的口说:"第一代农民进城,那都是大胆人,冒险者,也都是英雄。多年下来,有的人是发财了,不管他什么手段,成了新的城市人。有的扑腾了一阵又行囊空空地回来。有的则丢了性命。马西来、曾五、邓家先你们呢,是穿上了皮鞋,戴上了手表,盖了新屋院,可你们到了西安,越是热闹不是越觉得自己寂寞吗,越是挣钱不是越觉得自己穷困吗,越是经见多不是越觉得自己卑微吗?"①同时又说:"社会旧的平衡破坏,新的秩序还在混乱中形成。可以说,这是最好的时候,人人都可能出人头地,人人都可能发家暴富,黑猫白猫能逮住老鼠的都是好猫。但也是最坏的时候,崇尚权力,追逐金钱,是非混淆,正邪难辨,好人或是坏人,坏人或是好人。"②各种茫然,各种矛盾。对于这样一种现实,再以赞歌或挽歌为之赋形,不仅不合身,还显简陋。每一个人都在重塑自己的命运,世界也正在重组成一种新的面貌,旧有的价值尺度不能再衡量这一切了,生活在裂变,灵魂在受难。时代大潮来临,有表面的泡沫,也有石头沉下来,如何握住这个精神核心,对当代作家是一个极大的考验。现实难写,就在于现实靠自己太近,各种现象和风潮涌来,太过喧嚣和热闹,没有具有穿透力的眼光,很容易就会淹没在繁杂的事象之中,超拔不出来。写完《河山传》的贾平凹也说,写作中纵然有庞大的材料,详尽

---

① 贾平凹:《河山传》,作家出版社2023年版,第16页。
② 贾平凹:《河山传》,作家出版社2023年版,第15页。

的提纲，但常常这一切都作废了，角色倔强，经常顺着它自己的命运行进，他说"我只有叹息"，"深陷于泥淤中难以拔脚，时代的洪流无法把握，使我疑惑"①。贾平凹对时代有自己的敏感，他不长于理论思考，但这种莽莽苍苍的直觉，这种"叹息"和"疑惑"，出示了一个作家面对时代巨变时的诚恳，而说出这种"叹息"和"疑惑"，提供自己对时代的观察，这才是真正地和时代共命运。

更早的时候，写完《秦腔》的贾平凹，在作品中喊出了"故乡啊，从此失去记忆"的悲音，当时我读得惊心动魄。有人把贾平凹写《秦腔》当作是另一次的寻根，是通过写作返乡，只是寻根未必能扎根，返乡也不一定能找到家乡，背后可能是更大的漂泊和游离。现代人的生存已被连根拔起，精神处于一种挂空状态。《秦腔》最后写到夏天智和夏天义的死，这是具有象征性的情节。夏天智痴迷秦腔，他的死，是民间精神、民间文化的衰败，也表明中国乡村最有生命力的部分正在消失——秦腔已经沦落到只是用来给喜事丧事唱曲的境地。而农村劳力，"三十五席都是老人、妇女和娃娃们，精壮小伙子没有几个，这抬棺的，启墓道的人手不够啊！"②这已成为中国农村的普遍现实，人死了之后，根本找不到足够的劳力将死人抬去安葬，经历过这些的人，所体会到的荒凉感一定是深入骨髓的。夏天义最后死在一次山体滑坡中，这次山体滑坡把夏天智的坟也埋了，清风街的人想把夏天义从土石里刨出来，可来的都是些老人、妇女和小孩，刨了一夜也只刨了一点点，只好放弃，让夏天义就安息在土石堆里。夏天智和夏天义死了，那些远离故土外出找生活的人，那些站在埋没夏天义的那片崖坡前的清风街的人，包括"疯子"引生，都像是孤魂，无处安身，心里更是没有个着落。如夏天义所预言的那样，"农不农，工不工，乡

---

① 贾平凹：《河山传·后记》，作家出版社2023年版，第281页。
② 贾平凹：《秦腔》，作家出版社2005年版，第538页。

不乡，城不城，一生就没根没底的像池塘里的浮萍"。

《秦腔》之后，贾平凹的写作，一直延续着这份茫然、叹息、疑惑和痛苦，面对生他养他的农村，他笔下总有一种沉重和悲伤。

乡村问题累累，但现在没有多少作家真正站在时代之问的立场上去书写当下的乡村、思考乡村的出路了。乡村更多的是以一种文学记忆的方式出现在作家们的笔下，由于年深日久，这些记忆往往带着不真实的光芒。正因为如此，贾平凹站在当下、此时的写作才显不易。他当然也有认知的局限，对乡村的很多想象未必就是当下的真实，尤其对新一代农民的情感方式、思维方式了解不多，写作中难免沿用固有的表达方式，甚至很多细节、场景都和过往的写作有相似之处，但谁又能对日新月异、天翻地覆的城乡之变有充分的把握呢？都在远望，都在打捞，也都在试图拨开迷雾看清现实，勇敢地面对它，总比逃避或无视更好。正如《带灯》中不断出现的落不尽的灰尘、掰不完的棒子、压不下的葫芦瓢、补不完的窟窿一样，那个记忆中的美好故乡，终究是破败了、陌生了；而如今生活在其中的城市，却也让人热乎不起来。到了《老生》，贾平凹虽然换了一种写法，但它面对故乡的这种复杂情感却没什么变化。他最擅长的还是写自己与故乡的这种纠缠，这是种情结。

有一个情节是富有象征意义的。《老生》的结尾写到瘟疫，很多村民死亡，当归村迅速成了空心村，唱师和荞荞一起去村里为那些没来得及埋葬的村民唱阴歌，以安妥那些游魂。在死亡面前，一切恩怨、纷争都消散了，人与人、魂灵与魂灵之间也和解了，但作者的疑虑却没有打消：那些游离的魂灵能否回归来处？唱师和荞荞有一段对话："有一天，我问她：你再也不回当归村了吗？她说：还回去住什么呢？成了空村、烂村，我要忘了它！我说：那能忘了吗？她说：就是忘不了啊，一静下来我就听见一种声音在响，好像是戏生在叫我，又好像是整个村子在刮风。"① 这种伤怀和寂寥背后，似乎有一种平静和安详，也有一种超越一切之后的释然。

既然生存中的一切无法修改，那就接受它、经历它，也饶恕它、爱它。

### 三

这是一种新的写作伦理。与其为日益衰败的乡土中国唱空洞的挽歌，还不如实实在在地为乡村生活保存一个肉身，哪怕是做社会学意义上的忠实记录，也是对现实的记录、勘探、考证和辨析。贾平凹本着这种写作伦理，创新了乡土文学的写法——《秦腔》仿写日子的结构，以细节洪流再现一种总体性消失的乡村生活；《带灯》貌似新笔记体，介于情节与细节之间，疏密有致，尽显生活的阳刚与阴柔、绝望与希望；《老生》把物象形态与人事变迁糅合在一起，旨在呈现现实的肉身是从哪里一路走过来的。我曾在一篇文章中说，乡土的神话时代已经过去，今天的乡土，留给作家的，不过是一堆混乱的材料，一些急速变化的现实片段，一腔难以吟唱出来的情绪而已；俯视或仰视乡村，都难以接近真实，你只能平视，只能诚实地去翻检和发现，甚至只能做一个笨拙的记录者。

贾平凹所做的，更多的就是记录的工作。他决意不再以任何启蒙的、审美的或乌托邦式的理念去伪饰村庄。他既不赞美历史，也不诅咒现实，他面对这片土地上的所有美与丑、善与恶、光明与黑暗，只要是存在过的，它们就都有被记录、被书写的权利。这种琐细、笨拙的写作，作为一种叙事方式，不是起于贾平凹，但贾平凹可能是最

---

① 贾平凹：《老生》，《当代》2014年第5期，第100页。

执着于此，并赋予它新的写作意义的。确实，没有对经验、细节、生活肌理的精细描绘，乡土生活的本然状态如何呈现？没有对一种历史悲情的和解与释然，如何能够看清乡土生活来自何方，又该去往何处？没有对人事和世相的饶恕与慈悲，乡土文学如何能走向宽广、涤荡怨气？

故乡是回不去了，但城市也难以安身。《河山传》写到洗河稀里糊涂地来到了西安，身上除了三十二元七角钱，再就是一个簍子，簍子里装着爆米花机子。饥肠辘辘的洗河买了一只烧鸡，"要吃就吃一顿好的"。然后他看着桥下东西南北的行人，车辆川流不息，自言自语地说了句："我这就是城里人啦？"[1] 此时的他，大概想起了文丑良对他说过的话，"生在哪儿，哪儿就决定了你，同样的瓷片，有的砌在了灶台上，有的砌在了厕所里"[2]。几乎所有进城的农民，无论在城市住了多久，也无论在城市里有多成功，其实都会有洗河这种自我怀疑：我是城里人吗？用理论一点的话说，这就是认同危机。他们会有这种危机感，不仅是因为故乡作为"血地"，在他们身上打上了太深的烙印，更重要的是他们失去了确定的方向感。回退，故乡已像废村；往前，城市张着血盆大口，同样令人望而生畏。加拿大哲学家查尔斯·泰勒说，自我的认同危机，就是"一种严重的无方向感的形式"，"问题不只是我们在何处，而且是我们正走向何处……由于没有方向我们就无从趋向善，也由于我们不能对我们与这种善相联系的位置漠不关心……我们生活的方向问题必然出现在我们面前"[3]。这也就是我前面说的，在残余的乡土社会里，还有那么多回不了家的乡

---

[1] 贾平凹：《河山传》，作家出版社 2023 年版，第 21 页。
[2] 贾平凹：《河山传》，作家出版社 2023 年版，第 14 页。
[3] 〔加拿大〕查尔斯·泰勒：《自我的根源：现代认同的形成》，韩震译，译林出版社 2001 年版，第 37、68 页。

村子弟，失去了方向感，无论走到哪里都是漂泊，至少精神上是无法扎根的，有些人甚至成了费孝通所说的"流落于东西文化之外的寄生阶层"。

寄生，是另一种没有方向地活着。洗河在西安流浪，后来成了罗山的助理，其实也是一种"寄生"；楼生茂到各处去爆米花是为了寻找丢失的女儿，是另一种形式的流浪；梅青寄生于别墅，时刻有前途未卜之感；成功的大老板罗山，在最意气风发的时候发生意外，被一个跳楼的女子砸死；洗河发迹了，想衣锦还乡带领村里的年轻人大干一番，没想到成了看守别墅的保安；郑秘书长贪污被查，攒下的财产和别墅都被情人呈红独吞；最大的反转是，洗河娶妻生女，女儿后来嫁给了罗山的儿子罗洋，他成了罗洋的岳父，自然也就成了秦岭别墅真正的主人。看起来大家都在奋斗、挣扎、改命，其实不过是随波逐流，被时代所选择或抛弃，爱恨善恶随时转化，难以定论。洗河身上有罗山过去的影子，罗山的现在似乎又喻示着洗河的未来；兰久奎说"罗董的魂还在"，自己的魂又在哪里？罗洋、鸽子去了国外，怎知不是父辈进城故事的轮回？呈红另外找了男人，似乎也没有安心。所有人都定不下来，都找不到确定的生存方向。

没有方向，就意味着没有自我，仍然是寄生，漂泊，茫然，仍然有无法排遣的认同危机。我是谁？我在哪里？我要去向何方？没有答案。真正的自我无法建立，人生就无法真正落实，也无处安怀。拉康论到镜像理论时说，"主体在他自己的情感中是认同于他人的形象，而他人的形象在他身上抓住了这个情感"，这其实是"主体异化"，"主体是认同在他人身上并一开始就在他人身上认同自己"。农民工进城，表面是赚钱，骨子里是想成为城里人，或者获得城里人的认同，而少有觉醒者，能真正认同自己。所以拉康说，"在这个使人得到一个对自己越来越恰当的意识的运动中，他的自由是与他的奴役的发展相混合的。"① 整个《河山传》，只有半个清醒者，那就是文丑良，但贾平凹在他身上也着墨不多，更没有像以前的小说那样，安置一个贯穿始终的类似评说或预言世事的角色，他只是让他笔下的人物随着命运起伏，生和死，发迹或者陷落，今天你粉墨登场，明天他又化作尘埃，善恶同体，好坏参半，汤汤水水，雾里看花。

他们的自由与他们的奴役是相混合的，他们互为镜像，这就是最真实的当下中国。

所以，《河山传》写到最后，贾平凹甚至不再为人物的命运叹惋，也不再为回不去的故乡哀伤，他似乎只想告诉我们，这些人，来过这个世界，也经历过这个世界，善与恶，成功与失败，都被时间消解了。"谁非过客，花是主人"，每一个人都是过客而已，你经过这个世界，世界变了，世界又好像什么也没变。小说的最后，洗河往天上看，四面黑黢，只见点点星光，他说"月亮已经落了"，兰久奎回答他说："月亮落了，月亮仍还在天上啊！"② 这似乎喻指每一个来到世上的人，消失了，好像又还存在着。重要的是你来过、经过。

"经过"一词，贾平凹是这样解释的："我的老家有个叫'孝义'的镇子柿饼有名，十里八乡的柿饼都以'孝义'贴牌。我出门背着一个篓，捡柴火，采花摘果，归来，不知了花果是哪棵树上的，柴火又来自哪个山头。藏污纳垢的土地上，鸡往后刨，猪往前拱，一切生命，经过后，都是垃圾，文学使现实进入了历史，它更真实而有了意义。"③ 这是重点，一切生命从这里经过，正如风经过了我，阳光经过了田野，雨水经过了大地。贾平凹写了一系列"经过者"，而且对他们不做简单的评判，无论荒野求生还是高光人生，他都抱以平等心、

---

① 〔法〕拉康：《拉康选集》，褚孝泉译，上海三联书店2001年版，第187—188页。
② 贾平凹：《河山传》，作家出版社2023年版，第277页。
③ 贾平凹：《河山传·后记》，作家出版社2023年版，第280页。

同情心，让每一朵花开放，让每一个人说话，大家都是经过而已，谁又比谁更高尚、更幸福呢？这束写作眼光，不能说是慈悲，也非禅定，更不是逍遥，在我看来，精神的底子还是接受、谅解和热爱。卡夫卡说，用一只手挡住命运的袭击，另一只手匆匆在纸上记下自己的东西。贾平凹就是这样的记录者。而瓦尔特·本雅明认为，卡夫卡提供的是一个"中间世界"，既不是完全没有希望，也不是充满希望，而是有一点点希望。今天的我们就处在这样一个世界，《河山传》写下的也是这个世界。

◎ 最初发表于《小说评论》2024年第2期

# 四 批评的伦理

# 孙绍振的思想核仁

一

一九九一年,我第一次见到孙绍振的时候,他五十五岁。按照现在大学的通行说法,还算是中青年教师,但在很多人的印象中,他似乎从来没有年轻过。他写出成名作《新的美学原则在崛起》这篇文章时,已经四十五岁了,在此之前,除了几个老同学,文坛没有什么人知道他。他才华横溢的青春,几乎都被各种运动无声地删除了。一九五五年就读于北大中文系,一九六一年下放到泉州的华侨大学工作,一九七三年才调到省城刚复办的福建师大任教,他人生最重要的十几年时间,主要是赋闲和劳动。

所幸,在那些最艰难的日子里,孙绍振一刻也没忘记读书。他读马克思的《资本论》、恩格斯的《费尔巴哈和德国古典哲学的终结》、列宁的《哲学笔记》,读黑格尔的《小逻辑》、张世英的《黑格尔〈小逻辑〉绎注》;《毛泽东选集》四卷本则反复读了四五遍;他还读《资治通鉴》《纲鉴易知录》,也读英文版的《简·爱》和《贵族之家》,其实在那个年代,就是有什么书读什么书。但你给一个记忆力超群的智慧大脑,长达十几年专心的读书时间,将会发生怎样的思想巨变?看孙绍振后来气势如虹的学术人生,我们就知道了。这种阅读,不仅积累知识,更重要的是形成了自己的世界观和方法论,这是孙绍振精神面貌、学术个性的根基。"没有自己的世界观和方法论,没有中国立场,就没有灵魂。"①孙绍振在这个时期所形成的立场,之后几十年都未曾更易过,那就是一直坚信社会、自然、人类的思想,是不断发展和变化的,其动力在于事物的内在矛盾,这个矛盾在一定的外部条件下会向反面转化。而每一门科学所研究的对象,都是特殊矛盾,尤其是文学研究,光讲普遍性,就会流于理论的空谈,而无法触及具体文本中那些独特的部分,也就无法真正理解作家笔下所创造的"这一个"。哲学是要求概括,在殊相中求共相,以普遍性为旨归,但文学的生命却在于其特殊性和唯一性,牺牲特殊性而追求普遍性,文学研究很可能变成从概念到概念的空转,而无法有效地解读文学文本。"后来我写《文学创作论》,就是专门抓住文学理论的特殊性。马克思研究资本主义,以商品为细胞形态作为逻辑起点,分析其内在矛盾和对立面转化,得出资本主义必然产生和必然走向反面。我就以形象细胞(意象)作为逻辑起点,从内在矛盾和外部条件的转化作螺旋式上升,把文学形象的种种问题统一在有机的系统中,达到马克思所说的逻辑和历史的统一,写成了六十多万字的《文学创作论》。书是一九八六年出版的,但是,其世界观和方法的基础是在华侨大学那十年奠定的。"②

《文学创作论》是孙绍振出版的第一部著作,出版那年,他已五十岁矣,真的不年轻了。可"大器晚成者也,终必远至"之类的话,又用不到孙绍振身上,因为在我们这些学生和熟人眼中,他似乎也从来没有老过。任何人、任何时候见他,都是热情、幽默、精力充沛、天真烂漫的,百无禁忌而又深刻善思、新见迭出。八十多岁了,一写文章仍然下笔万言、雄辩滔滔,大著一本接一本出,就学术的高质量

---

① 《孙绍振谈枕边书》,《中华读书报》2021年11月3日。
② 孙绍振:《我的华侨大学十年》,见"华侨大学报"微信公众号,2020年11月12日。

产出而言，在他的学生和同事中可谓无人可及。汪文顶说他是"学界的一棵不老松"，"'闽派'……在福建本土掌旗的"[1]，王光明说，"孙先生培养了不少有成就、有影响的评论家和学者，或许有比他更有名气的，有比他更博学或者更严谨风趣的，但就才气而言，似乎没有超过他的"[2]。确实如此。但凡在文学艺术上有所成者，都要具备天赋和才情，而最富创造力的那部分人，就是天才。孙绍振是我见过的少数几个具有天才的理论家，而且，他还是那种快乐的天才。多少人做学问，是在苦熬，皓首穷经，板凳一坐十年冷，或许进一寸也有进一寸的欢喜，但多数时候是清苦和孤寂的，这种学者，固然令人尊敬，但若过于拘谨和古板，也会失了许多知识和智慧的乐趣。孙绍振身上有思想家的睿智和雄辩家的激情，又有玩性和猴性（大学同学都称他为"孙猴子"），进而锻造出了他那种不盲从权威，不死守书本，敢于提出自己观点的无畏品质。他是一个有原创精神的学者，也不乏书生意气，他的快意和不羁，使得他的学问生动驳杂，可以通达普通的作家和读者；他的文字也不墨守成规，有着口语般的朴白，同时又闪烁着锐利的思想光泽。他在本质上是一个诗人、作家，早年他也确实写过不少诗，散文写作更是从未停止，一些篇章，如《满脸苍蝇》《国人之吃》《女老虎》等，在我看来还是上佳的文学作品。这样的创作经验，显然助力了他对文学作品的解读。

能成为大学者的人，往往都有两套笔墨，理性的和感性的；逻辑思辨是为了提出问题和解决问题，而那些模糊、暧昧、温暖或者令人惊惧的生活断片，多半只能诉诸情感的倾诉或形象的书写，以文学作

---

[1] 汪文顶：《学界的一棵不老松》，《孙绍振诗学思想研究文集》，汪文顶、王光明、骆英主编，社会科学文献出版社2016年版，第436—437页。
[2] 王光明：《一个"文学教练"的底气》，《孙绍振诗学思想研究文集》，汪文顶、王光明、骆英主编，社会科学文献出版社2016年版，第151页。

品的形式来记录人生的印痕。考察孙绍振的学术成就，如果忽略了他这重作家身份，不仅不全面，而且也领悟不了他何以对创作有那么贴身的理解，对文学文本有那么细腻而独特的感受。

他是公认的才子。他的北大同学张炯说，"在北大中文系一九五五级同学中，孙绍振是绝顶聪明的才子之一"①；他的另一个北大同学谢冕也说，"他是一个才子"②。看得出，这不是好友的过溢之辞，说这话的时候，他们大概回忆起了学生时代，那时的孙绍振何其意气风发、个性飞扬。他博览群书、过目不忘，他口若悬河、辩才滔滔，"他不安分，总想大闹天空"，不仅有"胆"，而且有"识"，"表面上看，他是学术的异端，但他有真学问，读马列，读《资本论》，是下过苦功夫的。在同辈人中，他的外语好，特别是英语和俄语。他是一个天才型的学者。他的阅读和研究，涉及面很广：文艺学和马列文论；写作学；诗学，包括新诗和古典诗学，大家可能不大注意，对于古典诗学他也有很深的造诣，举凡古典诗论、赏析、考订、文本辨析，等等；近年，他对中学和大学语文教学，对高考和教育体制的研究，涉及教育学，有更大的投入。当然，他在散文和诗歌的创作方面，也卓有成就"③。按照现在的学科划分，涉猎面如此之广的研究是很难兼备、更难全面开花的，但孙绍振学贯中西、融会古今，是谢冕说的"天才型的学者"，在艺术上更是一个通人。

他有自己的方法论，善于将相应的研究方法用于各种研究对象上：他的"创作论"，既然是从古今中外的文本例证中提炼的，必定

---

① 张炯：《评孙绍振及其文艺观》，《福建师范大学学报》（哲学社会科学版）2016年第2期。
② 谢冕：《在一个美丽的地方开一个美丽的会》，《孙绍振诗学思想研究文集》，汪文顶、王光明、骆英主编，社会科学文献出版社2016年版，第1页。
③ 谢冕：《在一个美丽的地方开一个美丽的会》，《孙绍振诗学思想研究文集》，汪文顶、王光明、骆英主编，社会科学文献出版社2016年版，第2页。

能指导当下作家的写作；他的"文学文本解读学"，既然能分析现当代的文学作品，也肯定能分析古典诗歌和小说。说到底，这几千年来，人类在进行文学创作的时候，技法或有创新和变化，但情感抒发的方式和感知世界的方式并无大变，只要抓住情感、逻辑、感知方式、形象结构的核心，自然可以通达更广阔的领域。《庄子》"齐物论"中说，"唯达者知通为一，为是不用而寓诸庸。庸也者，用也；用也者，通也；通也者，得也。"万物无所谓分别、成毁，在"道"的视野里，都是一个整体。领悟了"道"，就会知道万物本为一体，甚至在庸常生活、平常日用中都能领会到这一点，进而豁然开朗、心意自得。

## 二

孙绍振的"道"就是他那些深具原创精神的研究方法。

他当然不是纯技术主义者或方法论者，但他对文学创作过程的迷恋，以及他对文本内部那些细微转折的兴趣，远超一切，这就使得他不迷信任何结论，甚至对一切先从理论概念出发来诠释文学的研究都深表怀疑。其他学科的理论概括，并不要求还原到唯一的对象身上，比如物理公式，不要求把它还原到牛顿所看到的那颗苹果上或某个物理学家的实验室里，经济学的研究，也可以从有限的调查数据中推导出某种普遍规律；但文学不同，文学的生命建立在它的特殊性和唯一性上，同样的词语，在李白、杜甫或舒婷笔下可以组合成美妙的诗句，但这种组词方式具有不可重复性，正如人物形象不可重复塑造一样。差异性、独特性才是文学形象的价值所在。文学形象和文学理论之间永远存在矛盾，形象的丰富性总是大于理论的概括，试图找到一种普遍性的理论来解读所有的文学是徒劳的。

因此，孙绍振信仰微观分析。他认为，通过微观分析直接洞察文本奥秘，并抽象出观念，才能真正形成自己的话语，"这种直接抽象的工夫，正是一切理论原创性的基础"①。同时他也坦言，获得这种直接抽象的能力太难了，多数人只能借助东西方现有的理论话语来解读文学，但这样的解读，不是从文本出发，而是从既定的权威话语出发作出的；它的局限性是把文本当作验证理论的范例，而忽视了文本自身的特殊价值。很多理论停留在概念的演绎上，无法有效解析文学作品，原因正在于此。孙绍振不愿做空头理论家，他眼中的任何权威话语都是澄明和遮蔽相交织的，接受一种思想的目的是启发自己的思想，而最好的思想启悟就是来自对具体文本的感悟、分析、理解和总结：

> 任何一个文学理论家，必须有两种工夫。第一当然是对理论文本的理解力，第二就是对文学文本的悟性。我觉得，前者虽然经常在发挥作用，可是后者却更加重要。②

孙绍振的学术风格何以不同于现在流行的学院气息，就在于他的学问是植根于"对文学文本的悟性"上的，他认为那些脱离文学创作、脱离文本解读的理论预设和理论空谈，会陷入"自我循环、自我消费的封闭式怪圈"③；他也不像一些趣味单一的学院派，只迷信各类文学史著——尽管知识谱系的梳理是有意义的，但没有学者自身对文学文本的独特感悟，所谓的"史"，不过是相似的论述、相似的线索不同的人在讲述而已。

这里隐含着一个极大的悖论。一方面，文学史编写者大量借鉴、

---

① 孙绍振：《我的桥和我的墙——从康德到拉康》，《山花》2000年第1期。
② 同上。
③ 《建立中国特色的文学批评学——文艺理论家孙绍振访谈》，《文艺报》2013年6月17日。

引用文学批评家的成果,他们对具体作家作品的讨论,并没有超越文学批评家的解读范畴;另一方面,一些"骄傲"的文学史家说起当下的文学批评,总是抱着难以根除的偏见。学术越来越侧重于知识、资料、历史重述和谱系梳理。这种研究趣味和学术趋势,在别的学科或许有其合理性,但对于文学学科而言,却存在先天的缺陷。文学是生命的学问,在文学中遇见的是一个个鲜活的生活场景和有血有肉的人物,无视这些生命个体的情感真实和灵魂情状,而试图把一切文学讲述都变成确定性的知识演绎,这是违背文学原理的。人类之所以需要文学,正是要寻找确定性之外的模糊、神秘地带,那些现有的知识无法归类、无法描述的情绪、感觉、体验和冥思,才是文学书写的主要对象。文学写作是人类反抗确定性最重要的方式。个体在不断涌现新的情感、新的思想,文学表达就要不断寻找新的可能性,由于一直共鸣于不同的人、不同的时代,文学才成了人类精神生活中不可或缺的部分。

文学谱系的梳理有回到历史现场的客观要求,但也不能因此失了对过度历史化和过度知识化的警觉。没有了个体生命复杂多样的底色,文学也就没了根基,文学研究的价值也将面临根本挑战。吴晓东在论到历史叙述与文学叙述的关系时说,"文学有日渐沦为史学的婢女的迹象",这并非危言耸听。"赞赏'历史化'的文学研究者们大都承认'文学作品是以历史为对象的,历史是作品存在的条件',但我们习惯于处理的所谓历史往往是外在于文学文本的,通常是从外部引入一个附加在作品之上的历史解释。而文学与历史的关系其实是互为镜像的关系,文学这面可以携带上路的镜子中自然会映射出历史的镜像,但镜像本身显然并非历史的本原,而是历史的形式化,历史的纵深化,乃至历史的审美化。历史中的主体进入文学世界的过程也是一个在文本中赋型的过程,主体是具现和成形于文本之中的。尽管历史中的主体与文本中的主体在历史的和逻辑的双重层面上均有一种同构的关系,但是文学文本在积淀历史的表象的过程中,显然还生成了自身的逻辑,这就是审美之维与形式之维的介入。形式之维使思想得以具形,审美之维则使主体获得感性。而这种感性恰恰是理性的正史在岁月的风尘中被慢慢掏空了的。"①文学逻辑是情感逻辑、审美逻辑,文学创作是通过语言来完成对一种人性和生命的审视,这是艺术创造和艺术鉴赏的准绳,没有从微观分析中"直接抽象的工夫",文学研究很可能沦为某种知识的附庸或某些理论的注释,根本无从确认自身的价值。

一些忽视审美感悟的文学研究所具有的"学术性",很可能被夸大了。尤其是中国现当代文学,无论"五四"新文化运动还是"新时期文学",这两个带有新的文学观念发轫意义的关键时期,都是以思想革命、艺术革命为旗帜的,那种生机勃勃、元气淋漓的状态,才是文学最饱满、最富生命力的状态。文学的学术性,必须以文学审美为根底,也必须具有精神关怀和思想批判的维度,而不是简单臣服于知识梳理和历史讲述。即便是知识,文学也是一种带有情感体温、审美印痕的特殊知识,它永远有学术规范无法驯服的部分。文学研究最核心的应该是对人性、审美的感悟和解读,此外都是旁支。

人性万象、艺术魅力是一部文学作品潜藏的最大奥秘,也是文学研究最重要的学术基础。

退守于书斋,满足于知识考辨,并无限夸大历史细节的作用,这类文学研究也要警惕被一种"庸俗微观史学"所劫持。尤其是时间如此迫近的现代文学、当代文学,其学科特殊性是它的现实感、批判精神、介入意识,放弃这个学科优长,事实上是在降低这一学科的思想难度。陈平原说:"最能体现中文系学者的'社会关怀、思想批判、文化重建的趣味与能力'的,是各大学的现当代文学专业的教授,可最

---

① 吴晓东:《释放"文学性"的活力——再论"社会史视野下的中国现当代文学研究"》,《文学评论》2020年第5期。

近十年，经由大学内外各种因素的调整，这个学科的从业人员远没有二十世纪八九十年代那么活跃。在我看来，这是很可惜的——这里的可惜，既指向我们自身，也指向整个学界。……随着中国学界专业化程度日益提升，今天的博士教授，都有很好的学术训练，但在专业研究之外，有没有回应各种社会难题的愿望与能力，则值得怀疑。原本就与现实政治与日常生活紧密相连的中国现代文学专业，若失去这种介入现实的愿望与能力，其功用与魅力将大为减少。把鲁迅研究、胡适研究做得跟李白研究、杜甫研究一样精细，不是我们现代文学学科的目标。经典化与战斗性，犹如车之两轮，保证这个学科还能不断往前推进。"[1] 这种"战斗性"虽非中国现当代文学学科所独有，但确实是其所长，抛开思想批判、现实关怀、文化省思，鲁迅、胡适的文学价值就损失了大半。几个月前，在《中国当代文学研究》杂志召开的会议上，郜元宝也说，有一些文学考据也许过于仔细了，在当下做这么贴身的考证，究竟有多大的意义，是令人怀疑的。我也有同感。我见过有人专门考证某个作家究竟是在哪一年、哪一月读到《百年孤独》和《喧哗与骚动》的，这个问题其实问作家本人，他也说不清楚。他接受三次访谈，说了三个时间，不是要故意说错，是他真的记不清楚了。阅读有偶然性和随意性，具体是何时读的某本书，很少有人能记得精准。引证当下作家发表的日记和书信，意义也不大，现在媒介这么发达，作家自我包装的意识浓厚，很多作家写的不过是为了发表而写的日记和书信。鲁迅、胡适、季羡林等人那种日记的真实感没有了，现在一些名作家，写日记、书信的时候，已经知道这些将会是研究材料，在语言中伪装自己就是常事了。史学界批判的"庸俗微观史学"，就是说你也许知道一七八九年法国面包的具体价格，但你却不知道这一年发生了法国大革命，这种微观史学的庸俗就在于只重细

---

[1] 陈平原：《新文科视野中的"现代文学"》，《探索与争鸣》2022年第9期。

节、不讲整体。文学研究不能效仿这种年鉴学派，只讲史实，不讲审美，不能只重细节的确切，而轻忽个体对文学那些朦胧而不确切的感受。徘徊在烦冗的细枝末节上，没有对文学整体趋势作出前瞻性判断的识见和勇气，文学研究即便不沦为"史学的婢女"，也容易在那些"活泼泼的"艺术图景面前失语。

## 三

文学所建构的世界不是一个严整、确切、秩序化的现实世界，它更像是现实世界在语言中的投射，有如湖面上那些倒影，是树木、月亮或飞鸟的形状，却又多了模糊、朦胧、变形这些镜像化处理；文学不是复制实体世界，而是关于实体世界的想象。文学的世界就是一个精神的象征世界，这种象征，是通过文学的艺术形式建构起来的。任何人都不可能绕过"文学"的艺术路标而认识到真正的文学。

有论者在反思美国文化史学者达恩顿的代表作《屠猫狂欢》的方法论时说："文学研究者面临的很重要的争议是，如果是实证性的历史结论，为什么不是数据、不是更重要的史料，而是文学文本？而如果是文学内部的问题的话，又如何能够带出更为广阔的意义？""我们该如何找到自己的总体地图？本雅明在选择波德莱尔的时候应该会有人来向他询问：为什么一定是这块'鹅卵石'能反映出十九世纪巴黎的文化底层。这都是反过来提示着我们不能将文学研究简单处理为'文化史'的原因。它们诚然精巧，但可能也因此而忽略了更为广阔的历史结构。"[①]孙绍振就是醉心于通过深入文学文本的

---

① 刘东：《〈屠猫狂欢〉：小事件如何通往大历史？》，《写作》2020年第6期。转引自吴晓东：《释放"文学性"的活力——再论"社会史视野下的中国现当代文学研究"》，《文学评论》2020年第5期。

内部来"带出更为广阔的意义"的学者,这样的学者太少了。他"把生命奉献给了个案分析","不是个别的个案分析,而是空前大量的。这不仅仅是把学问通俗化,也是在寻求学理的突破"①。据不完全统计,孙绍振这些年一共细读了五百多篇经典文本,旨在以微观分析的方式来解读出读者感觉得到又说不出来,或者以为一望而知,其实是一无所知的艺术奥秘。他陆续出版的《名作细读:微观分析个案研究》《月迷津渡:古典诗歌个案微观分析》《孙绍振如是解读作品》《孙绍振解读经典散文》《演说经典之美》《文本中心的突围和建构》《文学文本解读学》等著作,已经成为文本分析的权威读本,更是中学语文教师讲解经典课文的案头必备书,影响巨大。

这是对文学研究极具示范效应的纠偏。

文本是文学研究的肌理和血肉,解析文本的能力,越细微,越见学养,"一尺之捶,日取其半,万世不竭,彻底的分析是无所畏惧的,不可穷尽的。这正是智慧的尖端,生命的高峰体验"。"学院式的评估体系,把文本的微观分析当作'小儿科'。其实,这是愚昧。不论在自然科学还是经济科学,乃至于管理科学,微观分析都绝不是'小儿科',而是'大学问'。"②近年来,文学研究偏重知识谱系、理论话语的建构,这当然是做学问的重要方式,先把握住普遍的原则,提出有高度的结论,然后再做一些有限的个案分析;但还有另一种做学问的方式,那就是理解了一些普遍性和规律性的宏观理论之后,进行大量、广泛的个案分析,以此为基础对理论进行概括,发展理论,甚至颠覆已有的经典理论。孙绍振之所以选择后一种方式,因为他看到了

---

① 孙绍振:《名作细读:微观分析个案研究·自序》(修订版),上海教育出版社2009年版,第3页。
② 孙绍振:《名作细读:微观分析个案研究·自序》(修订版),上海教育出版社2009年版,第2页。

前一种方式已成学术的主流，他要反其道而行之，他那股少年时代就有的"不驯""不屑"（谢冕语），使得他不甘于做庸常的"教授"，他甚至还大声质问这些"教授"：

> 你们在大学课堂上，不是常常以在文本以外打游击为能事，用一些传记材料、时代背景打马虎眼吗？许多学者可以在宏观上把文学理论、文学史讲得头头是道。滔滔不绝的演说、大块的文章充斥着文坛和讲坛。在文本外部，在作者生平时代背景、文化语境方面，他们一个个口若悬河，学富五车，但是，有多少能够进入文本内部结构，揭示深层的、话语的、艺术的奥秘呢？就是硬撑着进入文本内部，无效重复者有之，顾左右而言他者有之，滑行于表层者有之，捉襟见肘者有之，张口结舌者有之，胡言乱语者有之，洋相百出者有之，装腔作势，借古典文论和西方文论术语以吓人，以其昏昏使人昭昭者更有之。①

这样的感叹，并不是毫无根据的。孙绍振曾举例追问：有多少古典文学教授能说出"霜叶红于二月花""二月春风似剪刀""草色遥看近却无""轻舟已过万重山"真正的妙处？"无边落木萧萧下，不尽长江滚滚来"到底好在哪里？现有的古典诗词赏析辞典，或者各种古诗解读文章，多半沿用的还是古典诗话中那些印象式语言。有人讨论《背影》中的父亲形象"不潇洒"，而且"违反交通规则"，有多少美学教授能在美学层面反驳？解读《荷塘月色》长期限于反映"大革命失败以后知识分子的苦闷和矛盾"，这后面隐藏着怎样的文学观念和思维方法的桎梏？学生感受不到《故都的秋》里生命走向衰亡的美，应

---

① 孙绍振：《名作细读：微观分析个案研究·自序》（修订版），上海教育出版社2009年版，第1页。

该如何引导？分析《再别康桥》应该从哪里发现矛盾？谁能从理论高度上回答学生的疑问：薛宝钗、蘩漪、周朴园是坏人吗？祥林嫂之死为何没有凶手？《祝福》中的那个"我"的负疚之感从何而来、该如何解释？鲁迅为何一边说《狂人日记》"很幼稚，在艺术上不该这样的"，一边又说最喜欢《孔乙己》？《孔乙己》的艺术性体现在哪里？《最后一课》中小弗郎士对于学习法语的态度反复多变，该如何解读？《项链》中发现借来的项链是假的，为什么不继续写把真项链换回来？《皇帝的新装》中的人物个性应如何理解？《愚公移山》中的智叟是有智慧的，蛮干的是愚公，那应不应该给智叟平反？"愚"和"智"的关系转化该如何分析？鲁迅在《阿长与〈山海经〉》中，用两节文字介绍长妈妈的名字多余吗？主张尽可能将可有可无的字句删去的鲁迅，何以不怕浪费篇幅？等等。在孙绍振看来，理论如果不能和阅读经验相结合，生搬硬套，就会窒息阅读的灵性，对藏在文本细微处那些精湛的艺术设计、神妙的精神波动就会麻木无感；而有了一些艺术感悟，如果缺乏多层次进行矛盾分析的能力，也很难把那些鲜活的体悟上升到理性的层面，更不可能形成一套可操作的分析方法。

孙绍振把"还原"和"比较"作为文本分析主要方法，它虽非孙绍振所原创，但他却把这些方法系统化了。"还原"的方法，是强调把文学作品还原到创作的过程之中，把原生状态和形象之间的差异揭示出来，打破形象的统一性，进入形象深层、内在的矛盾之中，分析这种矛盾以及矛盾的转化，就能敞开一个精微的艺术世界。"比较"的方法，是指多种形式的比较，就像还原有艺术感知还原、逻辑还原、价值还原、历史还原，比较也有风格、流派、心灵、历史等多层面的比较，通过比较，不但要善于在相同作品中找到相异的地方，还要善于在看起来相异的作品中找到相同的地方；找到文本内部各种隐秘的联系，在比较中磨砺自己的感受力和辨析力。

## 四

孙绍振曾引用马克思在《关于费尔巴哈的提纲》中的话,以证明脱离了创作和阅读实践,文学理论、文学研究都必定是残缺和封闭的。"人应该在实践中证明自己思维的真理性,即自己思维的现实性和力量,亦即自己思维的此岸性。"① 我想,文学的"此岸性",就是从具体文本中生发出来的审美预期和精神想象,是任何知识和观念都无法覆盖的独异形象,是作家这个主体所创造、读者所感受到的"这一个",是作家无论去世了多少年、读者无论更换了多少代也无法磨灭其光辉的永恒的部分。

> 一味梳理观念谱系的方法即便再系统也带有根本缺陷,这表现在:从概念到概念,从思想到思想,脱离了实践的推动和纠正机制,带着西方经院哲学传统的"胎记"。当然,观念史梳理的方法也许并非一无是处,它所着眼的并不是文学,而是观念变异背后社会历史潜在的陈规。但无论是在性质还是功能上,它与文学解读最多也只能是双水分流。②

面对一种过度迷信现成理论的解读危机,孙绍振是要守护一种真正的文学性,并通过和作者、作品的双重对话创建起自己的文本解读学。他在"在表面上不是学问的地方做出了大学问"③,他建立在对大

---

① 《马克思恩格斯全集》(第三卷),人民出版社1960年版,第3—4页。
② 孙绍振:《文论危机与文学文本的有效解读》,《中国社会科学》2012年第5期。
③ 颜纯钩:《孙绍振和归纳主义路线》,《福建师范大学学报》(哲学社会科学版)2016年第2期。

量文学文本的体悟和破译基础上的理论阐发，重构了很多人对文学的想象方式。他是真正把创作和解读融为一体的理论家。中国当代不乏知识论意义上的理论家，但实践论意义上的理论家很少，后者如同手工业者，虽然艰苦，却能为读者进入复杂的文学世界提供更为可靠的路径。

> 我的解读与新批评最大的区别是理论基础不同。这个分歧，不仅仅是我与新批评的，而且是我与几乎所有解读人士的分歧。我坚信文学理论基础是创作论，而百年来的文艺理论，包括西方的和中国的，却是以哲学本源论和本体论为主导的，可以说离创作论越来越远。就是某些本体论的甚至鉴赏论的文艺理论，也都毫无例外地把作品当作成品，所谓与作品对话，也只是与不可改变的成品对话。但是，成品解读最大的局限是，只能看到现存的结果，而看不到成品中大量被提炼了的成分。沉迷于结果，就看不到建构结果的过程。分析，不完全是和作品对话，而是和作者对话，不满足于做被动的读者，就要设想自己是作者。还原之所以必要，就是把作者未曾创造的原生状态想象出来，与作品现存状态对比，把作品还原到它历史的、个体的建构的过程中来。在客体对象，在主体情致，在形式的、流派的、风格的建构中，首先要看出它排除了的东西，其次要看出它变形变质的东西，最后要看出它凝聚起来的过程。①

让文学研究关联于实践论、创作论，发挥理论的有效性，这是具有颠覆意义的观念变革。多数的学者，习惯从既有的经典理论中，借

---

① 孙绍振：《美国新批评"细读"批判》，《中国比较文学》2011年第2期。

由演绎的思想方法来推导出某个结论,以此作为论述的大前提,然后再去找寻支持这个结论的例证,但孙绍振的研究常常把这些大前提当作反证,通过大量不同的文本证据来完成对它的质疑和批判,进而突破固有的理论边界。他的第一部著作《文学创作论》,提出了很多关乎创作规律的观点,这些观点不是从之前的文艺理论著作中演绎出来的,而是他从作家的创作实践、鲜活的文学文本,以及从各种新的文学现象和文学趋势中归纳总结出来的。我不止一次听莫言、麦家、赵琪等作家盛赞孙绍振的理论,三十多年前,他们在解放军艺术学院就读时听过孙绍振的讲演,这些讲演对他们的写作产生了深刻的影响。他的第一篇著名文章《新的美学原则在崛起》,关于"追求生活溶解在心灵中的秘密"、自我表现以及"与传统的艺术习惯作斗争"等崭新命题①,也不是对之前所知的中外诗论的逻辑演绎,而是从当时"朦胧诗"的创作实践中归纳出来,并加以美学升华的。

颜纯钧把孙绍振这种研究方法概括为"归纳主义路线","文学研究不能以哲学本源论和本体论为主导,而是要以创作的实践为主导。这种理论指向,决定了孙绍振的学术研究必然是归纳主义的,而不是演绎主义的"②。尽管归纳主义和演绎主义都有自身的思想局限性,但现在的学术传统,偏重于照着一个理论大前提去演绎,以至于学术研究成了赶时髦,西方一出现新理论,我们这边马上亦步亦趋,这些理论,用之一时或有新意,但一经演绎就容易自限,成为新的牢笼。而在文学界,文本、现象、趋势是层出不穷的,它总是会不断涨破理论的壳,提供新的问题,产生新的感受,一个具有归纳主义能力的人,总能找到新的理论基点,挑战已有的结论。正是在这个大的学术背景

---

① 孙绍振:《新的美学原则在崛起》,《诗刊》1981年第3期。
② 颜纯钧:《孙绍振和归纳主义路线》,《福建师范大学学报》(哲学社会科学版)2016年第2期。

里，归纳主义有时比演绎主义更具原创性意义：

> 把朦胧的意念，无序的感受，飘浮的印象，提炼为准确的范畴。归纳凝聚的过程，和演绎法是不一样的，演绎法是依傍一个抽象的前提进行攀升，而演绎法则直接抽象，直接在客观对象和主观感受的搏斗之中，内情和外感猝然遇合。从第一手直接抽象、直接归纳出来的观念，往往带有原创性。……学术研究，光凭演绎法，比较难以突破，更难以有原创性。从学术规范来说，演绎法，最容易做到无一字无来历，学术资源中规中矩，可在很大程度上，是从已知到已知。而从思想的新锐、学术的突破来说，归纳法虽有经验狭隘性的不足，却比较能够实事求是，显出原创性，至少是亚原创性的。①

这种由归纳主义为基础创立起来的"文学文本解读学"，据孙彦君的考察，是孙绍振对朱光潜、叶圣陶、朱自清等人的文本细读法的师承，但就其学术价值而言，又是对他们的超越。朱光潜"批判"康德和批判从康德体系出来的克罗齐学说的文章，以及他那些具体分析中国经典作品的小品文，尤其是主观与客观的统一，既不能统一于认识的真，也不能统一于道德的善，只能统一于美的观念，深深塑造了孙绍振的美学趣味。而朱自清受美国新批评学者瑞恰兹和燕卜荪的影响，认为不能只给作品以"美""雅""豪放"这种空泛评价，而是要一字一句细读，"领会那话中的话"，尤其他以新批评观念解读中国古典诗歌，对孙绍振文本分析法的训练，也产生了较大的影响，他写的第一篇真正的学术论文《论绝句的结构》，就发展了朱自清所说的

---

① 孙绍振：《散文：从审美、审丑（亚审丑）到审智——兼谈当代散文理论建构中历史的和逻辑的统一》，《当代作家评论》2008年第1期。

绝句的第三句往往有"否定"性质这一观点。叶圣陶则以作者、作品、读者之间的互动为基础，不仅和文本对话，也和作者对话，并强调要通过写作来深化这种对话，他对《孔乙己》《背影》等作品的解读，直接启发了孙绍振如何分析作品，如何进一步挖掘这些作品的深意。"在叶圣陶的经验论、朱光潜的学理性和朱自清的经验与学理结合三个流派共同熏陶下，孙绍振形成了他学术理性和经验感性的解读风格。"[①]他的文本解读，不仅回到文本中心论，对文本进行深层解密，更是在前人的基础上找寻新的阐释空间，以期实现理论上的突破。

孙绍振最重要的两本著作——《文学创作论》和《文学文本解读学》，就实现了研究方法的创新和文学理论的突破。

他的"文学创作论"，建构了"假定""错位""变异"三位一体的写作范畴，认为"生活的结构并不等于艺术的结构"[②]，文学是生活在艺术家心中的变体，是艺术家根据自己的想象和逻辑假定的世界，也是生活本身和作家心灵相化合的产物，作家在生活面前不是录音机或照相机，他如何看待生活、选择生活、表现生活，是在假定、错位和变异这一系列矛盾中不断转化、不断升华的。这就突破了传统的文学反映论的局限。他的"文学文本解读学"，提出了"唯一性""文本中心论""意象、意脉、形式规范三个层次的立体结构"这几个解读原则，突破了西方文论中主客二元思维的局限，通过分析文本表层的意象、中层的意脉，特别是深层的规范形式，揭示文学文本的主体、客体和形式的三维结构，将其被抽象掉的特殊性和唯一性的精致密码还原出来，从而实现了文本解读最大限度的有效性。阎国忠把孙绍振对文本的分析，概括为就是对矛盾的分析，"《文学创作论》旨在试图通

---

① 孙彦君：《孙绍振文学文本解读对朱光潜、叶圣陶、朱自清的师承和超越》，《福建师范大学学报》（哲学社会科学版）2016年第2期。
② 孙绍振：《文学创作论》，海峡文艺出版社2009年版，第1页。

过对文学的外在矛盾——文学与生活，美与真（理性的）、善（功利的）、融入感知或为感知反衬的情感与一般情感的矛盾——的分析将那些决定文学之为文学的审美特征指认出来，使其从所蒙受的遮蔽和扭曲中获得解脱并回返其自身，《文学本解读学》则是通过对文学的内在矛盾——特殊与普遍、文本与阅读、意象、意脉与形式规范的矛盾——的分析，揭示出构成这个作品区别于其他作品的'唯一性'的审美特征，从而使人领略到蕴含其中的艺术魅力。由于文本内在的矛盾层次错落，所以，解读就像是进入一个独特的并且无限丰富和深邃的世界。"① 在《文学创作论》和《文学文本解读学》中，孙绍振为我们重新描述了那个充满想象力的文学世界以及进入这个世界的读解方式，他也用这些自己所创立的方法和理论，极富说服力地重释了数百篇经典文本的艺术密码，他的研究告诉我们，文学创作是可以训练的，文学奥秘是可以解析的。

五

尽管孙绍振的文学创作论和文本解读学都有很强的可操作性，但他并不是一个纯粹的技术主义者，更不只是方法论者，在我看来，他是真正有思想的理论家，他做的学问也是有思想的学问。方法是有限的，但思想常新。按照孙绍振自己的总结，他的全部理论中隐含四种思想成因：康德的审美价值论、结构主义、弗洛伊德的心理分析，和使之成为系统化的黑格尔、马克思《资本论》的正反合螺旋式上升的辩证法。② 也许还有波普尔的"证伪说"，以及他作为作家的写作经

---

① 阎国忠：《文艺理论何以可能——读孙绍振诗学一得》，《孙绍振诗学思想研究文集》，汪文顶、王光明、骆英主编，社会科学文献出版社2016年版，第15页。
② 孙绍振：《审美价值结构与情感逻辑·自序》，华中师范大学出版社2000年版，第1页。

验这一重要参照。有思想基础的实践论,才有望转化为知识论,才能把对文本的直接分析和直接归纳上升为理论。从特殊性走向普遍性,永远是理论的梦想,这个梦想的实现,也要思想的指引。

有必要从更内在的思想层面解读孙绍振的研究路径和理论构成。

和康德盼望在本体世界(意义和价值的观念)与现象世界(有重量、可量度的外在世界,即科学的世界)之间建立一个"统一"的知识理论①所不同的是,孙绍振反对绝对统一性,他更愿意运用对立统一的矛盾法则来分析事物的特殊矛盾。"死死揪住矛盾的特殊性不放,这就是我的出发点。不管它面临着多大的困难,也要把对特殊矛盾的分析进行到底。正因为这样,我在这本著作中(指《美的结构》)才那么强调形象本体结构的特殊性,作家智能结构的特殊性,不同文学形式审美规范的特殊性。"②当然,孙绍振在分析矛盾的特殊性时,也不是置普通性于不顾的,对辩证法精神的把握总是让他在正反合的思维中多层面地论证问题。他不轻易臣服于一些权威理论。车尔尼雪夫斯基的著名论断"美是生活",曾经风行二十世纪五六十年代,它是周扬文艺理论的核心,是"新美学"的逻辑起点,可孙绍振说,他当时"作为一个大学生就不买他们的账"。生活并非都是美的,不美的人、

---

① 从黑格尔的《精神现象学》《逻辑学》《哲学史讲演录》《法哲学》等书中可以看到,他也有将"本体世界"与"现象世界"统一起来的愿望。他运用一连串复杂的宗教观念,试图建立起这个统一,但结果只留下一大堆宗教字句。黑格尔这方面的思想显然是在孙绍振的视野之外。其实,不仅黑格尔,康德和波普尔等人对孙绍振的影响也主要是哲学方法上的,而无关精神阐释。黑格尔与康德都有强烈的宗教精神,而孙绍振更多注重的是美学与艺术的形式,即使康德的价值美学对他的影响,也只是形式层面上的。他自己也说,"康德的确是博大精深,走进他的庄严的哲学大厦,我只有眼花缭乱的感觉,哪里来得及分析。但是我却是一个不可救药的无神论者,对他头上的星空、胸中的道德律,尤其是他的宗教观念,却不甚了了。"(孙绍振:《我的桥和我的墙——从康德到拉康》,《山花》2000年第1期。)

② 孙绍振:《美的结构》,人民文学出版社1988年版,第5页。

事、物比比皆是；生活中的美在艺术中可能变为丑，而生活中的丑在艺术中则可能是美的，这里面有一个艺术转换的问题。他认为，"美是生活"的逆反命题——美不是生活——可能更深刻。这表明，研究形象不能只用单一的反映论，而应与本体论结合起来，不研究事物本身的结构和内在的特殊矛盾，就不能获得更深刻的认识，"我认为思路的转移远比观点的转移要深刻"[1]。孙绍振看到了反映论的局限，他从生活与艺术的矛盾出发，在形象研究上强调主体性、自我表现，认为形象的胚胎产生于生活和自我的二维结构，这样，生活与自我之间互相制约、互相同化的过程，就使作家的情感、感受力、观察力获得了内在的自由，作家在阐明这种自我的内在自由时，再主动调节自我本质与生活本质之间的不平衡关系，进而从现实层面上完成了形象的内容；然后，在形式的作用下，自我感情特征和客体特征脱离现实的层面，在想象中发生变异，这就是形象结构和第三维——想象和形式的作用。有了第三维的作用，形象就进入了更高的审美层次。作家在形象的三维结构里一旦把握了成熟的形式规范，也就形成了成熟的风格。[2] 这就是孙绍振著名的形象结构理论。当时的理论界，还停留在"形象是生活的反映"这一僵化模式中，可孙绍振于一九八五年就提出了这个理论，并阐明了形象的本质——它是在现实生活、作家内在自由、想象与变异的形式这三者的协同作用下产生的。

接着，孙绍振在康德价值美学的影响下，又建构出了"真善美三元错位"的美学体系。孙绍振指出，美与真不但在量上是不相等的，在质上也是不完全统一的，美与真属于不同范畴：美作为价值判断，真作为存在判断，二者是有不同的，真要向美转化，必须与主体的目的性发生关系，这样才有价值。可是，在价值领域，除了审美价值之

---

[1] 孙绍振：《美的结构》，人民文学出版社1988年版，第11页。
[2] 孙绍振：《形象的三维结构和作家的内在自由》，《文学评论》1985年第5期。

外,至少还有科学(认识)价值和实用(功利)价值,这三者都与人的主体需要和目的有关,但这三者在统一的方面是有限的、不完全的、相对的、有条件的;所以科学家不相信自己的感觉、知觉,不敢相信自己的耳朵、眼睛、鼻子,宁愿去相信仪器的指针和刻度;而科学价值与审美价值之间是有"误差"的;只有当科学的认识激活了主体的情感世界,主体的情感对科学的理性有所超越之时,才有可能进入审美的层次,这种"误差"说明艺术家所追求的并不完全是客观的真。同样,审美价值与实用价值(包括道德的美和生理的满足)之间也是有差异的:审美只有超越了功利目的和生理需要所代表的实用价值时才有意义。

> 真善美都是一种价值判断,三者的关系并不是同位的重合的关系,并不是半径相等的三个可以互相重合的同心圆,作为价值判断,它们属于三个不同的范畴,对于同一对象,它们从主体的不同方位出发,有不同的价值方位。……它们既不是同位关系,也不是异位关系,而是一种错位结构,它们之间却有一部分是互相交叉。①

在形象的审美价值结构之中,情感的美在逻辑上、价值上必须超越于真和善,这三者之间的误差越大,审美情感的超越性就越大,审美价值量的增值幅度也越大。(当然,这种错位不能超过极限,造成与科学、实用价值脱离的程度。)这种审美价值结构与具体的艺术形式联系在一起,就能产生真正的艺术。"正因为这样,曹雪芹不让林黛玉与贾宝玉之间的感情错位重合,不让二人的感情差距消失。托尔斯泰也不让安娜与伏隆斯基之间的感情差距消失,一切爱情小说动人

---

① 孙绍振:《美的结构》,人民文学出版社1988年版,第48—49页。

的秘密都在于让相爱的人情感保持乃至扩大差距,有时至死都不让他们完全心心相印,而在诗中则写恋人的心心相印,情感没有误差,则是天经地义的事,在诗中,恋人的心一旦拉开差距,就可能散文化,导致诗的审美价值的下落,而在小说中主人公心与心的误差一旦消失,不是小说应该结束了,就是小说的审美价值贬值了。"①

形象的三维结构理论,真善美三元错位的美学体系,是孙绍振文艺理论的核仁。他的文学创作论、文学文本解读学,无论是"假定""错位""变异"三位一体的写作范畴,还是"唯一性""文本中心论""意象、意脉、形式规范三个层次的立体结构"的文本解读原则,都建基于此。

## 六

孙绍振的这些理论并不是没有矛盾和局限的。如同美学依附于哲学会使美学陷入困境(这是孙绍振着力批判的),把美学从哲学中分离出来,也可能会丧失一种美学精神。作为一种美学方法,分析文本矛盾、分析文学的特殊性,可以同中求异,异中求同,找到艺术的缝隙,进而解读出文本内部的深层奥秘。但"文学"对应的是一个生命世界,它除了艺术密码,还有精神密码,解读文学作品时,除了应用艺术形象的解读逻辑,还要懂得灵魂世界的解读逻辑。

艺术的特殊性并不能用来否定精神的普遍性。

好的文学作品,从来都是特殊性和普遍性的完美结合。因为它具有特殊性,成了"这一个",成了作家所创造的不可复制的形象和语言;但也因为它具有普遍性,不同读者才能为之感动。孙绍振说,"美是主观与客观统一于审美价值的错位结构还要准确地定位于具体的

---

① 孙绍振:《美的结构》,人民文学出版社1988年版,第61页。

艺术形式的审美规范",为什么要强调"准确地定位于具体的艺术形式的审美规范"？我想，就是因为符合这个规范的美才能被人理解。马克思说，人是按照美的法则创造的，说明人的内心存在一种与生俱来的美学秩序（可能是潜在的，也可能已遭破坏，只留下痕迹）。人的存在方式决定了人对美的体验方式，这里有特殊性，也有普遍性，所以，人无论老少，地不分南北，大家可以共同欣赏同一部作品，也能共情于同一个人物的命运。何以忧伤、残缺、破碎在文学作品也会令人着迷、令人震颤，这不是错位的结果，而是因为忧伤、残缺、破碎唤起了人对存在之不幸的同情，它的背后，寄寓了人对欢乐、完整、美好的期待。东西方都有的"审美与伦理统一"的美学思想，指向的其实是精神的完整性问题。

错位、变异、矛盾固然是创造艺术形象的重要方法，但任何伟大作品的诞生，都不仅仅是艺术方法的胜利，它还包含着作家对世界的看法、对存在的体验，包括他的人格力量，他对灵魂安置的渴望，都会流露在他的写作之中。博尔赫斯说，陀思妥耶夫斯基的小说如果让他写，只要三分之一的篇幅；他还说像《堂·吉诃德》这样伟大的小说，经得起任何错误译本的考验——由此看来，艺术上的烦冗、粗糙，或者翻译语言的不精确，都不能动摇一部伟大作品那种震撼人心的力量。这表明艺术问题之外，还有一个精神和灵魂问题，它同样是文学讨论的范畴。

文本分析是文学研究的基础，可任何文本都只是个案，分析再多的个案，都存在局限，因为不断会有新的个案；从个案中归纳出来的结论，很可能又会被新的个案所颠覆，所以就要不断地分析、不断地归纳，如果没有演绎，从个别推导到一般，从特殊演绎成普遍，就无法完成理论抽象。孙绍振在归纳之外，也有演绎的理论自觉，所以他有建构理论体系的雄心，这种雄心在《美的结构》一书中表现得最为显著，在《文学创作论》和《文学文本解读学》中也有所体现，目标就是要归纳、演绎出一种理论，一种能指导创作和分析文本的理论。

可是，文学面临的问题不全是艺术论的，它也还是存在论的。这也是现代艺术发生的精神背景。卡夫卡写《变形记》，艺术象征上是简陋的，人变成甲虫，已经没有艺术逻辑的铺垫，而是直接呈现作家对人的存在境遇的洞察，这种存在论意义上的文学变化，必须在一个信仰匮乏、人性异化的精神语境中才能被理解。艺术分析是个案分析，也是局部分析，它不是全能的，它可能回答不了何以在托尔斯泰、陀思妥耶夫斯基笔下相似的罪与罚的主题，到了卡夫卡、加缪、福克纳等人那里，却成了另一种面貌。这背后有艺术的革新，但更主要的还是现代人对存在的理解发生了巨变。是存在论决定了艺术变化的方向，尤其是在现代派作家、艺术家那里，精神体验常常决定他的艺术形式。卡夫卡是先有人像虫豸一样卑微的体验，才选择了人变成甲虫这种寓言形式；凡·高是先有了世界已经模糊、真相正在趋于梦想的体验，才让画布上充满与传统写实截然不同的那些不确定性的"印象"；毕加索也是先有了割裂的思想，才用立体主义的绘画方法的。从这个意义上说，作家、艺术家的精神体验和艺术形式是同构在一起的，我们在分析其艺术细胞的同时，也要对一部作品所抵达的精神世界有一个整体性把握。

孙绍振的理论中，这方面的探讨相对匮乏。

艺术的局部分析不能代替精神的整体关怀。离开了整体把握，局部的艺术分析有时是不可靠的。比如，孙绍振给叶兆言那篇趣味庸常的小说《蜜月阴影》以比较高的评价[①]，还把王蒙那首简单的诗作——"鱼儿在海里是多么自由／鱼儿被红烧是多么难受／我多愿意是一只

---

① 孙绍振：《作品分析的还原法》，《名作欣赏》1994年第2期。

小鸟,蹲在树枝上叨啄羽毛"——说成是"属上乘之作"①(难道仅仅因为王蒙这几句诗里隐含着辩证法?),这些都是用局部的艺术分析代替了对作品的整体把握之后所作出的判断,说服力是明显不够的。

而且,从终极意义上说,美是有可能与真、善合一的,不否认艺术上有错位结构,但也不能否认精神上三者可以合一。事实上,孙绍振也承认真、善、美三者也有互相交叉、重合的部分,这交叉、重合部分究竟是什么? 它对于艺术而言是无法书写的,还是美的另一种终极形式? 当美的形式与价值的形式重合了,它的艺术性就真的会弱化或消失吗? 错位可能是过程,统一(重合)则可能是结果,历经各种磨难是错位,"大团圆"则可能是统一,这种统一有没有艺术价值? 应如何认识这种"统一"的艺术价值? 若不存在统一,又有什么"错位"可言呢?

这个结论当然是不合乎辩证法的。但我要继续追问的是:辩证法是否能解决所有问题? 辩证法的方法是,揭示出特殊东西的有限性及其所包含的否定性,表明特殊东西并不是不变的,它必然过渡到它的反面,无论是"正"还是"反",都包含着真理,当"正""反"成立后,"合"便产生了,接着又会出现同样的矛盾(对立)形态,周而复始,正、反、合就这样无休止地发展下去。这种辩证的结果,其实是把一切立场都相对化了。如果把文学中的道德、正义、勇气、救赎等精神问题都解读为是相对主义的,是历史洪流中"合"的结果,那在文学作品中写玩弄少女、写滥杀无辜,似乎也不能要求作家有艺术态度了,所谓对罪的审判、灵魂的自省,也可能不是"正""反"之间的争辩,而是"合"之后随时可以逆转的虚假姿态。一切精神问题都相对化之后,其实是把相对主义绝对化了——绝对地相信相对主义。

---

① 孙绍振:《孙绍振如是说》,三联书店(香港)有限公司1994年版,第128页。

可见，这个世界是有绝对精神的；最好的艺术都是独断、唯一的，这也是绝对主义。在辩证法、特殊性、归纳法之外，还有绝对性、普遍性、演绎法，这就是世界的丰富性和多样性，这也是孙绍振一方面不相信任何权威理论，另一方面又无限信任他的学生、朋友，甚至不惜被人骗的真实隐喻，这也是文学虽然千变万化，生活却可能一成不变的原因——这一切都多么的矛盾。人、生活、世界和艺术都是矛盾的，绝对的矛盾。我知道，孙绍振是艺术至上主义者，但面对这些终极矛盾，他肯定清楚，艺术分析是解决不了的，灵魂所需要的答案，只有灵魂才能回答。

◎ 最初发表于《小说评论》2022年第6期

# 成为一个创造者

## ——我所理解的陈思和

多年以后,我还能记得,陈思和老师给我讲述他和贾植芳先生一起喝酒、聊天时的样子。他听贾植芳讲他朋友们的故事,胡风、郭沫若、茅盾等人怎么样,也讲鲁迅,这些都和教科书里写的不一样的,他觉得,贾植芳本人就是一部活生生的文学史。而陈思和开始研究巴金的时候,巴金的身体还很好,也会和他讲很多事情,甚至会告诉他文章写得对不对。这些重要的际遇,直接影响了陈思和的文学观和价值观,让他时刻觉得自己就置身于历史的现场。

文学是活着的历史,而且是一直在行进着的历史,作为一个学者,要想很好地研究它、理解它,首要的问题就是要找到属于自己的进入方式。陈思和身上鲜明的风格,正是这些先贤直接传导给他的理想情怀、责任意识。他说,"现代文学史对我来说,不是历史,而是一个现实环境,就是一代代人从鲁迅传到胡风,胡风传到贾植芳,贾植芳传到我。""当我研究现代文学的时候,现代文学就是一条河流,我就是这个河流里面的一块石头。不仅我个人,所有研究现代文学的、从事现代文学的人都是这条河流里的石头。你们也是。这条河带着前人的生命信息,从我们身上流过去,流过去时把我们淹没了。但当河水流过我们身体的时候,就把我们的生命信息也带了进去。那么这个文学史就是一个活的文学史,是有生命的文学史。这样理解的话,这个学科就不是一个外在于我生命的学科,我喜欢现代文学,就是因为我是存在于此的,我是在这个里面的一个人,就像河流里的一块石头一样,我感受到这个传统在我身上这样流过去。"① 我很喜欢他这个关于"石头"的比喻。历史是一道洪流,奔涌时浮在表面的多是泡沫,洪水过后,沉下来的却是石头。几十年来,陈思和一直专注于自己的文学研究和文学教育,没有像同时代的其他批评家那样兴趣广泛、四面出击,也许正因为此——在他内心深处,他只想做一块时代的"石头"。

我想起二十世纪八十年代中期,文学批评是那个时代的思想先声之一,很多最新翻译过来的思想、哲学著作,都在文学批评界先流行和应用。那时活跃着一大批青年学者,精神前卫,文采飞扬。在这批学者当中,陈思和未必是最具光彩、最富才情的一个,但现在可以说,他可能是对文学最专注,也最深情的一个。有些人探出头去研究艺术、泛文化、思想史,有些人转身去做出版、办媒体、忙行政,各有各的精彩,可陈思和从不为之所动,只埋头于自己所热爱的文学,守住这一小块学术根据地,历经多年,终成大观。说实话,身处一个喧嚣变动的时代,要保持这份专注并不容易。在他,这是一种理想;而在我看来,这也是知识分子的一种风骨。

而这些品质,正是传承自他经常念兹在兹的两位精神导师——巴金和贾植芳。近距离接触或受教于这两位前辈的人不少,但陈思和对他俩的精神风华的敬意和向往,比别人深切得多。他共情于他们的人生,视他们为榜样,从他们的文字中接受精神滋养,也渴望能像他们一样挺立在人世间。一个知识分子,接受没接受过伟大良心的指引,他的言辞和行动是完全不同的。而陈思和身上有一种大家公认的

---

① 陈思和:《我的导师贾植芳先生——陈思和教授在河西学院的演讲》,《史料与阐释》(总第四辑),陈思和、王德威主编,复旦大学出版社2016年版,第112页。

深厚的人格力量，正是得益于他善于亲近那些伟大的灵魂，并从他们雄浑的人生中辨识何为有价值的事物，并明白自己该守护什么、蔑视什么。很多人都知道，陈思和的性格温和、厚道、周全、尽力，他身上有强大的气场，总能聚拢起一群人，做出很多有影响力的事，也极大地扩展了中国现代文学研究的边界。但我想说的是，温和并不等于温暾，周全并不等于缺失原则，恰恰相反，陈思和的内心有着别人不易觉察，亦不可撼动的原则和坚守。多数人只看到了他"为"的一面，而不太留意到他"不为"的一面，那些表面的风华、繁杂的事务后面，其实贯穿着陈思和一直来就有的条理和清醒。君子有所为有所不为，士不可不弘毅，陈思和是有这种"君子"风、"士"风的，知道反抗、拒绝，且再艰难也一直在尽力做事。学术上不循旧论，反抗成见，才有"文学整体观""重写文学史"之再思，有"民间""无名"之关怀；现实中懂得拒绝，不会把时间耗费在无聊的文山会海或觥筹交错之中，长期耗时耗力任中文系主任、图书馆馆长等职，也因这些平台可做实事。多年前，坊间有人说起，陈思和将调任何职，我一口否认，因我知道他志不在此，他不是个恋羡坐主席台的人。有一次在京参加一个与会者众多的大会，他也不过喜欢和我站在大礼堂后面的角落听会；而这些年大江南北无数的研讨会上，更是难觅陈思和的身影，这固然有家事缠身的缘故，但在骨子里，他是想把时间集中起来，做更多有意义的事情。他拒绝的，远比他得到的更多；他知道什么是泡沫，什么是石头。

每当这个时候，我就会猜想，陈思和在做很多抉择的时候，大约都会想起贾植芳、想起巴金吧。他说，"贾植芳先生是我人生道路上的精神父亲，如果没有贾先生的榜样，我可能一辈子也不会成为一个自觉的知识分子。而巴金先生却似我人生道路上的北斗星座，他也许没有与我说过许多教诲的话，但是他就那么默默地坐着，给我无限的想象力。他曾经的信仰，晚年的著述，他沉默的心灵，不断地提升我的思想和境界。""因为研究巴金，我又有缘分结识了毕修勺和吴朗西两位先生，他们都是无政府主义的信仰者，又是实践者，用他们朴素的生活行为践行自己的理想，教会了我如何安心于平凡的人生，而又努力做出不平凡的业绩。"①"自觉"一词，何其贵重，这就是石头的品质，它在洪流中是沉下去的，无论外面泡沫如何翻腾、水流如何湍急，石头都在深处沉潜。这些年，商业主义、权力崇拜愈演愈烈，人是很容易随波逐流的，但陈思和的专注、定力，以及他的理想主义精神，让他知道"如何安心于平凡的人生，而又努力做出不平凡的业绩"。数十年来，未曾一日离文学，多一寸进展，就多一分喜悦，这种学术上的跋涉，无深厚精神根系的滋养，断难坚持。他忆及贾植芳先生时说："贾先生的做人道德和作文风格，都不是四平八稳、唯唯诺诺、在集体主义的传统中把自己很深地埋藏起来，而是相反，他的为人和文字里处处能够看到傲骨在格崩崩地发出声响。……文字背后总是有一种桀骜不驯的人格力量。"②这种"傲骨"和"桀骜不驯"的基因，又何尝没有种在陈思和身上？他还说，"我多次阅读《随想录》，不断揣摩他在沉默中的深意，精神上的领悟无法用语言来表述。"③试想，一个沉痛的反省者，一个赤裸解剖自己的人，其"沉默中的深意"又会是什么？多少作品中，没有写出来的，有时比写出来了的更震撼人，知心的读者自会领会，这也是研究中国现代文学的人应有的基本能力。而今讲到傲骨、沉默、反思，很多人以为只有思想对抗这一途，这样理解就未免狭隘了；除了反抗者，还要有创造者，甚至创造

---

① 陈思和：《巴金的魅力·序》，《巴金的魅力》，广东人民出版社2018年版，第3—4页。
② 陈思和：《五年来的思念》，《人民文学》2013年第9期。
③ 陈思和：《巴金的魅力·序》，《巴金的魅力》，广东人民出版社2018年版，第3页。

比反抗更重要。

陈思和的内心,就是想要成为这样的创造者。他的傲骨,体现在无论时势如何变化、事务如何繁忙,都不能打断他的学术规划,不能稀释他的文学情怀;他的沉默,体现在他没有说的、没有做的事上,甚至在一些本该有他的场合你也看不到他。创造、肯定、做成一些事情、让计划变成现实,这比把精力放在宣泄、牢骚、厌弃上更有价值。所以,陈思和是我见过的学者中,对现实抱怨最少的人。不是说他没有失意和愤怒,而且他不为那些令人失望的人和事所困,他所信仰的是,哪怕在看起来什么事也做不成的日子里,也仍然可以尽力做一点事情的。如果什么都不做,就什么也不会改变。他说过,自己在学生时代,贾植芳给他讲的故事中,"不是说他在监牢里受了多少委屈,也很少说起受迫害时他遭到了什么困难"①。贾植芳总是讲他朋友们的故事,文学史上的故事,我相信这也直接影响了陈思和的为人风格。我做他的学生多年,从未见他把任何负面情绪传导给我们这些晚辈,相反,我们这些学生,每见一次老师,都会增强一分对社会和学术的信心。陈思和让我充分意识到,现状是可以改变的,重要的是每一个人都参与其间,每一个人都不藐视自己微小的努力。

在陈思和身上,洋溢着中国知识分子群体极为可贵的担当精神、岗位意识。由他,我经常想,中国不缺思想者、写作者,最缺的恰恰是如何把思想转化成实践、如何把纸上的构想变成现实的人。空谈容易,行动却难。钱穆论到清代的中国文化之所以衰微,最重要的原因就是文化成了纸上的文化。一切的思想,不能返回到现实、不能转化成实践,它的意义都是有限的。只是,长期以来,中国知识分子长于空谈,学术界也着迷于概念的空转,很少有人会脚踏实地地去做一些

---

① 陈思和:《我的导师贾植芳先生——陈思和教授在河西学院的演讲》,《史料与阐释》(总第四辑),陈思和、王德威主编,复旦大学出版社2016年版,第111页。

实务，因为大多数时候，做实务是一种奉献，是服务于别人。陈思和显然不想成为长于空谈者，他把文学教育放在与文学研究同等的地位，他坚持给本科生上课；他主编各种丛书，且向年轻作者倾斜；他办刊物，实际兼任《上海文学》主编多年；他做中文系主任多年，推进了多项重要改革；在图书馆长任上，也是亲力亲为。所有这些，都本于陈思和注重研究与实践相结合的价值理念。他说："理想不是唱高调，我们每个人有自己的工作岗位，在自己的工作岗位上把自己的工作做好，这就是理想，出版也是这样，教育也是这样。我想如果巴金先生再回到人世间，巴金先生和毕修勺先生、匡互生先生、吴朗西先生等，他们还是会平凡地工作。……这批老一辈的人，一直到生命的最后，始终在想着怎么为社会多做点实际的事情，而从来没想过从国家那里拿多少线。他们始终相信，人们可以通过自己的工作和奉献，来保证自己理想的纯洁性。这个想法在我们今天几乎是一个神话，但是我想，在一九三〇年代这也是一个神话，但是在那个社会，就有这么一群有理想的人，他们顶着社会的压力，逆流而上，通过自己的实践，点点滴滴地在做……这种精神是我们今天最最需要的。"[①] 这里所说的"通过自己的实践，点点滴滴地在做"，似乎成了陈思和的工作原则。"点点滴滴"，也许微不足道，但日积月累亦可能极为壮观。知识分子不应轻视自己渺小的声音，因为许多的小声音去到天上之后，就会汇聚成大声音；如果都在哀叹，都觉得个人之力渺小，改变不了什么，说了也白说，于是就什么也不说、不做了，那现状如何改变，民族如何前行？陈思和的不抱怨、不灰心、勉力前行，真是中国知识界难得的积极力量。

陈思和把这种实践概括为知识分子的岗位意识。他对知识分子从

---

① 陈思和：《巴金研究的困难与展望》，《巴金的魅力》，广东人民出版社2018年版，第483—484页。

广场意识向岗位意识转化的论述,是一个很大的学术亮点。多数人只在乎自己那一亩三分地的学术耕耘,少有人关怀知识分子的使命和姿态。陈思和从巴金等人身上,深刻地看到了一代先贤不同于今人之处,"巴金的道路向我们展示了现代知识分子对中国命运的多种可能的选择和尝试……即知识分子在社会现代化转型过程中如何寻求自己安身立命的岗位……只要知识分子看清楚了自己在未来庙堂的地位的失落,放弃了重返庙堂,通过政治途径来改变中国命运、从而确立自己的生存意义的价值观的理想,他都会考虑怎样在现代社会中重新确立自己的生存意义的价值取向的问题:这种新的价值取向不是要放弃知识分子对社会的责任,而是重新寻找对社会履行责任的方式;广场不是知识分子唯一表达社会使命的场所,启蒙也不是知识分子显示知识理论的唯一途径"①。理解了这一点,就能理解陈思和为何愿意去做杂志主编,会不遗余力主编各种丛书,为年轻学者创造出版机会,因为在他看来,教育与出版所担负的意义,一点都不比学术研究小,他认为,"现代出版事业已经成为知识分子以思想文化为阵地,实现自身价值的重要途径。知识分子在调整了安身立命的学术传统的同时,也调整了生存的方式和实现自我的方式,仕途已经成了可望而不可即的梦幻,比较实在的倒是祖先们筚路蓝缕开创而来的教育事业与出版事业。"②他主编"火凤凰""逼近世纪末小说选""中国现代文学社团史""世纪回眸·人物系列"等丛书,他编写文学史,做很多教学实践改革,他对文学新人大力度的扶持,背后都贯彻着他自己所说的岗位意识。他本可以更专注于自己的学术,做出更多的学术业

---

① 陈思和:《结束与开端:巴金研究的跨世纪意义》,《巴金的魅力》,广东人民出版社 2018 年版,第 434—435 页。
② 陈思和:《试论现代出版与知识分子的人文精神》,《复旦学报》(社会科学版) 1993 年第 3 期。

绩，但他乐意奉献时间和精力，为他人作嫁衣裳，正是出于他服务社会的使命感。

陈思和所崇敬的巴金，就是一个在自己岗位上竭力前行的人，他显然从这些前辈身上承传了做事的风格。至少在同代学人当中，少有人像陈思和一样深度参与到出版实践、教学改革之中。"我不是说巴金等人创办出版社是知识分子唯一可行的岗位，但巴金等人的实践确实为我们这一代知识分子提供了一条思路。无政府主义在广场上的失败自有其必然的原因，这里姑且不谈，但是当这些年轻人以崇高的人格理想在出版事业上有所实践的时候，其中的意义就不单单是出版事业上的成功，而是在当时乌烟瘴气的商业社会里树立起一个榜样：不是任何人都拜倒在金钱利润的权威之下，也不是任何知识分子在放弃了政治上的理想主义以后都会自暴自弃，以致放弃知识的力量。巴金们不是在文化受到社会的普遍重视、文化事业有利有图的时候去创办出版社的，而恰恰是在文化大萧条的当口，作为几个文化人自救行为才去做的，他们成功的例子，于现代社会中知识分子确立岗位意识的意义，实在是比五四新文学史上被后来者誉为主流的'战斗意识'重要得多……是需要知识分子脚踏实地、很寂寞也很坚韧地在自己的岗位上发挥社会良知的作用。"[①]研究巴金者众多，又有多少人在这个层面上理解巴金？而把前辈的精神延续在自己身上，并像前辈一样介入社会、担负责任，在今天这个越发严重的"乌烟瘴气的商业社会里"，愿意同行者又还有几个？都在讲项目、著作、名头、获奖，知识分子的岗位意识已日益淡薄，一切与己无关之事，都被放逐；许多知识分子蜷缩在一个极小的领地里自得其乐，殊不知外面还有一个更广大的世界。陈思和自觉站立在那些伟大的现代知识分子的背影里，

---

① 陈思和：《结束与开端：巴金研究的跨世纪意义》，《巴金的魅力》，广东人民出版社2018年版，第436页。

他不固守书斋,而是一直渴望接续上这个辉煌传统,这就是他所说的"现代文学就是一条河流,我就是这个河流里面的一块石头"。百无一用是书生,可即便无用也仍在努力发声,可以说,这是陈思和最感动我的一点。较之于我们这些后学,他的所作、所思,大概可以用高山仰止来形容了。

张新颖说:"在陈思和身上,这个世纪的历史和他所处的现实是贯通在一起的,我把这种情形简单地概括为:激活历史,承担现实。二者常常互为因果、互相表现、彼此启发和支援。历史、现实、薪尽火传、悲壮性、知识分子等等词汇,在我们通常的使用中往往过滤掉了它们落实到日常生活中时必然具有的平凡、琐细的一面。我们不能只热爱抽象的概念而不肯踏踏实实做实在的事情;我们不能只愿意做痛快的瞬间殉道者而回避冗长的、艰难的精神探索和文化实践。一句话,我们不能做除了放言高论就无所事事的知识分子。陈思和是做事情的人,而做事情,除了要争着、赶着,也有很多时候急不得、赶不得,要把时间和力气都耗够了才行。我在陈思和身上发现了一种走路的品质:我时常见到他一个人走在路边,一步一步地朝前迈,每一步踏下去都很沉实,骑自行车的人从他身边赶过去了,驾摩托车的人从他身边超过去了,坐汽车的人从他身边掠过去了。"① 由此,我甚至想到了电影《阿甘正传》里的阿甘,开始只是一个人在跑步,无所期许,结果跟着他跑的人越来越多,最后成了一支庞大的跑步队伍。陈思和多年所推重和张扬的诸多观念,不就正在成为现代文学研究中的基本主题?

没有一个大的精神格局,根本不可能将这些文化生活中的方方面面聚拢在一起,并通过自身的研究和实践,呼应一个日渐消逝的伟大传统。所谓成为一个创造者,也不是在书斋里空想几个名词就能实现

---

① 张新颖:《薪传》,《文艺争鸣》1997年第3期。

的。这也是陈思和的学术研究具有原创性、发散性的根本所在。他的基本观点的形成，是建立在对众多文学实践的考察基础上的，有了这种贴身理解，他才能从一些芜杂、繁乱的文学事实中发现新知；他不着迷于概念，却又总能创造出一些深具概括力的概念；他重史观、史识，但又一点都不轻忽正在发生的、未被时间淘洗过的文学现象。有这种谦卑的研究态度的人，才会俯身去检索、体察一些年轻写作者的成果。而有些研究者，一钻进文学史中，就不自觉地无限拔高自己的研究对象，而一谈到当代文学，尤其是谈到此时、此地正在发生的文学，往往充满轻蔑的口吻，甚至以自己不读当代文学为荣。个中的浅薄真是令人无话可说。假若鲁迅、胡适、朱自清、闻一多、茅盾、沈从文等人也是他们这种态度，完全无视同时代人在写什么，又何来大家所赞誉的中国现代文学？那些古代的辉煌篇章，在作者所处的时代，不也是那个时代的当代文学？陈思和学术格局之大，恰恰是大在他不迷信时间，他所理解的文学，是一个动态的、还在不断被突破、不断被丰富的存在，他持续观察当下新作者的写作趋势，也主动选择与同时代的作家一起成长、一起成熟——这种视野的建立，对他的文学观念的构造起到了重要的作用。

真正的创造者，无一不是感觉敏锐、目光远大、精神前瞻的人。让无声者发声，从旧材料中出新思想，以一个文学人的体恤之心去理解历史、评析作品，进而获得新见。陈思和的一系列重要学术成果，昭示出的都是一个创造者的气魄和见识。他认为，"文学的整体观作为一种研究方法，不同于就事论事地对研究对象作出评论分析，也不同于简单地对两个研究对象进行比较，它是把研究对象放入文学史的长流中，对文学的整体进行历史的、能动的分析。""打破以一九四九年为界线的人为鸿沟，把二十世纪第一个十年为开端的新文学看成一个开放型的整体，从宏观的角度上把握其内在的精神和发展规律，可以使现代文学研究把本体研究与其对以后文学的影响结合起来，将其在时间上的有限性与文学影响的无限性结合起来，以历史的效果来验证文学的价值，避免前人走惯了的封闭型的研究道路；同时又可以使当代文学的研究能够处处用历史的眼光来考察每一种新出现的文学现象、每一个新产生的文学流派以及每一部新发表的优秀作品，把它们看作新文学整体的一部分，分析它们从哪些传统中发展而来，研究它们为新文学整体提供了哪些独创的因素，使对当代文学的研究与批评逐步成熟。"① 他把"先锋与常态"视为"现代文学史的两种基本形态"，"我想把五四新文学或者整个二十世纪现代文学分为两个层面。一个层面是，以常态形势发展变化的文学主流。……另外一个层面，就是有一种非常激进的文学态度，使文学与社会发生一种裂变，发生一种强烈的撞击，这种撞击一般以先锋的姿态出现。……这样两种文学发展模式，构成了二十世纪不同阶段的文学特点。"② 他提出"民间"理论，"民间文化通过隐形结构在各种文学文本中渗入的生命力是如此的顽强，它不仅能够以破碎形态与主流意识形态结合以显形，施展自身魅力，还能够在主流意识形态排斥它、否定它的时候，以自我否定的形态出现在文艺作品中，同样施展出自身的魅力。"③ 他说，"'无名'不是没有主题，而是多种主题并存。"④ 还有他论到的当代文学观念中的战争文化心理、二十世纪中国文学中的世界性因素、从"少年情怀"到"中年危机"等灼见，皆已为学术界所熟知，而且成了诸多

---

① 陈思和：《中国文学史研究的整体观》，《新文学整体观》，广东人民出版社2018年版，第24—25页。

② 陈思和：《先锋与常态——现代文学史的两种基本形态》，《新文学整体观》，广东人民出版社2018年版，第219—220页。

③ 陈思和：《民间的浮沉：从抗战到"文革"文学史的一个解释》，《新文学整体观》，广东人民出版社2018年版，第289页。

④ 陈思和：《共名与无名：百年文学管窥》，《新文学整体观》，广东人民出版社2018年版，第358页。

学术课题的理论原点,无须我多加论述。而影响更大的《中国当代文学史教程》,更是让一批又一批的学子受益,这种突破编年体文学史格式的写法,同样是极富创造性的。

当然,陈思和的成就远不止于此。我虽多年读其文章、著作,令人受感、深思之处甚多,得到的教益难以尽述,但我每见陈思和之名,却不只是想起他的文字,更会想起这些文字背后的那个人。他的学术研究和文化实践、他作文与做人是一体的。"陈思和"三个字,是学者、教授、作家、主编、系主任、图书馆长、老师,也是读者、热心人、倾听者、好朋友……这样一个自觉而骄傲的知识分子,"一步一步地朝前迈,每一步踏下去都很沉实",几十年走下来,文学和时代在他身上留下了巨大的回响,他也在文学和时代的幕布上留下了自己清晰的印痕。能和陈思和同处一个时代,并成为他的学生,我深感荣耀。

◎ 最初发表于《扬子江文学评论》2021年第6期

# 现代学术视野里的陈晓明

一

近读《陈寅恪先生年谱长编》（初稿），看到他在一九三六年时说，"今日中国，旧人有学无术，新人有术无学"①，这话把新派、旧派的人都一起批评了，在他看来，旧派容易固步自封、抱残守缺，新派容易标榜新词，流于"画鬼"。所谓"学"，更多是指材料，也包括对材料的体悟，"术"是指道路、方法；学问就是体悟世界的方法，学者则应该是觉悟的人。有些人因陈寅恪说"识见很好而论断错误，即因所根据之材料不足"一语，包括他穿长袍大褂、用文言著书、出版著作坚持用繁体竖排等行状，就认定他是旧派学者的人，显然是肤浅了。他既然敢说"旧人有学无术，新人有术无学"，还说"旧派失之滞……新派失之诬"②，潜在意思是说自己介乎新旧之间，他自况为"不古不今之学"。"不古不今"，即亦古亦今，既不照搬传统的学问，也不跟风于流行的学问，目标是融汇古今、自成一家。陈寅恪当然是有此学术志向的，他推崇"新材料，新方法"，正是想在学术上全面开新，但他学问的核心还是以不厌其详的考证为主，在观点论述上由于过于

---

① 卞僧慧纂：《陈寅恪先生欧阳修课笔记》，《陈寅恪先生年谱长编》（初稿），中华书局2010年版，第367页。
② 蒋天枢：《陈寅恪先生编年事辑》（增订本），上海古籍出版社1997年版，第222页。

求简，导致就他的文风而言，一直存在很大的争议。胡适承认陈寅恪是知识最为渊博、最会用材料的人，但在日记里却对他的文章评价不高，认为他懒于标点，不足为法；也有学者认为，陈寅恪的文章枝蔓太多，显得冗长拖沓，可删之处不少，但这些都不能掩盖他作为现代学者的底色。

尽管陈寅恪的学问之深，我辈无力勘探，但我大略知道，他之不同于旧派学者，很重要的一点就是他重视学术的方法。

现代学术开端的标志，正是学术方法的革新。光有材料和考证，那还是传统的学问，仍属"有学无术"，方法上不过是列举材料，然后加以注释和归纳，不追求假设、推理、演绎，不能在逻辑、思辨和抽象中得出新观点。只有归纳法的学问显然不是现代学术。清代姚鼐、戴震等人讲学问，有义理、考证、辞章之分，并说三者不可偏废，可事实上，乾嘉学派最热衷的还是考证，后来就只剩下朴学或考据学，义理、辞章都抛在一边了。胡适说"有几分证据，说几分话"，傅斯年说他从不读钱穆一个字，固然有杜威思想的影响，但底子还是乾嘉学术的路径。我们之所以说陈寅恪做的是现代学术，就在于他挣脱了老派学问的路子，有他自己的学术方法。他曾在二十世纪五十年代说，自己的研究方法"固不同于乾嘉考据之旧规，亦更非太史公冲虚真人之新说"①，又说自己"既吸收中国乾嘉学派的考据方法，又结合十九世纪德国历史学派等西方的语言文字考据方法"②，其实就是新旧结合、中西结合。这让我想起王国华回忆王国维的治学之法时也说："先兄治学之方虽有类于乾嘉诸老，而实非乾嘉诸老所能范围。

---

① 陈寅恪：《致刘铭恕》，《陈寅恪集·书信集》，生活·读书·新知三联书店2009年版，第279页。
② 李坚：《陈寅恪二三事》，《追忆陈寅恪》，张杰、杨燕丽选编，社会科学文献出版社1999年版，第248页。

其疑古也，不仅抉其理之所难符，而必寻其伪之所自出；其创新也，不仅罗其证之所应有，而必通其类例之所在。此有得于西欧学术精湛绵密之助也。"①无论疑古还是创新，王国维的学术方法是，既要掌握丰富的史料，又要能辨其真伪，还要吸收西方实证科学的精神，从抽象的、哲学的高度来思考问题，在个别与一般、部分与整体的统一中，在实物与典籍、中国思想与外国思想的比较中把握事物，归纳法与演绎法相结合，互相释证，互相补正，互相参证，这就在视野和方法上都全面超越了乾嘉学派。这种学术旨趣之"新"，可称为学术的"古今之变"，深刻地影响了后来的学术发展，用陈寅恪论王国维的话说，就是"转移一时之风气，而示来者以轨则"②。

不同的风气，不同的观念和方法，开创的正是新的、现代的学术视野。

真正的现代学术并不是只服膺于外国理论，也不是固守一种学术传统，而是融通之后创造出新风气、新方法。胡适提出的"以科学方法整理国故"，就是生动的一例。胡适深受西方思想影响，但他也欣赏戴震说的"但宜推求，勿为株守"，认为这是"清学的真精神"③，就在于他看到了这种精神里不仅有归纳，也有假设和推论，这是清代学者比之宋儒更为现代的地方——在胡适看来，宋儒讲格物时是不注重假设的，顶多有一些归纳的精神，而他本人尤为看重建基于材料之上的假设和演绎。不少人以为胡适主要受西学的影响，他自己确也说过，"我的思想受两个人的影响最大：一个是赫胥黎，一个是杜

---

① 王国华：《〈王静安先生遗书〉序》，《追忆王国维》（增订本），陈平原、王风编，生活·读书·新知三联书店2009年版，第2页。
② 陈寅恪：《王静安先生遗书序》，《金明馆丛稿二编》，生活·读书·新知三联书店2009年版，第248页。
③ 胡适：《清代汉学家的科学方法》，原载1919年11月、1920年9月、1921年4月《北京大学月刊》第5、7、9期。收入《胡适文存》时，作者对此文作了修改。

威先生。赫胥黎教我怎样怀疑,教我不信任一切没有充分证据的东西。杜威先生教我怎样思想,教我处处顾到当前的问题,教我把一切学说理想都看作待证的假设,教我处处顾到思想的结果"①。这主要还是学术方法上的影响,是一种比他之前了解的乾嘉学派更具"科学精神"的学术追求。尽管那时的胡适已经因提倡白话而声名远扬,但照一些学者的研究,这一影响力只是停留在通俗文化的领域之内,上层文化界的人不仅不会承认他的这个贡献,反而会讥笑他是"以白话藏拙";要想获得在上层文化界的发言资格,胡适深知他必须在考证学上一显身手。所以,他归国之后,在《北京大学日刊》上连载自己在美国留学时写的考据文章《尔汝篇》和《吾我篇》,试图证明自己的学术功底,并花大精力写《中国哲学史大纲》,该书他借鉴、引用比较多的是王念孙、王引之、俞樾、孙诒让、章太炎等人的著作,里面也大篇幅探讨了与考据、训诂、校勘相关的学术方法问题。

胡适不止一次说,近人中他最感谢章太炎,而章太炎是传统学术向现代学术转化过程中的关键人物,由此不难看出他想与这条学术脉络建立关联的学术用心。胡适也感谢梁启超,他说:"我个人受了梁先生无穷的恩惠。现在追想起来,有两点最分明。第一是他的《新民说》,第二是他的《中国学术思想变迁之大势》。……《新民说》诸篇给我开辟了一个新世界,使我彻底相信中国之外还有很高等的民族,很高等的文化;《中国学术思想变迁之大势》也给我开辟了一个新世界,使我知道《四书》《五经》之外中国还有学术思想。"② 这只是其中的一方面,胡适当年喜欢的其实是梁启超所提倡的"破坏",甚至对

---

① 胡适:《介绍我自己的思想》,《胡适全集》(第四卷),安徽教育出版社2003年版,第658页。
② 胡适:《四十自述》,《胡适全集》(第十八卷),安徽教育出版社2003年版,第59—61页。

梁启超后来"不坚持这个态度"而深感遗憾:"有时候,我们跟他走到一点上,还想往前走,他倒打住了,或是换了方向走了。在这种时候,我们不免感觉一点失望。"①梁启超去世后,胡适认为《新民说》是他一生的最大贡献,原因是"篇篇指摘中国文化的缺点"。这正是胡适的风格,取其一点,然后发挥到极致,其实梁启超的《新民说》又何止于专讲中国文化的缺点。

胡适确实是敏锐的,他感谢完章太炎不久,开始转为称赞王国维,他之前读过王国维的《宋元戏曲史》,对此书评价甚高,傅斯年也盛赞《宋元戏曲史》。后来胡适在日记中直陈章太炎"在学术上已半僵了",并说"只有王国维最有希望"②,考虑到日记乃私下记述,这个判断应能代表胡适的真实想法。胡适意识到章太炎更多是承上,王国维则是启下,而胡适的学术雄心不仅是要进入学术传统,他还要革新这个学术传统,完成学术范式的转型,而王国维在材料、视野、方法上都具开创之功,显然是这一转型过程中的重要人物。"如何建构一种既有主体性,又有参与性、对话性甚至与西方现代学术进程具有同构性的中国学术,一直是胡适思考的核心问题,而王国维的道路无疑正提供了这样一种可能性。"③在旧学的考据、训诂、注疏等训练上,胡适有先天不足,曾遭到刘少珊、毛子水等人的批评,但胡适的长处是善于抓住问题、感受新变。以王国维替代章太炎成为新的学术典范,这固有他钦服王国维之后的抉择,亦可视为他推动中国学术自新的一个策略,可谓是另辟蹊径。胡适尤为看重王国维著述中所具有

---

① 胡适:《四十自述》,《胡适全集》(第十八卷),安徽教育出版社2003年版,第59页。
② 见1922年8月28日的胡适日记,《胡适全集》(第二十九卷),安徽教育出版社2003年版,第728页。
③ 李浴洋:《胡适"科学方法"视野中的"学术范式"更替》,《中国现代文学研究丛刊》2016年第5期。

的"世界眼光"与"科学方法",而这些既是胡适毕生所着力强调的,也是奠定胡适学术地位的关键:"近代以来,中国的社会——学术转型是一个十分复杂而漫长的过程。自其表言之,是不同学术范式的更替;自其里言之,则是新的学术观念、学术方法与对于学术进程的历史叙述的建立。胡适正是因为在这互为表里的两方面中都发挥了关键作用,而成就了其学术史地位。"①

二

"不同学术范式"和"新的学术观念、学术方法"是现代学术的基石。没有这束现代眼光,即便有了新材料,也未必会有"新发见"。据李坚回忆,陈寅恪第一次上课,就"专讲关于他的历史观和治学方法问题"②,而晚年他还对其助手黄萱说,"我的研究方法,是你最熟识的。我死之后,你可为我写篇谈谈我是如何做科学研究的文章"③,可见,陈寅恪不仅重方法,也重方法科学与否。包括王国维、胡适等学者有大成就,都是有方法上的创新,进而完成了对清代学术的重构和超越。在他们身后,中国学术才开始进入现代阶段。近读徐兴无的一个回忆很有意思,他谈到了周勋初的观点:

> 中国古时候做学问,一直到乾嘉,基本上用归纳法,但是从王国维开始,知道演绎了,胡适后来从西方带回来治学方法之后,推论、假设、演绎的逻辑在现代学术里就用得比较多,这是

---

① 李浴洋:《胡适"科学方法"视野中的"学术范式"更替》,《中国现代文学研究丛刊》2016年第5期。
② 李坚:《陈寅恪二三事》,《追忆陈寅恪》,张杰、杨燕丽选编,社会科学文献出版社1999年版,第247页。
③ 蒋天枢:《陈寅恪先生编年事辑》(增订本),上海古籍出版社1997年版,第182页。

中国现代学术和古代学术最大的一个不同。也就是说古代学术，包括乾嘉诸老，他们写札记都是归纳的方法，他们觉得归纳出来就可以了，现在看起来，包括民国早期很多老先生其实不会写论文，他们写论文都是自己说一句话，下面给自己的话做个注释，排一些材料，但是现代学术的起步，就是要会在局部归纳的基础上发现问题，而这些问题往往是一种假设，然后你要在这个假设的前提之下进行推论、研究，这才是现代的学术。①

近代学人当中，梁启超最喜欢讲归纳法，当时那些学人受日本思想的影响，一直以为归纳法才是近代西方科学方法的核心，而西方逻辑方法中的演绎法，却少有人提及，甚至还有人将演绎法排斥在科学方法之外。但最先对归纳法作出反思的还是梁启超，他在一九二二年作有《研究文化史的几个重要问题》一文，副题就是"对于旧著《中国历史研究法》之修补及修正"，他在文中说，整理史料要用归纳法，自然毫无疑义；若说用归纳法就能知道"历史其物"，却问题很大。归纳法主要是求"共相"，但把许多事物相异的属性剔去，相同的属性抽出，各归各类，这种方法应用到史学，在梁启超看来是"绝对不可能"。"为什么呢？因为历史现象只是'一躺过'，自古及今，从没有同铸一型的史迹。这又为什么呢？因为史迹是人类自由意志的反映，而各人自由意志之内容，绝对不会从同。所以史家的工作，和自然科学家正相反，专务求'不共相'。倘若把许多史迹相异的属性剔去，专抽出那相同的属性，结果便将史的精魂剥夺净尽了。因此，我想，归纳研究法之在史学界，其效率只到整理史料而止，不能更进一步。然则把许多'不共相'堆叠起来，怎么能成为一种有组织的

---

① 参见《南雍岁月辨纬读经——徐兴无先生访谈录》，收入《皇皇者华——学礼堂访谈录》，王锷主编，凤凰出版社2022年版，第260—261页。

学问？我们常说历史是整个的，又作何解呢？"①但梁启超并没有想明白这个问题，他当时提出的药方是了解历史的整体性"要从直觉得来"，这也是不得法的，史料不能用归纳法，历史的整体性又岂能靠直觉？陈寅恪对一些人的"整理国故"多有微词，就在于他看到有些史料你归纳得越有条理，越有可能穿凿附会，何况，"任何古书文字，绝无依据，亦可随其一时偶然兴会，而为之改移"②。多少人征用资料、札记、日记等材料，见之便信以为真，却忽略了"一时偶然兴会"这种可能性因素，作出的结论也就容易流于武断。现代学术讲假设、演绎、比较、贯通，其实就是讲学术不仅要求实，也要求真，不仅要求同，也要见异，要用系统、贯通的眼光来安放材料和感受，如蒙文通所说，点、线、面、体兼具，又如钱穆所言，"融贯空间诸相，通透时间诸相而综合一视之"③。这当然是极高的境界，但有追求的现代学者，都应以此为学术目标。

只是，"现代"两个字，在学术界并非通识，很多人生活在现代社会，却不一定是现代人，他的学术观念、价值理念都可能是陈旧、落后的，"理解了'现代'，才能理解现代人，才能做出现代学术、写出现代小说"④。上述说周勋初要求自己的学生做类似王国维、胡适、陈寅恪这种现代学问，这是很有学术远见的。由此我想到，南京大学的古典文学研究，自程千帆之后有一个大的发展，跟他们注重现代学术方法有很大的关系。"现在我们南大有一个很好的学风，就是要求

---

① 梁启超：《研究文化史的几个重要问题——对于旧著〈中国历史研究法〉之修补及修正》，《中国历史研究法》，岳麓书社2009年版，第124页。
② 陈寅恪：《金明馆丛稿二编》，生活·读书·新知三联书店2009年版，第280页。
③ 钱穆：《中国今日所需要之新史学与新史学家》，原刊于《思想与时代》第18期，1943年1月，见《钱宾四先生全集》（第三十一卷），台北联经出版社1998年版，第207页。
④ 谢有顺：《对自我与世界的双重确证——论徐则臣的写作观》，《中国文学批评》2022年第3期。

一定要同时注意两方面：一方面是文艺学，从美学的观点分析理解诗人的心理；另一方面，要充分运用书面上和考古所得的各种材料，包括国外汉学家的材料。我们工作的目的，研究的最高希望就是文艺学和文献学两者的精密结合。这要求一方面要有比较深刻的美学艺术修养，其中包括创作经验在内；另一方面要有深厚的文献学知识，……做学问要靠材料，要靠理论，还要靠想象。"① 我很喜欢程千帆这个说法，做学问要靠材料、理论和想象，尤其是"要靠想象"一说，一下让枯燥的学问有了神采飞扬的感觉，或许，研究的对象还是先前那些，做出的学问却有了现代精神。周勋初年龄比程千帆小一些，但近乎同辈，他们共同带出的很多学生，都传承了这种现代学术精神。张伯伟在一篇回忆程千帆的文章中说：

> 对文学研究方法的重视和探索，是先师学术的重要特征之一，受其影响，我在学术起步之初也拥有了这番自觉。老师……明确指出了"方法论"的问题："再复核一下诗篇的年代（即诗人的环境）与你们的论证有无矛盾。你们已经这样做了，这很好，这就将自己的工作和某些海外学者的工作在方法论上区别开来了。考证和批评是交相为用的，而绝不是互相排斥的。"所谓"和某些海外学者的工作在方法论上区别开来"，主要指的是当时的一些海外汉学家，受英美"新批评派"的影响，斩断诗人与社会环境的关系，集中在对作品做纯形式的分析。老师的教诲，可以说更增强了自己在方法论上的意识，其针对的问题不仅包括传统和现状，也要直面海外学者。这就使我逐步养成了既将批判的锋芒指向中外学术世界的整体，同时也指向自身的习惯，它成为保

---

① 程千帆：《漫谈研究古代文学的基本方法——两点论》，《古典文学知识》1997年第2期。

持创造力经久不衰的一个秘密。①

程千帆重视研究方法，他所言"考证和批评是交相为用的，而绝不是互相排斥的"，是很有见地的。古典学者有考证功夫，又有批评的才华、个性和感悟力，打开视野，重视在比较中汲取新知，这才能见别人所未见。程千帆能看出，陈寅恪"以考据家的面目出现，谈论的实际上是文化的走向问题，可惜从这一点研究者尚少"②，程千帆的弟子张伯伟研究陈寅恪"以文证史"法，考证陈寅恪受了兰克和布克哈特等人的德国史学的影响，阐明陈寅恪在史料扩充上的贡献，也得益于他在史料辨析上有外国史料作对比，"陈寅恪是取西方观念与中国文献相结合，开创了'利用中国诗之特点来研究历史的方法'。这才当得起'不古不今'的学术品格。"③ 这些都是不凡之论。而兰克和布克哈特都是推重文学的史学家，并认为史学家必须是考证家，也必须是作家，就是既要博学，也要有文采。在布克哈特看来，"将文学艺术与精确的学术研究相结合"是兰克的史学著作独一无二的特征，这些特征影响了陈寅恪的为学和为文的风格④，而张伯伟能发现这条影响的路线，在于他作为古典学者却具"世界眼光"，也有文本细读能力和文体意识，"在进行自身的理论和方法的建设和探索时，应该坚持以文本阅读为基础，通过个案研究探索具体可行的方法，走出模仿或对抗的误区，在与西洋学术的对话中形成。在今天

---

① 张伯伟：《回忆先师程千帆先生》，《名作欣赏》2023年第23期。
② 张伯伟：《读南大中文系的人》，南京大学出版社2014年版，第221页。
③ 张伯伟：《现代学术史中的"教外别传"——陈寅恪"以文证史"法新探》，《文学评论》2017年第3期。
④ 1929年清华国学研究院解体之后，到1951年6月陈寅恪主动辞去岭南大学中文系教授之职，22年执教生涯中，他都被中文系和历史系同聘，几乎没有间断过。1952年他任教中山大学后，才专任历史系教授。

的人文学理论和方法的探求中，套用西方固不可为，无视西方更不可为。我们的观念和方法应该自立于而不自外于、独立于而不孤立于西方的学术研究。"① 不仅古典文学，凡文学研究，都应有文本阅读、个案研究、中西对话，也就是说既要有艺术分析，也要有思想探讨。

世界眼光、科学方法、艺术感悟，可谓文学研究不可移易的三原则，缺一不可。

当下文学研究中的一个困境，就是忽视甚至搁置文学的审美与艺术维度，而专注于文学的历史讲述和知识考辨，有些考辨显然是过于仔细了，比如莫言到底是哪一年哪一月读到的《百年孤独》和《喧哗与骚动》（其实莫言自己也未必记得准确），某个完全无影响且只存在了不到半年的报纸副刊到底发了几篇文章、分别都是什么题材，以及当代某个作家在学生时代的油印刊物上发了哪些作品并拔高它的艺术价值，等等。包括很多在时间的淘洗下已经完全沉下去了的，并无多少研究价值的作品，也去重新找出来并大谈填补了什么空白，这些都是可疑的。"文学活动，无论是创作还是批评研究，是'感'字当头，而不是'知'字当头。"② "胡小石先生晚年在南大教《唐人七绝诗论》，他为什么讲得那么好，就是用自己的心灵去感触唐人的心，心与心相通，是一种精神上的交流，而不是《通典》多少卷,《资治通鉴》多少卷这样冷冰冰的材料所可能记录的感受。……对古代文学的作品理解要用心灵的火花去撞击古人，而不是纯粹地运用逻辑思维。"③ 面向文学本身，心灵与审美应是第一位的。

---

① 张伯伟：《现代学术史中的"教外别传"——陈寅恪"以文证史"法新探》，《文学评论》2017年第3期。
② 程千帆：《答人问治诗》，《文史知识》1986年第4期。
③ 程千帆：《漫谈研究古代文学的基本方法——两点论》，《古典文学知识》1997年第2期。

也有学者曾感慨说,"文学有日渐沦为史学的婢女的迹象"①,这是担忧文学研究被一种庸俗的微观史学所劫持。自二十世纪七十年代意大利历史学家卡洛·金兹伯格、乔万尼·列维等人提出"微观史学"之后,把研究目光转向历史中特定时空间里的个人以及细小的社会群体,通过历史学的显微镜,分析、放大、重现和传递普通人的生活、经历和体验,见微知著,由特殊到一般,这种对"活生生的生活"的重新定义,对"正常中的异常"的独特挖掘,是一种全新的认识历史的方式。所谓庸俗的微观史学,形象地说,就是你也许知道一九三七年上海等地的米粮价格,但你却不知道这一年中国的抗日战争全面爆发,在细节上不厌其烦,却无整体性的历史认知。把历史研究无限细节化的后果很可能就是放弃历史的整体判断。文学研究毕竟不同于历史研究,不能沿用年鉴学派的研究方式,只讲材料和史实的精确,而不重审美和艺术的感悟。钱锺书说:"文学创作的真实不等于历史考订的事实,因此不能机械地把考据来测验文学作品的真实,恰像不能天真地靠文学作品来供给历史的事实。历史考据只扣住表面的迹象,这正是它的克己的美德,要不然它就丧失了谨严,算不得考据,或者变成不安本分、遇事生风的考据,所谓穿凿附会;而文学创作可以深挖事物的隐藏的本质,曲传人物的未吐露的心理,否则它就没有尽它的艺术的责任,抛弃了它的创造的职权。考订只断定已然,而艺术可以想象当然和测度所以然。在这个意义上,我们不妨说诗歌、小说、戏剧比史书来得高明。"②这也是亚里士多德所说的,诗比历史更真实。尤其微观史学是不依赖于人类难以控制的力量,如精神信念、情感迷思、性别特征、人口结构等来解释事情的,它更感兴趣

---

① 吴晓东:《释放"文学性"的活力——再论"社会史视野下的中国现当代文学研究"》,《文学评论》2020年第5期。
② 钱锺书选注:《宋诗选注》,人民文学出版社1958年版,第4页。

的是人类如何行动、如何决定、如何生活。

这一点和文学研究是有冲突的。文学所要表达的恰恰是精神中不确定的部分，是意外，是神思，是"一时性起"，是执迷不悟，是爱而不得，是"死去元知万事空"，是那些朦胧、暧昧、模糊、犹疑、两难的感受和情愫，它不是找寻人生和世界的答案，而是不断发现生活和人性中的各种可能性，这些都是人类难以控制的力量，而且因为每个个体各不同，文学所书写的世界才千姿百态。微观史学并不能有效解读这个文学世界。

## 三

正是在这个背景里，我觉得有必要重申文学研究的现代视野，有必要重申文学研究应是世界眼光、科学方法、艺术感悟相结合的现代学术。尤其是中国当代文学研究，上承中国传统，外接西方思潮，风潮四起，革故鼎新，除材料外，更是需要理论和想象力的助力，才能真正理解那些新的文学实践。文学写作的核心是想象力，本质上说，是语言的虚拟和假定，是语言的乌托邦，是一种无中生有的精神事业，这是文学区别于其他任何学科的特征之一。离开了想象力这一核心动力，文学就失去了灵魂。文学研究经常被称为生命的学问，就在于它面对的是活泼泼的生命，是那些无法被完全量化和规训的情感和精神，任何想通过确定的考证和特定的理论来解析文学所有秘密的研究，都可能是徒劳的，"你可以解剖一只青蛙，但是你却没法使它跳跃；不幸得很，还存在着一种叫做生命的东西"[1]。

文学比材料和理论更大，它是想象力的结晶。科幻小说家克拉

---

[1] 〔英〕弗吉尼亚·伍尔夫：《评〈小说解剖学〉》，《论小说与小说家》，瞿世镜译，上海译文出版社2009年版，第333页。

克有一句名言说,想象力是人类塑造未来最有力的工具;刘慈欣在一次演讲中也说,当人工智能在未来拥有超过人类的智力时,想象力也许是我们对于它们所拥有的唯一优势。因此,捍卫文学的荣光,就是捍卫想象力之于人类的独特意义,它表明,世界除了所看见的现实的一面,还有各种可能的面相,尤其还有神秘和不可思议的一面。有时文学所创造的现实,比生活中上演的现实还更真实,"认为大脑中的想象比自己所熟知的那个世界更为真实,这一能力正是上帝经验的核心"①。所谓"上帝经验",在我看来就是无中生有的创造力经验,一切的创造都从语言中诞生,所谓"道成肉身",即为创造力的落实。

要理解这种文学创造力,光有材料和理论是不够的,还是要回到文学本身,通过感悟和想象来敞开、解析文学这个独特的世界。如何回到文学本身? 有两个学者的观点颇具代表性。一个是来自古典文学界:"百年来的文学研究,几乎就是一场考据和理论之间的拉锯战,无论怎样的此起彼伏或此消彼长,都有一个共同的倾向,那就是程度不一的对于文学自身的远离甚至背弃。如果做一个大致的划分,从二十世纪第一个十年到四十年代,是考据的天下;从五十年代到八十年代,是理论的辉煌;从九十年代至今,考据学卷土重来,文化学无远弗届。本来,无论考据还是理论,都可以成为文学研究者左右逢源的工具,结果却是'喧宾夺主,婢学夫人'(钱锺书语)。两者之外,那些延续着传统的以文学经验为基础的批评,多半沉浸在自我陶醉式的作品鉴赏之中,最经典的论文如梁启超《中国韵文里头所表现的情感》,或者如闻一多《宫体诗的自赎》等唐诗杂论,堪称传统'印象式批评'的现代版和扩大版。让人惊诧的还在于,这

---

① 丹耶·吕尔曼语,转引自〔英〕马修·恩格尔克:《像人类学家一样思考》,陶安丽译,上海文艺出版社2021年版,第24页。

类论文在今天仍然被学界津津乐道,视同样板。所以我常常想,文学研究什么时候才能真正以文学自身为主体,向文学作品提出真正属于'文学的'问题,并以'文学的'方式通向历史、当下、社会、个人呢?"① 文学研究中的考据和理论,目的是让我们更好地回到文学、认识文学,偏离了文学这一维度,所谓的文学研究都只是自说自话。而要以"文学的"方式通向"个人",如果没有对个体生命的体悟,就更是难以理解文学写作中那些个人的经验和感受。最好的文学是创造出"这一个",如迪萨纳亚克所说,审美化的核心是"使其特殊",亦如里德认为,艺术需包含"一定的奇异性"。"文学的",就是个人的、特殊的、奇异的,能有效解读这种特殊性和奇异性的研究,才是好的文学研究。

还有一个观点是来自现代文学界:

> 最能体现中文系学者的"社会关怀、思想批判、文化重建的趣味与能力"的,是各大学的现当代文学专业的教授,可最近十年,经由大学内外各种因素的调整,这个学科的从业人员远没有二十世纪八九十年代那么活跃。在我看来,这是很可惜的——这里的可惜,既指向我们自身,也指向整个学界。……随着中国学界专业化程度日益提升,今天的博士教授,都有很好的学术训练,但在专业研究之外,有没有回应各种社会难题的愿望与能力,则值得怀疑。原本就与现实政治与日常生活紧密相连的中国现代文学专业,若失去这种介入现实的愿望与能力,其功用与魅力将大为减少。把鲁迅研究、胡适研究做得跟李白研究、杜甫研究一样精细,不是我们现代文学学科的目标。经典化与战斗性,

---

① 张伯伟:《回向文学研究:将思考的重心做一个方向性转移》,《中华读书报》2024年1月3日。

犹如车之两轮，保证这个学科还能不断往前推进。①

陈平原在此强调了现代当代文学这一学科的特殊性，并认为假若现实感、批判精神、介入意识丧失，不仅现当代文学的学科优势会大打折扣，甚至也会降低这一学科业已形成的思想难度。当代文学研究更是要面对现实社会，及时处置不断涌来的新思想、新问题，而不能就事论事、困于书斋，更是要以"'文学的'方式通向历史、当下、社会、个人"。

以上两种观点都不约而同地强调了文学自身的价值，并阐明了要在一个更广阔的思想视野里才能辨识出文学作品的当下意义。无论以何种方式切入文学研究，无论借力何种理论，其研究的根本基础都必须是文学作品，"文学理论如果不植根于具体的文学作品，这样的文学研究是不可能的。文学的准则、范畴和技巧都不能'凭空'产生"②。所以，文学研究要警觉两种趋向，一是迷信研究的客观化，只重历史和知识史料的考辨，而无力进行心灵的考证——心灵的考证有时比材料的考证难度更大；二是迷信理论的自我演绎，从概念到概念，对文学作品并无贴身的理解，从而使文学研究成了一种理论的空转。

能将材料、理论与想象力结合得比较好，或者说世界眼光、科学方法、艺术感悟兼具的文学研究者并不多。陈晓明是其中极具代表性且成就极高的一个。他的著述丰富，思想精深，二〇二三年在广东人民出版社出版的《陈晓明文集》八大卷，五百多万言，能代表他现有的重要成果。对于这样一个体量庞大、思想繁复的当代学者，我还不能全面把握并深入研究他，但他暗合了我以上所述的对一个理想的文

---

① 陈平原：《新文科视野中的"现代文学"》，《探索与争鸣》2022 年第 9 期。
② 〔美〕勒内·韦勒克、奥斯汀·沃伦：《文学理论》，刘象愚等译，浙江人民出版社 2017 年版，第 27 页。

学研究者的想象，他是真正能用现代的思想和方法来研究文学的现代学者。

我们不妨先从陈晓明的师承和知识背景角度来看他的文学观念的形成。他在福建师大和中国社科院就读期间，先后师承李联明、孙绍振和钱中文，尤其是后两位的文学观念，深刻影响了陈晓明的学术视野和学术勇气。"我跟孙老师学到很多东西，那是一种无形的学术气质，学术的自信和胆略，学术的视野和思想方法，它会一辈子给你奠基"，"我1987年秋天到北京开始跟随钱中文先生读博士，在他那辈治文艺理论的人中，钱先生的学问无疑是首屈一指的。我在读博期间从钱先生身上学到太多"①。这样的际遇并不是每个人都有，因为孙绍振和钱中文确实是他们那一辈学者中最具世界眼光和理论深度的几个人之一。孙绍振说："任何一个文学理论家，必须有两种功夫。第一当然是对理论文本的理解力，第二就是对文学文本的悟性。我觉得，前者虽然经常在发挥作用，可是后者却更加重要。"② 这种信仰微观分析的研究方法，显然影响了陈晓明，他后来专门著有《众妙之门——重建文本细读的批评方法》③一书，可以说是对孙绍振的研究方法的承传。孙绍振一直想通过微观分析来解析文学作品的奥秘，从中抽象出文学观念，从而形成自己的理论话语，并认为这种直接抽象的功夫，是一切理论原创性的基础。但要获得这种直接抽象的能力，其实是很难的，尤其是当代文学批评，很多的解读都不是从文本出发，而是从事先设定或套用的理论话语中作出的，很多的批评是把文本当作理论的试验场，并不能贴身理解文学文本自身的艺术价值。

---

① 樊迎春：《在文本和理论双重维度的深处跋涉——陈晓明教授访谈录》，《当代文坛》2017年第6期。
② 孙绍振：《我的桥和我的墙——从康德到拉康》，《山花》2000年第1期。
③ 北京大学出版社2016年版。

陈晓明显然不满足于做空头理论家，他的所有研究，包括早期奠定他学术地位的先锋小说研究，都是建立在大量作品分析的基础上的；他近年写了大量重释《平凡的世界》《白鹿原》《废都》《透明的红萝卜》等当代经典作品的批评长文，也是为了实践他的文学细读的观念。这种植根于"对文学文本的悟性"上的学问，有孙绍振的潜在影响。

陈晓明一直喜欢西方哲学和理论，他的另一个导师钱中文，进一步打开了他的理论视野。作为新时期以来比较早向中国读者引进、介绍西方文论的学者之一，钱中文曾征求钱锺书的意见，与王春元一起组织、翻译了大量外国文学理论著作，《现代外国文艺理论译丛》（十四种）就是其中的代表。后来钱中文还组织翻译了《巴赫金全集》，这些都是中国当代学术史上的重要篇章。钱中文的巴赫金研究极有创见，同时他坚守中国文论的"现代性"，又强调中国文论的"自主性"，这种开放精神也是陈晓明身上的鲜明特征。有一次，我读到钱中文的一段话："那些描写底层人物的小说特别使我感动。一次阅读陀思妥耶夫斯基《穷人》中的一个段落时，我竟是潸然泪下。所以我后来特别钟情于陀思妥耶夫斯基、果戈理、契诃夫等人的作品，阅读它们，很快就能激起我的审美情趣。"[①] 我立刻想起，陈晓明有一次向我描述他读到余华的《文城》时不禁落泪的情景，他说自己当年读《活着》反而没有这种情况。陈晓明解释说可能自己年龄大了的缘故，事实上，这和一个批评家所认同的文学谱系关系更大。钱中文的世界眼光，也是陈晓明学术品格的构成因素之一。

更重要的影响，当然还是来自阅读。据陈晓明的自述，他求学期间的阅读，主要是西方哲学和文艺理论名著，西方学者的宏观视野和思想自信，对他影响尤深。"在福建师大读硕士那几年，国内思想

---

① 钱中文：《我为什么主张用新理性精神回应理性危机》，《中华读书报》2020年3月25日。

界风起云涌,年轻一代的我们也投身于其中。那时我的专业是'文艺美学',大部分时间浸淫于西方哲学史和马克思主义哲学中。研究生的政治课上的都是恩格斯《自然辩证法》、列宁的《哲学笔记》、黑格尔的《小逻辑》,对我影响都很大"①,"我读硕士博士时的专业方向是文艺理论。早在1978年,我在福建读书时,朱祖添老师借给我一本毕达可夫的《文艺学引论》(高等教育出版社1958年版)。那时书都是非常难得的,厚厚一本,我就一边读一边抄,做了几大本笔记,对里面基本理论的掌握还是比较到位的。我们当时文艺理论专业的知识体系是以马克思主义做基础,从柏拉图、亚里士多德、贺拉斯贯通下来的。读的主要是西方经典理论。那时读得较多的是伍蠡甫的《西方文论选》(上海译文出版社1979年版),上下卷的。我托了当时在厦门大学中文系的同学李建敏从厦大图书馆借了寄给我来抄。还有朱光潜的《美学》,也是一边读一边做笔记"②,"我也机缘巧合结识先锋作家余华、格非等人,交流哲学、文学问题,相谈甚欢。那时候我开始痴迷海德格尔的哲学思想,在其影响下,用三个月的时间完成了专著《本文的审美结构》"③。在当时那个语境里要做出新的学问来,打牢西方现代理论基础是极为重要的一环,那时整个社会的思想动力就是"实现四个现代化",徐迟专门作《现代派与现代化》④一文,目的就是论证现代派文学在中国的合法性。文学要现代化,就要创生自己的"现代派",所以,那时各种现代主义、后现代主义理论都以"现代"

---

① 樊迎春:《在文本和理论双重维度的深处跋涉——陈晓明教授访谈录》,《当代文坛》2017年第6期。
② 陈晓明、李强:《"无法终结的"当代文学——陈晓明先生访谈录》,《新文学评论》2018年第4期。
③ 樊迎春:《在文本和理论双重维度的深处跋涉——陈晓明教授访谈录》,《当代文坛》2017年第6期。
④ 《外国文学研究》1982年第1期。

的名义在中国被热捧。陈晓明是最早把这些理论用在当代文学研究中的学者之一,"我应该是最早赋予先锋派以后现代性特质的研究者。随着后现代视角的介入,先锋文学的讨论打开了一片新的论域"①,那时出现的新的写作思潮——先锋小说,确实又为陈晓明应用这些新理论找到了近乎完美的阐释样板。因此,二十世纪八十年代中期以来,长达几十年,陈晓明能一直立于当代文学批评界的潮头,主要得力于他有深厚的理论和思想积累。

## 四

正因为深受西方哲学和文艺理论的影响,陈晓明一直重视批评观念和学术方法的更新。他后来花大精力研究德里达,并著有关于德里达的重要论著《德里达的底线》,既是对理论的兴趣,也包含了他对德里达的思想方法的着迷:

> 德里达的解构不仅仅是一种观念方法,更重要的是一种新型的知识,新知识/思想的生成形式,或者可以不无夸大地说,最具有未来面向的知识生产形式。在解构主义之后,人们看待问题和谈论问题的方式都发生了深刻甚至根本的变化,特别对于文学理论和批评来说,解构使原本作为预设的前提和要遵循的规则方法都不再具有永远在场的真理性。在当今的时代,如果不了解解构主义,在文学理论和批评方面提出的命题和解释方案,其说服力就可能大打折扣。现在,本质主义、基础主义、逻各斯中心主义、终极性、同一性、二元对立、等级秩序、身份政治等命

---

① 陈晓明、李强:《"无法终结的"当代文学——陈晓明先生访谈录》,《新文学评论》2018年第4期。

题,都成为重新质询的对象,成为学术讨论中非常明确地被要求重新界定的范畴。离开解构主义的参照系,我们几乎不能彻底讨论任何问题。解构主义像一束光照彻了原本幽暗和被遮蔽的那些区域,显示出全部的地貌特征,让我们清楚地看到了那些原本平整规则的大地,原来布满了陷阱,道路如此崎岖,需要更大的勇气和更多的智力才能向前行进。就此而言,解构主义说出了真相,这到底是一件好事,让我们更明白我们思想的处境;还是一次不可饶恕的泄密,让我们不再能够轻松自如地在思想之境如履平地。①

有了新的思想方法,文学研究才能在一些复杂的问题面前长驱直入。很多文学批评家对新出现的文学思潮、文学实践难以进入,就在于固有的知识谱系已经陈旧,而一种知识的背后往往隐含一种知识生产的方法,现实主义是一种方法,现代主义也是一种方法。面对一种已经变动的现实,原有的写作方法未必能抵达这种现实的内部,所以现实主义之后,有象征主义、意识流、心理分析,等等,除了表现现实,还要对现实进行变异、改造、重组,目的是由此接近一种新的真实。比如,现代小说大量写到梦境和幻觉,这也是一种现实,我们对此应该如何作出分析? 先锋小说刚开始出现的时候,陈晓明就敏锐地觉察到了这一点,并对这种现象做出了自己的阐释:"寻找幻觉是现代艺术的普遍嗜好之一。然而,当代中国的先锋小说对幻觉的爱好,并不像现代主义那样热衷于探索人的深层心理状态,以此作为揭示生活隐秘内核的唯一通道,作为反抗生存异化的有效手段。……它试图改变人们在传统小说进行的那种低劣而肤浅的识别,给我们寻

---

① 陈晓明:《德里达的底线:解构的要义与新人文学的到来》,北京大学出版社2009年版,第3页。

找新的替代的感觉方式，因此，幻觉的世界不再像现代主义那样成为逃避和抗议现实的隐秘的彼岸世界，幻觉表达了对生活的混乱现实进行晶化的清理和对实在真实的重新认识，它表明了对生活的'不完整性'的后现代主义方式的认同。"① 幻觉是新的感觉方式，呈现的是新的真实，同时，也表明了对旧有的生活完整性的怀疑，在幻觉里面，一切都碎片化了，人物与事件的联系也失去了逻辑关系，它更多是跳跃性的、非理性的，是一个瞬间接一个瞬间、一个片断接一个片断，这种感觉的绵延丧失了核心和秩序，它本身就是对生活总体性的抗议。正是在这个意义上说，先锋小说的出现，不仅是一种新的艺术形式和语言实验，它也是一种思想革命，是从文学角度对世界提出怀疑，以及要对世界、精神和艺术进行重新立法。现代主义作家既是立法者，也是阐释者，他们在探索新的艺术方式和语言伦理的同时，其实也在不断阐释他们对世界和存在的看法。因此，关于先锋小说的探讨，更多是思想话题，假若没有像陈晓明这种有思辨力的学者，根本不可能把中国先锋小说的重要意义阐释得如此透彻。

文学史的书写也是如此。没有思想穿透力，就会流于材料的堆砌，即便是材料，很多文学史用的也是大同小异，史论难以出新的原因，不是材料的短缺，恰恰是思想的匮乏。文学史家要获得材料的解释力，同样需要接受良好的思想训练。陈晓明的《中国当代文学主潮》作为个人的史论著作，令人耳目一新，就在于该论著为文学史的书写提供了许多新方法、新观点。

  本书所追求的文学史的观念与方法，可能就是在现代性与后现代性综合的基础上建构起来的当代文学史叙事——既给予中

---

① 陈晓明：《无边的挑战：中国先锋文学的后现代性》，广西师范大学出版社2004年版，第95页。

国当代文学史以一个完整的、有秩序的、合乎逻辑的主潮趋势，又试图去揭示这个历史过程中被人为话语缝合起来的文学现象的关联谱系。如果没有一个完整的历史图景做支撑，过去发生的文学事件和文学作品的性质和意义将无法理解；而历史主潮的走向一旦给出，这个完整模式所包含的虚构性和理论强制性的叙事特征又可能对文学造成另一种侵害。保持现代性的历史观念，是为了获得一种对历史的完整解释，但对其具体过程，对那些历史事实的关联以及这个历史建构的方式则需要保持必要的反省。①

在现代性与后现代性综合基础上建构起来的文学史叙事方法，意味着不再把文学史书写的重点放在演变的规律和路径上，而是更重视作家与作家、现象与现象、作品和思潮之间的关联，也就是说，在尽可能整体讲述文学事件和文学作品的同时，也不忽视个案的意义，不忽视一些作家作品带有偶然、意外性质的对文学的突入，这就是文学革命的真义，它总是在大家意想不到的地方出发。能注意到这种文学变化，并对这种变化作出强有力的合理解释，体现的正是史家的眼光和功力。孟繁华说："《中国当代文学主潮》是近年来这一领域的重要收获：从一九九九年至今，当代文学史的研究写作几近处于停滞状态，而陈晓明的文学史为我们提供了新的观念、视角和范式。"② 尤其是抓住现代性这个核心词，着力阐发中国当代具有现代新质的文学现象，把中国文学置放在世界文学语境里来观察，使中国文学不再是一个孤岛，它在各种文学思潮的冲击下，发生了现代性变革，并由此获得了和世界文学对话的基础。

---

① 陈晓明：《中国当代文学主潮》，北京大学出版社2009年版，第15页。
② 孟繁华：《"现代性"与中国当代文学历史叙述——评陈晓明的〈中国当代文学主潮〉》，《海南师范大学学报》（社会科学版）2010年第2期。

陈晓明的文学观念中,一直有一个世界文学的维度存在,一直在对话的渴望中肯定中国文学中独异的部分,也借此反观中国文学过往的不足与局限。"虽然中国现代性并不是世界之现代性进程的'他者',但中国的现代性确实具有它自身的独特之处。在现代性的一般历史状况和价值理念之外,中国现代性的独特之处表现为反抗帝国主义和封建主义的沉重压迫而作了不断激进化的选择。而现代以来的中国文学最突出的特征就在于它与中国现代性的展开密切相关,不管是文学与历史、政治和社会的关系,还是文学自身的美学建构,它们的内在冲动与内在张力都和现代性息息相关的。因此,理解中国当代文学,无法脱离现代性的理论话语。正是基于上述认识,在《中国当代文学主潮》中,陈晓明始终把现代性作为理解中国当代文学最为重要的关键词。"①

对现代性的肯定,是陈晓明经常为中国当代文学辩护的重要依据。当顾彬等人贬抑中国当代文学时,陈晓明鲜明地表达了自己的不同意见,认为在文学现代化过程中,中国作家的努力不可否定,尤其是出现了一系列中国作品,以及像莫言、贾平凹、陈忠实、余华、苏童、格非等人的写作,既讲述了现代中国的故事,也把中国文学带到了一个新的艺术高度。他认为,中国当代文学的成就在许多方面已经超越了现代文学,我认为这都是中肯之言。更重要的是,陈晓明在现代性的视野阐明中国文学的创造性的同时,也看到了"现代性"之"无法终结"的处境:

"现代性"之"无法终结"最根本的缘由在于中国社会还处在现代性观念支配中,"发展""进步""全面""统一性"等,还是

---

① 李德南:《中国当代文学史写作的经验积累与可能性——以陈晓明的〈中国当代文学主潮〉为例》,《文艺争鸣》2012年第2期。

中国社会的主导观念,也是社会组织结构、行动部署、实践活动的主导形式。因此,尽管在文学艺术上,经历过后现代的实践探索,并不等于文学就站到了后现代的阶段,也不能以为后现代就必然占据文学艺术的主导表现形式,就能获得广泛的呼应和推进。实际上,八十年代后期中国先锋小说和诗歌以及艺术方面的美术运动,从现代主义推进到后现代主义,只是表明中国当代文学艺术变革历经的历史阶段,它也是在"代性"的背景下进行的对"现代"的挑战。并不等于它告别了现代主义或"现代性",恰恰相反,他们很轻易就可以回到现代主义或现实主义——这就是历史的折叠或者褶皱。①

探讨这个问题是非常有意义的,它表明这种"无法终结"的现代性在审美上也是未竟的事业,社会变革上是如此,艺术变革上也是如此。在当下中国,作家们更是要接受召唤,以面对各种思想上的矛盾和不安。中国还没有广泛的后现代语境,也很容易就退回到传统现实主义之中,甚至一种俗套的故事美学都会成为新的现代性的召唤,作家们"还不能游戏、逃逸、表演或戏谑,还要回到历史中,面对现实,重新拓路或坚守"②。我想,正因为有此视域,陈晓明才能发现贾平凹的乡土讲述的不同特质和崭新意义:"贾平凹把乡土中国写得'土',具有物质实在性的土,本分的朴素的传统和民间的土,乡村本来与到来的激进现代性并无关系,乡村中的人们完全不能理解那些宏大事物,少数的'觉悟分子'被现代性所召唤,他们只能以自己

---

① 陈晓明:《鸿飞那复计东西——90年代以来的理论变化管窥》,《南方文坛》2021年第6期。
② 同上。

原本的'狠'（按黑格尔的看法，只有恶有否定自身原有存在的力量，可以撬动自己的未来的面向）来迎接现代性的到来，它只能以自己的反抗与现代性结合一体，在破坏中介入现代性。就这一意义来说，所有关于二十世纪历史叙述的作品，贾平凹的数部作品最为令人惊异地表现了乡土中国与到来的现代性连接的方式，二者之间原本的深刻差异被更大的外力结合为一体，从而完成现代性的转换。"① 并注意到王安忆作品中平民精神所具有的革命意义："'精神中国'并不只是高昂的理念，回到日常生活、回到普通人、回到生命的卑微和无能，这恰恰是中国文学少有的诚实与勇气。在这样的小叙事中隐藏着真性情，这里酝酿的'精神中国'，更有一种坚实而实在的品格。"② 贾平凹、王安忆等人的这些写作特点，很多人都注意到了，但观察角度不同，得出的看法也不同。它所蕴含的现代性品质，却需经过现代思想的阐释才能辨析出来。

这也是"现代"两个字的意义之所在。按照黑格尔、马克斯·韦伯等人的观点，现代性的合法性并不能从以前的历史中获得，现代主体的建构，是从自身内部来确证的。用黑格尔的话说，自己只是客体，对自己的把握需要通过思辨来进行，因此，理性与批判是最重要的现代性特征，现代人只有在自我批判、自我辨析中才能找到真正的自我。康德说，一切提出有效性要求的东西都必须为自己辩解，尼采说重估一切价值，受此影响的现代文学可以说是反思的文学，也是追求个性和创新的文学。反思、批判、个性、创新是一切现代艺术合法性的来源。

---

① 陈晓明：《"土"与"狠"的美学——论贾平凹叙述历史的方法》，《文学评论》2018年第6期。

② 陈晓明：《无法终结的现代性：中国文学的当代境遇》，北京大学出版社2018年版，第193页。

## 五

陈晓明做的正是这种有批判思想和个性精神的现代学术。我们生活在现代，并不是每个作家写的都是现代文学，也并不是每个学者做的都是现代学问。一九一四年，胡适在美国读书时，说研究中国的材料、中国的学问要有三种态度，就是"归纳的理论""历史的眼光"和"进化的观念"。回到中国后，一九二一年，胡适又说，要从三个方面来做学问，一是用历史的眼光，二是用系统的方法来整理国故，三是用比较研究把国故和世界其他学问做比较。这些学术方法，今天看来已经是常识，但在当时却是全新的。如今一百年过去了，我们的学术方法并无多大进展，甚至很多当代文学批评还停留在印象式的点评，很多文学史书写还只是粗浅的材料梳理，核心的困境，是没有进入现代学术的语境、思路和方法之中。

我说陈晓明做的是现代学术，是基于以下三个判断，他做的是有世界视野、有思想深度、有文体意识的学问。

何为世界视野？以陈晓明对先锋文学的研究为例。首先，他将先锋文学放在现代主义潮流中去理解，这就使中国的先锋文学很自然地和欧美六七十年代发生的后现代转型有了精神上的联系，而且先锋作家的写作也确实是在现代主义和后现代主义文学的影响下发生的，我们可以清晰地辨明，余华、苏童、格非、叶兆言、北村、吕新等人的写作背后，站立着哪些欧美作家，关联着哪些写作思潮。这个带有模仿性质的文学革命阶段，对中国文学如何回到文学本体、作家如何领悟语言的自在价值，是有引领意义的。陈晓明把中国的先锋派定位在后现代主义的视野里来观察，这极大地扩展了中国文学和世界文学的对话空间。其次，陈晓明一直是在语言变革与存在哲学的层面上来阐释先锋派，这样的阐释，使先锋小说获得了前所未有的艺术深度，"这样的深度并非我个人化的狂想，而是在整个西方现代和后现代哲学背景上做出的思考"①。所以，他发现："先锋小说在扰乱我们的习惯视野时，却也开拓了新的视界，叙述彻底开放了：因为'叙事时间'意识的确立，叙述与故事分离而获得二元对位的协奏关系；由于感觉的敞开，真实与幻觉获得双向转换的自由；双重文本的叙述变奏无疑促使文本开放，'复数文本'的观念却又使叙述进入疑难重重的领域。显然，开放的叙述视界打破了作品孤立自足的封闭状态，小说被推到无所不能、无所不包的极限境地，叙述获得了从未有过的自由，叙述因此也变得困难重重，它是智力与勇气驱使下的冒险运动。"② 在此之前，并没有哪一个批评家能对中国当代这种新出现的叙事景观作出如此深入的解读。当叙述成了一个主体问题，就意味着写作的变革趋势从"写什么"的疑问悄悄转向了"怎么写"的争论，这个争论让先锋文学和传统文学实现了分野，而陈晓明的研究大张旗鼓地为这种分野提供艺术理由。再者，陈晓明一直在竭力找寻一种新的话语体系去阐释他所推崇的先锋文学，他主动摒除旧有的感知系统，试图以一种全新的感悟进入到先锋文学的字词、语法和结构之中，他分析先锋文学独特的修辞和语境，也看出这种修辞和语境所蕴含的新的写作动力。"先锋派从文明解体的现实情境中汲取了特殊的感觉方式，那些破碎感、不完整性、严重的错位、诗性的荒诞、名实不符等等，被晶化为新的文学观念和表现方法。"③ "新"的未必就是好的，但文学如果失去了

---

① 陈晓明：《鸿飞那复计东西——90年代以来的理论变化管窥》，《南方文坛》2021年第6期。
② 陈晓明：《无边的挑战：中国先锋文学的后现代性》，广西师范大学出版社2004年版，第87页。
③ 陈晓明：《无边的挑战：中国先锋文学的后现代性》，广西师范大学出版社2004年版，第427页。

追"新"的能力，就会成为死水一潭，文学的活力正是来自"新"，来自不顾一切的反叛和革命。而在过往的中国文学实践中，只有先锋文学的反叛和革命是全方位的，因此，在陈晓明的眼中，这个文学思潮的出现，不是局部的改良，而是在语言、结构、叙事、精神、存在上的彻底革命，是对过去的义无反顾的决裂，也是一次勇往直前的重新出发。联想到那批先锋作家，除了马原年龄略大，其他几个，如余华、苏童、格非等人，其时都不过二十来岁，他们的写作不乏任性和游戏的成分，但陈晓明敢于在第一时间就发现这些写作新质，礼赞这批作家，并以他的世界视野为据，大胆作出一系列前瞻性的判断，大家不得不佩服陈晓明的敏锐和胆略。如今，莫言、余华、苏童、格非等人都成了中国文学的中坚力量，并且他们都是被研究得最充分的作家之一，更是不能忽视陈晓明当年的疾呼所起到的先声作用。

陈晓明学术视野的广阔远不止于此。即便是研究乡土文学，他也能在一个更大的视域里看到乡土文学的新变："九〇年代后期以来，乡土文学概念受到重视，这与现代性理论的兴起相关。乡土的概念可以视为现代性反思的概念，是以情感的及形象的方式表达对现代性的一种批判或反动。但它也是现代性的一个有机组成部分，只有在现代性的思潮中，人们才会把乡土强调到如此重要的地步，才会试图关怀乡土的价值，并且以乡土来与城市或现代对抗。"① 而他发表的《视听文明时代的到来——新的美学与感知世界的新方式》②一文，对新的时空观念、星际概念、超历史和超现实的主体存在感、虚拟世界的真实性和现实性等问题的探讨，也是试图在一个世界视野的范畴里提出文化和美学的新课题。由宽阔而广大，由广大而深刻，陈晓明的文学批评具有典范意义。

---

① 陈晓明：《中国当代文学主潮》，北京大学出版社2009年版，第555—556页。
② 《文艺研究》2015年第6期。

何为思想深度？并不是指陈晓明只喜欢在文学批评中进行思想论辩，而是他对中国文学所抵达的高度，能在思想上作出解读，并看明它在文学史上的位置。事实上，现代主义以来的文学，无不隐含着复杂而深刻的思想主题，作家们对存在的体验和诉说，也是人类思想演进的重要线索，西方的卡夫卡、中国的鲁迅作为现代主义文学的源头性人物，他们所体验到的精神限度，其实也是人类思想的一个重要驿站。真正伟大的现代作家不仅是艺术家，也是思想家。现在回过头来看，当年的先锋文学探索不无稚嫩之处，但它能迅速成为一种席卷全国的新的写作思潮，并频频占领《收获》《钟山》《花城》等重要刊物的重要版面，很大的原因，就是陈晓明等批评家让文学讨论不局限于文学，而演进成了思想讨论，成了新旧思想的争辩，艺术观念落后还是先进的论战，传统还是现代的抉择。而这些讨论，并不是每个人都能参与的，没有思想的学者，是看不懂这些文学变化，更没有能力介入对这些文学的研究的。陈晓明的优势却在此显露无遗。他丰厚的西方思想和理论的积累，在遇见先锋文学的实践之时，肯定有眼前一亮的感觉，这是思想和文学相遇合的经典范例。

当代中国的"先锋派"也已不再关心所谓的"终极性价值"，至少他们构筑的文本实际上颠覆了这一终极的统一性，即没有统一的深度意义来充当人类生存的象征。"先锋派"不再面对整个文明去创作超越的空间；写作只是个人的私事，一次偶发的动机，一次没有目的的短暂的语词欢乐——随着终极价值的失落，文本的深度意义模式也被拆解了。当然，在"先锋派"群体中，拆解的方式和程度都因人而异，但都自觉或不自觉地产生了这样的后果。马原是第一个反对"深度模式"的人，他用"叙事圈套"压抑故事（吴亮语），又用故事替代了深度意义。马原之后的苏童、余华、格非走得更远，使叙述结构被某种偶发性的感觉和分析了的意义所消解；而在孙甘露和王蒙那里，叙述甚至仅仅遵从由语言的自发碰撞而产生的连锁反应。所有这些都预示着文学的还原：回到了写作叙述本身，回到了故事和感觉，回到了语言的平面。文学因此而显得单薄和狭窄，但也因此而有了变更的无限可能性。①

格非小说中的"空缺"不仅表示了先锋小说对传统小说的巧妙而有力的损毁，而且从中可以透视到当代小说对生活现实的隐喻式的理解。很显然，用形式主义策略来抵御精神危机，来表达那些无法形成明确主题的历史无意识内容，这是当代中国先锋小说所具有的特殊的后现代主义形式。②

作为叙事革命的显著标志，"临界叙述"表明先锋小说的叙述意识及其叙述语言所达到的难度和复杂度。……叙述不仅不再考虑"再现"现实世界，而且与它的意指对象脱节，中间插入一段无形的空白。叙述变成追踪与拒绝、期待与逃避的奇怪的双向运动。这是叙述的"元状态"，它表明叙述无比困难又彻底自由，预示叙述充满无限可能性又毫无结果。③

陈晓明这些写在二十世纪八九十年代的言辞，今天读来仍然令人惊叹，它闪烁着一种思想的光彩和语言穿透力，我仿佛可以看到作

---

① 陈晓明：《无边的挑战：中国先锋文学的后现代性》，广西师范大学出版社2004年版，第49—50页。
② 陈晓明：《无边的挑战：中国先锋文学的后现代性》，广西师范大学出版社2004年版，第105页。
③ 陈晓明：《无边的挑战：中国先锋文学的后现代性》，广西师范大学出版社2004年版，第65页。

者面对自己的研究对象，有灵魂上倾全力而赴之的赤诚，也有语言上锐利而直抵本质的锋利。把文学批评变成一种有思想的艺术，让批评能面对文学发言，也能把文学所蕴含的思想解析出来，这是陈晓明批评风格的特点，也是他的精神旨趣之所在。他通过"生命在时间里默默消逝"，看到"时间成为生存的根本痛苦，时间就是生命的抽象形式"①；他意识到人"生活在这个世界之中，超越是不可能的"，进而看到生活世界的"不完整性"就是生活的本来状态，就是生活只能如此的现在时态②；他看到先锋文学"通过把历史主体从破碎的不完整的历史故事中驱逐出去，通过把人物改变成符号或者某个多面的角色，通过毫无节制的幻觉描写把个人改变为纯粹欲望分裂的主体"，把"自我意识"压制到最低限度，从而创造了非同凡响的个人化的语言经验和心理经验，他把这个探索看作是"后个人主义"的要义所在，并预言"随着先锋派逐渐被历史认可，他们创造的'后个人主义'经验也将被普遍认同"③，这些极具思想深度的言说，都围绕着新出现的文学现象和文学作品进行讨论，它所企及的高度，呼应的正是中国文学所攀援的高度。贺绍俊在论到陈晓明的批评时说："文学批评确实需要理论的支撑，但如果仅仅依赖某一种理论来进行批评，理论与文本之间难免存在着不谐调之处，批评起来就会有捉襟见肘的尴尬。一个文学批评家应该建立起自己的理论空间，他不是靠一种理论打天下，而是有着广博的理论视野，并通过理论空间的整合，使不同的理论知识形成一种合力。这样，我们的批评才有力量。"④包括陈晓明通

---

① 陈晓明：《无边的挑战：中国先锋文学的后现代性》，广西师范大学出版社2004年版，第87页。
② 陈晓明：《无边的挑战：中国先锋文学的后现代性》，广西师范大学出版社2004年版，第182页。
③ 陈晓明：《无边的挑战：中国先锋文学的后现代性》，广西师范大学出版社2004年版，第277页。
④ 贺绍俊：《陈晓明文学批评的理论空间》，《当代作家评论》2017年第4期。

过路遥的《平凡的世界》里孙少平、孙少安兄弟的形象，看到乡村青年个体意识的觉醒，看到小说给予离开土地的农民以一种重建个体肯定性的精神依据，并理解孙少平们的自主性渴望和超越性的精神①，这些都是有思想力度的言说，它打开了另一个文学阐释的空间。

何为文体意识？具体到陈晓明的论著中，就是对批评话语的全新改造。无论是行文风格，还是表达修辞，抑或是文章的题目，陈晓明都有鲜明的文体意识，"我希望创造一种新型的文学批评话语，理论与激情、诗性与思辨可以融为一体"②。他给先锋小说一个总体判断，那就是他的书名所示"无边的挑战"；他以"空缺与重复：先锋小说的叙事策略""过剩与匮乏：先锋小说的抒情风格""历史的颓败：后悲剧时代的寓言""无望的救赎：从形式到历史""欲望化叙事：历史修辞学的变形记"等表述来解读先锋小说的不同侧面，切入方式和语言构造都是一种融合了异质性感觉、理论性感悟和修辞性考究的新的表达方式。陈晓明的文章，会受到大量研究生和青年学者的喜欢，可谓其来有自。

我们再来看这样一些文字："我们时代的'先锋派'群体是一群可怜的迷途的羔羊，又像是令人惋惜的清教徒，他们虔诚的赎罪有如走火入魔。昨天的太阳已经灿烂死去，耶路撒冷的圣灯依然诱惑他们前行于二十世纪末的栈道。作为一群被先验性阉割了历史和未来的先锋派，他们在当代中国当然不会成为马尔库塞所期待的'革命'的艺术家，他们充其量是文化的掘墓人，然而，他们却同时埋葬了自己。这是当代历史给他们算定的劫数，所有的先锋派（'后新潮'）文学群体都在劫难逃！"③"我决不认为先锋小说可以在这个领域一劳永逸地生

---

① 陈晓明：《漫长的20世纪与重写乡村中国——试论〈平凡的世界〉中的个体精神》，《中国现代文学研究丛刊》2022年第7期。
② 陈晓明：《鸿飞那复计东西——90年代以来的理论变化管窥》，《南方文坛》2021年第6期。
③ 陈晓明：《无边的挑战：中国先锋文学的后现代性》，广西师范大学出版社2004年版，第64页。

存下去，恰恰相反，这不过是一个必经之路而已，自由之路则在其生存的现实中伸越而去。数年之后，先锋小说家就会意识到，只有赤着脚在长满荆棘的现实大地上奔跑，才能走向命定的归宿。"①"一切实验的先锋注定要与他们所破坏的世界同归于尽，尽管当代的实验小说玩弄的技法并未摆脱外来影响的阴影，并且先锋们也已手软，陷入形式更新和回望现实的困境。"②——这些优美而不乏感伤的文字，并非空洞的抒情，也不是故意玩弄辞藻，恰恰相反，我能从中体察到陈晓明对先锋文学的那份复杂感情，并与之一同慨叹。它再一次证明，所谓文体，不仅是修辞和语言的讲究，其实也是一种精神感悟的方式。鲁迅多用短而有力的句子，张爱玲多尖刻之语，莫言喜欢泥沙俱下的磅礴，格非和苏童多书卷气，汪曾祺的朴白，贾平凹的拙和涩，等等，既是语言和文体风格的体现，也洋溢着作家的精神气息。语言是一个作家精神在世的方式，而陈晓明的语言和文体能独树一帜，既说明了他对文学有着深沉的热爱，也表明他的学问是一种带着生命感悟的学问。

其实就是我在前面一直强调的现代学问。陈晓明是一个有现代思想的人，他研究的是有现代精神的文学，而最终，他通过自己的学术，证明了自己是一个在辩论中反思、在批判中自省、在语言中寄寓理想和情怀、在文学上寻找精神同道的现代人，由是，他的文字，才成为中国现代学术中不可分割的重要部分。

◎ 最初发表于《文艺争鸣》2024年第1期

---

① 陈晓明：《无边的挑战：中国先锋文学的后现代性》，广西师范大学出版社2004年版，第86页。

② 陈晓明：《无边的挑战：中国先锋文学的后现代性》，广西师范大学出版社2004年版，第87页。

# 对人心和智慧的警觉

——论李静的文学批评

## 一

这些年,我并不掩饰自己对文学批评现状的失望。我当然知道,每个人都有按照自己的方式谈论文学的权利,只是,文学作为人性、人情和人的存在状况的表达,必然需要用心才能体会到其中的精微之处。而我在当今的批评实践中,看到的一个大的病症是——批评已经愈发沦为无心的写作。批评也是写作,一种有生命和感悟的写作,然而,更多的人,却把它变成了一门死的学问或审判的武器,里面除了空洞的学术词语的堆砌和貌似庄严实则可疑的价值判断,越来越少属于批评家自己的个人发现和精神洞察。没有智慧,没有心声,甚至连话语方式都是陈旧而苍白的,这样的写作,如何能够唤起作家和读者的信任?

米兰·昆德拉在论及小说的现状和未来时说:"假如小说真的应该消失,那并非是因为它已精疲力竭,而是它处于一个不再属于它的世界之中。"① 这话也可以用来形容批评的命运——假如批评面临消失的危机,也必定是由于批评"处于一个不再属于它的世界之中"。

---

① 〔捷克〕米兰·昆德拉:《小说的艺术》,董强译,上海译文出版社2004年版,第22页。

批评的世界到底应该是怎样的？我想，批评的背后应该站着批评家这个人。好的批评，应该有人的体温，有心灵的疑难，有灵魂的冒险，有对语言独特的敏感；它既是对文学世界的解释和发现，也是对自我、对存在的反复追问和深刻印证。如同好的文学写作需要作家倾注整个灵魂的力量来进行一样，好的批评，同样需要在文字的后面活跃着一个丰富、有力的灵魂。批评若失了这个灵魂，批评是单调的、僵死的，它所创造的，也必定是一个没有智慧和生命的枯干的世界。"一个批评家是学者和艺术家的化合，有颗创造的心灵运用死的知识。"[①] 批评文字应该是美的，是话语的创造，是心灵活动，它所体现的是批评家这个人。

只是，如今的批评，"死的知识"很多，"创造的心灵"太少——这是批评的影响力日益衰微的内在原因。许多时候，通过批评，读者只能看到知识的演绎，术语的批量生产，以及这些死的知识背后那张僵硬的脸；唯独看不到有活力、有创造力的灵魂。这令我想起《红楼梦》第四十八回里写的一件事。香菱姑娘想学作诗，向林黛玉请教时说："我只爱陆放翁的诗'重帘不卷留香久，古砚微凹聚墨多'，说的真有趣！"林黛玉听了，就告诫她："断不可学这样的诗。你们因不知诗，所以见了这浅近的就爱，一入了这个格局，再学不出来的。"后来，林黛玉向香菱推荐了《王摩诘全集》，以及李白、杜甫的诗，让她先以这三个人的诗"作底子"。林黛玉对诗词的看法，自然是很精到的，只是，我以前读到这里，总是不太明白，何以陆放翁的诗"重帘不卷留香久，古砚微凹聚墨多"是不可学的，直到读了钱穆的《谈诗》一文，才有了进一步的了悟。钱穆是这样解释的："放翁这两句诗，对得很工整。其实则只是字面上的堆砌，而背后没有人。若说它完全没有人，也不尽然，到底该有个人在里面。这个人，在书房里烧

---

[①] 李健吾：《李健吾文学评论选·序一》，宁夏人民出版社1983年版。

了一炉香,帘子不挂起来,香就不出去了。他在那里写字,或作诗。有很好的砚台,磨了墨,还没用。则是此诗背后原是有一人,但这人却教什么人来当都可,因此人并不见有特殊的意境,与特殊的情趣。无意境,无情趣,也只是一俗人。尽有人买一件古玩,烧一炉香,自己以为很高雅,其实还是俗。因为在这环境中,换进别一个人来,不见有什么不同,这就算做俗。高雅的人则不然,应有他一番特殊的情趣和意境。"①

——当代文学批评的"俗",何尝不是如此?很多的文字,貌似高雅,有学识,其实骨子里是俗的,因为这样的文字,换一个人说,也能说得出来,不见得有什么不同。按照钱穆的看法,"这就算做俗"。说的都是公共的大道理,思想路径是公共的,甚至连文风也是公共的,"背后没有人",如何能够造就出有个性和生命的批评?假若批评只是字面上的堆砌,却不呈现作者这个人,从中我们看不到作者对人性的细致体察,也看不到作者自己的胸襟和旨趣,那么,这样的批评,就只能是作品的附庸。它表面上看,是文字背后没有站着一个人,往深处看,其实匮乏的是智慧和创造力。

中国人的写作,自古以来,就要求把自己的生命、自己的人生摆进作品里去。在一部作品里,看不到有人的存在,便为失败。这样的文学观点,如今并不为一些现代人所接受了,人与文分开来看,已经成为一种主流。然而,笔墨毕竟是从一个人的胸襟里来。胸襟小,要让笔墨里的气象是大的,总没有可能。王维的诗,看起来都在写物,但他最杰出的地方,就在于他写的物里有"我"存在;杜甫的诗看起来都在写"我",但他最可贵的地方,就在于他写的"我"里有物作为证据。读《论语》,可见孔子为人、做事的真实面目,所以太史公说:"读孔氏书,想见其为人。"作者在文字中,毕竟是藏不住的。今天批

---

① 钱穆:《中国文学论丛》,生活·读书·新知三联书店2002年版,第111—112页。

评界的许多虚假,其实都出在批评家身上,他们习惯于在自己的文字里隐藏自己。一种是不敢说出自己真实的感受和判断,一种是根本没有自己的感受和判断。前者是故意的隐藏,后者是没有把自己摆进去,带来的结果都是虚假;而虚假在文学写作中,是最大的俗。

新的批评伦理的建立,在我看来,总是要从真实、智慧、创造力和生命叙事中来。

二

批评批评,固然有价值判断的意思,然而,更重要的是,批评也是一种创造,它需要用心感受,用智慧去了解——失去了心、智慧和创造力,才是批评枯竭的原因。许多人以为,今日批评面临的主要问题,是缺乏锋芒和批判的品格,其实这只是事情的一个方面。批评家除了扮演"作家各种错误的发现者和收集人"(斯威夫特语)这一角色之外,它理应还有更高的写作理想。除了发现作家的错误,批评家可能更需要在作品中寻美——"寻美的批评"同样令人尊敬。

这方面,李健吾的批评写作是一个典范。他是我所特别喜欢的批评家,我在他的批评实践中,看到了一种雍容的话语风度:他的语言是温润的,他的感觉是细致而艺术的。他认为,批评本身"也是一种艺术",而最好的批评是既不溢美,也不苛责,"不诽谤,不攻讦,不应征"①;维护批评尊严,不以贬低写作者的地位为代价,批评者和写作者之间应该是平等的,而批评者更应是谦逊的,要与写作者取对话的态度。"作为一个真正的艺术批评家,李健吾始终用自己的心去感知体会,用温柔敦厚的语言来表达。即便是批评的意见,也无丝

---

① 李健吾:《咀华二集·跋》,《咀华集·咀华二集》,复旦大学出版社 2005 年版。

毫疾言厉色，而是真诚地抒发委婉地表达，宽则以厚地给出公允的评论。"①李健吾要年轻人都记住考勒几的忠告："就其缺点来评判任何事物都是不明智的，首先的努力应是去发现事物的优点。"②——"去发现事物的优点"，即为寻美的批评，这样的批评实践，无论对于救治一种文学的困局，还是对于尊重一种写作、维护一种批评的尊严，都有建设性的意义。

溢美成了当代文学批评的通病，个中的原因，既有世情方面的无奈，也有批评家个人的人格局限。但是，如同溢美是一种批评的失职，苛责同样是一条危险的批评道路。随着时间的推移，我是越发地觉出了李健吾所说的"取谦逊和对话的批评态度"，是多么的可贵。因着谦逊，你会变得宽广；因着对话，你在作品中会看到更多敞开的门。钱穆生前对鲁迅和周作人两兄弟的文学成就都评价很高，但他也指出，鲁迅后期，"卷入政治旋涡以后，他的文字更变得尖刻泼辣了。实在已离弃了文学上'文德敬恕'的美德"③。钱穆在这里用了一个词，"文德敬恕"（这个词，出自清代著名学者章学诚的著作），它说的是为文最重要的态度理应为敬与恕——谁都知道，这是很高的境界。虽不能至，然我心向往之。只是，如今的舆论和文学情势，似乎不断地在要求批评家成为战士，成为勇敢的人，似乎唯有批判和战斗，才能体现一个批评家的价值。很清楚，这是公众对一种批评现状普遍表示失望之后的吁求，可以理解。可作为批评者，我们自己怎么看？当我们在发力批判的时候，是不是也得想一想何为谦逊？当我们以勇士面目示人的时候，是不是也该意识到和作家对话的必要性？一旦以为自己真理在握，会不会因为缺乏敬畏和宽恕，而使自己变得

---

① 孙晶：《李健吾与〈咀华集〉〈咀华二集〉》，《小说评论》2006 年第 2 期。
② 李健吾：《咀华二集·跋》，《咀华集·咀华二集》，复旦大学出版社 2005 年版。
③ 钱穆：《中国文学论丛》，生活·读书·新知三联书店 2002 年版，第 77 页。

狭窄、变得斤斤计较?

"文德敬恕"的传统,我想,同样适合当代,适合文学批评。而在读到"文德敬恕"一词之前,我曾经在一篇文章中如此描述自己当前的写作心情:

> 我是越发地觉得人的生命是值得同情和饶恕的。一个人活在世界上,他的力量何其微弱,但他的欲望又何其蓬勃。古人说,人心比万物都诡诈;又说,没有智慧的人,就像糠秕随风飘散,这些不都是事实么。人终究是受造之物,活着充满盲目和机械,在利益面前妥协,在权势面前低头,也就见怪不怪了。人的失败,不过是做了欲望的奴仆罢了。因为对人类的生命有了这一层了解,我的文字就多了些宽容和同情,有些人觉得,这样一来,锋芒就少了,可这也是心境的真实变化,合乎情理。诚如一个哲人所说,当你看到人类的生命是可悲悯,可同情的,你对人的过错,口里即便责备,心里责备的意思也很少。他所犯的毛病,我也容易有。平心说,我仅是幸免而已。因此,我从来是推崇悔悟、自新的精神的,除此之外,还有什么办法能让我们省察和觉悟呢?人本来如此啊。①

说了这段话不久,我于一个偶然的机会,看到了黄咏梅对李敬泽的一个访谈。当李敬泽被问到当代批评界是否"缺乏应有的真诚的批评之声,而多半是些褒扬与捧杀"、批评家是否已经"堕落"时,他的回答令人深思:

> 在我们这个时代,最容易的事就是指责别人"堕落"。孔子

---

① 谢有顺:《此时的事物·自序》,《此时的事物》,江苏教育出版社2005年版。

在春秋时代也没变成个愤青,为什么? 因为他强调"反求诸己",就是说,先摸着心口想想,自己做到了没有、做好了没有? 我想我们现在都应该有一点"反求诸己"的精神,虽然这不如一步站到道德高地上那么爽。

反求诸己,我得承认,也写了应酬文章,也曾巧言令色虚情假意,但我不认为这是"堕落",我把它看作人性的弱点,我在努力克服。但是,这里有个问题,就是你说的,"缺乏应有的真诚的批评之声,而多半是些褒扬与捧杀"——好像这就是"堕落"的征候,实际情况恐怕不是这样,如今气大声宏一呼百应的不都是批评、指责乃至骂人吗? 照这么说现在应该是很不堕落才对。

我想我们正在发展一种破坏性的文化逻辑,好像表现我们"真诚"的唯一途径就是去毁坏,骂你是真诚的,夸你肯定是不真诚的,这种逻辑是不是有问题? 伟大的批评家总是有力地求证、阐发和肯定了一些东西,在他的周围站起一批巨人,可是我们现在对批评家的想象是,最好他的周围尸横遍野。

我也骂人,在私下有时也刻毒。但写文章时,我抑制这种冲动,因为第一,从小父母就教育我,有教养的人不要骂街;第二,骂人的快感肯定和攻击、破坏、毁灭有关,我还没有变态到只能通过这个寻求快乐——就文学作品来说,最大的罪过也不过是愚蠢和无能,不值得动用杀伤性武器。

当我们纠缠诸如此类的问题时,我们可能忘了文学批评的真正职责:批评家应该看出我们这个时代想象和写作中的才华和创造,阐扬和保存那些扩展了我们的精神空间和表达空间的珍贵因素,简单地说,就是帮助真正的好东西被充分地意识到,帮助它们留存下去。所以,批评家可能需要谦卑一点——不是对作家谦卑,而是对才华和创造采取谦卑的欣赏的态度。郎朗的钢琴弹得好,你只好对此谦卑,但如果按我们这里的逻辑,你只有冲他叫倒好才算本事才算"真诚",这叫什么? 这就是野蛮。我想我们现在的文化生活中,做野蛮人的冲动可能已经盖过了做文明人的冲动,对此恰当的说法只能是"堕落"。①

这段话非常重要。确实,当我们在哀叹一种批评的沦落的同时,是否也要反思"一种破坏性的文化逻辑"是如何在这个时代大行其道的? 当我们开始反思、悔悟,也许会猛然觉得,我们固有的观念里,其实忽视了一个更为重要的问题——"伟大的批评家总是有力地求证、阐发和肯定了一些东西,在他的周围站起一批巨人,可是我们现在对批评家的想象是,最好他的周围尸横遍野";批评家除了"批评、指责乃至骂人"之外,还有一种不可推卸的职责——"看出我们这个时代想象和写作中的才华和创造,阐扬和保存那些扩展了我们的精神空间和表达空间的珍贵因素"。有了这种基本认识,才能意识到李敬泽所说的"谦卑",是多么难得的一种自我认识,因为唯有谦卑能够叫我们珍视才华和创造,从而避免使自己站在谦卑的反面——野蛮。

批评需要告别平庸,告别虚假,同时也需要告别野蛮。

## 三

通过这样的反思,我渴望把自己从一种批评的困局里拯救出来。批评家的胸襟应该是宽广的、仁慈的,此外,他在自己的批评实践中还应充分展现他的智慧、创造精神以及对人心的洞察力——我相信,这是批评写作的一个更大的难度,它关乎批评精神的重建。由是观

---

① 黄咏梅:《李敬泽:希望我周围站起一批巨人》,《羊城晚报》2006年3月3日。

之，批评的贫乏，许多时候并非因为批评家缺乏道德的勇气，而恰恰在于缺乏批评的专业精神。

何谓批评的专业精神？过去大家习惯把它定义为一种学术积累，或者对文学作品作理论上阐发的能力，现在看来，这样的界定未免过于狭窄。如果我们承认批评是一种独立的写作，那就意味着，独立的见解、智慧的表达和对语言的创造性使用，比任何一种批评的理论规范都显得重要。我看到了不少批评，在对作品进行僵死的解释，并发表毫无智慧的说教，这使得我在相当长的时间里，丧失了对这类批评文字的敬意。相反，我却常常在一些非文学批评专业的学者那里，读到精彩的文学见解，比如，牟宗三评《红楼梦》和《水浒传》，钱穆评中国的散文和诗歌，还有当代学者朱学勤评王朔的小说，等等，都给我留下了深刻的印象。他们只是偶尔涉足文学批评，但他们理解文学的能力，却不亚于任何的文学批评大家。这就进一步证实了我对批评的设想：它并非仅是一种学术方法或理论能力，更重要的是，批评者要有一种卓越的精神视力，以洞见文学世界中的人心秘密——文学发乎人心，也以解释人心的秘密为旨归，正是在这个意义上，先贤们才说，学写作与学做人在精神底子上是一致的；而唯有创造出了通往人心的径直大道的文字，才是直抵根本的写作、直抵根本的学问。王阳明在《传习录》中，所推崇的正是这种"根本的学问"："吾教人致良知，在格物上用功，却是有根本的学问。日长进一日，愈久愈觉精明。世儒教人事事物物上寻讨，却是无根本的学问。方其壮时，虽能外面修饰，不见有过，老则精神衰迈，终须放倒。譬如无根之树，移栽水边，虽暂时鲜好，终久要憔悴。"——同样，如果批评只重探讨文学的"事事物物"（一些修辞的外表，或者只是技艺的分析），无法通达良知、人心，无法获得富有洞见的精神视力，再热闹的文字，终究是会"衰迈"和"憔悴"的。

青年批评家李静引起我的注意,首要的,就在于她具有这种精神视力和人心洞察力。我第一次认真读她的文字,是在一九九八年,当时是有一种欣喜之情,因为我在她的文字中,读到了一个女性思想者不多见的睿智和清晰。李静的文字不多,可我这些年只要见到,必是要读的,每次读之,从无失望的时候。她在我心目中,早已成为少数几个可以信任的批评家之一。她是我的同龄人,至今供职于一家报社,写作兴趣广泛(她后来写长篇小说和话剧),严格说来,文学批评似乎还算不上是她的专业——而她身上最为可贵的品质,恰恰是那些还没有被专业意义上的批评写作所损害的部分。她出过两本书,《受伤者》①和《把药裹在糖里》②,她那篇著名的论文《不冒险的旅程——论王安忆的写作困境》③,是我所读到的关于王安忆的研究文字中,最有见地,也最为中肯的一篇⋯⋯她的成就,或许还未引起广泛的注意,但我相信,她已经为当代文学批评的实践提供了诸多有益的启示。

她是一个对世界充满警觉的人。这种警觉,使她的写作能以唤醒作品中那些沉睡的心,并在批评的文体、文学的见地和对人心的洞察力上,满足了我对批评写作的新的期待。

我尤为看重她在批评文体上的自觉。在当今这个浮躁的年代,能够在批评写作中自觉地追求独立的文体意识、准确的话语表达的人,可谓越来越少了。多数的时候,文学批评成了一种陈词滥调,人云亦云,包括一些久负盛名的批评家,写出来的文字,很多也是陈腐、僵化的,不忍卒读。李静的写作是有鲜明的文体意识的。她行文潇洒,但用词谨慎;她锐利诚恳,但表达朴质;她的文字风格明晰、透彻,

---

① 安徽文艺出版社 2000 年版。
② 春风文艺出版社 2003 年版。
③ 《当代作家评论》2003 年第 1 期。

但暗藏着智慧的面影。比如,她以"未曾离家的怀乡人"为题,表达"一个文学爱好者对贾平凹的不规则看法";以"不冒险的旅程"为题,论述"王安忆的写作困境";以"悖谬世界的怪诞对话"为题,阐释过士行的剧作世界,并探讨"严肃文学'共享性'的扩展";以"人心的风球挂起来了"为题,指证王小妮的小说《很大风》"绘就的当今之世人心真相的荒凉破败,真如一场巨大台风"。——这些篇章,既有感性的优美,又有深邃的个人发现;既有严密的论证,又能借由敏锐的直觉描述出那个丰盈复杂并具有活泼情态的文学世界。

正因为李静将自己这个人安放在了写作之中,她的文字才会那么清澈、锐利。她知道自己要说什么,她也知道要怎样才能把话说好。这就是文体意识。所以,她的文字,具有强烈的个人风格,很容易被辨识出来。由她,我想起自己在初学写作的时候,所一直铭记的谢冕的话:"人们往往易于忽略文学批评风格的有意的形成。风格不是与生俱有的,是批评家在从事批评活动的过程中由于自己的执着追求和持久实践生成的。……文学批评的文体应该尽量做到是美文。""我力图把文章写得尽量地让人愉悦。我认为艺术应当是美的,艺术批评也应当是美的。我的目标是史与论的结合、批评与艺术的结合。"① 风格即创造,创造即美。我在想,当代批评界会如此死气沉沉,当代读者会如此漠视批评,实在是跟创造性的批评风格的丧失、优美的批评文体的不复存在,大有关系。

李静显然意识到了这一点,所以,她对自己所使用的话语,有着严苛的要求。她在一篇文章中,明确反对"无智无趣无爱"的"三无"小说,从中,我们也可看出她对写作的郑重之情:

---

① 谢冕:《中国现代诗人论·后记》,《中国现代诗人论》,重庆出版社1986年版。

正如我们的当下小说，它的可悲不在于它是"我们的当下小说"，而在于这些小说里表达和创造的一切无智无趣无爱。而这"三无"的根基，则是小说家们的心灵不够诚实。不诚实的原因在于，小说家们"爱惜"自己，他们认为自己有责任让"纤弱的心灵"和切身的利益免受来自真实的惊吓、磨砺与轰击。所以他们必须掉过头去，在心灵之外，搭建另一种被过滤和纯化的"无害"的现实，以便他（她）在这个"现实"里耍小聪明，发脾气，玩酷。是的，说到底这样的小说家最爱他（她）自己，他（她）没有多余的爱分给那些"毫不相干的陌路人"。关怀的窗口一经关闭，通向外部世界的所有窗口便都关闭了。一个幽闭黯淡的一个人的世界，失去对话性的自恋的世界，注定是无智无趣无爱的了。①

李静所关注的写作核心词是智、趣和爱，它和一个诚实的心灵相关。讲智慧，表明她看重发现和创造；讲趣味，表明她渴望与更多的读者分享思想的成果；讲爱，表明她关怀一个更高远的精神世界。

## 四

李静的写作，似乎正是对智慧、趣味和爱的一种体认。这一点，也可以从她为何推崇王小波的写作上看出。她认为王小波"留给我们的遗产，里面包含了他卓然独立的智慧和幽默，以及无比丰富的想象力与创造力"②。王小波在话语实践上，自觉地与尽可能多的读者分享自身的写作成果，通过幽默和自嘲，很好地完成了与大众的交流，因

---

① 李静：《"三无"小说在流行》，《南方周末》2002年1月21日。
② 李静：《王小波的遗产》，《北京文学》1997年第7期。

此,他不仅是作家,也称得上是公共知识分子。

李静在思索和表达的时候,其实也活跃着这种公共知识分子的情怀——这种情怀,扩展了她的批评视野,也接通了她内心那条关怀现实、面对此在的血管。李静并不像别的作家或批评家那样,为自己的写作预设一条狭窄的边界;她渴望文学突破幽闭的世界,被更多人倾听。她的文体自觉,很大程度上,也是为了拆除一切影响倾听的话语障碍。

于是,她一再地呼吁,通过承认"智慧""有趣"和"对话"这样一些文学价值的正当性,"将严肃文学从孤独的咒语中解放出来",从而实现其更为"强大的共享可能"。① 这确是一个重大问题。关于文学的读者、影响力和价值关怀的边界等疑问,多年来,一直争论不休。回归现实的焦虑,让一些人担心文学会重新陷入社会工具论的泥淖;而过度张扬个人独语,又让另一些人觉得文学是否将缩减成个人渺小的舞台。争论总是在这个两难之间徘徊。有意思的是,李静早已从这种两极思维中悄悄出走:

> 一部作品如果只复制了一个我们耳熟能详的意义世界,或者说一个按照日常逻辑运转无二的现实世界,那么它的艺术价值就大可存疑——无论它是"现实关怀"的,还是"个人独语"的;一部作品如果创造了一个我们不曾见过、但其自身却生机勃勃的世界,那么它的创造性则大可期待——无论它是"现实关怀"的,还是"个人独语"的。②

---

① 李静:《悖谬世界的怪诞对话——从过士行剧作探讨严肃文学"共享性"的扩展》,《当代作家评论》2006 年第 1 期。
② 李静:《长篇小说的关切与自由》,《当代作家评论》2006 年第 2 期。

创造才是文学真正的灵魂。通过创造，文学才能找回自己的读者，扩展话语共享的边界。"但是中国的作者却往往在预设读者比自己笨的前提下写作。在此前提下，作为'庸众'的读者势必永远不可能理解'精英'作者，因此，道德高尚的作者决定教育他们，性情孤傲的作者决定不理他们，于是大家都关起心门来幽闭地写作——即使写的是'广阔天地'，其精神关怀也是封闭的。因此，当下纯文学是如此缺少'有趣'和'对话'，以至于纯文学作者之外的普通读者几乎不再阅读它们。纯文学成了圈内人自娱的游戏，这种情形真是十足无趣。"① 因此，对话就显得迫在眉睫。"对话的文学是一种交响着不同精神意识的开放的文学，它在写作者、接受者和整个世界之间，架起了体验、同情与认知之桥，它不认同存在的终极虚无性，相反，它是在深切领悟了存在之荒诞的同时，仍对改善世界的新可能性和人类存在的精神价值表现出坚韧的信念。""对话的文学实是自由精神的产物，同时也是自由精神的孕育者与传布者。"②——李静正是看到了精神关怀的幽闭性给当下文学带来的严重后果，才会大力标举"对话"这一话语伦理。

"对话"是和"独白"相对的。独白，独语，自说自话，在相当长一段时间里，似乎成了作家和批评家的写作象征，尽管它为文学开辟出了一条通往个人经验腹地的细小路径，但也为文学写作带来了孤独的命运。因此，独白必须和对话共存。按照巴赫金的观点，除了《圣经》中写的亚当，没有任何人能在这个世界上真正地"独白"，没有人能"始终避免在对象身上同他人话语发生对话的呼应"，人与人、人与世界的根本关系是"对话"。二〇〇二年，我曾在一篇文章中说，

---

① 李静：《悖谬世界的怪诞对话——从过士行剧作探讨严肃文学"共享性"的扩展》，《当代作家评论》2006年第1期。

② 同上。

"对话时代已经来临",并认为,对话是文学发展的重要方式。无论是外部的个体与个体之间对话,还是作品内部多声部之间的对话,都能给文学带来新的品质。巴赫金认为,陀思妥耶夫斯基的伟大,正是他禀赋了倾听时代对话的才能,不只是注意自身的声音,而且注重种种不同声音之间的对话关系。"他不只是聆听时代主导的、公认的、响亮的声音(不论它是官方的还是非官方的),而且也聆听那微弱的声音和观念。"现在,除了"时代主导的、公认的、响亮的声音"之外,一些"微弱的声音和观念"也出现在文学的边缘,那些能够倾听各种声音,并能与之对话的作家,他们很可能在不久的将来写出更为重要的作品。……让这些"微弱的声音和观念"存在,有的时候是为了给时代制造一个多声部对话的环境;而每一种声音和观念,都将在这个对话的过程中说出自己有价值的东西。①

"你说的一切与我们有关",这就是对话的伦理边界,但同时,李静也看到文学在重寻对话性过程中的隐忧:

> 纯文学界似乎在从两个方向上重寻文学的"对话性",于宏观上便也显现出两种隐忧:一是"现实关怀"的表面化,关于弱势群体的生存叙事、与当下处境暗相对位的历史叙事渐成主潮,与之相应的问题是叙事技巧的陈旧化(好像现代主义经验和技巧从未发生过似的)和精神肌理的道学化、民粹化与粗鄙化,在"苦难"、"悲悯"和"正义"的上空,徘徊着不会笑的"新阶级论"的幽灵;二是世情叙事的半通俗化,坏就坏在这个"半"字上,即它残留着纯文学孤冷的修辞姿态,却秉持着世俗人功利的精神境界,而纯文学奇思高蹈的精神和通俗文学酣畅通达的优点却未

---

① 参见谢有顺:《叙事也是一种权力——中国当代小说的话语变迁》,《花城》2003年第1期。

留下。总之，是中国文化的反智传统在文学领域里的泛滥。"智慧"和"有趣"仍然是最稀有之物。①

对话激发自由精神，对话增进普遍的精神成熟，可是，要真正弥合文学与读者、文学与世界之间的裂痕，使之最大限度地达到共享，必须通过创造力的提升来实现。而在李静看来，"创造力"是一个综合问题，既不只关乎道义良知，又不只关乎写作技巧，而是关乎智慧、有趣和想象力，关乎爱、幽默与笑的能力：

> 其实对中国当下的严肃文学来说，致命的问题已不在于"道德的文学"（在此仅指道德高调的文学）和"犬儒的文学"的分歧——在都不具备"精神共享性"这一问题上，两者现在已惊人地一致——而是在于"有趣的文学"和"无趣的文学"、"智慧的文学"和"无智的文学"、"爱的文学"和"无爱的文学"的分歧，一言以蔽之，是"有创造力的文学"和"没有创造力的文学"的分歧。显然，后者的规模远远大于前者。这是中国文学的悲哀。②

## 五

强调文学的共享，呼吁文学从幽闭的空间里走出来，以实现和一个更广大世界之间的对话，这样的文学信念，本来很容易染上道德主义的情绪，或者陷入单一的思想焦虑，从而把文学置放于一个孤立的

---

① 李静：《悖谬世界的怪诞对话——从过士行剧作探讨严肃文学"共享性"的扩展》，《当代作家评论》2006年第1期。

② 同上。

精神境地里来考察——很多的学者和批评家，都以这种眼光看文学，以致大大影响了他们所作出的文学批判的有效性。但李静身上有一种良好的理论品质：她从不以单一的道德标准来决断文学问题。

也就是说，作为一个文学批评家，李静具有很强的文学解析能力。文学写作的核心秘密，说简单一点，其实就是"有感而发"。心有所思、心有所感之后，将自己所思所感准确、精细地形容出来，解析出来，表达出来，这就是很好的写作。批评也是如此。今天的文学界，为何多是陈词滥调？为何明明空话连篇还说得振振有词？很大的原因，就在于一些作家、批评家所使用的语言都是不及物的，是放之四海而皆准的空话，是和言说对象分离的大话；这样的语言，无法说出写作者自己心里所想的，也无法将自己所想的精细地解析出来。

文学解析能力的丧失，使得很多文学批评如同隔靴搔痒，只有宏大、庄严的结论，对于那个精微、丰盈的文学世界，批评家们更像是一个旁观者，既进入不了，也解析不出其中的妙处。所谓批评的失语，莫不如是。李静的批评魅力之一，在于她对文学的情态有着深情的领会，同时又能找到合身的理论描述准确地解析出自己的阅读感受。比如，她这样理解林白的《万物花开》："此书以诗人之笔，开启了一个人所未见的乡村世界。作品有大悲悯，然而作者好像羞于知道自己有此情怀，她的道德判断始终延期，价值立场永远缺席，叙述人退到了无善无恶但万物有灵、无真无伪但皆大欢喜的浑蒙状态中，他对自己的苦难境遇浑然不察，他对万物花开充满欢欣，他的幸福感越充溢，笑容越灿烂，则其无可拯救的生命之痛对我们的撞击越强烈。"①这样的感知，既超拔又精深，它所洞开的，往往是被一般评论家所忽视的秘密世界——文学独有的话语伦理在作家的情怀里是如何生成的。

---

① 李静：《长篇小说的关切与自由》，《当代作家评论》2006年第2期。

她评王小妮的《很大风》时，注意到小说里写了一个人跳楼，"那人身上手机还唱歌，铃声带和弦的。他们说，可惜了那手机，不知道唱歌声是摔出来的，还是有人正好给这个跳楼的人打电话"。李静借此评论到："没有人对一个生命的毁灭表示发自灵魂的哀恸与关切，人们关心的是他身上唯一还有利用价值的东西——手机。这个细节，是对生存至上主义的激烈反讽，非心藏大爱又心狠手辣者不能写出。"①一个批评家会注意到小说中这些毫厘不爽的细节、注意到看似多余无意实则百发百中的闲笔，这就是解析能力，它往往贴着作品前行，抵达的却是作品的深处。她说贾平凹的《秦腔》"忧思深广，叙事繁密，绘就了一幅乡土中国之传统崩溃、精神离散的末世图景。……小说的整体，是对乡村'日子'的结构性模仿。这'日子'，在以清风街夏氏家族为重心的世俗关系网络中缓慢沉滞地展开。它一扫既往乡土文学的牧歌情调，从一开始就散发出鄙俗腌臜的土腥味，进而层层深入地复现乡村日常生活的烦冗面目。它的烦冗是熬心的，磨人的，无意义的，被抛弃的，无光亮无尽头而令人发疯的。阅读此书需高度的耐心和意志，写作此书呢？恐怕需要超人的耐心和意志吧？更得加上入木三分的世俗洞察力"②。这样的描述对《秦腔》来说是合身的，唯有一个有阅读耐心的对话者，才能在作者的"世俗洞察力"中，解析出"乡村日常生活的烦冗面目"来。类似的言辞，说出李静对文学和人生，其实有着很深的感悟。

王国维在论到李煜的词时，用"眼界始大，感慨遂深"一说来形容，而李静的写作优势，很大程度上正是来自她眼界的宽阔，来自她信守"有感而发"的写作伦理。由此，她的文字，经常还会显露出雄

---

① 李静：《人心的风球挂起来了》，《当代作家评论》2004年第6期。
② 李静：《未曾离家的怀乡人——一个文学爱好者对贾平凹的不规则看法》，《当代作家评论》2006年第3期。

辩的气势和力度:

> 站在沉默的大多数一边,对"真实"进行忠直的描述与勘探,在真实判断之上反对愚蠢、无趣和谎言,进行勇敢的智慧、反讽与想象力的实践——如此底线性的写作立场,竟然是我们这个社会的一种精神冒险。这种冒险不仅仅是对"责任感""使命感""道德感"等等存在于生命本能之外的伦理吁求的遵从,更重要的是,它是一个自由、健全而广阔的生命自我对于难度和有趣的必然要求。渴望有趣就会渴望难度,渴望"反熵"。在一个良知、真实和智慧均受到挑战与否定的社会中,最有"难度"、最"反熵"的事就是反对愚蠢、无趣和谎言,就是追寻良知、真实和智慧;只有这种负重而冒险的行动才会诞生自由生命的真正张力,才会在人类文明的链条上接续自己无愧的一环。那种把"有趣""冒险"和"创新"局限于修辞领域的主张,实际上是一种盆景价值观的产物,其结果是对自由广阔的个体生命之域的人为贫窄化。相反,若把反对愚蠢、无趣和谎言的精神冒险实践于文学创作的意义层面,则作家在思想和创造力的自由与解放中发出"真实之声"的同时,必会带来真正的修辞领域的创新。①

对"反对愚蠢、无趣和谎言""追寻良知、真实和智慧"这样一种"负重而冒险"的精神旅程的推重,是建基于她精微的文学解析之上,她的文学批判,也建基于此。所以,她的批判虽然尖锐、直接,但并不走向道德暴力,也不露出一个苛责者的冷酷面容。任何时候,她都是一个谦逊的对话者。她深刻,但不狭窄;她执着,但不疾言厉色;

---

① 李静:《不冒险的旅程——论王安忆的写作困境》,《当代作家评论》2003年第1期。

她批判的目的不是显扬自己真理在握,而是发现问题,逃离困境。她在说出不同的文学意见时,并不失其赤子之心;她的批判力度再大,都不会激怒任何人,她是在以自己的智慧和温润,揭示和探索文学新的可能性——她从不相信,文学就是现成的模样,也不相信那些成就卓著的作家,已经走到了可能性的尽头。李静的文学世界里,还有高远的理想,她自己也说,不满的精神是文学的灵魂,而在文学的不满的精神之上,还有一个我们永远无法对之完整认知的绝对存在。这个存在,在我看来,既有智慧的品质,又有顽童的情怀,唯其如此,这个绝对存在和庶民之间,才有来往的精神通道。王船山说庶民是"至愚",又是"至神",就是这个意思。

因着具有这个阔大的存在视野,李静的文字便有了坚定的方向。她不向颓废的经验妥协,也不会在作家的声名面前受到挫折。她对一些作家身上的精神病灶,有着毒辣的洞察力,她所发现的问题,对于当下的文学写作,往往具有普遍的启示意义。她说,"强大的否定性思维赋予了贾平凹洞见现实黑暗的清醒力量,但是,也取消了他对抗黑暗、自我拯救的主体意志",因此,"贾平凹需要唤醒他心中软弱的上帝"。① 她说,"林贤治的泛道德批判方式在有力地提醒着良知存在的同时,也会有简化问题的危险。因为历史和现实不仅是心灵的运动,而且也是物质的变更;不仅是道德的存在,而且也是知识的实践;不仅是价值领域的斗争,而且也是技术领域的操作。如果仅止于让思想的触角在价值领域里作善恶是非的判断——进而,如果把应从知识和经验的层面来认知的事物当作道德评判的对象来看待,并在此画上句号,而拒绝在操作层面将人类的历史经验不厌其烦地化作改进现实的实践性知识,并予以真正的身体力行,那么人类的现实状况就不

---

① 李静:《未曾离家的怀乡人——一个文学爱好者对贾平凹的不规则看法》,《当代作家评论》2006年第3期。

会有真正的改观。"① 她说,"为世俗虚无主义所主宰的作家,因为相信恶与无意义将最终胜利,而使自身对黑暗的揭示也同样归于黑暗。这真是十足可惜。"②

——这些,都是李静对一个作家或一种文学现象所作的整体性判断,里面的忧思,掘开的往往是作家们未曾意识到或他们一直试图掩饰的精神裂缝;说出这个事实,对于作家如何更好地继续前行,显然是有裨益的。这些作家,应该感谢具有如此毒辣眼光的批评家。

## 六

李静最见性情、见真知的作家批评,是对王安忆的写作困境的直言:

> 通读过王安忆的小说之后,阅读者会有一种漫长而纤细的疲惫之感。……王安忆自1988年以后多次强调文学写作和文学批评多搞些机械论、实证论的工作,虽然于整个文学界有合理性和必要性,但是于她自己却有矫枉过正之嫌——其结构的严谨缜密与血肉丰满的存在关怀之间,一种深刻的裂痕在逐渐加深。究其原因,大概和作家精神资源的贫乏有关。尽管王安忆在小说的物质逻辑层面能够层层推进,超越了"了悟"式的一次性完成的简陋思维,但是她的精神思考和价值体系却仍是一个单线条的、非纵深和缺少精微层次与深刻悖论的存在,因此其小说会呈现出与强大的逻辑性不相称的精神的简陋。小说说到底还

---

① 李静:《道德焦虑下的反抗与救赎——有关林贤治的知识分子研究及其他》,《当代作家评论》2000年第5期。
② 李静:《长篇小说的关切与自由》,《当代作家评论》2006年第2期。

是精神格局的外化,"逻辑推动力"等物质形式只是精神格局的产物之一而已。小说家在学习域外杰作的过程中,如果不扩展精神的广度与深度,而只在物质形式上打转,恐怕就会上演现代版的"买椟还珠"。①

这里用到了一个词,"精神的简陋"。照李静的观点,它不仅用以描述王安忆小说的某种精神单调性,其实一代或数代成名作家,都面临着经验、思想、感受力、想象力老化和停滞的困境——正是这样的老化和停滞,使得许多写作者在精神上迟钝、贫乏、武断、封闭,他们常常困于一己之经验,一己之浅陋,将全部心神都集中在自己那点微不足道的痛痒上,而对于更为广阔的,自己不熟悉、不习惯、不了解的未知事物,毫无认识和表达的兴趣。于是,写作的圈子越缩越窄,精神的格局和气象也越来越小,写作者的精神暮气,就不知不觉地诞生了。

精神的简陋,必从精神的暮气中生长出来。这种暮气,不仅年纪大的作者身上有,在年轻的作者身上,也常见到。精神的暮气,会使一个人的写作不再怀有对未知世界的好奇和激情,从而失却"赤子之心"——所谓"赤子之心",总是反对暮气、晶莹透亮的,它的重要特征,就是对新的事物有无尽的爱,对未知的世界有压抑不住的好奇。李静对这种精神暮气,是警觉的,所以,她不愿让自己的写作沉溺于单一的理论推演,她无论谈论什么,总不忘以爱、以幽默、以趣味、以智慧作为自己说话的底子。她对生命的无穷可能性感兴趣,文学的可能性,在她看来,也是从生命的可能性中派生出来。她一直鼓励作家,多一些对世界的好奇,多一些幽默和智慧,多一些宽广的爱,

---

① 李静:《不冒险的旅程——论王安忆的写作困境》,《当代作家评论》2003年第1期。

其实，这又何尝不是在鼓励她自己？她说，真理的样子有时像一张笑脸；她说，人不是要等黑暗结束后才能笑，而是要笑在黑暗之中；她说，作家应集严肃与游戏、哀悯与幽默、圣徒与流氓、成人与顽童于一身——所有这些，都是为了让写作者（包括李静自己）在面对世界时，在写作时，能够保持勃勃生机，能够驱除精神的暮气，走向自由，接近那个"最高之美"。

当今天的批评日益成为一种纸上的游戏、写作也正在成为一种养病的方式时，似乎有必要重提，真正的批评，是要把一个真实的世界给人，把人心的温暖给人；真正的批评，是用一种人性钻探另一种人性，用一个灵魂把另一个灵魂卷走。李静的写作正是这样，并无自我装饰和无病呻吟，相反，她是在用自己的写作来修补生命中的残缺和匮乏，并以此来扩大自己的胸襟以及她对人心世界的体恤。基斯洛夫斯基说，"每一个人的生命都值得仔细审视，都有属于自己的秘密和梦想。"这样的生命、秘密和梦想，同样应该贯彻在批评的写作中。批评中也有人心的呢喃、灵魂的叙事，也关切生命丰富的情状和道德反省的勇气。批评家和作家比起来，所不同的，不过是说话的方式而已。

正因为此，李静的写作，既对当代文学的一些侧面作出了有力的阐释，也毫无保留地在文字中阐释了自己。她的批评，洋溢着智慧和创造力；她的文字，圆润、明澈而富有质感——这些都为一般批评家所未有。由她，我想起福柯的话："我忍不住梦想一种批评，这种批评不会努力去评判，而是给一部作品、一本书、一个句子、一种思想带来生命；它把火点燃，观察青草的生长，聆听风的声音，在微风中接住海面的泡沫，再把它揉碎。它增加存在的符号，而不是去评判；它召唤这些存在的符号，把它们从沉睡中唤醒。也许有时候它也把它们创造出来——那样会更好。下判决的那种批评令我昏昏欲睡。我喜欢批评能迸发出想象的火花。它不应该是穿着红袍的君主。它应该挟着风暴和闪电。"① 在福柯心目中，批评应该是活泼的，有生命的，它的崇高地位，也由此而来。尽管我知道，李静的批评写作，刚刚开始不久，她的文字数量还不足以容下她的所有思想，她的思索方向还可以更加深广，她的文学趣味还可以更加驳杂，她的诸多论述，也还需要获得更多文学事实的支持；但我羡慕她从一开始，就走在了福柯所说的"给一部作品、一本书、一个句子、一种思想带来生命"这条伟大的批评道路上。——我相信她可以走得很远，只要她自己愿意留在这条路上。

◎ 最初发表于《南方文坛》2006年第5期

---

① 〔法〕福柯：《权力的眼睛——福柯访谈录》，严锋译，上海人民出版社1997年版，第104页。

# 批评如何立心

——论胡传吉的文学批评

一

法国一个理论家说，批评是一种老得最快的东西。确实，批评家十年前说的话，今天读来恍如隔世；批评家上半年极力推崇的作品，下半年可能就没人看了。一切都老得太快了。文学观念的老化，使得多数人不再想象一种新文学是什么样的，似乎也拒绝接受新的文学的兴起，这直接导致了不同写作阵营之间几乎失去了联系——传统作家、网络作家这样的称谓之所以成立，就在于这的确是截然不同、互不来往的两大阵营，这种分裂是前所未有的；艺术感觉的老化，也使越来越多的批评家失去了判断一部好作品的基本禀赋，以致不少人把小说的好与不好，简单地等同于它好看与不好看——他们甚至没有耐心留意一部作品的细节，更没有能力贴着语言阅读了。随之而来的一些争论，伸张的也不再是文学的理想——以历史来比照文学，把道德上正确与否作为对小说写作的要求，这几乎成了一些批评家的通病。难道文学写的不正是人类精神的例外？难道文学的主角不多是俗常道德的反叛者？如今，这些基本的文学常识却成了审判别人的武器。再加上无穷无尽的空论，使批评不再是实学，也就不再唤起作家、公众对批评的信任。

也许，这个时代的文学已经不需要批评，至少多数的写作者，不再仰仗批评对他的告诫和提醒，他们更愿意用自己的写作来证明自己。我不否认，今日批评固有的一些功能已经分解到了其他地方，譬如媒体的议论、网络的点评、会议的发言，也是一种小型的文学批评，它越来越深刻地影响着当下的文学生态。这令我想起圣伯夫的一句话，"巴黎真正的批评常常是一种口头批评。"在一次谈话、一次会议或者一次网络讨论中，关于某部作品的批评就可能完成了——这种对批评的轻浅化、庸常化，使批评的光芒日益黯淡，即便不卷入这些世俗活动的批评家，也免不了受这种批评风潮的感染。批评似乎不再是庄重的文体，而成了平庸者的话语游戏。

但批评的意义仍然强大。它不仅是一种告诫的艺术，能够有效地通过对话来影响作家，影响文学的当下进程；它还能提出一种肯定，进而昭示出一种何为值得我们热爱的文学，何为值得我们献身的精神。

无从告诫，并不一定是批评勇气的丧失，也可能是批评家缺乏智慧和见识，看不清问题，不能把话说到真正的痛处。赞美的话，作家听起来像是在赞美别人，批评的话听起来也像是在批评另一个人，隔靴搔痒不说，有些还明显张冠李戴，这就难免一些作家对批评充满怨气和鄙薄。没有睿见，那些勇敢的批评，增长的无非是文坛的戾气，这对于矫治一些作家的写作陋习并无助益。因此，夏普兰把批评名之为"告诫的艺术"，很多人只重"告诫"二字，但忽视了"艺术"——满脸怒气的告诫，激起的一定是对方的怒气，在怒气之中讨论，真问题往往就被掩盖了。

批评应是一种理性的分析、智慧的体证，甚至是一种觉悟之道，此为学术之本义。所谓"学"，本义当为觉悟，而"术"是道路、是方法；学术，其实是一种觉悟的方式，学者则是正在觉悟的人。在批评和学问之中，如果不出示觉悟之道，不呈现一颗自由的心灵，那终归是一种技能、工具，是一种"为人"之学，而少了"为己"之学的自在。所以，现在的学术文章无数，能让人心为之所动的时刻，却是太少了，以己昏昏，使人昭昭，久而久之，也就成了一种习惯，不再对学术的快速生产抱太大的希望。事实上，几年前我读王元化和林毓生的通信，当他们谈到关于文化的衰败和人的精神素质下降，我就认同了他们的感叹，"世界不再令人着迷"。只是，我心里还有不甘，总觉得世间万事原非定局，它是可以变的；人力虽然渺小，但也是可以增长和积蓄的。这也是我至今还在做着文学批评的原因之一。

除了告诫，批评还应是一种肯定。中国每一次文学革命，重变化，重形式的创新，但缺少一种大肯定来统摄作家的心志。我现在能明白，何以古人推崇"先读经，后读史"——"经"是常道，是不变的价值；"史"是变道，代表生活的变数。不建立起常道意义上的生命意识、价值精神，一个人的立身、写作就无肯定可言。所谓肯定，就是承认这个世界还有常道，还有不变的精神，吾道一以贯之，天地可变，道不变。"五四"以后，中国人在思想上反传统，在文学上写自然实事，背后的哲学，其实就是只相信变化，不相信这个世界还有一个常道需要守护。所以，小说，诗歌，散文，都着力于描写历史和生活的变化，在生命上，没有人觉得还需要有所守，需要以不变应万变。把常道打掉的代价，就是生命进入了一个大迷茫时期，文学也没有了价值定力，随波逐流，表面热闹，背后其实是一片空无。所以，作家们都在写实事，但不立心；都在写黑暗，但少有温暖；都表达绝望，但看不见希望；都在屈从，拒绝警觉和抗争；都在否定，缺乏肯定。批评也是如此。面对这片狼藉的文学世界，批评中最活跃的精神，也不过是一种"愤"，以否定为能事。由"愤"，而流于尖酸刻薄、耍小聪明者，也不在少数。古人写文章，重典雅，讲体统，现在这些似乎都可以不要了。牟宗三说,"君子存心忠厚,讲是非不可不严,但不可尖酸刻薄。假使骂人弄久了,以为天下的正气都在我这里,那就是自己先已受病。"① 现在做批评,若心胸坦荡,存肯定之心,张扬一种生命理想,就不伤自己,也不伤文学。②

以此看批评,当能正确认识批评的价值。批评面对的往往是具体的、还未有定论的作品和问题,但这些是文学进程中的基本机理,也是一切理论探讨的落脚点。文学理论与文学史研究,如果不以文学批评为基础,多半会成为空论,而不是有血肉和肌理的实学。

现有的文学史论研究,在我看来,以陈思和与程光炜等人的著作、文章较为贴身,就在于他们的研究都曾建基于文学批评,以细致的文本分析为证据,进而再理解文学的历史,而不是徒发空论。陈思和在回顾自身学术研究的基本经纬时说,"一是把二十世纪中国文学史作为整体来研究,不断发现文学史上的新问题,并努力通过理论探索给以新的解释;二是关注当下文学的新现象,关注中国新文学传统与现实结合发展的最大可能性。二十世纪中国文学史是我的学术研究的经,当下文学的批评和研究是我的学术视野的纬。"③ 史论之中,贯穿着感性的批评,不轻慢正在变化和前行的文学现象,这就为文学研究找到了一条文本实证与理论抽象相结合的路。程光炜也说:"文学批评从不承认对作家的'跟帮'角色,它最大的野心,就是通过'作家作品'这一个案来'建构'属于批评家们的'历史'。"④ 程光炜近年

---

① 牟宗三主讲,蔡仁厚辑录:《人文讲习录》,广西师范大学出版社2005年版,第45—46页。
② 此处论述还可参考谢有顺:《中国当代文学的有与无》,《当代作家评论》2008年第6期。
③ 陈思和:《三十年治学生活回顾——陈思和三十年集序》,《当代作家评论》2009年第3期。
④ 程光炜:《文学史的兴起——程光炜自选集》,河南大学出版社2009年版,第403页。

所作的二十世纪八十年代文学诸现象的研究,既是一种史论,也是文学批评的另一种阐发方式。他们的实践,都证明批评也可以是一种实学,而不仅是对当下文学写作的轻浅唱和。"当文学成了一种知识记忆,它自然是学术和文学史的研究对象,可那些正在发生的文学事实,以及最新发表和出版的文学作品,它所呈现出来的经验形式和人生面貌,和知识记忆无关,这些现象,这些作品,难道不值得关注?谁来关注?文学批评的当下价值,就体现在对正在发生的文学事实的介入上。"①——这种介入,可能是批评重获信任和尊严的重要途径。

## 二

文学批评提供的是一种不同于知识生产和材料考据的阅读感受,它告诉我们最新的文学状况,且直率地说出自己对当下文学和现实的个人看法。从这个角度说,文学批评在学术秩序里的自卑感是虚假的、不必要的。但文学批评依然面临着一个如何发声、如何立心的难题。一些批评家,试图通过批评的学术化来确证它的价值,但这条路未必走得通,因为批评一旦丧失了艺术直觉和价值决断这一基石,只有"术语水准一类的零碎"(李健吾语),批评就可能成为死的知识,既无冒险的勇气,也无有趣的分析,必将老得更快。因此,批评如果没有学理,没有对材料的掌握和分析,那是一种无知;但如果批评只限于知识和材料,不能分享文学精神的内在性,也会造成一种审美瘫痪。尼采说,历史感和摆脱历史束缚的能力同样重要,说的就是这个意思。近年关于批评学术化和历史化的诉求,尽管越来越强烈,但关

---

① 谢有顺:《如何批评,怎样说话?——谈当代文学批评的现状与出路》,《文艺研究》2009年第8期。

于批评的质疑却从未断绝，原因何在？

必须警惕一种批评的依附性，无论它依附于思想权力还是某种学术秩序，最终都将导致批评精神的沦丧。"文学批评要拒绝成为权力的附庸，这个权力，无论来自意识形态、商业意识，还是知识权力，都要高度警惕。意识形态的指令会使批评失去独立性，商业主义的诱惑会使批评丧失原则，而知识和术语对批评的劫持，则会断送批评这一文体的魅力。文学批评曾经是传播新思潮、推动文学进入民众日常生活的重要武器，尤其是新时期初，它对一种黑暗现实的抗议声，并不亚于任何一种文学体裁，但随着近些年来社会的保守化和精神的犬儒化，文学批评也不断缩减为一种自言自语，它甚至将自己的批判精神拱手交给了权力和商业，它不再独立地发声，也就谈不上参与塑造公众的精神世界。文学批评的边缘化比文学本身更甚，原因正在于此。"① 而对文学批评独立性的召唤，最重要的是要重新认识批评的品质——批评也是一种写作，一种精神共享的方式。伏尔泰说，公众是由不提笔写作的批评家组成，而批评则是不创造任何东西的艺术家。批评也是艺术，也有对精神性、想象力和文体意识的独立要求，它不依附于任何写作，因为它本身就是一种独立的写作。

批评要成为真正独立的写作，就必须为批评立心。无心，就无立场，无精神维度，无灵魂，也就是没有批评之道。

那何为批评之心？我以为它至少包含义理、实证和文体这三方面。其中，又以义理为最高。批评的义理，不仅是指思想或哲学，它也是指文学的道义与艺术的原理。不合义理的批评，即便姿态勇猛、辞章华丽，终归偏离了文学的大道，而难以服人。而讲究义理的批评，又要有实证精神和文体意识，才能使它所坚持的义理得以落实。实

---

① 谢有顺：《如何批评，怎样说话？——谈当代文学批评的现状与出路》，《文艺研究》2009年第8期。

证,就是考据,文本的考据,关乎艺术细节的欣赏,人物性格的逻辑分析,情感冲突的发现和探讨——所谓的细读,其实就是实证,是一种艺术形象的还原。文体,是说话的方式,也是语言的风采,是修辞之美,也是文章之道。古人说,"有德必有言",这个"言"就是修辞,也是文体。有怎样的义理,也就会有怎样的文体。情感如何节制,说话如何把握分寸,个性与激情如何平衡,理性与感性如何互动,修辞立其诚,这都是文体的艺术。

义理、实证和文体,这三者是一个整体,不可偏废。三者合一,则文学批评也成一特殊的学问——义理阐明文学的德性,实证运用鉴赏的能力,文体经营批评的辞章,这几方面皆备,才堪称有学问的批评,立心的批评。为批评立心,其实是为批评找魂,找到了这个魂魄,批评才不会苟且:价值上不苟且,是义理的基础;字句上不苟且,是文体的开端。好的批评,是文学之道与文章之道的完美统一。

在众多青年批评家中,我以为,胡传吉的文字,是在自觉地为批评立心的。她所写下的一些篇章,往往义理、实证和文体俱佳,满足了我对一种批评风格的向往。她在《小说评论》杂志上开设的系列专栏,以文学为载体,谈的是"精神生活",你只要看她所关注的问题,所用的词,如"不忍之心""羞感""自罪""怨恨情结""意义的负重""论同情""技术冷漠症"等,就很容易辨识出她的批评义理,如《中国小说的情与罪》的书名所示①——"情"和"罪"这样的字眼,已经从很多批评家的视野里删除了,他们习惯用很多理性的概念、术语,唯独不言情、不言罪,拒绝分享属于文学自身的道和义,最终就把批评变成了无关生命自性的理论说教或者技艺分析。

但胡传吉显然不愿落入这样的批评困局。她恐怕是新一代批评家中,比较强调批评义理的一位。义理是大道,是批评之心的核仁,有

---

① 胡传吉:《中国小说的情与罪》,台湾秀威资讯科技股份有限公司2011年版。

怎样的义理,就决定批评有怎样的高度。胡传吉对小说的情与罪的痴迷,是渴望在文学与人性、文学与心灵之间实现深层的对话,使批评为一种人类精神的内在经验作证,并由此建立起一种个体的真理。这种对人性的存在所作的钻探,把文学置放到了一个为更多人所共享的价值世界里——从价值幽闭到精神对话,这不仅是文学的福音,也是批评的前景所在。所以,胡传吉论文学,总不是空谈,她的文章后面站立着人性的丰富存在,用一种人性去理解、抱慰另一种人性,这样的文字就有了体温,就成了个体的真理。

  写作者用很多很多的字,杜撰左右不成立的故事,恐怕也不是全无乐趣。同时,写作者之所以刀至血腥悲惨、笔至龌龊猥琐仍不肯放手,在很大程度上也是出于对生命感觉的迷恋,如贪嗔痴爱恨等,这些,都是没有止境的东西,所谓生生不息,恨与爱都是生的动力,疼痛亦能让人流连忘返,人都跳不出这尘网,更何况凡人口舌间的语言及文字。说到底,中土人受文字的羁绊实在太重,所以,当文字一落到不限篇幅的小说里,便生出这种种的毛病来,不懂得见好即收,在技法上处处逞强,在修辞上无所不用其极,等等,最后,也就往往坏了小说的大格局、伤了人的尊严。①

照胡传吉看来,作家在文字上的失控,已经不是一个简单的写作技巧问题,而是一种生命态度。那些被分解出来的生命感觉,尤其是那些欲望、血腥、残忍的经验,如同一个巨大的黑洞,紧紧地吸住了作家的笔,没有生命定力的人,断难从中跳出。而这种技法上的逞强,见出的恰恰是生命运转上的无力,在坏了小说的大格局的同时,

---

 ① 胡传吉:《小说的不忍之心》,《小说评论》2010年第3期。

也"伤了人的尊严"。这样的论述,就是有义理之论,既合身,又有超拔之气,既是文学中人,又分享了人的"精神生活","都是明心见性之谈,发人深思"①。正因为此,胡传吉看问题的角度,与别人不同,比如,她发现,当下的小说、叙事类作品,似乎在不断地抹去作品中人之羞感(诗歌更是自不待言),不仅身体层面的羞感被袒露感瓦解,精神层面的羞感也不再被重视,这是很多人都知道的事实,但原因何在? 在目前的诸论之中,胡传吉显然探究得最深切:"羞感之所以不太被当代小说所重视,很大程度上是因为,羞感在中土文化渊源里,是仁礼道德体系里的重要训辞,它要求人向善(尽管善本身也模棱两可),它容不上恶、丑、坏、污垢,它的重点其实不在羞,而在耻,换言之,这种羞耻感,对人生过于苛刻,当现代意识降临之后,它变得让人无法容忍,仁礼道德不再具有不容辩驳的说服力,它不再是一个少数服从多数、下级服从上级的问题。道德向善知耻,本无可厚非,但就存在本身及常识而论,恶、丑、黑暗、坏、污垢、龌龊既有存在的价值,亦有无法彻底被消灭的本质特征,所谓'解放'只是一个神话,你可以号召一个人向善知耻,但你无法将人改造成绝对向善知耻、绝对无瑕之人。德行要求下的羞感,本意在于自我的修身,但又因为与权力及等级的渊源太深,所以,这自我修身之要求,往往异化成为对他人的苛求。德行要求下的羞感,到今天,仍有其舆论威力,但它已不足以摧毁一个人追求更合乎常识之价值的理想。急于证明自己是现代人的写作者,很难会喜欢上这种让人窒息的古老化石。所以,当下小说及叙事类作品之不重视羞感,从情理上均可以理解。但即便如此,也不意味着我们就可以对羞感视而不见。"②确实,

---

① 林岗:《狐狸的智慧》,见《中国小说的情与罪·序》,台湾秀威资讯科技股份有限公司2011年版。

② 胡传吉:《羞感之于内心》,《小说评论》2010年第4期。

羞感是一种限制,一种必要的自我保护,这种人之为人的基本尺度,确立的也是写作的边界——很多写作上的越界,包括那些过度沉迷于无羞感的欲望展示和肉体狂欢,其实是对生命的一种冒犯、践踏、不怜惜,是人类自我摧毁的一种方式,文学不过是把它记录了下来而已。

——读胡传吉的批评文字,之所以有一种快意,有一种人生被洞穿了的感觉,就在于她从深处理解了文学的道义,并把文学与人类精神的内在性贯通在了一起。她的批评义理由此建立。她关注人类心灵暗处的景象,讨论当代小说中的"性饶舌"现象和怨恨情结,等等,皆可视为批评的立心之作——我们也许没有想到,文学批评也还可以分享如此众多、如此重大的精神话题。多年来,我早已习惯了批评界为一些小事斤斤计较,也对批评家们津津乐道于那些小趣味、小发现、小私心甚感不解,后来终于明白,批评的格局之所以越来越小,根本的原因还是批评家们对人的探索失去了兴趣。

没有人生作根底,没有对人的丰富想象,也没有分享人类精神之内在经验的野心,所谓的批评,就不过是为文学所奴役之后的一种苍白表达而已。

因此,批评的趣味有时比批评的勇气更重要。而趣味从心性中来,心性又决定了批评的义理。为批评立心,终究还是明白自己之心,了悟自家的本体。这令我想起王阳明在《传习录》中的一段话,"一友问:'读书不记得,如何?'先生曰:'只要晓得,如何要记得?要晓得已是落第二义了,只要明得自家本体。若徒要记得,便不晓得;若徒要晓得,便明不得自家的本体。'"——这何尝不是学问的三个阶段?从"记得"到"晓得",从"晓得"到"明得",学问不断向内探求,最后的落实点就是"自家的本体"。而真正的"明得"之论,绝不会是枯燥的概念推演,或者毫无想象力的知识谱系的梳理,而是一种心性的表达，也是灵魂的秘语。

显然，胡传吉是想做"明得"之人，所以她放弃那些晦涩的概念，也无意于炫耀自己的理论视野，而是找到了"力""罪"这样的中国语词，试图以此握住当下文学的一些关键脉络，进而来澄明自己的内心，说出自己的关切。从这个角度上说，批评的写作，也是批评家心性自我激活的过程，以此心证别心，是为立心，这是更大的学问——王阳明说"自家心性活泼泼地"，胡兰成说的"不失好玩之心"，王国维赞李后主的词"不失其赤子之心"，都是一语直指本体，照王阳明说法，"此是学问极至处"。只是，当下批评界中，有此生命之学问者，实在是太少了。

三

在批评的义理上不苟且，必然也会注重在实证中贯彻这一义理，同时建构批评的文章之道。我在胡传吉的批评文字中，也看到了这种努力。比如她讲《小说的技术冷漠症》，举了金庸、麦家和安妮宝贝做例子。她说金庸在价值观上并没什么突破性的建树，无非个人命运后面站着族国命运，"但金庸的小说技法自成一家、独创门别，他有他十分大气的一面，如果因其通俗而拒之以文学域之外，那就是短见浅识了。这个作家有一颗异想天开的好玩之心，其贪玩之趣，恰好是当代大陆小说家所普遍缺乏的，也更是阴谋权术之心所难以想象的，金庸的小说，既在城府之内，又在城府之外。金氏小说，寓族国、道德、情爱等严肃话题于江湖游戏之中，跟技术实有太多太多的暗合及呼应处，他的价值观迟早会被人诟病——意义论者反复挖掘其意义价值，实在可叹。以我的看法，想象力才是金氏小说真正的卓越魂灵……回到想象，就是回到文学的自由本性，金庸小说之最为出彩的地方，大概就在他的胡思乱想、天马行空。"① 她论到麦家《解密》一书中，主人公容金珍的崩溃，"是信仰悲剧的解密"。"技术在反复升级人的自我能量之际，也在反复升级对人的控制能量。技术诱拐了人的智慧与激情，技术让人迈向神迹，技术测试人与神之间的距离远近（近了方知远）。人终生追求不被复制、不被控制的命运，是不是也可以看作是对技术的抗争、对有限的绝望、对无限的向往？"② 她论安妮宝贝，"文字之素雅，是大家闺秀式的素雅，略有古风。技术启发了她的阴郁，透过铁锈般散碎而阴冷的文字，她发现了人心更广大的暗处，她更微妙地暗示，黑暗比光亮更让人沉溺缠绵，告别永远比在一起更有激情，创造的邪恶在于毁灭，虚拟之网就是实在之笼，心灵的内向过程，依仗技术而完成。但也许，与时代过于合拍，又或者，作者在阴郁、唯美、幸福等看法转换之际发生错位，《莲花》等后来的作品，虽然依然貌美如花，但已失却《告别薇安》的神气。"③——关于这些作家的研究，都是实论，从作品引申，但见出一个更大的问题：文学写作事关价值立论，但也有自己的物质外壳；一种想象力和人格塑造的成功，也不能忽视作家在技术上的修习。作家在写作中的这种实证精神，构成了作品的物质纹理，读者若要与这部作品建立起可以信任的阅读契约，光有抽象的精神性是不够的，它还需要一种坚实的物质基础，所谓没有闺阁胭脂、庭院楼台、回廊幽径，何来婉约艳词的断肠离魂，没有俗世生活的底子，又何来灵魂的质感。这样一种写作上的辩证，胡传吉以"技术"为切口，在金庸、麦家和安妮宝贝这几位作家身上得到了落实。

这也是批评的实证精神，它与小说写作上的实证异曲同工，前者

---

① 胡传吉：《小说的技术冷漠症》，《小说评论》2009年第6期。
② 同上。
③ 同上。

以小说为材料，后者则以俗世和人性为材料。如此实证，又为了引出这样一番义理：

> 技术有如身体，都是人的躯壳、牢笼、隐喻，对技术的冷漠心（或者说视而不见）——更不用说对科学的冷漠心，这大大局限了中国当代小说的想象力，包括对人之未来、现在、过去的想象力。①

小说家的想象力，不仅指向人心深处，他还要和物交流，和世界交流，他不仅要描摹人事，还要描摹物，适应技术的进步，以及技术对人心的改变。所有这些，共同构成了写作的纪律，是作家不能轻易逾越的实证准则，所谓"格物乃能正心"。梁启超说："非精不能明其理，非博不能至于约。"此"精"与"博"，必然关乎物质和技术，此"理"，既是心理，也是物理，此"约"既是简明，也是超然。在这点上，写作与学术此心同，此理同。

"技术冷漠症"是当代小说的一大困局，"意义的负重"又何尝不是？"因为意义的负重，小说评论及研究失去了对结构、语言、表现手法、故事、境界、气质等要素的赞赏激情，写作者丧失了对实在生活细致考究的耐心，表现才力日见欠佳。当评论与研究过分倚重意义时，定力不够的作家，也会不自觉地在是非、对错、善恶、爱恨等问题上表态，急于得出结论、解决问题。"② 一方面是写作的物理上漏洞百出，对实在生活缺乏考证；另一方面是纠结于俗常的道德，以直奔意义结构的方式，忽视了辞章的经营，更缺乏饶恕一切、超越一切的情怀——胡传吉找到的，总是一个能够深挖下去、囊括多数的通孔，

---

① 胡传吉：《小说的技术冷漠症》，《小说评论》2009年第6期。
② 胡传吉：《意义的负重》，《小说评论》2009年第5期。

即便是她在论述铁凝、迟子建、林白、魏微等作家的某部作品时,我们也能隐约感受到她对当代文学的观感和叹息。看得出,她的阅读量很大,所以有一种对文学大势的从容把握;她所使用的一些词,如论林白的《致一九七五》时的"格心"与"遁心"①,论迟子建的《额尔古纳河右岸》时的"温柔敦厚",已经超越了对文学的鉴定,而更像是一种精神考据——胡传吉的批评文字,最有魅力之处,或许就在于她能找到自己的语言为一种模糊的精神塑形,这也是一种考据之美,而且,这一关于人心的考据,远比材料的考据要艰难得多。

批评的义理,往往从考据中来,而所谓考据,其实就是把材料、细节引向一个更大的价值视野里来进行辨析。这也是胡传吉的批评文字的大节。读她的文章,有一种语言气势,那是从一个义理的高度发出的声音,所以,她很容易看出一个作家的长处与局限。对于他们的长处,她不作俗论,而是尽可能用新的审视角度,看明其中的微妙和曲折;对于他们的局限,她也不发恶声,而是以宽谅之心体会作家的难处,并发出自己善意的提醒。比如她论到迟子建的《额尔古纳河右岸》时说:"她的笔法温柔细致、耐心周到,并善于用爱的力量去化解怨恨、平复痛苦,但有些地方,也难免对逻辑失察,对历史的理解,略显得粗糙,对时间的具体能指,潦草了些。当然,这些都不必深究,它们不至于影响小说的大局。"②类似这样的批评意见,她总是说得委婉,"不必深究",并非缺乏勇敢,而是她不愿以一己之不满,否定小说的"大局"。老子说,"直而不肆",说话可以直,但不能无所忌惮——《中庸》所称的"小人",不正是"无忌惮"么?胡传吉在肯定和批评的时候,都对文学存着敬畏,尽量不说虚语,也不发恶声,

---

① 胡传吉:《刑德之下的格心与遁心——关于〈致一九七五〉的随想》,《当代作家评论》2008年第3期。
② 胡传吉:《迟子建:温柔敦厚,一往情深》,《当代作家评论》2009年第4期。

这是当下难得的文章之道。钱穆说："一个人的文章和说话，慢慢到另一个人的脑子里，会变成思想。所以我们用一个字，讲一句话，总该有分寸，有界限。称赞人，不要称赞得过了分。批评人，也不要批评得过了分。这是讲话作文的义理。"①有此义理，文章就有敦厚之美。胡传吉也讽刺，常常锋芒暗藏，但只要是她的识见透彻之时，她总不忘会心一笑，从而避免使自己的文字陷入阴沉和偏激之中。

当然，胡传吉的收与放，还不能完全自如，有时她的语言还显得松散，一些论述，在传统与现代的对接上，常有断裂感，一些感觉，明显还处于模糊之中，她也还未能准确地捕捉到，并加以更加清晰的论证。但胡传吉的批评风格个性显著，批评的义理正大、宽阔，角度奇特而深切，不断发问，不断深思，至终在她的笔下，凝聚出了一批当代小说的核心之问，这些宏论，至少我在别的批评家笔下是没有读到过的。《中国小说的情与罪》一书，作为她首部评论集，已经透显出了她的批评气质。义理方正、辞章优美的批评家，今日已不多见，但胡传吉能从众多写作者中脱颖而出，固然是因为她见地不凡，但不能否认，她的文章风格独异，也是一大助力。为批评立心，虽然义理优先，但自觉的文体意识，温润的语言表达，也是批评之心的题中之义。

由此我想，也许并不是什么人都适合做文学批评的。没有敏捷、活跃、生机勃勃的美学趣味，你无法呼应文学中那些若隐若现的气息；没有坚定的精神义理，你无法获得一个审视的高度，也无法贯通文与人、过去和现在；没有智慧和才情，你也无法有通透的文字、优美的辞章——我想起唐鉴对曾国藩所说的话："文章之事，非精于义理者不能。"然而，今日的批评界，文章遍地，但在义理上有所追求，

---

① 钱穆：《中国史学发微》，生活·读书·新知三联书店2009年版，第36页。

进而能对文学的道义前景提出自己创见的，却是太少。所以，很多文章可读，但不可亲，更禁不起深思，究其原因，就是文章之中无义理，也无好的修辞，或者空疏，或者支离，实属无心之作。

批评本无心，是由批评家来为之立心。胡传吉等人的努力，就是在为批评立心。作为个体，她的声音或许渺小，但小声音积存起来，也可以成大声音。孟子说："所过者化，所存者神。"不断地积存，不断地变化，化其所存，最终所存者就聚合成了批评的神气和精华。这是批评的本体论，也是我对批评的信心之所在。

◎ 最初发表于《南方文坛》2011年第5期

# 他关注沉默的大多数

## ——论柳冬妩的文学批评

一

多年前,我曾经读过柳冬妩的几首诗,感觉这是一个有精神秘密的人,他对生活的切入方式,带着记忆和痛感,也带着一种面对自我的赤诚。他对语言的运用,沉着、缓慢,但用词谨慎、思路清晰,文字并不嚣张,表达却极具个性。后来读了他很多的评论文章,这个感觉尤为强烈。对这个人,我一直有一种亲近感。他本名叫刘定富,安徽人,这二十多年来,一直生活在东莞,近年专注于"打工文学"这一写作现象,不讳言自己是打工族中的一员,并试图成为这个族群的写作者最为贴身的研究者。如今,他已经是了。在文学批评界,确实没有人像他这么全面、认真地研究过"打工文学",甚至连"打工文学"这一命名本身,之所以能够广为人知,也和他多年的努力相关。

他沉默少言,内心却异常丰富。因为和我有相同的乡村生活记忆,他不止一次和我谈起他的村庄,那个在安徽霍邱县的小乡村,如今像《百年孤独》里的马贡多小镇一样,"被飓风刮走,并将从人们的记忆中完全消失"。这样的村庄,据说在当下的中国,平均每天都要消失近百个。可是,一个文学写作者,一旦没有了出生地,那种孤独的感受一定比普通人更深。至少,柳冬妩对此无法释怀。正是在他对故乡那种骨血般的感情中,我理解了他的写作,也明白了他为何对那些被连根拔起的异乡人的经验那么着迷,他是借此在认识自己,也通过这些经验来照亮自己。他说,"我一直沉湎于从乡村到城市的一段精神苦旅",他说,"文学批评是一种精神共享的方式,是对自我感受的检验,是一种心灵的到达"①,这是真实的言说。我很少看到一个批评家,和自己的研究对象间有如此密切的精神联系,甚至他把自己也当作研究对象的一部分,直面所有的问题。他面对自己笔下的作家作品,以一种和朋友交谈的形式,深入其中,带着体温,也带着反思,最终实现一种真正的精神共享。

这可能正是好的文学批评应具有的品质:批评家熟悉自己的研究对象,对它也抱着理解之同情,不放任,也不苛责,而是一直理性地去探究一种文学形成的复杂成因,并希望为它找寻到可能的出路。柳冬妩的扎实、诚恳,饱含着他对这种写作的特殊感情。他并不愿意自己在写作中像手术刀一样冷漠、机械地解剖作品,也不想刻意掩饰自己的喜好,他渴望批评也成为一种写作,一种有温度的自我表达。

比起独白,他更信任对话;比起价值批判,他更信任个人感悟。这令我想起李健吾的一句话:"批评之所以成为一种独立的艺术,不在自己具有术语水准一类的零碎,而在具有一个富丽的人性的存在。"②

柳冬妩的文学批评,最为醒目的一点,也许就在于他的文字里确实"有一个富丽的人性的存在"。他不轻慢任何一个写作者,对那些渺小、无名的写作,反而投入了巨大的热情和心力。他是研究者,也是那些无名写作的发现者,他忠实于文学,又不忽视文学相通于一个人性世界,相通于一种坚硬的现实。他认为,"打工文学"不仅是文

---

① 柳冬妩:《打工文学的整体观察》,花城出版社2012年版,第597页。
② 李健吾:《咀华集·咀华二集》,复旦大学出版社2005年版,第1页。

学现象，也是社会现象，不仅包含着作家们的自我意识的觉醒，也包含着某种社会意识的形成和扩展。①基于这种认识，他的研究正视了这一写作现象的复杂性，也充分打开了自己的研究视野，不仅把那些被文坛遗忘的，但与一种生活境遇和社会思潮密切相关的写作纳入自己的研究范畴，具体论析他们的文学意义、写作得失，也把"打工文学"这一写作类型置放于一个更大的社会背景中来考察，进而确证它应有的位置。由此，柳冬妩找到了自己的研究领地，也在这个领地发出了属于自己的声音，这个声音，已经是文学批评界不可忽视的存在。

## 二

《打工文学的整体观察》一书的出版，有力地证实了这一点。该书长达七十四万字，全面论述了这些年"打工文学"的形态和面貌，有宏观之论，也有具体作品的细读，足可代表柳冬妩近年的研究水准。尽管个别篇章，之前我已在杂志上读过，但这次全面通读之后，越发觉得它的意义不凡。

我想专门谈谈这部著作。它在结构上，或许并不严谨，一些命名和归类，不无牵强之处，个别论述，也不见得都合身。作为一本专论，可探讨的地方甚多，但它依然如此重要，就在于柳冬妩做了别的批评家没有做，也未必做得了的事。

它定义了一种文学类型——"打工文学"。做"打工文学"研究，是要冒一点险的，这类作品良莠不齐，作者队伍也庞大芜杂，研究它，远不如研究一些成名作家讨巧，更不如研究一些热点话题那么容易引

---

① 柳冬妩：《打工文学的整体观察》，花城出版社2012年版，第1页。

起关注。所以,这么多年来,以广东为主阵地,"打工文学"作为一种写作现象已经很令人瞩目,但关于它的学术研究却几乎一片空白。柳冬妩显然是先行者,而且持续关注这批默默的写作者,把他们作为一种新的文学类型来诠释。必须承认,经由他这些年的反复强调,"打工文学"作为一种文学类型,已为文坛所认可,它的类型学意义也获得了充分的阐释。

柳冬妩说,"打工文学"的类型问题不仅是一个名称的问题,它的类型特性主要是由它所参与其中的精神方式和审美方式所决定的,所以,对"打工文学"进行分类,不仅关乎题材,也关乎文体和形式差异。无论是把"打工文学"视为是所有作家以打工生活为题材写作的作品,还是仅仅把它理解为是打工作家所写的打工生活题材的作品,柳冬妩都注意到了"作者与文本之间的复杂关系"①,并对"打工文学"所具有的通约性特征作了全面论述。或许,很多人对"打工文学"这一命名依然还有许多疑虑,但柳冬妩的细致研究,为"打工文学"的存在提供了学术实证,并从不同层面分析了这一文学类型的共性和个性。我们已无法否认"打工文学"的独立存在。

它实现了文学研究与文化研究的有效结合。把"打工文学"单纯地视为一种文学现象,它的研究意义就会大大降低,毕竟,很多"打工文学"作品的文学性还显粗糙,优秀的作品并不是很多;把"打工文学"简化为一种社会学研究的材料,又是对它的文学价值的漠视。为了建立起"打工文学"的理论诠释体系,柳冬妩以"整体批评"为切入口,不拘泥于外部研究和内部研究这种简单的二分法,而是希望建构起关于"打工文学"的整体观,既研究文学想象与文学形式,也兼顾文化阐释和历史分析,把单维度的文学研究变成多维度的文化研

---

① 柳冬妩:《打工文学的整体观察》,花城出版社2012年版,第18页。

究。应该说，《打工文学的整体观察》一书是以文学分析为基础，研究文学审美的同时，也把它当作一种精神现象来与当下的社会对话，把这种写作放在一个大的文化场域里观察，这就为当下盛行的文化研究找到了生动的文学例证。

近年盛行的文化研究，之所以显得空洞、宽泛，就因为它没有坚实的研究个案，进而变成了一种理论的生硬操演；柳冬妩的"打工文学"研究不同，它是真实、活泼的一种文化现象，有自己的经验类型和价值追求，同时这个社会现实同构在一起，它的确是不可多得的文化研究的素材。为了做好文学研究与文化研究的结合，柳冬妩做了文学、史学、哲学、社会学等多种理论资源的准备，既运用解释学、形式主义、结构主义等方法来分析作品，也参照新马克思主义、女性主义、存在主义、后现代主义等一系列理论，来阐明一种文学现象背后的社会学和精神学意义。这种整体性批评视角的贯穿，实现了文学研究和文化研究之间的良好互动，拓展了文学批评的视野。而且，强调文化研究的意义的同时，柳冬妩并不鄙薄"打工文学"的美学价值，相反，他一直强调，"打工文学"首先是文学，而不是别的。他经常引用艾略特的话来提醒自己："文学的'伟大价值'不能仅仅用文学标准来测定；当然我们必须记住测定一种读物是否是文学，只能用文学标准来进行。"有了文学标准的确定，"打工文学"才找到了自己存在的文化依据。

它提供了一批有价值的研究话题。比如，关于乡愁、身份、身体、底层叙事等，过去并不是没有人谈论过，但把这样的话题放在"打工作家"身上来讨论，意义完全不同。在这一轮盛大的城市化进程当中，数以亿计的人离开自己的故乡，从乡村到城市里去，成为打工一族，而如此大规模的打工族群的离散和聚合，是人类历史上从未有过的经验。他们那种游离感和放逐感，那种身份焦虑和身份认同危机，他们的肉身经验和精神经验,他们对生命的体验和他们的现实与梦想,都和过往的文学书写不同,理解了他们,就理解了文学的另一面。"'打工文学'潜入每个具体的、肉体的生命个体的'内部',撕开外在的工具理性、权力、物质化的话语遮蔽,敞开了人的存在的真实境遇。"① "'打工文学'的本质在于描述打工者的生存经验,是来自底层内部的身体叙述,是身份未定者的文学,也是持续追求归属和无穷追问身份的文学。"②——这些表述,深化了之前文学界对"打工文学"的认识,并使"打工文学"与一批有重量的话题联系在了一起。而且,通过"打工文学"这一个参与者众的文学实践,为讨论城与乡、流散与归家、底层叙事与主流叙事等论题,提供了真实的例证。文学既塑造群体性记忆,也用个体经验来反抗一切加在他身上的文化遮蔽,《打工文学的整体观察》很好地平衡了群体与个体的研究,并把一些话题引向了深入。比如在第十三章"身体的真相",柳冬妩就全面分析了"打工诗歌"所出现的新的特征,并从"生命意识的觉醒到身体意识的觉醒"③中,感受一种"主体的痛感",这样的研究,让人对"打工文学"中的一些段落有了全新的认识。

《打工文学的整体观察》一书所花的心力,不仅在于篇幅,更在于它对这个问题的研究所达到的深度和广度。

## 三

特别需要指出的是,《打工文学的整体观察》关注了一大批无名的"打工作家",并力图发现一切有意义的"打工文学"。我常常惊

---

① 柳冬妩:《打工文学的整体观察》,花城出版社2012年版,第7页。
② 柳冬妩:《打工文学的整体观察》,花城出版社2012年版,第6页。
③ 柳冬妩:《打工文学的整体观察》,花城出版社2012年版,第362页。

叹于柳冬妩的阅读耐心,他跟踪和解读了那么多沉潜在底层的写作者,并通过对这些写作者的研究,完成了对"打工文学"这一场域的描述。

他不仅研究了一种写作现象,其实也书写了一种特殊的文学生活——假如没有这种文学生活做基础,很多"打工作家"也许难以坚持自己的文学理想。正是他们在打工之余,彼此交流,互相激励,才使他们对记录自己的生存经验、思索自己的生存境遇有异乎寻常的激情,他们有时并不是想通过文学改变什么,而是想通过写作本身让自己的内心获得一个定位。

这个独特的写作人群,后来也出现了很多有全国影响的作家,如王十月、郑小琼、塞壬、林坚、谢湘南、戴斌等人,但更多的人,是匿名的,是写作人群中的芸芸众生,他们的写作并不成熟,不过是自我表达,也许并不会在文坛留下痕迹,但柳冬妩以一种平等心来看待他们,并对他们的写作有一种真诚的凝视,这是一种很可贵的面对文学现场的研究精神。尤其是诗歌,假若没有大量对这些无名诗人的关怀和检索,一个批评家根本就无从辨明一种新的写作是如何诞生和如何发展的,它的根源在哪里,它的局限又在哪里,这些,都要有丰富的写作实证作为支撑,才能发现问题之所在。

法国的蒂博代说:"如果不是有成千上万很快就将湮没无闻的作家维持着一种文学生活的话,那就根本不会有文学,也就是说,不会有大作家。"① 他强调了文学生活的重要意义。确实,对大作家的研究,从来不乏其人,但对那些"成千上万很快就将湮没无闻的作家"也持认真的态度,并试图从中发现一些亮点、一些有价值的话题的研究者,却少之又少。尤其是"打工文学"作为一种新的类型,一种"身

---

① 〔法〕蒂博代:《六说文学批评》,赵坚译,郭宏安校,生活・读书・新知三联书店2002年版,第8—9页。

份未定者的文学",在当下的文学研究格局中,本就属于渺小的、无声的,要让无声者发出声音,难度可想而知。柳冬妩完全出于对"打工文学"的热爱,出于对底层写作者的敬意,才把自己的文学研究锁定在一批打工作家身上;他有一种和这批作家一同成长的决心,也竭力要把这些人的写作纳入当代文学的版图中来观察,这份研究者的心志,在当代批评界,并不多见。

如何让无声者发声,尤其是让沉默的大多数发声,这是文学的责任,也是文学研究者特别要关注的。

《打工文学的整体观察》一书出版之前,柳冬妩已经发表了大量研究"打工文学"的文章,他从不同角度、对不同的"打工文学"类型做了不少精到的论述,这些文章,是关于"打工文学"研究极有价值的声音。正是柳冬妩等少数几个研究者对这些声音的反复强化,"打工文学"这些年才受到了广泛关注,而且成了一个重要的文学话题,参与了当代文学格局的重塑。柳冬妩把少数者的文学,阐释成了与多数人有关的文学;把沉默者的声音加以理论升华,使之成了众人都听得见的声音。这种站在弱者、少数者、沉默者一边的研究姿态,使《打工文学的整体观察》一书有着文学原生态的品质,也有着真正的理论原创性——它所阐释的文学作品,都是未经命名的;它所关涉的问题,都是未有定论的。很多研究,柳冬妩或许只是开了个头,但问题一旦提出来了,就有可能成为一个新的研究起点延伸下去。比如,柳冬妩研究"打工文学"时,专门谈及"打工小说中的少数族裔话语",以及"打工文学与儿童文学"等论题①,就表明他的研究视野是开阔的,而且对那些不被察觉的写作现象——如"少数族裔话语",还有"打工文学"与现代文学、世界文学的隐秘关系等,他用力

---

① 分别参见《打工文学的整体观察》一书第八章和第四章的第四节。

尤多，他是想通过这些不起眼的写作进行分析，全面描述出一种文学生活——"打工文学"恰恰是在一种特殊的当代生活中诞生的文学，离开了生活的现场，这种文学的意义就会消失。这种庞大的、无人认领的打工生活中，有太多的经验值得书写，有太多的人生值得关怀，它其实是文学写作的一笔巨大的矿藏，现在主要是一些打工作家在挖掘，也许，若干年后，要反观这个时代的真实，"打工文学"很可能是最可信任的精神素材，它凝结着一个庞大人群的生存记忆和心灵流变。因此，柳冬妩为我们所描述的这幅"打工文学"全景，具有文学与文化学的双重价值。

## 四

面对一种貌似卑微的文学，研究者的立场尤为重要。对"打工文学"，多数的人是轻忽的，最多是大而化之地谈及。有些人，把"打工文学"的边界无限扩张，最终陷到了题材决定论的误区；也有些人，以"打工文学"在美学上存在的某种粗糙，断然否定它存在的意义。柳冬妩的研究，对这两种趋势都有一种警醒。他一方面，谦卑地倾听来自文学写作第一现场的各种声音；另一方面，又去芜存精、艰苦爬梳，把"打工文学"中的精彩段落发掘出来，加以审视。他呵护一种新的文学类型艰难生长的过程，体察那些基层写作者的甘苦，即便是对那些艺术上明显缺乏良好训练的作品，也有一种宽容和理解，以"一种穿透性的同情"（文学批评家马塞尔·莱蒙语），经验作者的经验，理解作品中的人生，以一种生命的学问，来理解一种生命的存在。他背负的批评使命，是廓清"打工文学"的现状，也是为"打工文学"正名，让它更具文学的审美价值。

在我看来，文学批评只有进入一个能和人类精神生活共享的价值世界，它的独特性才能被人认知，它才能重新向文学和喜欢文学的人群发声。柳冬妩借力于"打工文学"的研究，让文学批评重新面对一种人群、一种生活，并和一些作家进行内在的对话，把文学还原到当下的社会语境之中，进而重释文学之于这种人群、这种生活所残存的意义，这对当代文学批评的发展，未尝不是一种贡献。

他或许并不能改变"打工文学"的卑微性，但能使"打工文学"在当下的文学丛林中，发出微弱的光，让人知道还有一种人是这样写作、还有一种人是这种生活的。他们的生活微不足道，他们的写作也可能转瞬即逝，但面对这种卑微的文学，并不是每一个批评家都愿意取谦卑和对话的态度，真正热爱它，也注目于它的。其实，对这种问题很多、略显粗糙的文学，作为一个批评家，取批判、否定的立场可能更见勇气，也更容易伸张自己的艺术理想；但柳冬妩选择了对话和宽容，他不是不知道这些作品存在的弊病，但依然以理解之同情，尽力去发现他们的亮点。为何？就在于他感受得到一种文学在一种艰难的生活中生长的不易。而一种文学经验要被认同，一种写作要开始具备气象，最好的办法，或许就是让它持续地活下去，通过时间的淘洗和自身的积累，使其慢慢长出自己独异的面貌。柳冬妩清楚"打工文学"的存在，有一种脆弱性，写作者可能因生活的困难难以继续写作，他们所写的生活也可能因为毫无消费性而无法进入编辑、研究者的视野，面对这种状况，一个批评家，在发力批判的同时，更需要的是肯定、张扬其中真正优秀的作品。

批判、摧毁不是批评的终极目的，批评的终极目的是要让更多优秀的作家在你身边站立起来。这么多年来，柳冬妩很好地践行了自己的批评责任，在他的笔下，我的确认识了不少优秀的作家，他们从一些不知名的角落来，但他们的文字冲击力却使我难以忘怀。这些作家的成长，当然和柳冬妩的体察、同情、谦卑的对话、专业的研究有关，他为这种文学的生长,争得了不少学术空间。"现在有些性急的批评家热衷于裁判是非,评定优劣,恨不得天下的作家都像他希望的那样子写作。"①柳冬妩克服了批评家的这种通病,他总是先去理解,再作判断。即便他对一些作品有批评、有建议,也是用温和、委婉的方式说出来,让人觉得一切是可以商量的,文学终归是在传递一种暖意,一种同情,传递一种对美好生活的希望。他不仅不会"恨不得天下的作家都像他希望的那样子写作",反而"意在提供一种差异性及其造成的潜对话,揭示'打工文学'可能的审美维度和精神纵深"②,把"打工文学"阐释成了一种多面的存在,一个开放的空间。

确实,柳冬妩的文学批评,饱含善意,也宽容了许多写得还很稚嫩的文学,以致我们不由得希望他在对待"打工文学"时,选择能更严苛一些,文学的标准也立得更高一些,尤其是在找寻一种理论资源来解释"打工文学"时,要尽量顾到合身与否,而不要过度升华。我相信,《打工文学的整体观察》一书完成之后,柳冬妩对"打工文学"的现场梳理已告一个段落,"打工文学"的草创阶段也已基本过去,如何把"打工文学"引向深入,使之具有更丰富、更深刻的文学品格,这是柳冬妩下一个阶段要思考的问题。我在柳冬妩最近的一些文章中,开始看到他在思想路径上的变化,但他对"打工文学"的情感没有变,但是,除了为它们阐释和代言以外,柳冬妩似乎也意识到了文学的某种无力性和无效性。

我能理解他的这种无力感。休姆在《语言及风格笔记》中说:"当我们在艺术作品中看到矿工和手艺人时,他们造成的印象与矿工的情感没有任何联系,也丝毫没有使矿工的生活变得高贵些。他们只是画

---

① 〔法〕蒂博代:《六说文学批评》,赵坚译,郭宏安校,生活·读书·新知三联书店 2002 年版,第 10 页。
② 柳冬妩:《打工文学的整体观察》,花城出版社 2012 年版,第 1 页。

布上一团模糊的光和影。镜子里的反映物没有纵深度。"① 在《打工文学的整体观察》一书的"后记"中，柳冬妩也引用了这段话，他深感无论是"打工文学"本身，还是关于"打工文学"的研究，都不过是文学虚构的产物，就像画布上的光和影丝毫没有使矿工的生活变得高贵些一样，"打工文学"也丝毫无法改变贫弱的打工阶层的无声状态。这样的忧虑，会迫使柳冬妩直面"打工文学"的困境，也对文学的可能性产生新的想象。"打工文学"没有完成时，打工生活依然还是中国的主流现实之一，当下中国的城乡经验也还在以加速度的方式变幻着，"打工文学"要如何书写这个后乡土中国，这是文学要面对的现实，也是柳冬妩这些文学研究者不得不重视的新的精神背景。

◎ 最初发表于《南方文坛》2014年第4期

---

① 《"新批评"文集》，赵毅衡编选，中国社会科学出版社1988年版，第285页。

# 如何批评，怎样说话？

一

二〇〇九年六月十五日，由《文艺报》和盛大文学共同主办的"起点四作家作品研讨会"在北京召开，十多位文学评论家面对四位年轻的网络作家时不禁感慨，新一代网络文学作品与他们所熟悉的传统文学之间，如同隔着一道"巨大的裂谷"。张颐武甚至说，"中国新文学的想象力到'70后'就终结了。裂谷的这边是中国历史上最新的一代，他们的阅读空间就在网络，就是这些作品，传统文学的生命没有在后一代人得到延续"。由此，文学的结构会有根本性的变化，这种断裂造成的后果就是年轻人写年轻人读，中年人写中年人读。① 类似的感慨，近些年在批评界时有所闻，它说出了一种批评的危机——在如何面对新的文学力量崛起这一现实面前，批评界不仅存在审美知识失效的状况，也有因思想贫乏而无力阐释新作品的困境。

这个困境，可能是批评面临的诸多危机中极为内在的危机，它关乎批评的专业精神和专业尊严。但是，批评界的这一危机，在过往的讨论中，往往会被置换成另外一些问题，比如，时代的浮躁，消费主义的盛行，批评道德的沦丧，人情与利益的作用，等等，仿佛只要这

---

① 相关报道见田志凌：《网络写作"大神"驾到！当代文学已出现巨大的裂谷》，《南方都市报》2009年6月17日B11版。

些外面的问题解决了，批评的状况就会好转。很少有人愿意去探讨批评作为一种专业的审美和阐释，它所面临的美学和思想上的饥饿。许多时候，批评的疲软表现在它已无力阐释正在变化的文学世界，也不再肯定一种新的美学价值，而变成了某种理论或思潮的俘虏。罗杰·法约尔的《批评：方法与历史》一书的译者怀宇先生说："文学批评在进入八十年代以后越来越变成了与航天物理学和分子生物学同样特殊的一种'科学'领域，……文学批评已经不是向读者介绍好书，或者为社会认定杰作，而是把作品当做验证分析方法和探索新的分析内容的基本素材。"[①] 当文学批评过度依附于一些理论，一味地面对作品自言自语的时候，其实也是批评失去了阐释能力的一种表现，它所对应的正是批评主体的贫乏。

我们或可回想起二十世纪八十年代，虽然批评家也是多依赖西方的理论武器，但他们在应用一种理论时，还是以阐释文学为旨归，像南帆与符号学、吴亮与叙事学、朱大可与西方神学、陈晓明与后现代主义、戴锦华与女性主义、陈思和与民间理论之间的关系，都曾有效地为文学批评开辟新的路径，这和现在过度迷信理论的批评思潮，有着本质的不同。何以二十世纪九十年代以来文学批评日益演变成道德批评、文化批评？正是因为批评家缺乏文学的解释力，以致在谈论文学问题的时候，只能从性别、种族、知识分子、消费文化等角度来谈，唯独不愿从文学立场来观察问题，审美感受的辨析更是成了稀有之物。为此，洪子诚曾质问："如果文学批评已失去了它的质的规定性，而完全与文化批评、社会问题研究相混同，那么，文学批评是必要的吗？文学批评是否可能？"[②] 文学批评向文化批评转型之后，却失去了解读

---

① 〔法〕罗杰·法约尔：《批评：方法与历史》，怀宇译，百花文艺出版社2002年版，第430页。

② 洪子诚：《批评的"立场"断想》，《文学与历史叙述》，河南大学出版社2005年版，第131页。

文学的能力，它的背后，终究掩饰不了批评主体贫乏这一事实。

批评主体的这种空洞和贫乏，是造成批评日益庸俗和无能的根本原因。如果在批评家身上，能重新获得一种美的阐释力和灵魂的感召力，如果在他们的内心能站立起一种有力量的文学价值，并能向公众展示他们雄浑而有光彩的精神存在，时代的潮流算得了什么？人情和利益又算得了什么？批评的尊严并不会从天而降，它必须通过一种专业难度及其有效性的建立而获得。因此，批评主体的自我重建，是批评能否走出歧途的重点所在。"批评也是一种心灵的事业，它挖掘人类精神的内面，同时也关切生命丰富的情状和道德反省的勇气；真正的批评，是用一种生命体会另一种生命，用一个灵魂倾听另一个灵魂。假如抽离了生命的现场，批评只是一种知识生产或概念演绎，只是从批评对象中随意取证以完成对某种理论的膜拜，那它的死亡也就不值得同情了。"①

即便是当下被人热论的批评人格和批评道德的问题，同样关乎批评主体的重建。批评界何以存在着那么多平庸的、言不及义的文字，何以一边审讯别人一边又忙于吹捧那些毫无创造力的作品？一种审美的无能以及批评人格的破产是如何发生的？愤激地将之归结为批评家不够勇敢、不像个战士那样发力批判，或者把利益看作批评人格溃败的主因，这些都不过是肤浅的看法，它并未触及批评的内在特性。勇敢的人、敢于在自己的批评中横扫一切的，大有人在，甚至点开任何一个文学网站，都不乏那种把当下的文学贬得一文不值的人，但这样的冒失和意气，对文学和文学批评的自我完善有何益处？批评家作为以理解文学为业的专业人士，如果也仅满足于这种低水平的话语合唱，而无法向公众提供更复杂、更内在的文学感受，那同样是批评的失败。像那些断言文学已死、文学是垃圾的人，都是从一种整

---

① 谢有顺：《文学批评的现状及其可能性》，《文艺争鸣》2009年第2期。

体主义的角度去描述一种文学的缺失，这对于解答具体的文学问题其实并无助益，因为真正有效的批评需要有一种诚恳的研究精神，必须阅读文本，才能洞察作家作品的真实局限。作为一个批评家，阐释有时比否定更为重要。而那些文学已死、文学垃圾论之类的言辞，之所以会引起巨大的关注，首先要反思的可能是一些媒体和读者的心理预期，他们总以为那种横扫一切的否定才是批评家的勇气。如果真是这样，"文革"期间早已把多数文学都否定了，新时期我们又何必一切都从头再来？一些人，唯恐别人记不住他的观点，总是想把话说绝，越专断越好，而知识分子读了一堆书，如果不懂什么叫节制、诚恳、知礼，不好好说话，也不懂在自己不知道的事情面前保持沉默，这难道不是另一种悲哀？批评精神的核心并不是比谁更勇敢，而是比谁能够在文学作品面前更能作出令人信服的专业解释。空谈几句口号，抽象地否定中国文学，这并不需要什么勇气，相比之下，我更愿意看到那些有理有据的分析文章。

当我们在批判一种话语疲软的状况时，也要警惕一种话语暴力的崛起。

理解批评存在的困境，和理解文学的困境是一致的。要确立文学批评的价值，首先是要确立文学的价值、相信文学的价值。批评精神的基本构成，是批评对文学的忠诚守护，对人的复杂性的认知。通过对文学和人的深刻理解，进而出示批评家自身关于世界和人性的个体真理，这依然是批评的核心价值。但在一个文学的精神性正在受到怀疑的时代，引起公众关注的，更多只是文学的消费和文学的丑闻。随着这些关于文学的笑谈的流行，写作也不再是严肃的灵魂冒险，不再捕捉生命力的话语闪电，也不再绘制创造力的隐秘图景，它仿佛是一种剩余的想象，充当生活中可有可无的点缀。面对公众对文学越来越盛大的揶揄和嘲讽，文学批评不仅没能通过自己的努力叫人热爱文学，反而因为它的枯燥乏味，成了一些人远离文学的借口。这样一种蔑视文学的逻辑，在以会议、出版社和批评家为核心的图书宣传模式中，更是得到了证实。于是，文学逐渐走向衰败，文学批评也正沦为自说自话的空谈。

以阐释、解读文学为基本伦理的文学批评，最终不仅不能唤醒别人对文学这一创造性的精神活动的珍视，还进一步恶化了文学环境，尤其是加剧了公众对文学及其从业者的不信任，这当然是批评的耻辱。另一方面，肆意贬损作家的劳动，含沙射影地攻击写作者的人格，无度地夸大一些毫无新意的作品，跟在网络或报刊后面为一些商业作品起哄，面对优秀作品的审美无能，把批评文章写得枯燥乏味或者人云亦云……所有这些症状，也在表明批评家已经无力肯定文学自身的价值，也不能把文学证明为认识人和世界的另外一种真理，那种个体的、隐秘的、不可替代的真理——人类世界一旦少了这个真理，人类的感受力和想象力就会缺少一个最为重要的容器。没有对文学价值的基本肯定，批评家如何开始自己的阐释工作？他根据什么标准来面对文学说话？

> 我冒昧揣测，很多文学批评家已不信文学。批评家不相信"真理"掌握在作家手里，不认为作家能够发现某种秘密，墨索里尼，总是有理，批评家也总是有理，社会的理、经济的理、文化的理，独无文学之理；批评活动不过是证明作家们多费一道手续地说出了批评家已知之事，而这常常在总体上构成了一份证据，证明批评家有理由和大家一道蔑视此时的文学，进而隐蔽地蔑视文学本身。①

---

① 李敬泽：《伊甸园与垃圾》，《文艺争鸣》2008年第1期。

需要恢复对文学本身的信仰。正是有了对文学的信,作家和批评家才有共同的精神背景,也才有对话的基础。从事文学的人却不信文学,生活在这个时代的人也普遍不爱这个时代——这或许是我们精神世界里最为奇怪的悖论之一了。作家不爱文学,自然也不再把写作当作心灵的事业,甚至连把技艺活做得精细一些的耐心都丧失了,写作成了一种没有难度的自我表达,或者是面向商业社会的话语表演;批评家不爱文学,面对作品时就不会取谦逊和对话的态度,更不会以自己对文学的敬畏之情来影响那些对文学还怀有热情的人。为何文学这些年多流行黑暗的、绝望的、心狠手辣的写作,因为作家无所信;为何文学批评这些年来最受关注的总是那些夸张、躁狂、横扫一切的文字,也因为批评家无所信。无信则无立,无信也就不能从正面、积极的角度去肯定世界、发现美好。

重新确立起对文学的信,其实就是相信这个世界还有值得肯定的价值,而文学也能充分分享这一价值。文学是对世界的发现,而文学批评是对文学真理的发现。发现、肯定、张扬一种价值,这能使文学和文学批评从一种自我贬损的恶性循环中跳脱出来,并在一个更大的精神世界里重新找到自己的位置。

## 二

相信文学依然是认识世界、洞察人性的重要入口,相信在一个物质时代,精神生活依然是人之为人的核心证据,这是文学批评的价值背景,也是文学批评的伦理基础。文学批评最终要引导人认识文学、认识自我——这个看起来已经老套的观念,却是当下极为匮乏的批评品质。文学批评要拒绝成为权力的附庸,这个权力,无论来自商业运作,还是知识权力,都要高度警惕。思想强制的指令会使批评失去独立性，商业主义的诱惑会使批评丧失原则，而知识和术语对批评的劫持，则会断送批评这一文体的魅力。文学批评曾经是传播新思潮、推动文学进入民众日常生活的重要武器，尤其是新时期初，它对一种黑暗现实的抗议声，并不亚于任何一种文学体裁，但随着近些年来社会的保守化和精神的犬儒化，文学批评也不断缩减为一种自言自语，它甚至将自己的批判精神拱手交给了权力和商业，它不再独立地发声，也就谈不上参与塑造公众的精神世界。文学批评的边缘化比文学本身更甚，原因正在于此。而在我看来，文学批评只有进入一个能和人类精神生活共享的价值世界，它的独特性才能被人认知，它才能重新向文学和喜欢文学的人群发声。

> 批评之所以成为一种独立的艺术，不在自己具有术语水准一类的零碎，而在具有一个富丽的人性的存在。①

这是李健吾的观点。现在重读现代文学的一些评论论著，何以很多人的文字已经陈旧，而李健吾的文章依旧能让人受益？最重要的一点，就是李健吾做批评不是根据那些死的学问，而是根据他对人生的感悟和钻探。他的着重点是在人性世界，所以他的文字有精神体温，有个性和激情，不机械地记录，也不枯燥地演绎，他是在通过文学批评深刻地阐明他对文学的热爱和发现。

长期的价值幽闭，导致了当下的文学批评贫血和独语的面貌。这个时候，强调对话和共享，就意味着强调批评作为一种写作，也是人性和生命的表白，也是致力于理解人和世界的内在精神性的工作，它必须分享一个更广大的价值世界——在这个世界中，站立着"富

---

① 李健吾：《咀华集·咀华二集》，复旦大学出版社 2005 年版，第 1 页。

丽的人性的存在"。离开了这个价值世界,文学批评的存在就将变得极其可疑。"文学批评,这种致力于理解人类精神内在性的工作,随着'精神内在性'的枯竭而面临着空前的荒芜。人们看起来已不需要内在的精神生活,不需要文学,因此,更不需要文学批评。"① 而真正的批评,就是要通过有效地分享人类内在的精神生活来重申自己的存在。一种有创造力和解释力的批评,是在解读作家的想象力,并阐明文学作为一个生命世界所潜藏的秘密,最终,它是为了说出批评家个人的真理。这种"个人的真理",是批评的内在品质,也是"批评也是一种写作"的最好证词。

批评当然也有自己的学理和知识谱系,但比这个更重要的是,它还有自己的人性边界,它的对象既是文学,也是文学所指证的人性世界。但是,这些年来,批评过度材料化和知识化潮流,在规范一种批评写作的同时,也在扼杀批评的个性和生命力——批评所着力探讨的,多是理论的自我缠绕,或者成了作品的附庸,失去了以自我和人性的阐释为根底。必须重申,文学和批评所面对的,总是一种人生,一种精神。尤其是批评,它在有效阐释作品的同时,也应有效地自我阐释,像本雅明评波德莱尔,海德格尔评荷尔德林、里尔克,别林斯基评俄罗斯文学,就是阐释和自我阐释的典范。这些批评家,同时也是思想家和存在主义者。与此相比,中国的批评家正逐渐失去对价值的热情和对自身的心灵遭遇的敏感,他们不仅对文学缺少阐释的冲动,对自己的人生及其需要似乎也缺乏必要的了解。批评这种独特的话语活动,似乎正在人生和精神世界里退场。

因此,我们强调批评的学术性的同时,不该忘记批评所面对的也是一个生命世界——这个世界的主体,就是人性及其限度。而植根

---

① 李静:《当此时代,批评何为?》,《中国图书评论》2008年第8期。

于人性之存在的批评，也追求公正，但批评家必须用他的同情和智慧来润泽这种公正，公正才不会显得干枯而偏激。以人性为尺度，以富于同情和智慧的公正为前提，批评就能获得自由的精神。它不伺候作家的喜好，也不巴结权力，它尊重个性，并以人的自由为批评的自由——从这个意义上说，批评既是自由的，也是有限制的。这个限制，主要表现在对未知真理的谦卑，对正在生长的、新的文学力量的观察和宽容，并承认文学对人的洞见没有穷尽。

由此对照以往的批评喧嚣，我们就会发现，很多貌似公正的批评，其实并不公正，因为它们缺乏对人的精神差异性的尊重，也缺乏对人和历史的整全性的理解，而是一味地放纵自己在道德决断上的偏好。"我不太相信批评是一种判断。一个批评家，与其说是法庭的审判，不如说是一个科学的分析者。科学的，我是说公正的。分析者，我是说要独具只眼，一直爬剔到作者和作品的灵魂的深处。"① 批评这个词最初出自希腊文，意思就是判断。然而，批评作为一种判断，在当代批评的实践中，往往面临着两个陷阱：一是批评家没有判断，或者说批评家没有自己的批评立场。许多批评家，可以对一部作品进行长篇大论，旁征博引，但他唯独在这部作品是好还是坏、是平庸还是独创这样一些要害问题上语焉不详，他拒绝下判断，批评对他来说，更多的只是自言自语式的滔滔不绝，并不触及作品的本质。这种批评的特点是晦涩、含混、在语言上绕圈子，它与批评家最可贵的艺术直觉、思想穿透力和作出判断的勇气等品质无关。一个批评家，如果不敢在第一时间作出判断，不敢在审美上冒险，也不能在新的艺术还处于萌芽状态时就发现它，并对它进行理论上的恰当定位，那它的价值就值得怀疑。二是在判断这个意思的理解上，一些批评家把它夸大和

---

① 李健吾：《咀华集·咀华二集》，复旦大学出版社2005年版，第24页。

扭曲了，使得它不再是美学判断和精神判断，而是有点法律意义上的宣判意味，甚至有的时候还把它当作"定罪"的同义词来使用。比起前者的拒绝判断，这属于一种过度判断，走的是另一个极端。这样的例子也并不鲜见。批评界许多专断、粗暴、攻讦、大批判式的语言暴力，均是这方面的典范。"批评变成了一种武器，或者等而下之，一种工具。句句落空，却又恨不把人凌迟处死。谁也不想了解谁，可是谁都抓住对方的隐慝，把揭发私人生活看作批评的根据。大家眼里反映的是利害，于是利害仿佛一片乌云，打下一阵暴雨，弄湿了弄脏了彼此的作品。"① 美学判断一旦演变成了严厉的道德审判，我想，那还不如不要判断 —— 因为它大大超出了文学批评的范畴。

批评的公正，说到底来源于它对人性的忠诚，对文学价值的信仰，对世界的整全性的认知，并且它愿意在灵魂的冒险中说出个人的感受。它是一种写作，是写作，就有私人的感受、分析、比较、判断，它不是法律，也不是标尺，不可能完全客观、公正，也不是"是非自有公论"，它更多的是批评家面对作品时的自我表达。它的公正是在分析和尊重的前提下，以自我的存在来印证文学世界中那个更大的存在。它从一己之经验出发，又不限于一己之经验，而是向着人类的精神生活完全敞开。

一个批评家应当诚实于自己的恭维，也要诚实于自己的揭露。要说公正，诚实就是批评最大的公正。但凡在文字里隐藏着个人的利己打算的，即便他的文字再勇敢和尖锐，最终也只能是他卑琐心灵的写照。李长之说，伟大的批评家的眼光是锐利的，感情是热烈的，"因为锐利，他见到大处，他探到根本；因为热烈，他最不能忘怀的，乃是人类。他可以不顾一切，为的真理，为的工作，为的使命，这是艺

---

① 李健吾：《咀华集·咀华二集》，复旦大学出版社2005年版，第94页。

术家的人格，同时也是批评家的人格。"①诚实和使命感是这一人格的基石。有此准则，再来谈批评家的自由，才不会失去方向感。自由的人，必须是有内在经验的人，而批评家的自由，则来自他建立起了深厚的关于人生和文学的内在经验——许多的时候，不是道德勇气让一个批评家自由，而是这一内在经验的唯一性，使他无法再向别的价值妥协。他的内在经验若是足够强大，那他就无法再屈从于权力、欲望、利益、舆论和多数人的意见。不屈从，照李长之的说法，就是反奴性，它是批评获得自由和独立精神的根本点。

批评家和作家的对话关系，之所以一直来充满紧张和冲突，也正是因为批评要从作品附庸的地位上解放出来，它渴望以自己的创造性见解，来赢得属于批评该有的尊严。"文学批评从不承认对作家的'跟帮'角色，它最大的野心，就是通过'作家作品'这一个案来'建构'属于批评家们的'历史'。"②当这种由公正和自由建构起来的批评风格，着眼点落实到了文学价值的肯定、人性的存在上时，就意味着批评从幽闭的价值世界走向了人类宽阔的精神世界——从这一个起点出发，批评有望重塑文学的价值世界，并引导文学像过去一样积极分享人类精神生活的各个侧面。

## 三

必须承认，文学的热闹确实大不如前了，但文学作为一种独特的灵魂叙事，它并未在当代生活中缺席。文学对于保存人生和情感的丰富性，具有不可替代的意义，如让·斯塔罗宾斯基所说："文学是'内

---

① 李长之：《李长之书评》（第一册），河北教育出版社2006年版，第12页。
② 程光炜：《文学史的兴起——程光炜自选集》，河南大学出版社2009年版，第403页。

在经验'的见证,想象和情感的力量的见证,这种东西是客观的知识所不能掌握的;它是特殊的领域,感情和认识的明显性有权利使'个人的'真理占有优势。"①认识到这一点,就知道,批评作为阐明文学之特殊意义的一种文体,也是"生命的学问"(牟宗三语)。是生命的学问,就意味着批评应该把文学世界看作一个生命体,它对作品的解读,也是对这一生命世界的关切,它不仅是在面对"富丽的人性的存在",也是把一个真实的世界给人,把人心的温暖给人。好的批评,是在和文学、和读者共享同一个生命世界。

这种文学与生命的互证,也是批评之独立价值的象征。

批评如果没有学理,没有对材料的掌握和分析,那是一种无知;但如果批评只限于知识和材料,不能握住文学和人生这一条主线,也可能造成一种审美瘫痪。尼采说,历史感和摆脱历史束缚的能力同样重要,说的也是类似的意思。何以这些年关于当代文学史的书写越来越热?里面显然包含着对批评学术化和历史化的诉求。因此,一方面,文学史书写大量借鉴文学批评的成果,另一方面,在文学史的权力里,文学批评却由于它的即时性和感受性而大受贬损。很多批评家为了迎合当下这个以文学史书写为正统学术的潮流,都转向了学术研究和文学史写作,这本无可厚非。只是,文学作为人生经验的感性表达,学术研究和文学史书写是否能够和它有效对话?当文学成了一种知识记忆,它自然是学术和文学史的研究对象,可那些正在发生的文学事实,以及最新发表和出版的文学作品,它所呈现出来的经验形式和人生面貌,和知识记忆无关,这些现象,这些作品,难道不值得关注?谁来关注?文学批评的当下价值,就体现在对正在发生的文学事实的介入上。

---

① 转引自郭宏安:《从阅读到批评》,商务印书馆2007年版,第262页。

我当然知道，文学批评是最容易过时和衰老的文体，它在今天显得如此寂寥，其实和它这种悲剧性的命运有关。批评家何向阳就曾感叹："我是选择当代文学作为专业方向的一分子，当时间的大潮向前推进，思想的大潮向后退去之时，我们终是那要被甩掉的部分，终会有一些新的对象被谈论，也终会有一些谈论对象的新的人。这正是一切文字的命运。"① 但是，文学批评的意义依然不可忽视，因为它和作家一样，都是当代精神的书写者和见证者。一种活泼的人生，一定要通过一种活泼的阅读来认识，而文学批评就是要提供一种不同于知识生产和材料考据的阅读方式，它告诉我们最新的文学状况，且从不掩饰自己对当下文学和现实的个人看法。从这个角度说，文学批评在学术秩序里的自卑感是虚假的、不必要的。钱穆读诗，常常说，我读一家作品，是要在文学里接触到一个合乎我自己的更高的人生。"我感到苦痛，可是有比我更苦痛的；我遇到困难，可是有比我更困难的。我是这样一个性格，在诗里也总找得到合乎我喜好的而境界更高的性格。我哭，诗中已先代我哭了；我笑，诗中已先代我笑了。读诗是我们人生中一种无穷的安慰。"② 这样读诗，就是最好的一种文学批评，因为他在解读文学的同时，也是在领会文学中的人生、情感和智慧。钱穆是以生命的眼光来看一个文学世界，并通过文学来诠释自己的人生。如果没有这样一种对文学的感悟，钱穆的那些学术研究，恐怕也不会有这么长久的生命力。他是一个把学问通到了身世、时代的人，所以，他谈中国文学，不是纸上的学问，而多是自己的人生心得。遗憾的是，当下的批评界多师从西方理论，而少有人将钱穆、牟宗三这样能融会贯通的大学者当作批评和做学问的楷模。

---

① 何向阳：《批评的构成》，《文艺报》2007年7月12日。
② 钱穆：《谈诗》，《中国文学论丛》，生活·读书·新知三联书店2002年版，第124页。

因此，真正的批评，不是冷漠的技术分析，而是一种与批评家的主体有关的语言活动。批评家应该是一个在场者，一个有心灵体温的人，一个深邃地理解了作家和作品的对话者，一个有价值信念的人。有了这种对生命脉搏的把握，批评才能在文学世界里作深呼吸，而不是只贩卖术语，或作枯燥的理论说教。米歇尔·福柯说：

> 我忍不住梦想一种批评，这种批评不会努力去评判，而是给一部作品、一本书、一个句子、一种思想带来生命；它把火点燃，观察青草的生长，聆听风的声音，在微风中接住海面的泡沫，再把它揉碎。它增加存在的符号，而不是去评判；它召唤这些存在的符号，把它们从沉睡中唤醒。也许有时候它也把它们创造出来——那样会更好。下判决的那种批评令我昏昏欲睡。我喜欢批评能迸发出想象的火花。它不应该是穿着红袍的君主。它应该挟着风暴和闪电。①

以一种生命的学问，来理解一种生命的存在，这可能是最为理想的批评。它不反对知识，但不愿被知识所劫持；它不拒绝理性分析，但更看重理解力和想象力，同时秉承"一种穿透性的同情"（文学批评家马塞尔·莱蒙语），倾全灵魂以赴之，目的是经验作者的经验，理解作品中的人生，进而完成批评的使命。

这种批评使命的完成，可以看作批评活动的精神成人，因为它对应的正是人类精神生活这一大背景。生命、精神、想象力、艺术的深呼吸，这样一些词，不仅是在描述批评所呈现的那个有体温的价值世界，它同时也是对应于一种新的批评语言，那种"能迸发出想象的火

---

① 〔法〕米歇尔·福柯：《权力的眼睛——福柯访谈录》，严锋译，上海人民出版社1997年版，第104页。

花"的语言——所谓批评的文体意识，主要就体现在批评语言的优美、准确并充满生命的感悟上，而不是那种新八股文，更不是貌似有学问、其实毫无文采的材料堆砌。而在我看来，当下众多的批评家中，真正注重批评文体和文辞的，有张新颖、李敬泽、陈晓明、郜元宝、南帆、王尧、王彬彬、孙郁、张清华、耿占春、何向阳等批评家，多数人，批评文体的自觉意识还远远不够。而我所梦想的批评，它不仅有智慧和学识，还有优美的表达，更是有见地和激情的生命的学问。只是，由于批评主体在思想上日益单薄（二十世纪九十年代以后，批评家普遍不读哲学，这可能是思想走向贫乏的重要原因），批评情绪流于愤激，批评语言枯燥乏味，导致现在的批评普遍失去了和生命、智慧遇合的可能性，而日益变得表浅、轻浮。没有精神的内在性，没有分享人类命运的野心，没有创造一种文体意识和话语风度的自觉性，批评这一文学贱民的身份自然也就难以改变。

而我之所以撇开关于文学批评的其他方面，郑重地重申批评家对文学价值的信仰，重申用一种有生命力的语言来理解人类内在的精神生活，并肯定那种以创造力和解释力为内容、以思想和哲学为视野的个体真理的建立作为批评之公正和自由的基石，就是要越过那些外在的迷雾，抵达批评精神的内面。我甚至把这看作必须长期固守的批评信念。而要探究文学批评的困局，重申这一批评信念，就显得异常重要。所谓"先立其大"，这就是文学批评的"大"，是大问题、大方向——让批评成为个体真理的见证，让批评重获解释生命世界的能力，并能以哲学的眼光理解和感悟存在的秘密，同时，让文学批评家成为对话者、思想家，参与文学世界的建构、分享人类命运的密码、昭示一种人性的存在，这或许是重建批评精神和批评影响力的有效道路。也就是说，要让批评主体——批评家——重新成为一个有内在经验的人，一个"致力于理解人类精神内在性的工作"的人，一个有文体意识的人。批评主体如果无法在信念中行动,无法重铸生命的理解力和思想的解释力,无法在文字中建构起一种美,一些人所热衷谈论的批评道德,也不过是一句空话而已。

这或许是对文学批评的苛求了。但在这样一个文学品质正在沦陷、批评精神正在溃败的时代,继续从事批评的工作,不仅是对自身耐心和良心的考验,甚至还是一种斗争。斗争的目的是守护批评的信念,使批评能一直在文学世界里作灵魂冒险的旅行。俄罗斯哲学家别尔嘉耶夫在说到自己被迫与什么作斗争时,他的回答是,"与我的洁癖,我精神和肉体的洁癖,病态的和针对任何事物的洁癖。"我在从事文学批评的过程中,经常想起别尔嘉耶夫这句话。或许,只有那些在精神上有洁癖的人,才能真正成为优秀的批评家,而一旦精神的纯粹性出了问题,批评的专业自尊也必将受损。而要在批评中挺立起一种精神,并使其重新影响文学和社会,它除了要具备和作家、作品进行专业的对话能力之外,如何回到以文学的方式来理解生命和人性这条批评道路上来,也至关重要。

◎ 最初发表于《文艺研究》2009年第8期

# 人格仍然是最重要的写作力量（代后记）

**唐诗人**：新学期又开始了，谢老师一直很看重自己作为老师的身份，重视课堂和育人，您见到新生，会首先强调读书与学问之道吗？

**谢有顺**：不，我会首先告诉他们要精神成人，把人立起来，人立而后凡事举。我最近深感无正确的人，难做正确的事。记得开学初有学生来找我，一开口就问，怎样才能做好学术研究，我马上想起一个故事，就是曾经也有学生问陈三立，怎样才能把诗写好？陈三立斩钉截铁地回答说："你们青年人，目前的任务是怎样做人。"他的儿子陈衡恪，就是陈师曾，一个很好的画家，秉承了其父陈三立之风，认为文人画要有四大要素，首推的也是"人品"："第一人品，第二学问，第三才情，第四思想，具此四者，乃能完善。"将"做人"与"人品"挺在最前面，以前会觉得是陈词滥调，现在我不这样看了。我越发觉出了这件事情之于写作和研究的重要性。刘熙载说那些"善书者"，"画山者必有主峰，为诸峰所拱向；作字者必有主笔，为余笔所拱向。主笔有差，则余笔皆败，故善书者必争此一笔"，山水画要有"主峰"，书法要有"主笔"，人生又何尝不是要"先立其大"，而最大的莫过于人品，这个是必须去"争"，不能让它马虎过去的，不然你的人生就没有了核心和统领的主线。一些东西在内心挺立起来了，才有坦荡的人生和真实的学问。

**唐诗人**：的确，强调人品、做人，容易被年轻人视为无趣。如今的大学教育，逐渐走向职业化、技能化。学生求学是为了毕业求职，不觉得"成为人"是一件需要学习的事情。教师方面，有的老师只关心学生的论文，目的是能让学生顺利毕业。至于一个学生在人格上的成长，更多是潜移默化，师生间直接以此为命题的探讨，已经很少。

谢有顺：只是做点学问，写几篇论文，如果没有诚实与人品做根基，不过是巧言令色而已。中国文论说千道万，还是脱不开《易经》的那句话，"修辞立其诚，所以居业也"。最高的学问都是生命的学问，文学也是各种生命情状的述说，没有诚实的感受，如何能写出光明磊落的人生、如何塑造至大至刚的人格？朱熹讲"修辞立其诚，所以居业也"这句话时说："其曰修辞，岂作文之谓哉？"意思是诚与正，应贯彻在各个方面，"诚者，合内外之道，便是表里如一，内实如此，外也实如此"。这让我想起朱子在阐释"思无邪"时的创造性看法，他从"思"与"无邪"两方面来解读，他释"思"为"情性"，"无邪"即"正"，"诗人之思，皆情性也。情性本出于正，岂有假伪得来底？思，便是情性；无邪，便是正。以此观之，《诗》三百篇，皆出于情性之正"。这样讲"思无邪"时，其实不单是指《诗》，也不完全指我们在学《诗》时性情要正，要"无邪"，更是强调在俗常生活中也要"思无邪"。

"无伪""意诚"是做任何事应有的态度。所以，中国古人把为人、为文统起来看，并不是没有道理的。章学诚特别重视"论文德"，他在《文史通义》中说："古人论文，惟论文辞而已矣！"刘勰、陆机、苏辙、韩愈等人论文心、文气，"愈推而愈精"，章学诚对此是不满意的，"未见有论文德者，学者所宜深省也"。其实，"文德"难论，将此议题形诸文字的人很少，但我发现，在大家的潜意识里，还是有一个"文德"的尺度，就是人的尺度。人有人格，文有文格，无"格"，说得越多、写得越多，就越让人厌倦。

唐诗人："文如其人"说法历史悠久，但也有很多人认为不能因人废言，坚称要把人与文分开来看。

谢有顺：这只是问题的一个方面。文学作品、学术文章毕竟不同于科技发明、技术创造，它有人心与精神的维度，它不仅是"艺"和"术"，也是"道"，它的背后藏着一个人，这也是人文学科区别于其他学科的地方。我最近偶尔写毛笔字，不妨举书法为例，像蔡京、秦桧、严嵩、和珅这些奸臣的字，仅就书法而言，都是造诣不凡的，可书法界为何没人临摹他们的字？即便有所借鉴，也没人愿意被说成是师出他们。在多数人看来，人破败至此，字也就无足观了。字如其人。"世鄙者书工却不贵"，岂是字"不贵"么？是无贵重的人格。刘熙载说，书之要，统于"骨气"二字，骨气正是艺术的根底。颜真卿的《祭侄文稿》，用笔并不工整，但那是颜真卿抱着侄子的头颅写下的草稿，真情流露，满纸血泪，此悲愤底色才是艺术真正的"贵"之所在。评判艺术，尤其是像书法这种艺术，不懂"文德"这道潜流，终归是外行。

唐诗人：谈到书法，您每年春节回到乡下老家，都会写一两百副春联送给亲友，成为乡村的一道文化景观。我听朋友说，当地很多人拿到后，都舍不得贴在门上，想裱起来收藏。

谢有顺：我只是写着玩的。写字是雕虫小技，不足挂齿。写春联是练字的好机会，速度要快，又要通俗易懂，这很能锻炼一个人的写字能力。有些书法家会写几笔字，就各种摆架子、讲价格，写副春联都各种扭捏，真是俗不可耐。他们不知道中国的艺术如果失了日常性、日用性，它就失了魂。前段和一个艺术家论及山水画，此公出语不凡，什么"山水，大物也"，什么"穷神变，测幽微"，其实不过是俗论。郭熙、张彦远的时代，山水是他们的基本经验，是人行走于天地间的世界观，如今山水元气尽失，画家天天固守书斋，还想大块假我以文章？今日的山水画，只是一种艺术题材而已。

在众多的艺术门类中，书法尤其强调日用性。那些一味标新立异、剑走偏锋的书法家，不理解日用性之于书法的意义，下笔都是出格、破格之作，故作奇崛，或线条如烂草拖泥，枯涩、躁动，从头到尾用强用狠，满纸霸蛮之气，失了静气、庄严气，也就没有文气了。心里专注，笔下才有定力，这就好比文学写作，"放笔直干"的只能是杂文，而杂文更多是小品、点缀，唯有引而不发的诗歌、小说、散文，才是文学的主流。书法也是如此。先贤传诸后世的字，王羲之、黄庭坚、苏东坡、王铎，无不中正大气，没有烂笔，没有刀锋，沉着笃定，刚健有力。书法最好的展厅，永远是朋友的客厅、办公室，甚至会所、饭馆、官衙，古代可是没有美术馆、展览厅的。古人的展厅就是日常生活的空间。假如你亲戚、朋友的客厅都不想挂你那种剑走偏锋的字，你的字只适合用来办展览，那还有何艺术可言？

好的艺术，是可以日用的，无日用，就无中国艺术。王羲之的字，既是书法，也可用来记账；一件瓷器，既可用来欣赏，也可用来插鸡毛掸子；一把紫砂壶，既可把玩，也可泡茶。这就是中国的艺术哲学。所以钱穆才说，世俗即道义，道义即世俗，这是中国文化的最特异处。无法在日常生活中立起来的精神，都是假的，任何思想都要经历"道成肉身"的过程，才显得真实可信。

**唐诗人：** 这就引出了另外一个问题，即日常生活的道德，也就是说，作家、学者还是要有现实感，时刻意识到自己是现实中人，不能只活在一种艺术的、知识的幻觉里。有些人在文字里充满热情、精神高蹈，现实生活中却冷漠决绝，毫无道德担当，这种分裂也势必影响我们对一个人作品的看法。

**谢有顺：** 以大家比较熟悉的海德格尔为例。希特勒上台不久，海德格尔就与纳粹合作出任弗莱堡大学校长，尽管不到一年他就离任了，但战后对他的争论从未停止。海德格尔的弟子马尔库塞曾三次写信给他，希望他所敬重的老师能为自己的政治行为表示忏悔，他不希望自己的老师在思想史上留下擦不去的污点。马尔库塞认为海德格尔的哲学是无辜的，有罪的不过是他的政治行为，他希望海德格尔借着忏悔，从一个有政治缺陷的日常的人向伟大的哲学家回归。但海德格尔拒绝忏悔，而且在回信中极力为自己辩护，这让马尔库塞极其沮丧、失望，从此师徒反目，再无交往。试想，当年海德格尔如果接受学生的劝告，发表一个忏悔声明，修复自己在日常人格上的缺陷，他的哲学形象肯定会更加有力。艺术和学术都是精神的事业，是呈现思想所能达到的高度，以及见证人类灵魂的美和力量，以此为志业的人，读者不可能不对他们提道德上的要求。

再以我们中山大学的陈寅恪教授为例。他何以一直被视为学术精神、自由人格的典范？其实并没有几个人读得懂他的书，多数人对他的学问也所知甚少，但自从《陈寅恪的最后二十年》一书风行以来，陈寅恪的道德形象的影响已经超过了他的学术影响。这也从一个侧面说出，学界从未轻视人格和道德的力量。钱穆在《中国学术通义》序言中提出："中国传统，重视其人所为之学，而更重视为此学之人。中国传统，每认为学属于人，而非人属于学。故人之为学，必能以人为主而学为从。当以人为学之中心，而不以学为人之中心。故中国学术乃亦尚通不尚专。既贵其学之能专，尤更贵其人之能通。故学问所尚，在能完成人人之德性，而不尚为学术分类，使人人获有其部分之智识。苟其仅见学，不见人。人隐于学，而不能以学显人，斯即非中国传统之所贵。"这是多么值得强调的学术真义！很多人说，你不懂陈寅恪的学问就没资格谈论他，这就武断了，人隐于学，先见其人再见其学，这是常有的事，学问是可以慢慢讨论的，但一个人的精神底色如何，有时并不需要洋洋万言，而是一下就能清澈见底的。

唐诗人：多数人对陈寅恪的认识，只是"独立之人格，自由之思想"这句话而已，这句话的影响肯定比他的学术著作的影响大。但陈寅恪这样的学者毕竟少，文化史上经得起追问的、真正文如其人的人物也不多。人心比山川还要深险，每个人都具有两面性、复杂性，人与文的一致恐怕也只是一个理想，很难企及。

谢有顺：我当然知道这个道理，而且也知道很多人都不认同"文如其人"的观点。钱锺书就不认同，他说，文章写得纯正古雅，不见得本人就是正人君子，文章写得绮艳华丽，也不能说作者一定就是轻浮的人。大奸大恶的人也可能作出令人惊叹的文章来。但我作为老师，总不能因为知道人与文很难一致，就去教导学生写作是一套、做人是一套吧？明知不可为而为之，还是要让学生在追求纯正学术的同时，充分展示出自己的道德勇气。只有后者能保证他成为这个社会真正积极、健康的力量。我现在对知识的信任度越来越低，无知固然可怕，但"知识越多越反动"的例子也不少。多少知识分子，在大是大非问题上毫无见识，思维之简陋令人吃惊，他们关于专业的知识很多，但关于历史和道义的知识太少了。他们有专业知识而来的事实判断力，缺乏一个读书人应有的价值判断力。

前一段读乐黛云的《我所知道的北大校长们》一文，她谈到蔡元培、胡适、马寅初、季羡林等几位北大前辈后说："大凡一个人，或拘泥于某种具体学问，或汲汲于事功，就很难超然物外，纵观全局，保持清醒的头脑……知识分子应保留一点创造性的不满的火星、一点批判精神，在理想与现实之间保持某种张力。"我越来越觉得，保持一点理想与现实之间的"张力"，对于一个知识分子而言真是太重要了。任何学问，终归是要回到社会中去的，学问中人也迟早要以真面目示人，尤其是做老师的，自己的言行必然会影响到学生、影响到周边的人，假若你的人格破产，你的存在无益于世，那就会像一个学者所说的那样，终其一生所行不过"苟且"二字，所谓风光不过是苟且有术，行路坎坷也不过是苟且无门。连马斯克都知道说，善良远比能力更重要。暑假我到福州，有人送我一本关于宋代诗人刘彝的书，刘彝是福州闽县人，他说："圣人之道，有体、有用、有文。君臣父子、仁义礼乐，历代不可变者，其体也。《诗》《书》史传子集，垂法后世者，其文也。举而措之天下，能润泽斯民、归于皇极者，其用也。"可见古代除了讲文人的德与学，最终目的还是要措之天下、润泽斯民，即所谓的"经世致用"。至于《中庸》所言"尊德性而道问学"，倒更像是为了"经世"而做的酝酿与个人修习，只是现在想"经世"的人，连这种准备工作都不做了。没有德与学为基础，其言其行日益鄙陋，也就不足为奇了。

唐诗人：大学在很多人眼中，是象牙塔，会比较清高和自尊，可事实好像也未必如此。这些年高校爆出的诸多事象，都和大家的想象大相径庭。为此，我能够理解您的隐忧，也许您看到了根本，人如果溃败了，显现在外面的言与事就是虚伪的、令人失望的。我个人成为大学老师之后的这些年，也遇到很多感觉沮丧的事情，写作和做事的热情经常被一些无聊之事耗尽，这与我当年作为学生时对大学老师生活的想象完全不同。想问一下谢老师您对当前高校生态的看法。

谢有顺：我当然能理解一个大学教师，尤其是青年教师的压力，但无论处境如何艰难，我们读了一堆书，仰视过一堆先贤，总归还是要有一点读书人的骄傲和自尊吧？有些话是绝对不能说，有些事是绝对不能做的，即便有再大的利益诱惑在前头，也不能失了一个读书人的底线。你想要什么荣誉，可以努力，可以争取，这没什么，每个人都像是月亮，总有一个阴暗面是从来没被人看见的，谁都做不到绝对无私而透明，但在公共的学术形象建构上，总还是要让人看到你的精神和追求吧？包括现在很多学者聚在一起，没有多少观点交流，更缺少学术争鸣，所谈论的话题，基本上都是谁拿了什么项目，谁评上了奖，谁又在权威刊物上发文了。在一些人眼里，学问除了这些，没有别的。

我在学术界算是无能者，常常无法参与这样的话题讨论。但我年龄渐大，多了很多宽容，看到学者们妥协于世俗规则，心里是理解的，只是觉得一些人以此为夸耀就没有必要了。君子不器。鲁迅说，"从来如此，便对么？"古人也说："素富贵，行乎富贵；素患难，行乎患难。"富贵时该如何行事，患难时该如何说话，心里都要有准则的，不能乱来。尤其是写文章，白纸黑字，留存在纸上之后，你想刮都刮不掉了，能乱写么？这话我是对自己说的，旨在不断地提醒自己，以免失了基本的警觉。

唐诗人：这种约束和自省，极其重要。我读您的文章，感触最深的正是这种为人的清醒和为文的警醒。人很容易被潮流卷着走，也很容易被利益冲昏了头脑。当然，我们身处其中，常常也不能免俗。您对自己有高要求，对我们作为学生的"俗"却又能包容体谅。这让我想起您以前的文章，曾引用梁漱溟的一段话："我对人类生命有了解，觉得实在可悲悯，可同情，所以对人的过错，口里虽然责备，而心里责备的意思很少。他所犯的毛病，我也容易有。"对别人可以原谅，对自己终究还是要有更高的要求，这样才能保证自己可以走得更远。这种精神，对我影响很大，尤其现在我也指导学生，就经常拿这话来提醒自己。

谢有顺：最近我倒是经常想起雅斯贝尔斯在《生存哲学》里的话，他说："如果没有什么向我呈现，如果我不热爱，如果存在着的东西不因我热爱而向我展开，如果我不在存在的东西里完成我自身，那么我就终于只落得是一个像一切物质材料那样可以消逝的实存。"确实，对于那些我们所读到、所向往的精神和价值，任何时候都要保持热爱,并力图在这种热爱中完成自我,假如人生不与这些更长久的"存在"结盟,就只是一堆稍纵即逝的"物质材料"而已。

很多东西都是"速朽"的,看明这个真相之后,你就会放平心态,做自己喜欢的事情。不知你有没有这样的经验,反思能让一个人快乐,它意味着你洞悉了另一种真相。人也许不认识人,但灵魂认识灵魂。活在幻觉里,或者端着一种姿态活着,都是很累的,必须提醒自己,你没有那么重要,你写的文字也没有那么重要,不要太把自己当回事。我带学生很多年了,但我一直和学生说,你们一毕业,大家就是亦师亦友了,我没能力做你们一辈子的老师。我深感教师这门职业,或许可以解些惑,传道已几无可能,包括我自己在内的多数人,不过是在做份工作而已,"师道之不传也久矣"。但老师做久了,学生多了,学生出息了,各种人环绕在你身边,不警醒的话,老师也会飘的。还是鲁迅说得好:"面具戴太久,就会长到脸上,再想揭下来,除非伤筋动骨扒皮。"

唐诗人:其实,您的自省与觉悟,一直是作为一种"师道"影响着我们。高校之外,文学界也是各种喧嚣,沉潜下来的东西越来越少。如果大家都能多一些这种自省和反思就好了,至少能让写作纯粹一些。

谢有顺:文学的价值语境正在发生深刻的改变,而真正要警惕的是,大家正在习惯这种改变。我总觉得,不应该是这样的。不少有名的作家,会突然改变自己的写作趣味和写作风格,去迎合市场、读者或奖项,还有些作家把获奖当作写作的终极目标,这是令人费解的。作家如果没有了孤傲和自尊作为精神底色,那他还是一个令人尊敬的作家吗?作家要反思,我们文学批评家也要反思。不能光在那里空谈作品,还是要重新引入人品、人格、价值信念等观察维度,才能全面、准确地理解今天的中国文学。

唐诗人：感觉现在无论名家还是刚出道的青年，有些人什么都想得到，常常突破底线。重新引入人品、人格，似乎也很无力，倘若没有信念，就剩下无孔不入的利益。

谢有顺：就我们今天的写作水平而言，我觉得多数作家、学者得到的东西都太多了。包括我自己。我们并没有写出什么惊世之作，但动静却不小，各种扶持、各种奖励，一鱼多吃，志得意满。愿意为写作、为学问受苦的人很少了，甚至连这种受苦的心志都几乎没有了。我有很多年都不敢报项目什么的了，出本书都不敢在朋友圈里转别人评论我的文章，更别说自己去组织宣传、约写文章了，总觉得就我那些无足轻重的文字，得到的已经太多了。这是真话。我一直记得孟子的一句话，"声闻过情，君子耻之"，外面的名声超过了自己的才德，是令人羞耻的事情。你的才学如果不枯竭，进一日有进一日的欢喜，像水从源泉里日夜不停地流出，它把低凹不平的地方填满之后，就会继续流向大海。而靠下暴雨灌满的大小沟渠，因为没有活水源泉，很快就会枯竭的。这是孟子的比喻，道理浅显却是至理。

唐诗人：道理浅显，实践却难。很多人觉得不去争，不去宣传，不去做流量，就会被淹没，就必然失败。

谢有顺：与其失德，还不如干脆做一个有尊严的失败者呢，承认失败就是自己的命运，也不是什么丢人的事情。格非有一段话我很认同，他说，文学就是失败者的事业，失败是文学的前提。过去，我们会赋予失败者其他的价值，司马迁在《报任安书》里列举的失败者被赋予了很高的地位。今天失败者是彻底的失败，被看作是耻辱的标志。一个人勇于做一个失败者是很了不起的。这不是悲观，恰恰是勇气。这个"勇气"，不仅是指成为胜利者的勇气，也包括成为失败者的勇气。前段读到程千帆与其老友施蛰存失联多年后的第一封通信，信长达千言，用毛笔写的，这封信《程千帆全集·闲堂书简》没有收录,我看的是图片,里面有一句:"小女丽则,孩幼曾荷提携,今已颇长过母,现为武汉汽车标准件厂制螺钉之工人,婿张亦同操此业。能令后嗣不再作知识分子,即大佳事,想兄亦同此感耳。"我读得潸然泪下,"能令后嗣不再作知识分子,即大佳事",这等沉痛的心声,不正是失败者的悲音么? 但这背后又藏着多少骄傲和自尊!

要学会接受失败,学会在失败的时候还有笑容。改变那不能接受的,接受那不能改变的。人生总是有两个方面的,有欢乐与悲痛,尼采要求我们在这两个方面都能欢笑。在他看来,一个人不仅在欢乐时能发笑,在失败、痛苦时,在面对悲剧时也能发笑,才是具备了酒神精神。写作者还是要有一点酒神精神的。海明威也说,"只有阳光而无阴影,只有欢乐而无痛苦,那就不是人生。"但现在很多作家、学者好像都对自己从事的事业看得太重了,稍有失落就笑不起来了,而我们真正要思考的一个严肃问题是,我们为什么不再笑? 为什么不再思考? 其实就是表明我们的精神日益萎缩、内心没有力量了。

唐诗人:可也有人会说,他失败了、受了委屈,还笑得起来么?

谢有顺:那也应该笑起来,不是有一句话是这样说的吗,我积我的德,他造他的孽。还有一个作家曾说,生活中发生的事,如果合乎理想,是我们福气,如不,当作经验。无论如何,不要被一种不好的风习所劫持,还是要相信善的力量。诚与善里面,才有真学问、才有真文学。钱穆曾说,善是中国学术思想最高精神所在,"若没有了这'善'字,一切便无意义价值可言"。我越来越认同这样的说法。中国过去的学术,无非心学与史学两大类,都是向"善"之学,没有那些善言善行,我们在典籍里所读到的中国和中国人就是另一种模样了。

唐诗人:您试图以人来重新立论,重提人的主体构造,并以人格、生命为尺度来判断一种写作和研究的未来,这显然是有针对性的一种认知。需要重新来思考写作的意义是什么、文学的尊严是什么这些古老的话题。我很感谢您这样的提醒，不然很容易随波逐流，失了本心。

谢有顺：之所以聊及这个话题，从人的视角来重新审视写作的现状，并观察世界的变化，就在于今天出现的问题，在我看来都是人的问题。人这个主体失去了精神光辉，怎么可能会有真正的文化创造？漠视人格的力量，就会以为写作和研究不过是聪明人的游戏，其实不是的。小聪明不过玩一时，有重量的灵魂才能走得远。我想起多年前读王元化和林毓生的通信，当他们谈到关于文化的衰败和人的精神素质下降，我就认同了他们的感叹："世界不再令人着迷。"别看文学话题迭出，写作花样翻新，热闹是很热闹，但真正令人敬佩的人格却越来越少。雷蒙·阿隆生活在刚刚过去不久的二十世纪，他感觉这个世界缺的正是既清醒又勇敢的思想者、行动者，即有雄浑人格的人，为此，阿隆为自己提出了两项任务："尽可能诚实地理解我的时代，时刻不忘我的知识的局限性。"

如何理解这个时代，如何认识自己的局限性，这是每个写作者、研究者都要重新反思的问题。所以，今天我们看一个作家的成就，以小说家为例，主要还是看这个作家是否塑造了能被人记住、令人难忘的人物形象，所有的技巧、所有的精神关怀，都要凝聚在人物身上，才能把一种写作落实，并让一种精神站立起来。人是一切艺术和学术的灵魂。如果到处都是卑琐、逐利、斤斤计较的灵魂，哪里会有什么好的文学、好的学术？要改变文学生态、学术生态，首先要改变人的精神生态。与之相比，一些写作技巧的争论，一些学术材料的辨析，其实都是小节，并没有我们想得那么重要。在我看来，今天的文化界，再去寻求细枝末节的小变化已经意思不大了，写作变革的大方向应该是道德勇气的确立和理想信念的重铸，写作的最终成果是创造人格、更新生命。有必要重申，人格仍然是最重要的写作力量。

以上和唐诗人的对话，发表在《文艺报》2023年10月20日，涉及不少我最近思考的问题，故附录于此，权当后记。另外再交代几句。本书所收文章，除个别篇章以外，皆为近年新作，之前都曾发表于《文学评论》《文艺研究》《文艺争鸣》《当代作家评论》《小说评论》《南方文坛》《当代文坛》《中国文学批评》《扬子江文学评论》等刊，不少篇章被《新华文摘》《中国社会科学文摘》等刊转载。没有这些编辑朋友的约稿、催促，我的很多想法都不会形诸文字。谢谢他们。有些篇章的写作及资料核实，分别得到了我的研究生李浩、冯娜、张云鹤、刘天罡、岑攀、彭静宇、李志雄等人的协助。张金童帮我统一了全书的注释格式。也谢谢他们。还要感谢臧永清社长的邀约和责任编辑付如初女士，使我这些文字得以辑录成书。能在人民文学出版社出版文学评论集，我深感荣幸。

谢有顺，2024年3月18日，广州